天龍八部

金庸

THE SEMI-GODS AND THE SEMI-DEVILS

5

會鬥少林

漢烙馬印「靈丘騎馬」

此印漢代用以烙於馬身，以資識別。傳世古印中的珍品。靈丘在山西省東北，距雁門關不遠。蕭峯、耶律洪基等自遼國南京（今北京）至雁門關，須經靈丘一帶。靈丘自來為中國北方邊防要地，趙武靈王墓葬處。

宋人繪契丹人擄掠圖：原圖本為描繪東漢末年蔡文姬為匈奴人所擄，但畫家所反映的，其實是宋代契丹人殺掠宋人的情景。左上角宋人被殺死在地，擄掠的官兵均作契丹裝束，馬匹披甲。

宋人繪契丹人擄掠圖：本圖與右頁圖均錄自同一圖卷。

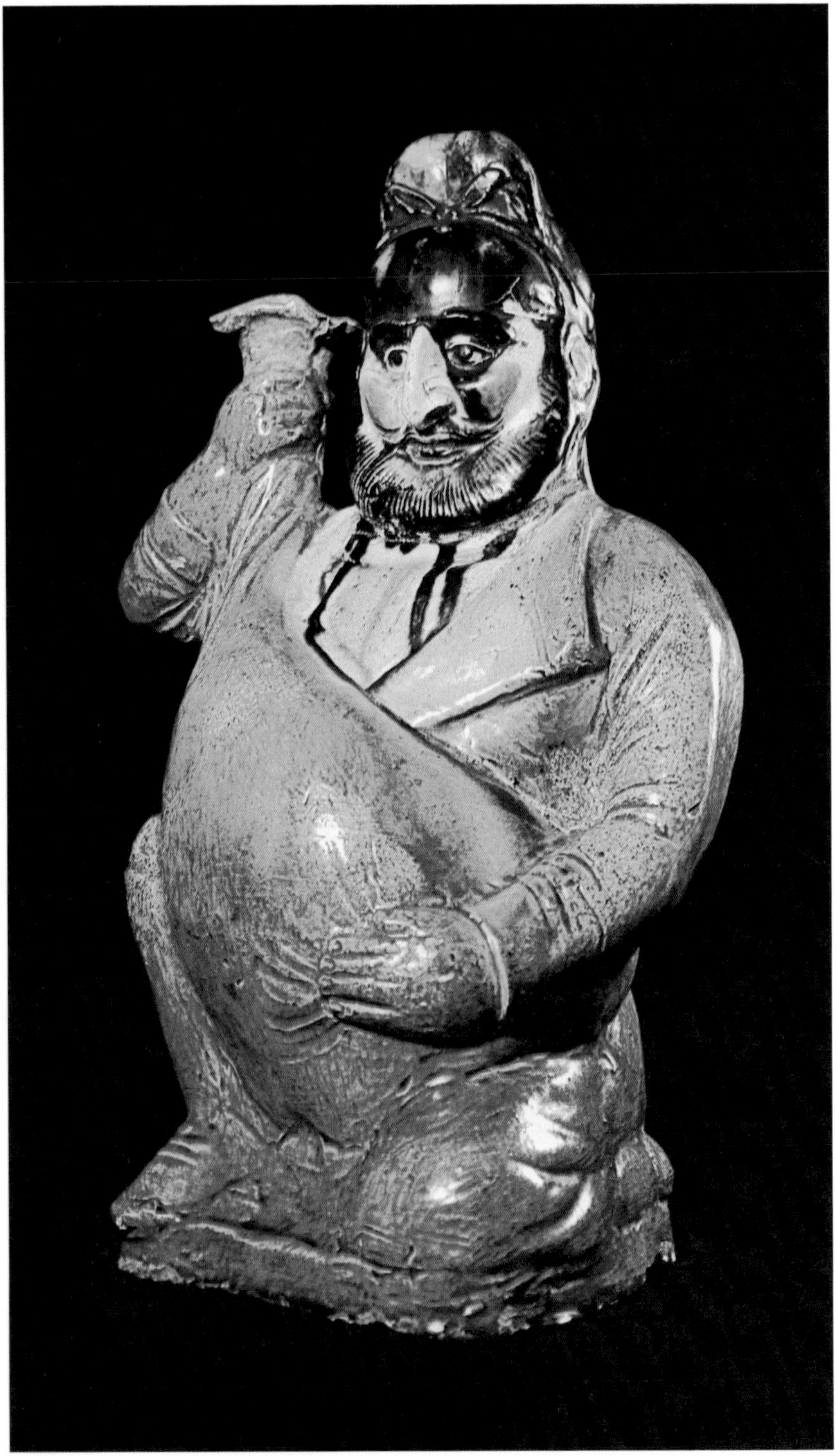

持皮酒袋胡人（陶器）：唐代彩陶，胡人表情生動，手持大皮酒袋。蕭峯及燕雲十八騎以皮酒袋盛酒，載於馬上，為中亞及北方民族流行之風習，至今猶存。

靈州附近之烽火台：宋時為西夏國所在地。後世「寧夏」之名由此而來。

上圖／敦煌壁畫「吐蕃王」：唐代壁畫。圖右僧人形相或與吐蕃國師鳩摩智相似。

左頁圖／吐蕃高僧圖：絹畫，圖中高僧題為班禪二世。

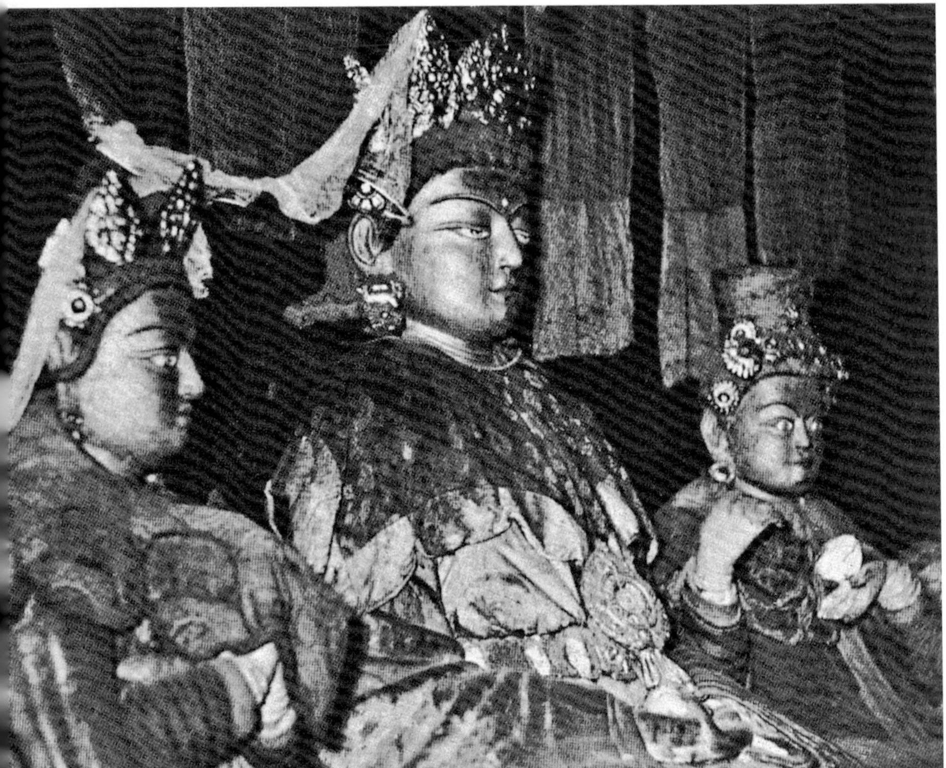

吐蕃王棄宗弄贊：西藏寺廟中塑像，其右為其妻唐文成公主；其左為弄贊另一個妻子尼泊爾公主。中國與印度當時均以婚姻作為爭取吐蕃的外交手段。

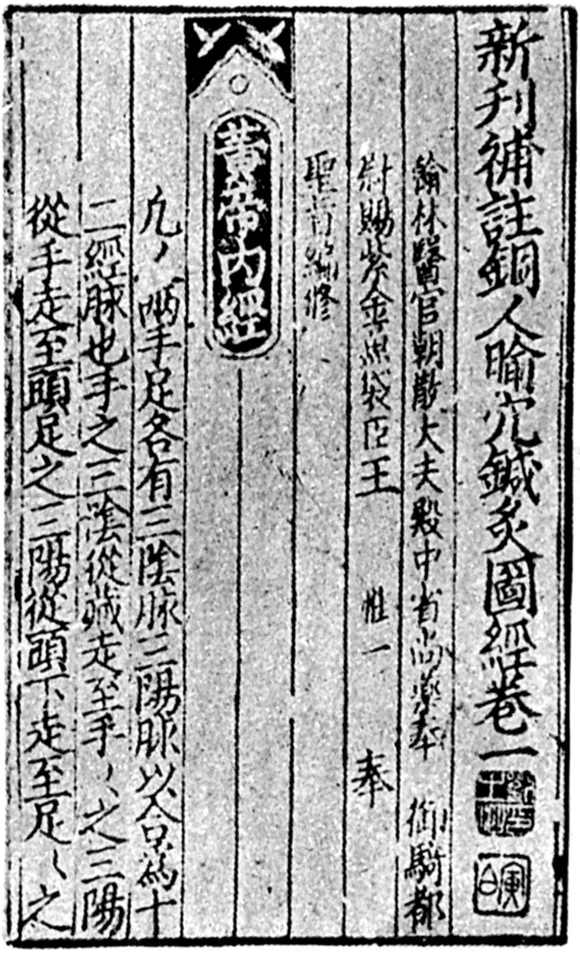

新刊補註銅人腧穴鍼灸圖經卷一
翰林醫官朝散大夫殿中省尚藥奉御騎都
尉賜紫金魚袋臣王惟一奉
聖旨編修
黃帝內經
凡人兩手足各有三陰脉三陽脉以合為十
二經脉也手之三陰從藏走至手手之三陽
從手走至頭足之三陽從頭下走至足足之

上圖／宋刻穴道針灸圖經，王惟一撰。

下圖／西夏銅錢。左為西夏文「大安寶錢」，西夏大安十二年即宋哲宗元祐元年，此銅錢與虛竹及夢姑同時。右為「天盛元寶」銅錢，天盛已為南宋高宗時，其時西夏漢化較深，故銅錢上鑄漢字。

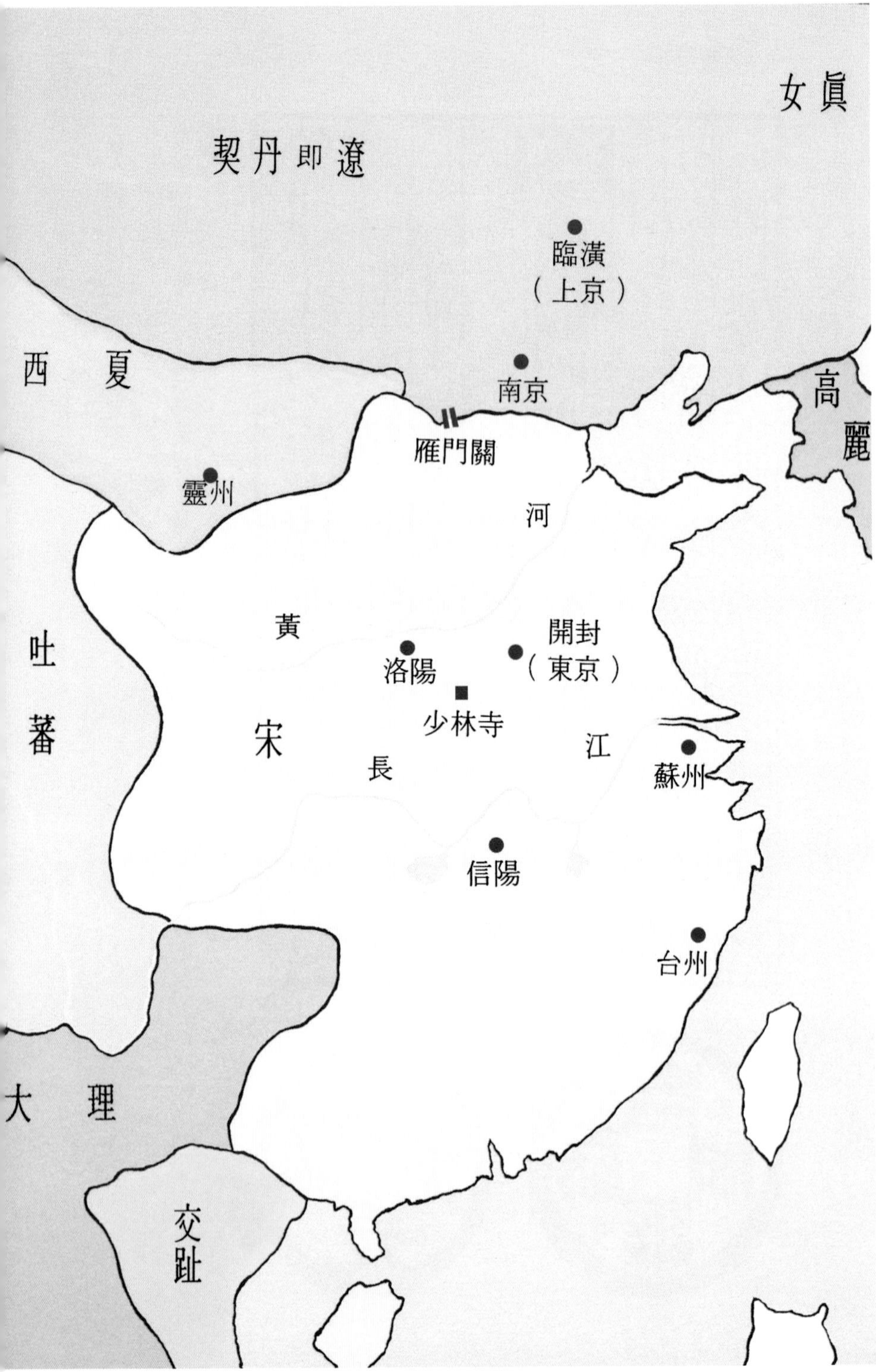
女眞
契丹即遼
臨潢
（上京）
西夏
南京
高麗
雁門關
靈州
河
黃
開封
（東京）
吐蕃
洛陽
少林寺
宋
江
蘇州
長
信陽
台州
大理
交趾

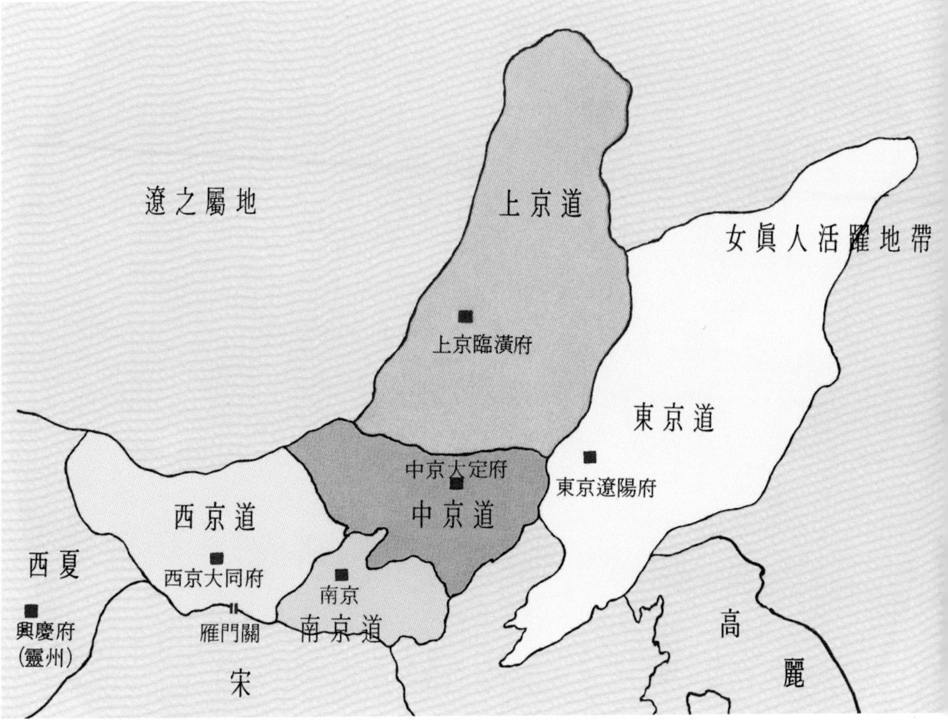

右頁圖／「天龍八部」時代的諸國形勢。

上圖／「天龍八部」時代的遼國。以上兩圖王司馬先生為本書所繪。

上圖／宋人「白茶花圖」。

左頁圖／周文矩「兜率宮內慈氏圖」：圖中的白衣觀音形貌美麗慈和，身旁甘露瓶中插有楊枝，表示觀音菩薩以楊枝蘸甘露遍灑人間，救苦救難。兜率宮是印度神話中天神所居之處。

宋人「山店風帘圖」：武俠小說中常有在旅途中小客店打尖飲食的描寫，此圖當即此等情景。

宋太宗立像：宋太宗趙匡義，太祖之弟，繼太祖即位。宋太宗曾與契丹戰，太宗親臨戰陣，兵敗，契丹射中其足，後箭創發而死。

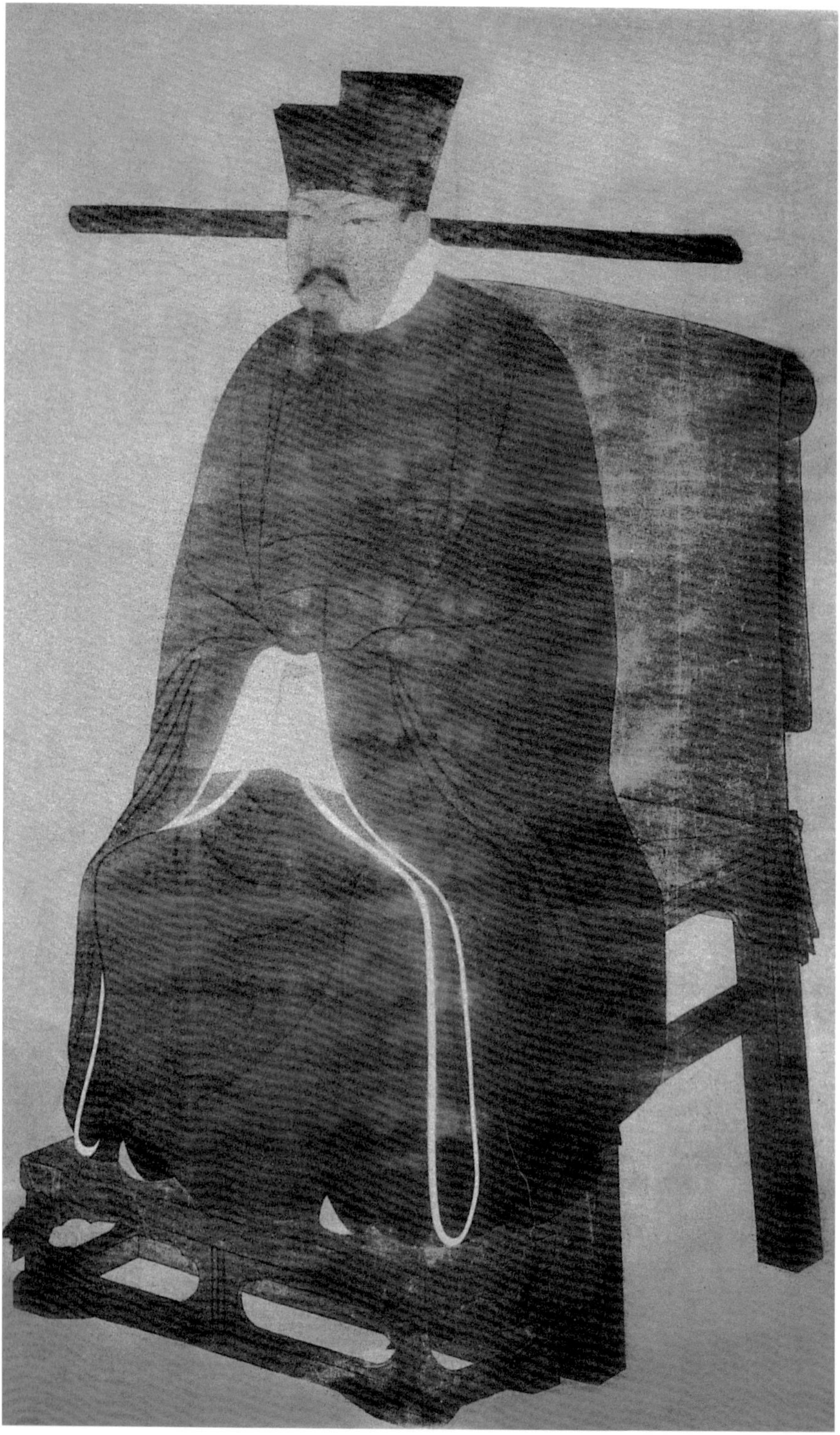

宋神宗像：宋神宗趙頊，信用王安石而變法。哲宗時的太皇太后是神宗之母。

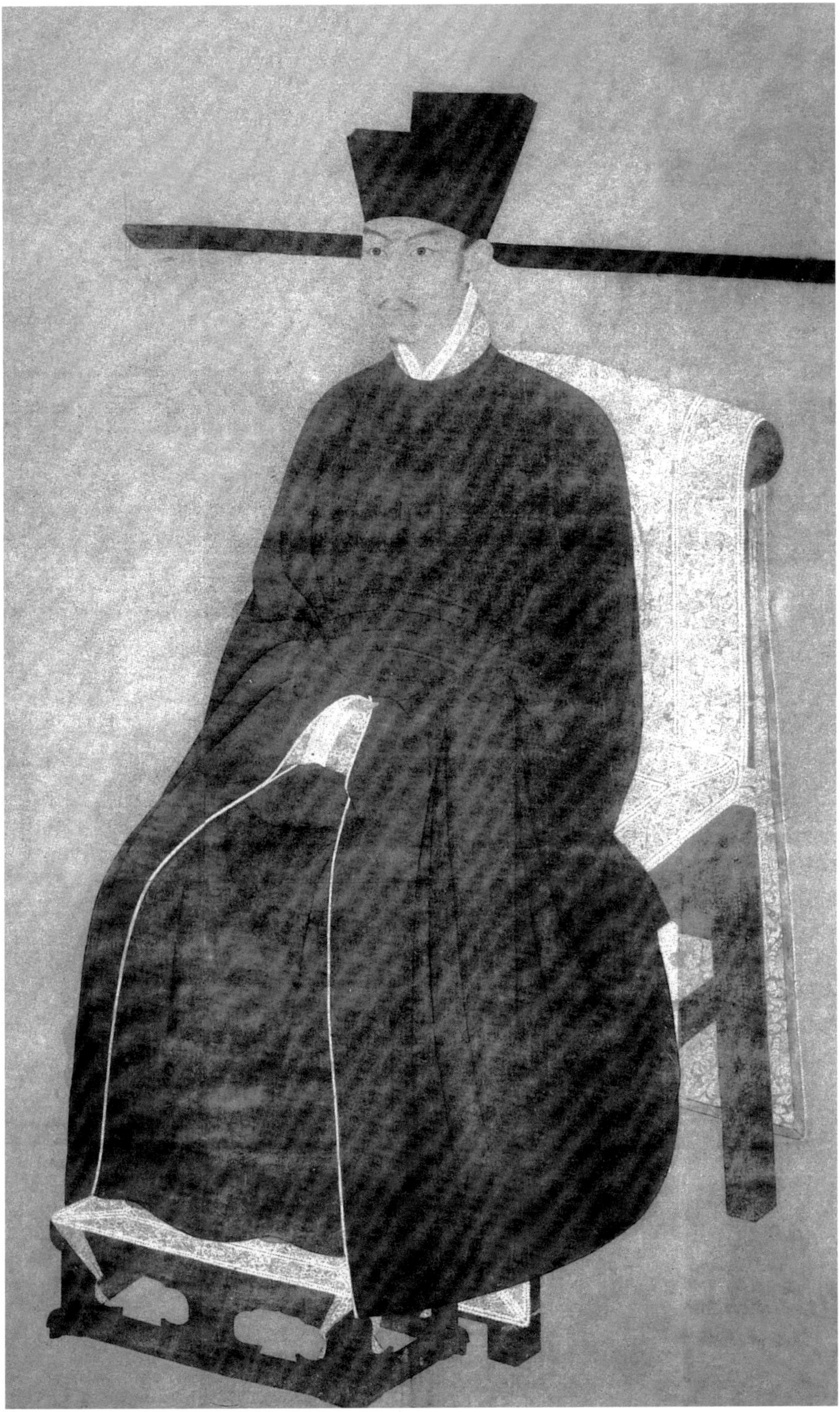

宋哲宗像：宋哲宗趙煦，神宗之子，徽宗之兄，太皇太后逝世後親政，排斥賢良，復行新政。以上三帝像均原藏故宮南薰殿。

下圖／「司馬光像」：畫家不詳。
左圖／趙孟頫「蘇軾像」。
左頁圖／蘇軾自書「赤壁賦」（部分）。

如彼而卒莫消長也蓋將
自其變者而觀之則天地
曾不能以一瞬自其不變
者而觀之則物与我皆無
盡也而又何羨乎且夫天地

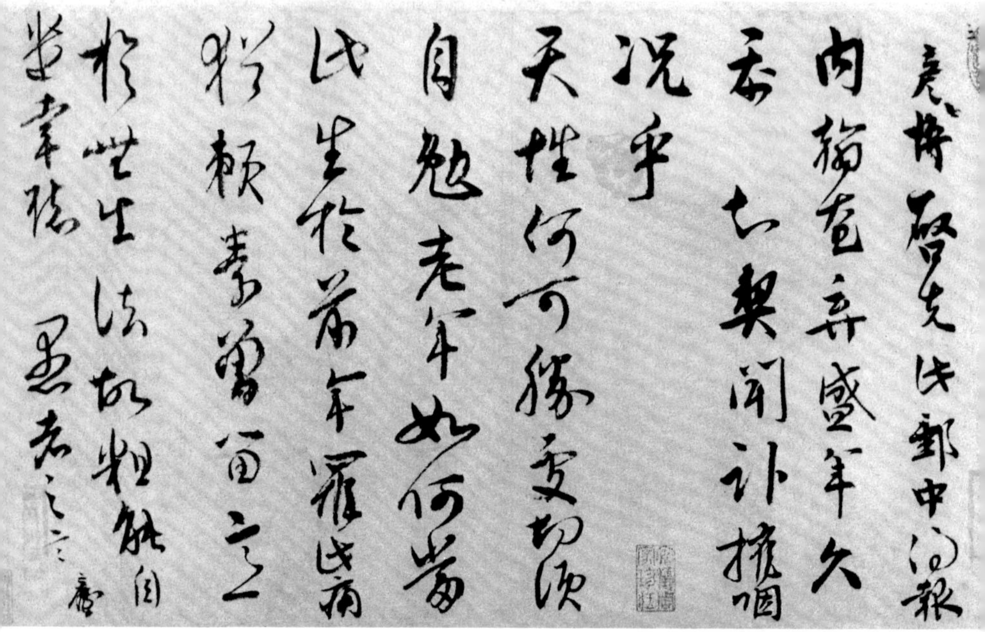

文彥博書「尺牘」。以上四幅畫像、書法均現藏台北故宮博物院。

天龍八部

5

會鬥少林

金庸
著

目錄

四十一　燕雲十八飛騎　奔騰如虎風煙舉

——

蕭峯拔下皮袋塞子，將皮袋高舉過頂，微微傾側，一股白酒激瀉而下，蕭峯仰頭而飲。

丁春秋殺害玄痛、玄難二僧，乃少林派大仇。少林羣僧聽說他到了少室山上，登時便鼓躁起來。玄生大呼：「今日須當人人奮勇，活抓丁老怪，為玄難、玄痛兩位師兄報仇。」

玄慈朗聲道：「遠來是客，咱們先禮後兵。」羣僧齊道：「是。」玄慈又道：「眾位師兄，眾位朋友，大家便出去瞧瞧星宿派和慕容氏的高招如何？」

羣雄早已心癢難搔，正在等他這句話。輩份較低、性子較急的青年英豪一窩蜂的奔了出去。跟著四大惡人、各路好漢、大理國段氏、諸寺高僧，紛紛快步而出。但聽得乒乒嗆啷之聲不絕，慧字輩的少林僧將師父、師伯叔的兵刃送了出來。

玄慧虛空四代少林僧各執兵刃，列隊出寺。剛到山門門口，派在半山守望的僧人便奔來報訊：「星宿派徒眾千餘人，在半山亭中將慕容公子等團團圍住，惡鬥不休。」玄慈點了點頭，走到石板路上向山下望去，但見黑壓壓的都是人頭，只怕尚不止千餘之數。

呼喝之聲，隨風飄上山來：「星宿老仙今日親自督戰，自然百戰百勝！」「你們幾個么魔小醜，竟敢頑抗老仙，當真大膽之極！」「快快拋下兵刃，哀求星宿老仙饒命！」「星宿老仙駕臨少室山，小指頭兒一點，少林寺立即塌倒。」

新入星宿派的門人，未學本領，先學諂諛師父之術，千餘人頌聲盈耳，少室山上一片歌功頌德。少林寺建剎千載，歷代羣僧所唸的「南無阿彌陀佛」之聲，千年總和，說不定還不及此刻星宿派眾門人對師父的頌聲洋洋如沸。丁春秋捋著白鬚，瞇起了雙睛，薰薰然，飄飄然，有如飽醉醇酒。

玄生氣運丹田，大聲叫道：「結羅漢大陣！」五百名僧眾應聲道：「結羅漢大陣！」紅衣閃動，灰影翻滾，五百名僧眾東一簇、西一隊，漫山遍野散了開來。

羣雄久聞少林派羅漢大陣之名，但一百多年來，少林派從未在外人之前施展過，除了本寺僧人之外，誰也未克得見。這時但見羣僧衣帽分色，或紅或灰，或黃或黑；兵刃不同，或刀或劍，或杖或鏟，人人奔跑如飛，頃刻間便將星宿派門人圍在垓心。

星宿派人數遠較少林僧為多，但大多數是新收的烏合之眾，單獨接戰，多少也各自有點兒技藝。這等列陣合戰的陣仗，卻從來沒經歷過，不由得都慌了手腳，歌頌星宿老仙的聲音也不免大大減弱，不少人默不作聲，心中暗打改而歌頌「少林聖僧」的主意。

玄慈方丈說道：「星宿派丁先生駕臨少室山，是與少林派為敵。各路英雄，便請作壁上觀，且看少林寺抗擊西來高人何如？」

河朔、江南、川陝、湖廣各路英雄紛紛呼叫：「星宿老怪為害武林，大夥兒敵愾同仇，誅殺此獠！」各人抽出兵刃，欲與少林派並肩殺敵。

這時慕容復、鄧百川等已殺傷了二十餘名星宿派門人，眼見大援已到，當即躍開數丈，暫且罷手不鬥。星宿派眾門人中心栗六，也不上前進迫。

段譽東一竄，西一晃，衝入人叢，奔到了王語嫣身旁，說道：「王姑娘，待會倘若情勢凶險，我再負你出去。」

王語嫣臉上一紅，道：「我既沒受傷，又不是給人點中穴道，我……我自己會走……」向慕容復瞧了一眼，說道：「我表哥武功高強，護我綽綽有餘。段公子，你還是出去罷。」

段譽心中老大不是味兒，心想：「我有甚麼本領，怎及得上你表哥武功高強？」但說就此出去，卻又如何捨得？訕訕的道：「這個……這個……啊，王姑娘，我爹爹也到了，便在外面。」他和王語嫣數度共經患難，長途同行，相處的時日不淺，但段譽從不向她提到自己的身分來歷。在他心目中，王語嫣乃是天仙，自己是塵世俗人，自己本來就不以王子為榮，而在天仙眼中，王子和庶人又有甚麼分別？

王語嫣對段譽數度不顧性命的相救自己，內心也頗念其誠，意存感激，但對他這個人本身卻從來不放在心上，只知他是個學會了一門巧妙步法的書獃子，有幾手時靈時不靈的氣功劍法，為了怕表哥多心，只盼他離得越遠越好。這時忽聽他說爹爹來了，微覺好奇，說道：「令尊是從大理來的麼？你們父子倆有好久不見了，是不是？」

段譽喜道：「是啊！王姑娘，我帶你見我爹爹好不好？我爹爹見了你一定很歡喜。」王語嫣臉上又一紅，搖頭道：「我不見。」段譽道：「為甚麼不見？」他見王語嫣不答，一心討她歡喜：「王姑娘，我的把兄虛竹也在這裏，他又做了和尚。還有，我的徒弟也來了，真是熱鬧得緊。」王語嫣知道他的徒弟便是「南海鱷神」，但他為甚麼會收了這天下第三惡人「兇神惡煞」為徒，卻從來沒問過他，想起南海鱷神的怪模怪樣，嘴角邊不禁露出笑意。段譽見引得她微笑，心中大喜，此刻雖身處星宿派的重圍之中，但得王語嫣與之溫言說笑，天大的事也都置之度外。

少林羣僧布就羅漢大陣，左右翼衛，前後呼應。有幾名星宿派門人向西方衝擊，稍一交鋒，便即紛紛負傷。丁春秋道：「大家暫且別動。」朗聲說道：「玄慈方丈，你少林寺自稱為中原武林首領，依我看來，實是不足一哂。」

眾弟子羣相應和：「是啊，星宿老仙駕到，少林寺和尚一個個死無葬身之地。」「天下武林，都是源出於我星宿一派，只有星宿派的武功，才是真正正統，此外盡是邪魔外道。」「你們不學星宿派武功，終不免是牛鬼蛇神，自取滅亡。」突然有人放開喉嚨，高聲唱了起來：「星宿老仙，德配天地，威震寰宇，古今無比！」千餘人依聲高唱，更有人取出鑼鼓簫笛，或敲或吹，好不熱鬧。羣雄大都沒有見過星宿派的排場，無不駭然失笑。

金鼓絲竹聲中，忽然山腰裏傳來羣馬奔馳之聲。蹄聲越來越響，不久四面黃布大旗從山崖邊升起，四匹馬奔上山來，騎者手中各執一旗，臨風招展。四面黃旗上都寫著五個大黑字：「丐幫幫主莊」。四乘馬在山崖邊一立，騎者翻身下馬，將四面黃旗插在崖上最高處。四人都是丐幫裝束，背負布袋，手扶旗桿，不發一言。

羣雄都道：「丐幫幫主莊聚賢到了。」眼見這四面黃旗傲視江湖的聲勢，擎旗人矯捷剽悍的身手，比之星宿派的自吹自擂，顯然更令人心生肅然之感。

黃旗剛豎起，一百數十匹馬疾馳上山，乘者最先的是百餘名六袋弟子，其後是三四十名七袋弟子、十餘名八袋弟子。稍過片刻，是四名背負九袋的長老，一個個都默不作聲的翻身下馬，分列兩旁。丐幫中人除了身有要事之外，從不乘馬坐車，眼前這等排場，已與尋常江湖豪客無異。許多武林耆宿見了，都暗暗搖頭。

但聽得蹄聲答答，兩匹青驄健馬並轡而來。左首馬上是個身穿紫衫的少女，明艷文秀，一雙眼珠子卻黯然無光。阮星竹一見，脫口叫道：「阿紫！」她忘了自己改穿男裝，這一聲叫，是本來的女子聲音。

右首馬上乘客身穿百結錦袍，臉上神色木然，儼如殭屍。羣雄中見多識廣之士一見，便知他戴了人皮面具，不欲以本來面目示人，均想：「這人想來便是丐幫幫主莊聚賢了。他要和少林派爭奪武林盟主，卻又如何不顯露真相？」有的猜想：「看來此人是武林中的成名人物，莊聚賢只是個化名。他既能做到丐幫幫主，豈是名不見經傳的泛泛之輩？」有的猜想：「多半這一戰他並無多大把握，倘若敗於少林僧之手，便仍然遮臉而退，以免面目無光。」更有人猜想：「莫非他便是丐幫的前任幫主喬峯？他重掌丐幫大權，便來和少林派及中原羣雄為難？」雖然也有人從「莊聚賢」三字聯想到了「聚賢莊」，但只由此而推想到喬峯，聚賢莊游氏兄弟已雙雙命喪喬峯之手，後來連莊子也給人放火燒成了白地，誰也料想不到，這個丐幫新幫主竟是聚賢莊當年的少莊主游坦之。

阿紫聽到了母親的呼叫，她此刻身有要事，不欲即和母親相會，婆婆媽媽的述說別來之情，當下只作沒聽見，說道：「賢哥，這裏人多得很啊，我好像聽到有人在大唱甚麼『星宿老仙，德配天地，威震寰宇，古今無比。』丁春秋這小子和他的蝦兵蟹將，也都來了麼？」游坦之道：「不錯，他門下人數著實不少。」阿紫拍手笑道：「那好極了，倒省了我一番跋涉，不用千里迢迢的到星宿海去找他算帳。」這時步行的丐幫幫眾絡繹不絕的走上山來，都是五袋、四袋、三袋的弟子，列隊站在游坦之和阿紫身後。

阿紫向身後一揮手，兩名丐幫弟子各從懷內取出一團紫色物事，縛上木棍，迎風抖動，原來是兩面紫綢大旗，在空中平平鋪了開來，每面旗上都繡著六個殷紅如血的大字：「星宿派掌門段」。

這兩面紫旗一展開，星宿派門人登時大亂，立時便有人大聲呼叫：「星宿派掌門乃是丁老仙，四海周知，那裏有甚麼姓段的來作掌門人了？」「胡混冒充，好不要臉！」「掌門人之位，難道是自封的麼？」「那一個小妖怪自稱是本派掌門，快站出來，老子不把你搗成肉醬才怪！」說這些話的，都是星宿派新入門的弟子，至於獅吼子、天狼子等舊人，自然都知道阿紫的來歷，想起她背後有蕭峯撐腰，都不禁暗生懼意。

一眾僧侶和俗家英雄忽見多了個星宿派掌門人出來，既感駭異，也暗暗稱快，均想這干邪魔窩裏反，那是再好也沒有了。

阿紫雙手拍了三拍，朗聲說道：「星宿派門下弟子聽者：本派向來規矩，掌門人之位，有力者居之。本派之中，誰的武功最強，便是掌門。半年之前，丁春秋和我一戰，給我打得一敗塗地，跪在地下向我磕了十八個響頭，拜我為師，將本派掌門人之位，雙手恭恭敬敬的奉上。難道他沒告知你們麼？丁春秋，你忒也大膽妄為了，你是本派大弟子，該為眾師弟的表率，怎可欺師滅祖，瞞騙一眾師弟？」她語音清脆，一字一句說來，遍山皆聞。

眾人一聽，無不驚奇萬分，瞧她只不過是個十六七歲的幼女，雙目又盲了，怎能做甚麼掌門人？段正淳和阮星竹更相顧駭然。他們知道這個女兒出於丁春秋門下，刁鑽古怪，頑劣無比，但武功卻是平平，居然膽敢反徒為師，去捋丁春秋的虎鬚，這件事只怕難以收場。以大理國在少室山上的寥寥數人，實不足以與星宿派相抗，救她脫險。

丁春秋眼見在羣雄畢集、眾目睽睽之下，阿紫居然打出「星宿派掌門」的旗號來，是可忍孰不可忍？他胸中怒發如狂，臉上卻仍笑嘻嘻地一派溫厚慈和的模樣，說道：「小阿紫，本派掌門人之位，唯有力者居之，這句話倒也不錯。你覬覦掌門大位，想必是有些真實功夫了，那便過來接我三招如何？」

突然間眼前一花，身前三尺處已多了一人，正是游坦之。這一下來得大是出其不意，以丁春秋眼力之銳，竟也沒瞧清楚他是如何來的，心驚之下，不由得退了一步。

他這一步跨中帶縱，退出了五尺，卻見游坦之仍在自己身前三尺之處，可知便在自己倒退這一步之時，對方同時踏上了一步，當然他是見到自己後退之後，這才邁步而前，後發齊至，不露形跡，此人武功之高，當真令人畏怖。丁春秋眼見他一張死沉沉的木黃臉皮，伸手可觸，已來不及開口質問：「我是要和阿紫比武，幹麼要你來橫加插手？」立即倒竄出去，一反手，抓住一名門人，便向他擲了過去。

游坦之應變奇速，立即倒躍丈許，也是反手一抓，抓到一名丐幫三袋弟子，運勁推出。那三袋弟子竟如是一件極大暗器，向丁春秋撲去，和那星宿派門人在半空中砰的一撞。旁人瞧了這般勁道，均想：「這兩名弟子只怕要撞得筋斷骨碎而死。」

那知二人一撞之下，只聽得嗤嗤聲響，跟著各人鼻中聞到一股焦臭，直是中人欲嘔，羣雄有的閉氣，有的後退，有的伸手掩鼻，有的立服解藥，均知丁春秋和莊聚賢都是以陰毒內勁使在弟子身上。那兩人一撞，便即軟垂垂的摔在地下，動也不動，早已斃命。

丁春秋和游坦之一招相交，不分高下，心中都是暗自忌憚，同時退開數尺，跟著各自反手，又抓了一名弟子，向前擲出。那兩名弟子又是在半空中一撞，發出焦臭，一齊斃命。

兩人所使的均是星宿派的一門陰毒武功「腐屍毒」，抓住一個活人向敵人擲出，其實一抓之際，先已將該人抓死，手爪中所餵的劇毒滲入血液，使那人滿身都是屍毒，敵人倘若出掌將那人掠開，勢非沾到屍毒不可。就算以兵刃撥開，屍毒亦會沿兵刃沾上手掌。甚至閃身躲避，或是以劈空掌之類武功擊打，亦難免受到毒氣的侵襲。

游坦之那日和全冠清結伴同行，他心無城府，閱歷又淺，不到一兩天便給全冠清套出了真相。全冠清心想：「這人內力雖強勁無比，武功卻平庸之極，終究無甚大用。」其後查知阿紫是星宿老怪丁春秋的門徒，靈機一動，便攛掇游坦之向阿紫習學星宿派武功，對著阿紫之面，卻將游坦之的武功誇得地上少有，天下無雙，要阿紫一一將所學武功試演出來，好讓游坦之指點。

游坦之和阿紫年紀都輕，一個痴，一個盲，立時墮入計中。阿紫將本門武功一項項的演將出來，並詳述修習之法。游坦之的「腐屍毒」功夫便由此學來。「腐屍毒」功夫的要旨，全在練成帶有劇毒的深厚內力，能將人一抓而斃，屍身上隨即沾毒，功夫本身卻並無別般巧妙。這道理星宿派門人個個都懂，就是練不到如此內力而已。阿紫在南京城外捉些毒蛇毒蟲來修練，連毒掌功夫也未練成，更不用說這「腐屍毒」了。

阿紫雖然玲瓏剔透，但眼睛盲了，瞧不到游坦之臉上神情，而自己性命又確是這莊公子從丁春秋手下搶救出來的，再聽全冠清巧舌如簧，為游坦之大肆吹噓，憑她聰明絕頂，也決計猜不到這位「武功蓋世的莊公子」，竟會來向自己偷學武藝。

阿紫每說一招，游坦之便依法試演，他身上既有冰蠶寒毒，又有易筋經的上乘內功，兼具正邪兩家之所長，內力非同小可，同樣的一招到了他手中，發出來時便斷樹裂石、威力無窮，阿紫聽在耳中，只有欽佩無已的份兒。游坦之也傳授她一些易筋經上的修習內功之法。阿紫照練之後，雖無多大進境，卻也覺身輕體健，筋骨靈活，料想假以時日，必有神效。

其時游坦之早已明白，自己所以有此神功，與那本怪書上裸僧的圖像大有關連，為了要在阿紫跟前逞能，每日裏在無人之處勤練不輟。有一日，正自照著圖中線路運功，突然間一陣勁風過去，那怪書飄了起來，飛出數丈之外。游坦之正倒轉了身子，內息在數處經脈中急速游走，一抬頭，但見那怪書已抓在一個中年僧人手中。游坦之大急，叫道：「是我的，快還我……」突然之間驚怒交集，內息登時岔了，就此動彈不得，眼見那和尚笑吟吟的轉身而去，越是焦急，四肢百骸越是僵硬木直。

奪去這易筋經的，正是鳩摩智。他精通梵文，明慧妙悟，比之蕭峯和阿朱瞠目不識、游坦之誤打誤撞方得濕書見圖，自是不可同日而語了。

游坦之直過了六個時辰，穴道方解，嘔出一大灘鮮血，便如大病了一場。好在他於書中圖像已練了十之六七，習練已久，倒也盡數記得，此後繼續修習，內功仍得與日俱增。

其後全冠清設法替游坦之除去頭上鐵罩，以人皮面具遮住他給熱鐵罩燙得稀爛的臉孔，然後攜同他去參與洞庭湖君山丐幫大會。以游坦之如此深厚內力、怪異武功，丐幫中自無人可與相抗，輕而易舉的便奪到了幫主之位。同時全冠清亦正式復歸丐幫，升為九袋長老。游坦之雖然當上幫主，幫中事務全憑全冠清吩咐安排。全冠清眼見幫中不服游坦之的長老、弟子仍然不少，大是隱憂，總不能一個個都殺了，於是獻議與少林派爭奪中原武林盟主，使丐幫幫主莊聚賢成為天下武林第一人，憑此功績威望，自可壓服丐幫中心懷不平之人。

阿紫喜事好勝的心情，雖盲不改，全冠清這一獻議，大投所好。游坦之本不想做甚麼武林盟主，但阿紫既力贊其事，他便也依從遵行。全冠清精心策劃，縝密部署。邀請各路英雄好漢同時於六月十五聚集少林寺，便是他的傑作。

阿紫心想既有武功天下第一的莊聚賢撐腰，更何懼於區區星宿老怪，當即自封為「星宿派掌門人」，命人做起紫旗，到少室山來耀武揚威。

丐幫一行來到少室山上，眼見山頭星宿派門人大集，這一著倒不在全冠清意料之中，便向游坦之進言，丁春秋一出口，立即上前動手，以免阿紫為難。

丁春秋眼見對方厲害，立時便使出最陰毒的「腐屍毒」功夫來。這功夫每使一招，不免犧牲一個門人弟子，但對方不論閃避或是招架，都難免荼毒，任你多麼高明的武功，只有施展絕頂輕功，逃離十丈之外，方能免害。但一動手便即逃之夭夭，這場架自然是打不成了。不料游坦之已從阿紫處學會了這門功夫，便犧牲丐幫弟子性命，抵禦丁春秋的進襲。他二人擲出一名弟子，跟著又擲一名弟子。但聽得砰砰砰響聲不絕，片刻之間，雙方已各擲了九名弟子，十八具屍體橫臥地上，臉上均是一片烏青，神情可怖，慘不忍睹。

星宿派弟子人人驚懼，拚命躲縮，以防給師父抓到，口中歌頌之聲仍是不斷，只是聲音發顫，那裏還有甚麼歡欣鼓舞之意？

丐幫弟子見幫主突然使這等陰毒武功，雖說是被迫而為，卻也大感駭異，均想：「本幫行事，素以仁義為先，幫主如何能在天下英雄之前，施展這等為人不齒的功夫，那豈不是和星宿派同流合污了麼？」更有人想：「倘若喬幫主仍是咱們幫主，必會循正道以抵擋星宿老怪的邪術。」

丁春秋反手想再抓第十人時，一抓抓了個空，回頭一看，只見羣弟子都已遠遠躲開，卻聽得呼的一聲，游坦之的第十人卻擲了過來。丁春秋又驚又怒，危急中飛身而起，躍入了門人羣中。那丐幫弟子的屍體疾射而至，星宿派眾弟子欲待逃竄，已然不及，七八人大呼「我的媽啊」聲中，已給屍首撞中。這具屍首劇毒無比，這七八人臉上立時蒙上一片黑氣，滾倒在地，抽搐了幾下，便即斃命。

阿紫聽了身旁全冠清述說情狀，只樂得格格嬌笑，叫道：「丁春秋，莊幫主是我星宿派掌門人的護法，你打敗了他，再來和你掌門人動手不遲。你是輸了，還是贏了？」

丁春秋懊喪已極，適才這一仗，決不是自己在功夫上輸了，從莊聚賢擲屍的方位勁力看來，他內力雖強，每一次所用手法卻都一模一樣，可見他只是從阿紫處學得一些本門的粗淺功夫，其中種種精奧變化，全然不知。這一仗是輸在星宿派門人比丐幫弟子怕死，一個個遠遠逃開，不像丐幫弟子那樣慷慨赴義，臨危不避。他心念一轉，計上心來，仰天大笑。

阿紫皺眉道：「笑！虧你還笑得出？有甚麼好笑？」

丁春秋仍是笑聲不絕，突然之間，呼呼呼風聲大作，八九名星宿派門人被他以連珠手法抓住擲出，一個接著一個，迅速無倫的向游坦之飛去，便如發射連珠箭一般。

游坦之卻不會使這一門「連珠腐屍毒」的功夫，只抓了三名丐幫幫眾擲出，第四招便措手不及，緊急之際，一躍向上，沖天而起，這般避開了擲來的毒屍，卻不必向後逃竄，可說並未輸招。

丁春秋正是要他閃避，左手一招。阿紫一聲驚呼，向丁春秋身前飛躍過去。

旁觀眾人一見，無不失色。「擒龍功」、「控鶴功」之類功夫如練到上乘境界，原能凌空取物，但最多不過隔著四五尺遠近擒敵拿人，奪人兵刃。武術中所謂「隔山打牛」，原是形容高手的劈空掌、無形神拳能以虛勁傷人，但就算是絕頂高手，也決不能將內力運之於二丈之外。丁春秋其時與阿紫相距六七丈之距離，居然能一招手便將她拖下馬來，擒將過去，武功之高，當真是匪夷所思。旁觀羣雄中著實不乏高手，自忖和丁春秋這一招相比，那是萬萬不及，駭異之餘，盡皆欽服。

卻不知丁春秋擒拿阿紫，所使的並非真實功夫，乃是靠了他「星宿三寶」之一的「柔絲索」。這柔絲索以星宿海旁的雪蠶之絲製成。那雪蠶野生於雪桑之上，形體遠較冰蠶為小，也無毒性，吐出來的蠶絲卻韌力大得異乎尋常，一根單絲便已不易拉斷。只是這種雪蠶不會做繭，吐絲也極有限，乃是極難尋求之物。那日阿紫以一隻透明漁網捉住褚萬里，逼得他羞憤自盡，漁網之中便摻得有少量雪蠶絲。丁春秋這根柔絲索盡數以雪蠶絲絞成，微細透明，幾非肉眼所能察見，他擲出九名門人之時，同時揮出了柔絲索。他擲出九具毒屍，一來逼開游坦之，二來是障眼之術，令人人眼光都去注視於他「連珠腐屍毒」上，柔絲索揮將出去，更是誰都難以發覺。

待得阿紫驚覺得柔絲纏到身上，已被丁春秋牽扯過去。雖說丁春秋有所憑藉，但將這一根細若無物的柔絲揮之於六七丈外，在眾高手全不知覺之下，一招手便將人擒到，這份功力自也非同凡俗。他左手抓住了阿紫背心，右手點了她穴道，柔絲索早已縮入了大袖之中。他擲屍、揮索、招手、擒人，一直在哈哈大笑，待將阿紫擒到手中，笑聲仍未斷絕。這大笑之聲，也是引人分散目光的「障眼術」。

游坦之身在半空，已見阿紫被擒，驚惶之下向前急撲，六具毒屍已從足底飛過。他左足一著地，右掌猛力便向丁春秋擊去。

丁春秋左手向前一探，便以阿紫的身子去接他這一招開碑裂石的掌力。游坦之此刻武功雖強，臨敵應變的經驗卻是半點也無，眼見自己一掌便要將阿紫打得筋骨折斷，立即便收回掌力。可是發掌時使了全力，急切間卻那裏能收得回來？本來中等武功之人，也知只須將掌力偏在一旁，便傷不到阿紫，可是游坦之對阿紫敬愛太過，一見勢頭不對，只知收掌回力，不暇更思其他，將這股偌大掌力盡數收回，等如以此掌力當胸猛擊自己。他一個蹌踉，哇的一聲，噴出一口鮮血。

若是內力稍弱之人，這一下便已要了他的性命，饒是他修習易筋經有成，這一掌究竟也不好受，正欲緩過一口氣來，丁春秋那容他有喘息的餘裕，呼呼呼呼，連續拍出四掌。游坦之丹田中內息提不上來，只得揮拳拍出，連接了他四掌，接一掌，吐一口血，連接四掌，吐了四口黑血。丁春秋得理不讓人，第五掌跟著拍出，要乘機制他死命。

只聽得旁邊數人齊聲呼喝：「丁老怪休得行兇！」「住手！」「接我一招！」玄慈、觀心、道清等高僧，以及各路英雄的俠義之士，都不忍這丐幫幫主如此死於丁春秋手下，呼喝聲中，紛紛搶出相救。

不料丁春秋第五掌擊出，游坦之回了一掌，丁春秋身形微晃，竟退開了一步。眾高手一見，便知這一招是丁春秋吃了點小虧，當即止步，不再上前應援。原來游坦之吐出四口瘀血後，內息已暢，第五掌上已將冰蠶奇毒和易筋經內力一併運出。丁春秋以掌力硬拚，便不是敵手。若不是丁春秋佔了先機，將游坦之擊傷，令他內力大打折扣，則剛才雙掌較量，丁春秋非連退五步不可。

丁春秋氣息翻湧，心有不甘，運起十成功力，大喝一聲，鬚髮戟張，呼的一掌又向前推去。游坦之踏上一步，接了他這一掌，叫道：「快放下段姑娘！」呼呼呼呼，連出四掌，每出一掌，便跨上一步。這五步一踏出，已與丁春秋面面相對，再一伸手，便能搶奪阿紫。

丁春秋掌力不敵，又見到他木然如殭屍的臉孔，心生懼意，微笑道：「我又要使腐屍毒功夫了，你小心著！」說著左手提起阿紫身子，擺了幾擺。

游坦之急呼：「不，不！萬……萬萬不可！」聲音發顫，驚恐已達極點，知道丁春秋「腐屍毒」功夫一施，阿紫立時便變成了一具毒屍。

丁春秋聽得他話聲如此惶急，登時明白：「原來你這小子給這臭花娘迷住了，哈哈，妙極，當真再好不過。」他擒獲阿紫，本想當眾將她處死，免得她來爭星宿派掌門人之位，這時見了游坦之的情狀，似可將阿紫作為人質，脅制這個武功高出於己的丐幫幫主莊聚賢，便道：「你不想她死麼？」

游坦之叫道：「你……你……你快將她放下來，這個……危險之極……」丁春秋哈哈一笑，說道：「我要殺她，不費吹灰之力，為甚麼要放她？她是本派叛徒，目無尊長，這種人不殺，卻去殺誰？」游坦之道：「這個……她是阿紫姑娘，你無論如何不能害她，你已射瞎了她一雙眼睛，那個，求求你，快放她下來，我……重重有謝。」他語無倫次，顯是對阿紫關心已極，卻那裏還有半分丐幫幫主的風度？

丁春秋見他內力陰寒強勁，聽他說話聲音，在在與那鐵頭人十分相似，可是他明明頭上並無鐵罩，而且那鐵頭人又怎能是丐幫幫主？當下也無暇多想，說道：「要我饒她小命也不難，只是須得依我幾件事。」

游坦之忙道：「依得，依得。便一百件、一千件也依你。」丁春秋聽他這般說，心下更喜，點頭道：「很好！第一件事，你立即拜我為師，從此成為星宿派弟子。」

游坦之毫不遲疑，立即雙膝跪倒，說道：「師父在上，弟子……弟子莊聚賢磕頭！」他想：「我本來就是你的弟子，早已磕過了頭，再拜一次，又有何妨？」

他這一跪，羣雄登時大譁。丐幫自諸長老以下，無不憤慨莫名，均想：「我幫是天下第一大幫，素以俠義自居，幫主卻去拜邪名素著的星宿老怪為師。咱們萬萬不能再奉此人為幫主。」

猛聽得鑼鼓絲竹響起，星宿派門人大聲歡呼，頌揚星宿老仙之聲，響徹雲霄，種種歌功頌德、肉麻不堪的言辭，直非常人所能想像，總之日月無星宿老仙之明，天地無星宿老仙之大，自盤古氏開天闢地以來，更無第二人能有星宿老仙的威德。周公、孔子、佛祖、老君，以及玉皇大帝、十殿閻王，無不甘拜下風。

當阿紫被丁春秋一擒獲，段正淳和阮星竹便相顧失色，但自知本領不敵星宿老怪，決難從他手中救女兒脫險，及後見莊聚賢居然肯為女兒屈膝事敵，卻也是大出意料之外。阮星竹既驚且喜，低聲道：「你瞧人家多麼情義深重！你……你……你那及得上人家的萬一。」

段譽斜目向王語嫣看了一眼，心想：「我對王姑娘一往情深，自忖已是至矣盡矣，蔑以加矣。但比之這位莊幫主，卻又大大不如了。人家這才是情中聖賢！倘若王姑娘被星宿老怪擒去，我肯不肯當眾向他下跪呢？」想到此處，突然間血脈賁張，但覺為了王語嫣，縱然萬死亦所甘願，區區在人前受辱之事，真是何足道哉，不由得脫口而出：「肯的，當然肯！」王語嫣奇道：「你肯甚麼？」段譽面上一紅，囁嚅道：「嗯，這個……」

游坦之磕了幾個頭站起，見丁春秋仍是抓著阿紫不放，阿紫臉上肌肉扭曲，大有苦痛之色，忙道：「師父，你老人家快放開了她！」丁春秋冷笑道：「這小丫頭大膽妄為，那有這麼容易便饒了她？除非你將功贖罪，好好替我幹幾件事。」游坦之道：「是，是！師父要弟子立甚麼功勞？」丁春秋道：「你去向少林寺方丈玄慈挑戰，將他殺了。」

游坦之遲疑道：「弟子和少林方丈無怨無仇，丐幫雖然要跟少林派爭雄，卻似乎不必殺人流血。」丁春秋面色一沉，怒道：「你違抗師命，可見拜我為師，全屬虛假。」游坦之只求阿紫平安脫險，那裏還將甚麼江湖道義、是非公論放在心上，忙道：「是！不過少林派武功甚高，弟子盡力而為……師父，你……你說過的話可不能不算，不得加害阿紫姑娘。」丁春秋淡淡的道：「殺不殺玄慈，全在於你；殺不殺阿紫，權卻在我。」

游坦之轉過身來，大聲道：「少林寺玄慈方丈，少林派是武林中各門派之首，丐幫是江湖上第一大幫，向來並峙中原，不相統屬。今日咱們卻要分個高下，勝者為武林盟主，敗者服從武林盟主號令，不得有違。」眼光向羣豪臉上掃去，又道：「天下各位英雄好漢，今日都聚集在少室山下，有那一位不服，儘可向武林盟主挑戰。」言下之意，竟如自己已是武林盟主一般。

丁春秋和游坦之的對答，聲音雖不甚響，但內功深厚之人卻早將一字一句都聽在耳裏。少林寺眾高僧聽丁春秋公然命這莊聚賢來殺玄慈方丈，無不大怒，但適才見到兩人所顯示的功力，這莊聚賢的功力既強且邪，玄慈在武功上是否能敵得住，已是難言，而各種毒功邪術更是不易抵擋。

玄慈雅不願和他動手，但他公然在羣雄之前向自己挑戰，又勢無退避之理，當下雙掌合什，說道：「丐幫數百年來，乃中原武林的俠義道，天下英雄，無不瞻仰。貴幫前任幫主汪劍通幫主，與敝派交情著實不淺。莊施主新任幫主，敝派得訊遲了，未及遣使道賀，不免有簡慢之罪，謹此謝過。敝派僧俗弟子向來對貴幫極為尊敬，丐幫和少林派數百年的交情，從未傷了和氣。卻不知莊幫主何以今日忽興問罪之師，還盼見告。天下英雄，俱在此間，是非曲直，自有公論。」

游坦之年輕識淺，不學無術，如何能和玄慈辯論？但他來少林寺之前，曾由全冠清教過一番言語，當即說道：「我大宋南有遼國，西有西夏、吐蕃，北有大理，四夷虎視眈眈，這個……這個……」他將「北有遼國、南有大理」說錯了方位，聽眾中有人不以為然，便發出咳嗽嗤笑之聲。

游坦之知道不對，但已難挽回，不由得神態十分尷尬，幸好他戴著人皮面具，別人瞧不到他面色。他「嗯」了幾聲，繼續說道：「我大宋兵微將寡，國勢脆弱，全賴我武林義士，江湖同道，大夥兒一同匡扶，這才能外抗強敵，內除奸人。」

羣雄聽他這幾句話甚是有理，都道：「不錯，不錯！」

游坦之精神一振，繼續說道：「只不過近年來外患日深，大夥兒肩頭上的擔子，也一天重似一天，本當齊心合力，共赴艱危才是。可是各門各派，各幫各會，卻你爭我鬥，自己人跟自己人打架，總而言之，是大家不能夠齊心。契丹人喬峯單槍匹馬的來一鬧，中原豪傑便打了個敗仗，又聽說西域星宿海的星宿老……星宿老……星宿老……那個星宿老……嗯，他曾連殺少林派的兩名高僧……這個……那個……」

全冠清本來教他說「西域星宿老怪曾到少林寺來連殺兩名高僧，少林派束手無策」，游坦之原已將這些話背得十分純熟，突然間話到口邊，才覺得不對，連說了幾個「星宿老」，卻「老」不下去了。

羣雄中有人叫道：「他是星宿老怪，你是星宿小妖！」人叢中鬨笑大作。

星宿派門人齊聲唱道：「星宿老仙，德配天地，威震寰宇，古今無比！」千餘人齊聲高唱，登時將羣豪的笑聲壓了下去。

唱聲甫歇，人叢中忽有一個嘶啞難聽的聲音大聲唱道：「星宿老仙，德配天地，威震寰宇……」曲調和星宿派所唱一模一樣。星宿派門人聽到別派之中居然有人頌讚本派老仙，此事十分難得，那是遠勝於本派弟子的自稱自讚。羣相大喜之下，鑼鼓絲竹出力伴奏，不料第四句突然急轉直下，只聽他唱道：「……大放狗屁！」眾門人相顧愕然之際，鑼鼓絲竹半途不及收科，竟爾一直伴奏到底，將一句「大放狗屁」襯托得甚是悠揚動聽。

羣雄只笑得打跌，星宿派門人俱都破口大罵。王語嫣嫣然微笑，說道：「包三哥，你的嗓子好得緊啊！」包不同道：「獻醜，獻醜！」這四句歌正是包不同的傑作。

游坦之趁著眾人擾攘之際，和全冠清低聲商議了一陣，又朗聲道：「我大宋國步艱危，江湖同道卻又不能齊心合力，以致時受番邦欺壓。因此丐幫主張立一位武林盟主，大夥兒聽奉號令，有甚麼大事發生，便不致亂成一團了。玄慈方丈，你贊不贊成？」

玄慈緩緩的道：「莊幫主的話，倒也言之成理。但老衲有一事不解，卻要請教。」游坦之道：「甚麼事？」玄慈道：「莊幫主已拜丁先生為師，算是星宿派門人了，是也不是？」游坦之道：「這個……這是我自己的事，與你無關。」玄慈道：「星宿派乃西域門派，非我大宋武林同道。我大宋立不立武林盟主，可與星宿派無涉。就算中原武林同道要推舉一位盟主，以便統籌事功，閣下是星宿派門人，卻也不便參與了。」

眾英雄紛紛說道：「不錯！」「少林方丈之言甚是。」「你是番邦門派的走狗奴才，怎可妄想做我中原武林的盟主？」

游坦之無言可答，向丁春秋望望，又向全冠清瞧瞧，盼望他們出言解圍。

丁春秋咳嗽一聲，說道：「少林方丈言之差矣！老夫乃山東曲阜人氏，生於聖人之邦，星宿派乃老夫一手創建，怎能說是西域番邦的門派？星宿派雖居處西域，那只不過是老夫暫時隱居之地。你說星宿派是番邦門派，那麼孔夫子也是番邦人氏了，可笑啊可笑！說到西域番邦，少林武功源於天竺達摩祖師，連佛教也是西域番邦之物，我看少林派才是西域的門派呢！」此言一出，玄慈和羣雄都感不易抗辯。

全冠清朗聲道：「天下武功，源流難考。西域武功傳於中土者有之，中土武功傳於西域者亦有之。我幫莊幫主乃中土人氏，丐幫素為中原門派，他自然是中原武林的領袖人物。玄慈方丈，今日之事，當以武功強弱定勝負，不以言辭舌辯定輸贏。丐幫與少林派到底誰強誰弱，只須你們兩位首領出手較量，高下立判，否則便是說上半天，又有何益？倘若你有自知之明，不是敝幫莊幫主的敵手，那麼只須甘拜下風，推戴我莊幫主為武林盟主，倒也不是非出手不可的。」這幾句話，顯然認定玄慈是明知不敵，膽怯推委。

玄慈向前走了幾步，說道：「莊幫主，你既非要老衲出手不可，老衲若再顧念貴幫和敝派數百年的交情，堅不肯允，倒是對貴幫不敬了。」眼光向羣雄緩緩掠過，朗聲道：「天下英雄，今日人人親眼目睹，我少林派絕無與丐幫爭雄鬥勝之意，實是丐幫幫主步步見逼，老衲退無可退，避無可避。」

羣雄紛紛說道：「不錯，咱們都是見證，少林派並無絲毫理虧之處。」

游坦之只是掛念著阿紫的安危，一心要儘快殺了玄慈，好得向丁春秋交差，大聲說道：「比武較量，強存弱亡，說不上誰理虧不理虧，快快上來動手罷！」

他幼年時好嬉不學，本質雖不純良，終究是個質樸少年。他父親死後，浪跡江湖，大受欺壓屈辱，從無一個聰明正直之士好好對他教誨指點，近年來和阿紫日夕相處，所謂近朱者赤，近墨者黑，何況他一心一意的崇敬阿紫，一脈相承，是非善惡之際的分別，學到的都是星宿派那一套。星宿派武功沒一件不是以陰狠毒辣取勝，再加上全冠清用心深刻，助他奪到丐幫幫主之位，教他所使的也盡是傷人不留餘地的手段，日積月累的浸潤下來，竟將一個系出中土俠士名門的弟子，變成了善惡不分、唯力是視的暴漢。

玄慈朗聲道：「莊幫主的話，和丐幫數百年的仁俠之名，可太不相稱了。」

游坦之身形一晃，倏忽之間已欺近了丈餘，說道：「要打便打，不打便退開了罷。」說話間又向丁春秋與阿紫瞧了一眼，心下甚是焦急不耐。

玄慈道：「好，老衲今日便來領教莊幫主降龍十八掌和打狗棒法的絕技，也好讓天下英雄好漢，瞧瞧丐幫幫主數百年來的嫡傳功夫。」

游坦之一怔，不由自主的退了兩步。他雖接任丐幫幫主，但這降龍十八掌和打狗棒法兩絕技，卻是一招也不會。只是他曾聽幫中長老們冷言冷語的說過，這兩項絕技是丐幫的「鎮幫神功」。降龍十八掌偶爾也有傳與並非出任幫主之人，打狗棒法卻必定傳於丐幫幫主，數百年來，從無一個丐幫幫主不會這兩項鎮幫神功的。

玄慈說道：「老衲當以本派大金剛掌接一接幫主的降龍十八掌，以降魔禪杖接一接幫主的打狗棒。唉，少林派和貴幫世代交好，這幾種武功，向來切磋琢磨則有之，從來沒有用以敵對過招，老衲不德，卻是愧對丐幫歷代幫主和少林派歷代掌門了。」雙掌一合，正是大金剛掌的起手式「禮敬如來」，臉上神色藹然可親，但僧衣的束帶向左右筆直射出，足見這一招中蘊藏著極深的內力。

游坦之更不打話，左手凌空劈出，右掌跟著迅捷之極的劈出，左手掌力先發後至，右手掌力後發先至，兩股力道交錯而前，詭異之極，兩人掌力在半途相逢，波的一聲響，相互抵消，卻聽得嗤嗤兩聲，玄慈腰間束帶的兩端同時斷截，分向左右飛出丈許。游坦之這兩掌掌力所及範圍甚廣，攻向玄慈身子的勁力被「禮敬如來」的守勢消解，但玄慈飄向身側的束帶卻為他掌力震斷。

少林派僧侶和羣雄一見，登時紛紛呼喝：「這是星宿派的邪門武功！」「不是降龍十八掌！」「不是丐幫功夫！」丐幫弟子之中竟也有人叫道：「咱們和少林派比武，不能使邪派功夫！」「幫主，你該使降龍十八掌才是！」「使邪派功夫，沒的丟了丐幫臉面。」

游坦之聽得眾人呼喝之聲大作，不由得心下躊躇，第二招便使不出去。

星宿派門人卻紛紛大叫：「星宿派神功比丐幫降龍十八掌強得多，幹麼不使強的，反使差勁的？」「莊師兄，再上！當然要用恩師星宿老仙傳給你的神功，去宰了老和尚！」「星宿神功，天下第一，戰無不勝，攻無不克。降龍臭掌，狗屁不值！」

一片喧譁叫嚷之中，忽聽得山下一個雄壯的聲音說道：「誰說星宿派武功勝過了丐幫的降龍十八掌？」

這聲音也不如何響亮，但清清楚楚的傳入了眾人耳中，眾人一愕之間，都住了口。

但聽得蹄聲如雷，十餘乘馬疾風般捲上山來。馬上乘客一色都是玄色薄氈大氅，裏面玄色布衣，但見人似虎，馬如龍，人既矯捷，馬亦雄駿，每一匹馬都是高頭長腿，通體黑毛，奔到近處，羣雄眼前一亮，金光閃閃，卻見每匹馬的蹄鐵竟然是黃金打就。來者一共是一十九騎，人數雖不甚多，氣勢之壯，卻似有如千軍萬馬一般，前面一十八騎奔到近處，拉馬向兩旁一分，最後一騎從中馳出。

丐幫幫眾之中，大羣人猛地裏高聲呼叫：「喬幫主，喬幫主！」數百名幫眾從人叢中疾奔出來，在那人馬前躬身參見。

這人正是蕭峯，他自被逐出丐幫之後，只道幫中弟子人人視他有如寇讎，萬沒料到敵我已分，竟然仍有這許多舊時兄弟如此熱誠的過來參見，陡然間熱血上湧，虎目含淚，翻身下馬，抱拳還禮，說道：「契丹人蕭峯被逐出幫，與丐幫更無瓜葛。眾位何得仍用舊日稱呼？眾位兄弟，別來俱都安好？」最後這句話中，舊情拳拳之意，竟是難以自已。

過來參見的大都是幫中的三袋、四袋弟子。一二袋弟子是低輩新進，平素少有機會和蕭峯相見，五六袋以上弟子卻嚴於夷夏之防，年長位尊，不如年輕的熱腸漢子那麼說幹便幹，極少顧慮。這數百名弟子聽他這麼說，才省起行事太過衝動，這位「喬幫主」乃是大對頭契丹人，幫中早已上下均知，何以一見他突然現身，愛戴之情油然而生，竟將這大事忘了？有些人當下低頭退了回去，卻仍有不少人道：「喬……喬……你老人家好，自別之後，咱們無日不……不想念你老人家。」

那日阿紫突然外出不歸，連續數日沒有音訊，蕭峯自是焦急萬分，派出大批探子尋訪。

過了數月，終於得到回報，說她陷身丐幫，那個鐵頭人也與她在一起。

蕭峯一聽之下，甚是心驚，心想丐幫恨己切齒，這次將阿紫擄去，必是以她為質，向自己脅迫，須當立時將她救回。當下奏知遼帝，告假兩月，將南院軍政事務交由南院樞密使耶律莫哥代拆代行，逕自南來。

蕭峯這次重到中原，仍是有備而來，所選的「燕雲十八騎」，個個是契丹族中頂尖兒的高手。他上次在聚賢莊中獨戰羣雄，若非有一位大英雄突然現身相救，難免為人亂刀分屍，可見無論武功如何高強，真要以一敵百，終究不能，現下偕燕雲十八騎俱來，每一人都能以一當十，再加胯下坐騎皆是千里良馬，危急之際，倘若只求脫身，當非難事。

一行人來到河南，蕭峯擒住一名丐幫低袋弟子詢問，得知阿紫雙目已盲，每日與新幫主形影不離，此刻已隨同新幫主前赴少林寺。蕭峯驚怒更增，心想阿紫雙目為人弄瞎，則在丐幫中所遭種種慘酷的虐待拷打，自是可想而知，當即追向少林寺來，只盼中途遇上，逕自劫奪，不必再和少林寺諸高僧會面。

來到少室山上，遠遠聽到星宿派門人大吹，說甚麼星宿派武功遠勝降龍十八掌，不禁怒氣陡生。他雖已不是丐幫幫主，但那降龍十八掌乃恩師汪劍通所親授，如何能容旁人肆意誣衊？縱馬上得山來，與丐幫三四袋羣弟子廝見後，一瞥之間，見丁春秋手中抓住一個紫衣少女，身材婀娜，雪白的瓜子臉蛋，正是阿紫。但見她雙目無光，瞳仁已毀，已然盲了。

蕭峯心下又是痛惜，又是憤怒，當即大步邁出，左手一劃，右手呼的一掌，便向丁春秋擊去，正是降龍十八掌的一招「亢龍有悔」，他出掌之時，與丁春秋相距尚有十五六丈，但說到便到，力自掌生之際，兩人相距已不過七八丈。

天下武術之中，任你掌力再強，也決無一掌可擊到五丈以外的。丁春秋素聞「北喬峯，南慕容」的大名，對他決無半點小覷之心，然見他在十五六丈之外出掌，萬料不到此掌是針對自己而發。殊不料蕭峯一掌既出，身子已搶到離他三四丈處，又是一招「亢龍有悔」，後掌推前掌，雙掌力道併在一起，排山倒海的壓將過來。

只一瞬之間，丁春秋便覺氣息窒滯，對方掌力竟如怒潮狂湧，勢不可當，又如是一堵無形的高牆，向自己身前疾衝。他大驚之下，那裏還有餘裕籌思對策，但知若是單掌出迎，勢必臂斷腕折，說不定全身筋骨盡碎，百忙中將阿紫向上急拋，雙掌連劃三個半圓護住身前，同時足尖著力，飄身後退。

蕭峯跟著又是一招「亢龍有悔」，前招掌力未消，次招掌力又至。丁春秋不敢正面直攖其鋒，右掌斜斜揮出，與蕭峯掌力的偏勢一觸，但覺右臂酸麻，胸中氣息登時沉濁，當即乘勢縱出三丈之外，唯恐敵人又再追擊，豎掌當胸，暗暗將毒氣凝到掌上。蕭峯輕伸猿臂，將從半空中墮下的阿紫接住，隨手解開了她的穴道。

阿紫雖然目不能視物，被丁春秋制住後又口不能說話，於周遭變故卻聽得清清楚楚，身上穴道一解，立時喜道：「好姊夫，多虧你來救了我。」

蕭峯心下一陣難過，柔聲安慰：「阿紫，這些日子來可苦了你啦，都是姊夫累了你。」他只道丐幫首腦人物恨他極深，偏又奈何他不得，得知阿紫是他世上唯一的親人，便到南京去擄了來，痛加折磨，卻決計料想不到阿紫這一切全是自作自受。

蕭峯來到山上之時，羣雄立時聳動。那日聚賢莊一戰，他孤身一人連斃數十名好手，當真是威震天下。中原羣雄恨之切齒，卻也是聞之落膽，這時見他突然又上少室山來，均想惡戰又是勢所難免。當日曾參與聚賢莊之會的，回思其時莊中大廳上血肉橫飛的慘狀，兀自心有餘悸，不寒而慄。待見他僅以一招「亢龍有悔」，便將那不可一世的星宿老怪打得落荒而逃，心中更增驚懼，一時山上羣雄面面相覷，肅然無語。

只有星宿派門人中還有十幾人在那裏大言不慚：「姓喬的，你身上中了我星宿派老仙的仙術，不出十天，全身化為膿血而亡！」——「星宿老仙見你是後生小輩，先讓你三招！」——「星宿老仙是甚麼身分，怎屑與你動手？你如不悔悟，立即向星宿老仙跪地求饒，日後勢必死無葬身之地。」只是聲音零零落落，絕無先前的囂張氣燄。

游坦之見到蕭峯，心下害怕，待見他伸臂將阿紫摟在懷裏，而阿紫滿臉喜容，對他神情親密，再也難以忍耐，縱身而前，說道：「你快……快放下阿紫姑娘！」蕭峯將阿紫放在地下，問道：「閣下何人？」游坦之和他凜然生威的目光相對，氣勢立時怯了，囁嚅道：「在下……在下是丐幫幫主……幫主莊……那個莊幫主。」

丐幫中有人叫道：「你已拜入星宿派門下，怎麼還能是丐幫幫主？」

蕭峯怒喝：「你幹麼弄瞎了阿紫姑娘的眼睛？」游坦之為他威勢所懾，倒退兩步，說道：「不……不是我……真的不是……」阿紫道：「姊夫，我的眼睛是丁春秋這老賊弄瞎的，你快挖了丁老賊的眼珠出來，給我報仇。」

蕭峯一時難以明白其間真相，目光環掃，在人叢中見到了段正淳和阮星竹，胸中一酸，又是一喜，朗聲道：「大理段王爺，令愛千金在此，你好好的管教罷！」攜著阿紫的手，走到段正淳身前，輕輕將她一推。

阮星竹早已哭濕了衫袖，這時更加淚如雨下，撲上前來，摟住了阿紫，道：「乖孩子，你……你的眼睛怎麼樣了？」

段譽見到蕭峯突然出現，大喜之下，便想上前廝見，只是蕭峯掌擊丁春秋、救回阿紫、會見游坦之，沒絲毫空閒。待見阮星竹抱住了阿紫大哭，段譽不由得暗暗納罕：「怎地喬大哥說這盲眼少女是我爹爹的令愛千金？」但他素知父親到處留情，心念一轉之際，便已猜到了其中關竅，快步而出，叫道：「大哥，別來可好？這可想煞小弟了。」

蕭峯自和他在無錫酒樓中賭酒結拜，雖然相聚時短，卻是傾蓋如故，肝膽相照，意氣相投，當即上前握住他雙手，說道：「兄弟，別來多事，一言難盡，差幸你我俱都安好。」

忽聽得人叢中有人大叫：「姓喬的，你殺了我兄長，血仇未曾得報，今日和你拚了。」跟著又有人喝道：「這喬峯乃契丹胡虜，人人得而誅之，今日可再也不能容他活著走下少室山去。」但聽得呼喝之聲，響成一片，有的罵蕭峯殺了他的兒子，有的罵他殺了父親。

蕭峯當日聚賢莊一戰，殺傷著實不少。此時聚在少室山上的各路英雄中，不少人與死者或為親人戚屬，或為知交故友，雖對蕭峯忌憚懼怕，但想到親友血仇，忍不住向之叫罵。喝聲一起，登時越來越響。眾人眼見蕭峯隨行的不過一十八騎，他與丐幫及少林派均有仇怨，而適才數掌將丁春秋擊得連連退避，更成為星宿派的大敵，動起手來，就算丐幫兩不相助，各路英雄、少林僧侶，再加上星宿派門人，以數千人圍攻蕭峯一十九騎契丹人馬，就算他真有通天的本領，那也決計難脫重圍。聲勢一盛，各人膽氣也便更加壯了。

羣雄人多口雜，有些粗魯之輩、急仇之人，不免口出汚言，叫罵得甚是兇狠毒辣。數十人紛紛拔出兵刃，舞刀擊劍，便欲一擁而上，將蕭峯亂刀分屍。

蕭峯一十九騎快馬奔馳的來到中原，只盼忽施突襲，將阿紫救歸南京，絕未料到竟有這許多對頭聚集在一起。他自幼便在中原江湖行走，與各路英雄不是素識，便是相互聞名，知道這些人大都是俠義之輩，所以與自己結怨，一來因自己是契丹人，二來是有人從中挑撥，出於誤會。聚賢莊之戰實非心中所願，今日若再大戰一場，多所殺傷，徒增內疚，自己縱能全身而退，攜來的「燕雲十八騎」不免傷亡慘重，心下盤算：「好在阿紫已經救出，交給了她父母，阿朱的心願已了，我得急謀脫身，何必跟這些人多所糾纏？」轉頭向段譽道：「兄弟，此時局面惡劣，我兄弟難以多敘，你暫且退開，山高水長，後會有期。」他要段譽避在一旁，免得奪路下山之時，旁人出手誤傷了他。

段譽眼見各路英雄數逾千人，個個要擊殺義兄，不由得激起了俠義之心，大聲道：「大哥，做兄弟的和你結義之時，說甚麼來？咱倆有福同享，有難同當，不願同年同月同日生，但願同年同月同日死。今日大哥有難，兄弟焉能苟且偷生？」他以前每次遇到危難，都是施展凌波微步的巧妙步法，從人叢中奔逃出險，這時眼見情勢凶險，胸口熱血上湧，決意和蕭峯同死，以全結義之情，這一次是說甚麼也不逃的了。

一眾豪傑大都不識段譽是何許人，見他自稱是蕭峯的結義兄弟，決意與蕭峯聯手和眾人對敵，這麼一副文弱儒雅的模樣，年紀又輕，自是誰也沒將他放在心上，叫嚷得更加兇了。

蕭峯道：「兄弟，你的好意，哥哥甚是感謝。他們想要殺我，卻也沒這麼容易。你快退開，否則我要分手護你，反而不便迎敵。」段譽道：「你不用護我。他們和我無怨無仇，如何便來殺我？」蕭峯臉露苦笑，心頭感到一陣悲涼之意，心想：「倘若無怨無仇便不加害，世間種種怨仇，卻又從何而生？」

段正淳低聲向范驊、華赫艮、巴天石諸人道：「這位蕭大俠於我有救命之恩，待會危急之際，咱們衝入人羣，助他脫險。」范驊道：「是！」向拔刃相向的數千豪傑瞧了幾眼，說道：「對方人多，不知主公有何妙策？」段正淳搖搖頭，說道：「大丈夫恩怨分明，盡力而為，以死相報。」大理眾士齊聲道：「原當如此！」

這邊姑蘇燕子塢諸人也在輕聲商議。公冶乾自在無錫與蕭峯對掌賽酒之後，對他極是傾倒，力主出手相助。包不同和風波惡對蕭峯也十分佩服，躍躍欲試的要上前助拳。慕容復卻道：「眾位兄長，咱們以興復為第一要務，豈可為了蕭峯一人而得罪天下英雄？」鄧百川道：「公子之言甚是。咱們該當如何？」

慕容復道：「收攬人心，以為己助。」突然間長嘯而出，朗聲說道：「蕭兄，你是契丹英雄，視我中原豪傑有如無物，區區姑蘇慕容復今日想領教閣下高招。在下死在蕭兄掌上，也算是為中原豪傑盡了一分微力，雖死猶榮。」他這幾句話其實是說給中原豪傑聽的，這麼一來，不論勝敗，中原豪傑自將姑蘇慕容氏視作了生死之交。

羣豪雖有一拚之心，卻誰也不敢首先上前挑戰。人人均知，雖然戰到後來終於必能將他擊斃，但頭上數十人卻非死不可，這時忽見慕容復上場，不由得大是欣慰，精神為之一振。

「北喬峯，南慕容」二人向來齊名，慕容復搶先出手，就算最後不敵，也已大殺對方兇燄，耗去他不少內力。霎時間喝采之聲，響徹四野。

蕭峯忽聽慕容復挺身挑戰，也不由得一驚，雙手一合，抱拳相見，說道：「素聞公子英名，今日得見高賢，大慰平生。」

段譽急道：「慕容兄，這可是你的不是了。我大哥初次和你相見，素無嫌隙，你又何必乘人之危？何況大家冤枉你之時，我大哥曾為你分辯？」慕容復冷冷一笑，說道：「段兄要做抱打不平的英雄好漢，一併上來賜教便是。」他對段譽糾纏王語嫣，不耐已久，此刻乘機發作了出來。段譽道：「我有甚麼本領來賜教於你？只不過說句公道話罷了。」

丁春秋被蕭峯數掌擊退，大感面目無光，而自己的種種絕技並未得施，當下縱身而前，打個哈哈，說道：「姓蕭的，老夫看你年輕，適才讓你三招，這第四招卻不能讓了。」

游坦之上前說道：「姓莊的多謝你救了阿紫姑娘，可是殺父之仇，不共戴天。姓蕭的，咱們今日便來作個了斷。」

少林派玄生大師暗傳號令：「羅漢大陣把守各處下山的要道。這惡徒害死了玄苦師兄，此次決不容他再生下少室山。」

蕭峯見三大高手以鼎足之勢圍住了自己，而少林羣僧東一簇，西一撮，看似雜亂無章，其實暗含極厲害的陣法，這情形比之當日聚賢莊之戰又更凶險得多。忽聽得幾聲馬匹悲嘶之聲，十九匹契丹駿馬一匹匹翻身滾倒，口吐白沫，斃於地下。

十八名契丹武士連聲呼叱，出刀出掌，剎那間將七八名星宿派門人砍倒擊斃，另有數名星宿門人卻逃了開去。原來丁春秋上前挑戰，他的門人便分頭下毒，算計了契丹人的坐騎，要蕭峯不能倚仗駿馬腳力衝出重圍。

蕭峯一瞥眼間，看到愛馬在臨死之時眼望自己，流露出戀主的淒涼之色，想到乘坐此馬日久，千里南下，更是朝夕不離，不料卻於此處喪於奸人之手，胸口熱血上湧，激發了英雄肝膽，一聲長嘯，說道：「慕容公子、莊幫主、丁老怪，你們便三位齊上，蕭某何懼？」他惱恨星宿派手段陰毒，呼的一掌，向丁春秋猛擊出去。

丁春秋領教過他掌力的厲害，雙掌齊出，全力抵禦。蕭峯順勢一帶，將己彼二人的掌力都引了開來，斜斜劈向慕容復。慕容復最擅長本領是「斗轉星移」之技，將對方使來的招數轉換方位，反施於對方，但蕭峯一招挾著二人的掌力，力道太過雄渾，同時掌力急速迴旋，實不知他擊向何處，勢在無法牽引，當即凝運內力，雙掌推出，同時向後飄開了三丈。

蕭峯身子微側，避開慕容復的掌力，大喝一聲，猶似半空響了個霹靂，右拳向游坦之擊出。他身材魁偉，比游坦之足足高了一個頭，這一拳打將出去，正對準了他面門。游坦之對他本存懼意，聽到這一聲大喝宛如雷震，更是心驚。蕭峯這一拳來得好快，掌擊丁春秋，斜劈慕容復，拳打游坦之，雖說有先後之分，但三招接連而施，快如閃電，游坦之待要招架，拳力已及面門，總算他勤練「易筋經」後，體內自然而然的生出反應，腦袋向後急仰，兩個空心觔斗向後翻出，這才在間不容髮之際避開了這千斤一擊。

游坦之臉上一涼，只聽得羣雄「咦」的一聲，但見一片片碎布如蝴蝶般四散飛開。游坦之蒙在臉上的面幕竟被蕭峯這一掌擊得粉碎。旁觀眾人見這丐幫幫主一張臉凹凹凸凸，一塊紅，一塊黑，滿是創傷疤痕，五官糜爛，醜陋可怖已極，無不駭然。

蕭峯於三招之間，逼退了當世的三大高手，豪氣勃發，大聲道：「拿酒來！」一名契丹武士從死馬背上解下一隻大皮袋，快步走近，雙手奉上。蕭峯拔下皮袋塞子，將皮袋高舉過頂，微微傾側，一股白酒激瀉而下。他仰起頭來，骨嘟骨嘟的喝之不已。皮袋裝滿酒水，少說也有二十來斤，但蕭峯一口氣不停，將一袋白酒喝得涓滴無存。只見他肚子微微脹起，臉色卻黑黝黝地一如平時，毫無酒意。羣雄相顧失色之際，蕭峯右手一揮，餘下十七名契丹武士各持一隻大皮袋，奔到身前。

蕭峯向十八名武士說道：「眾位兄弟，這位大理段公子，是我的結義兄弟。今日咱們陷身重圍之中，寡不敵眾，已然勢難脫身。」他適才和慕容復等各較一招，雖然佔了上風，卻已試出這三大高手每一個都身負絕技，三人聯手，自己便非其敵，何況此外虎視眈眈、環伺在側的，又有千百名豪傑。他拉著段譽之手，說道：「兄弟，你我生死與共，不枉了結義一場，死也罷，活也罷，大家痛痛快快的喝他一場。」

段譽為他豪氣所激，接過一隻皮袋，說道：「不錯，正要和大哥喝一場酒。」

少林羣僧中突然走出一名灰衣僧人，朗聲說道：「大哥，三弟，你們喝酒，怎麼不來叫我？」正是虛竹。他在人叢之中，見到蕭峯一上山來，登即英氣逼人，羣雄黯然無光，不由得大為心折；又見段譽顧念結義之情，甘與共死，當日自己在縹緲峯上與段譽結拜之時，曾將蕭峯也結拜在內，大丈夫一言既出，生死不渝，想起與段譽大醉靈鷲宮的豪情勝概，登時將甚麼安危生死、清規戒律，一概置之腦後。

蕭峯從未見過虛竹，忽聽他稱自己為「大哥」，不禁一呆。

段譽搶上去拉著虛竹的手，轉身向蕭峯道：「大哥，這也是我的結義哥哥。他出家時法名虛竹，還俗後叫虛竹子。咱二人結拜之時，將你也結拜在內了。二哥，快來拜見大哥。」虛竹當即上前，跪下磕頭，說道：「大哥在上，小弟叩見。」

蕭峯微微一笑，心想：「兄弟做事有點獃氣，他和人結拜，竟將我也結拜在內。我死在頃刻，情勢凶險無比，但這人不怕艱難，挺身而出，足見是個重義輕生的大丈夫、好漢子。蕭峯和這種人相結為兄弟，卻也不枉了。」當即跪倒，說道：「兄弟，蕭某得能結交你這等英雄好漢，歡喜得緊。」兩人相對拜了八拜，竟然在天下英雄之前，義結金蘭。

蕭峯不知虛竹身負絕頂武功，見他是少林寺中的一名低輩僧人，料想功夫有限，只是他既慷慨赴義，若教他避在一旁，反而小覷他了，提起一隻皮袋，說道：「兩位兄弟，這一十八位契丹武士對哥哥忠心耿耿，平素相處，有如手足，大家痛飲一場，放手大殺罷。」拔開袋上塞子，大飲一口，將皮袋遞給虛竹。虛竹胸中熱血如沸，那管他甚麼佛家的五戒六戒、七戒八戒，提起皮袋便即喝了一口，交給段譽。段譽喝一口後，交了給一名契丹武士。眾武士一齊舉袋痛飲烈酒。

虛竹向蕭峯道：「大哥，這星宿老怪害死了我後一派的師父、師兄，又害死我先一派少林派的太師伯玄難大師和玄痛大師。兄弟要報仇了！」蕭峯心中一奇，道：「你……」第二個字還沒說下去，虛竹雙掌飄飄，已向丁春秋擊了過去。

蕭峯見他掌法精奇，內力渾厚，不由得又驚又喜，心道：「原來二弟武功如此了得，倒是萬萬意想不到。」喝道：「看拳！」呼呼兩拳，分向慕容復和游坦之擊去。游坦之和慕容復分別出招抵擋。十八名契丹武士知道主公心意，在段譽身周一圍，團團護衛。

虛竹使開「天山六陽掌」，盤旋飛舞，著著進迫。丁春秋那日潛入木屋，曾以「三笑逍遙散」對蘇星河和虛竹暗下毒手，蘇星河中毒斃命，虛竹卻安然無恙，丁春秋早已對他深自忌憚，此刻便不敢使用毒功，深恐虛竹的毒功更在自己之上，那時害人不成，反受其害，當即也以本門掌法相接，心想：「這小賊禿解開珍瓏棋局，竟然得了老賊的傳授，成為我逍遙派的掌門人。老賊鬼計多端，別要暗中安排下對付我的毒計，千萬不可大意。」

逍遙派武功講究輕靈飄逸，閒雅清儁，丁春秋和虛竹這一交上手，但見一個童顏白髮，宛如神仙，一個僧袖飄飄，泠若御風。兩人都是一沾即走，當真便似一對花間蝴蝶，蹁躚不定，於這「逍遙」二字發揮到了淋漓盡致。旁觀羣雄於這逍遙派的武功大都從未見過，一個個看得心曠神怡，均想：「這二人招招凶險，攻向敵人要害，偏生姿式卻如此優雅美觀，直如舞蹈。這般舉重若輕、瀟灑如意的掌法，我可從來沒見過，卻不知是那一門功夫？叫甚麼名字？」

那邊廂蕭峯獨鬥慕容復、游坦之二人，最初十招頗佔上風，但到十餘招後，只覺游坦之每一拳擊出、每一掌拍來，都是滿含陰寒之氣。蕭峯以全力和慕容復相拚之際，游坦之再向他出招，不由得寒氣襲體，大為難當。這時游坦之體內的冰蠶寒毒得到易筋經內功的培養，正邪為輔，水火相濟，已成為天下一等一的厲害內功，再加上慕容復「斗轉星移」之技奧妙莫測，蕭峯此刻力戰兩大高手，比之當日在聚賢莊與數百名武林好漢對壘，凶險之勢，實不遑多讓。但他天生神武，處境越不利，體內潛在勇力越是發皇奮揚，將天下陽剛第一的「降龍十八掌」一掌掌發出，竟使慕容復和游坦之無法近身，而游坦之的冰蠶寒毒便也不致侵襲到他身上。但蕭峯如此發掌，內力消耗著實不小，到後來掌力勢非減弱不可。

游坦之看不透其中的訣竅，慕容復卻心下雪亮，知道如此鬥將下去，只須自己和這莊幫主能支持得半個時辰，此後便能穩佔上風。但「北喬峯，南慕容」素來齊名，今日首次當眾拚鬥，自己卻要丐幫幫主相助，縱然將蕭峯打死，「南慕容」卻也顯然不及「北喬峯」了。慕容復心中盤算數轉，尋思：「興復事大，名望事小。我若能為天下英雄除去了這個中原武林的大害，則大宋豪傑之士，不論識與不識，自然對我懷恩感德，看來這武林盟主一席，便非我莫屬了。那時候振臂一呼，大燕興復可期。何況其時喬峯這廝已死，就算『南慕容』不及『北喬峯』，也不過往事一件罷了。」轉念又想：「殺了喬峯之後，莊聚賢便成大敵，倘若武林盟主之位終於被他奪去，我反而要聽奉他號令，卻又大大的不妥。」是以發招出掌之際，暗暗留下幾分內力，只是面子上似乎全力奮擊，勇不顧身，但蕭峯「降龍十八掌」的威力，卻大半由游坦之受了去。慕容復身法精奇，旁人誰也瞧不出來。

轉瞬之間，三人翻翻滾滾的已拆了百餘招。蕭峯連使巧勁，誘使游坦之上當。游坦之經驗極淺，幾次險些著了道兒，全仗慕容復從旁照料，及時化解，而對蕭峯所擊出剛猛無儔的掌力，游坦之卻以深厚內功奮力承受。

段譽在十八名契丹武士圍成的圈子之中，眼看二哥步步進逼，絲毫不落下風，大哥以一敵二，雖然神威凜凜，但見他每一掌都是打得狂風呼嘯，飛沙走石，只怕難以持久，心想：「我口口聲聲說要和兩位哥哥同赴患難，事到臨頭，卻躲在人叢之中，受人保護，那算得甚麼義氣？算得是甚麼同生共死？左右是個死，咱結義三兄弟中，我這老三可不能太不成話。我雖然全無武功，但以凌波微步去和慕容復糾纏一番，讓大哥騰出手來先打退那個醜臉莊幫主，也是好的。」

他思念已定，閃身從十八名契丹武士的圈子中走了出來，朗聲說道：「慕容公子，你既和我大哥齊名，該當和我大哥一對一的比拚一番才是，怎麼要人相助，方能苦苦撐持？就算勉強打個平手，豈不是已然貽羞天下？來來來，你有本事，便打我一拳試試。」說著身子一晃，搶到了慕容復身後，伸手往他後頸抓去。

慕容復見他來得奇快，反手拍的一掌，正擊在他臉上。段譽右頰登時皮破血流，痛得眼淚也流了下來。他這凌波微步本來甚為神妙，施展之時，別人要擊打他身子，確屬難能，可是這一次他是出手去攻擊旁人。這麼毛手毛腳的一抓，焉能抓得到武功絕頂的姑蘇慕容？被他一掌擊來，段譽又不會閃避，立時皮開肉綻，苦不堪言。

但慕容復的手掌只和他面頰這麼極快的一觸，立覺自身內力向外急速奔瀉，就此無影無蹤，而手臂手掌也不由得一麻，登時大吃一驚：「星宿派妖術流毒天下，這小子居然也學上了，倒須小心。」罵道：「姓段的小子，你幾時也投入星宿派門下了？」

段譽道：「你說甚……」一言未畢，冷不防慕容復飛起一腳，將他踢了個觔斗。慕容復沒料得這下偷襲，竟如此容易得手，心中一喜，當即飛身而上，右足踩住了他胸口，喝道：「你要死是要活？」段譽一側頭，見蕭峯還在和莊聚賢惡鬥，心想自己倘若出言挺撞，立時便給他殺了，他空出手來又去相助莊聚賢，大哥又即不妙，還是跟他拖延時刻的為是，便道：「死有甚麼好？當然是活在世上做人，比較有些兒味道。」

慕容復聽這小子在這當兒居然還敢說俏皮話，臉色一沉，喝道：「你若要活，便……」他想叫段譽向自己磕一百個響頭，當眾折辱於他，但轉念便想到這人步法巧妙，這次如放開了他，要再制住他可未必容易，隨即轉口道：「……便叫我一百聲『親爺爺』！」段譽笑道：「你又大不了我幾歲，怎麼能做我爺爺？好不害臊！」慕容復呼的一掌拍出，擊在段譽腦袋右側，登時泥塵紛飛，地下現出一坑，這一掌只要偏得數寸，段譽當場便腦漿迸裂。慕容復喝道：「你叫是不叫？」

段譽側過了頭，避開地下濺起來的塵土，一瞥眼，看到遠處王語嫣站在包不同和風波惡身邊，雙眼目不轉睛的注視著自己，然而臉上卻無半分關切焦慮之情，顯然她心中所想的，只不過是：「表哥會不會殺了段公子？」倘若表哥殺了段公子，王姑娘自然也不會有甚麼傷心難過。他一看到王語嫣的臉色，不由得萬念俱灰，只覺還是即刻死於慕容復之手，免得受那相思的無窮折磨，便淒然道：「你幹麼不叫我一百聲『親爺爺』？」

慕容復大怒，提起右掌，對準了段譽門面直擊下去，倏見兩條人影如箭般衝來。一個叫道：「別傷我兒！」一個叫道：「別傷我師父。」兩人身形雖快，其勢卻已不及阻止他掌擊段譽，但段正淳和南海鱷神都是武功極高之士，兩股掌力一前一後的分擊慕容復要害。

慕容復若不及時回救，雖能打死段譽，自己卻非身受重傷不可。他立即收回右掌，擋向段正淳拍來的雙掌，左掌在背後畫個圓圈，化解南海鱷神的來勢。三人掌力相激盪，各自心中一凜，均覺對方武功著實了得。段正淳急於解救愛子，右手食指一招「一陽指」點出，招數正大，內力雄渾。

王語嫣叫道：「表哥小心，這是大理段氏一陽指，不可輕敵。」

南海鱷神哇哇大叫：「你奶奶的，我這他媽的師父雖然不成話，總是我岳老二的師父。你打我師父，便如打我岳老二一般。我師父要是貪生怕死，叫了你一句親爺爺，我岳老二今後還能做人麼？見了你如何稱呼？你豈不是比岳老二還大上三輩？我不成做了你的灰孫子？實在欺人太甚，今日跟你拚了。」一面叫罵，一面取出鱷嘴剪來，左一剪，右一剪，不斷向慕容復剪去。他生平最怕的便是輩份排名低於別人，連「四大惡人」中老二、老三的名次，還要和葉二娘爭個不休。今日段譽倘若叫了慕容復一聲「親爺爺」，南海鱷神這現成「灰孫子」可就做定了，那當真陷入了萬劫不復的境地，寧可腦袋落地，灰孫子是萬萬不做的。

慕容復不知他叫嚷些甚麼，右足牢牢踏定了段譽，雙手分敵二人。拆到十餘招後，覺得南海鱷神雖有一件厲害兵刃，倒還容易抵敵，段正淳的一陽指卻著實不能小覷了，是以正面和段正淳相對，凝神拆招，於南海鱷神的鱷嘴剪卻只以餘力化解，百忙中還得一兩招，便將南海鱷神逼躍出數丈以外相避。段譽被他踏住了，出力掙扎，想爬起身來，卻那裏能夠？

段正淳見愛子受制，心想這慕容復腳下只須略一加力，兒子便會給他踩得嘔血身亡，眼前情勢利於速戰，只有先將兒子救脫險境才是道理，當下將那一陽指使得虎虎生風，著著進迫。忽聽得一個陰陽怪氣的聲音說道：「大理段氏一陽指講究氣象森嚴，雍容肅穆，於威猛之中不脫王者風度。似你這般死纏爛打，變成丐幫的沒袋弟子了，還成甚麼一陽指？嘿嘿，嘿嘿，這不是給大理段氏丟人麼？」段正淳聽得說話的正是大對頭段延慶，他這番話原本不錯，但愛子有難，關心則亂，那裏還有閒暇來顧及甚麼氣象、甚麼風度？一陽指出手越來越重，這一來，變成狠辣有餘，沉穩不足，倏然間一指點出，給慕容復就勢一移一帶，嗤的一聲響，點中了南海鱷神的肩窩。

南海鱷神哇哇怪叫，罵道：「你奶……」嗆啷一聲，鱷嘴剪落地，剪身一半砸在他腳骨之上。他又痛又怒，便欲破口大罵，但轉念一想：「他是師父的老子，我若罵他，不免亂了輩份，此人可殺不可罵，日後若有機緣，我悄悄將他腦袋瓜子剪去便是……」

便在此時，慕容復乘著段正淳誤傷對手、心神微分之際，左手中指直進，快如閃電般點中了段正淳胸口的中庭穴。

這中庭穴在膻中穴之下一寸六分。膻中穴乃人身氣海，百息之所會，最當衝要，一著敵指，立時氣息閉塞。慕容復知道對方了得，百忙中但求一指著體，已無法顧及非點中膻中穴不可，但饒是如此，段正淳已感胸口一陣劇痛，內息難行。

王語嫣見表哥出指中敵，拍手喝采：「表哥，好一招『夜叉探海』！」本來要點中對方膻中氣海，才算是「夜叉探海」，但她對意中人自不免要寬打幾分，他這一指雖差了一寸六分，卻也馬馬虎虎的稱之為「夜叉探海」了。

慕容復知道這一指並未點中對方要害，立即補上一招，右掌推出，直擊段正淳胸口。段正淳一口氣還沒換過，無力抵擋，給慕容復一掌猛擊，一口鮮血噴了出來。他愛子心切，不肯退開，急忙運氣，慕容復第二招又已拍出。

段譽身處慕容復足底，突見父親口中鮮血直噴，慕容復第二掌又將擊出，心下大急，右手食指向他急指，叫道：「你敢打我爹爹？」情急之下，內力自然而然從食指中湧出，正是「六脈神劍」中「商陽劍」的一招，嗤的一聲響，慕容復一隻衣袖已被無形劍切下，跟著劍氣與慕容復的掌力一撞。慕容復只感手臂一陣酸麻，大吃一驚，急忙向後躍開。

段譽身得自由，一骨碌翻身站起，左手小指點出，一招「少澤劍」又向他刺去。慕容復忙展開左袖迎敵，嗤嗤兩劍，左手袖子又已被劍氣切去。鄧百川叫道：「公子小心，這是無形劍氣，用兵刃罷？」拔劍出鞘，倒轉劍柄，向慕容復擲去。

段譽聽得王語嫣在慕容復打倒自己父親之時大聲喝采，心中氣苦，內力源源湧出，一時少商、商陽、中衝、關衝、少衝、少澤六脈劍法縱橫飛舞，使來得心應手，有如神助。

四十二

老魔小醜　豈堪一擊　勝之不武

──

段譽這路劍法大開大闔，氣派宏偉，每一劍刺出，都有石破天驚、風雨大至之勢，慕容復一筆一鉤，漸感難以抵擋。

慕容復接過鄧百川擲來的長劍，精神一振，使出慕容氏家傳劍法，招招連綿不絕，猶似行雲流水一般，瞬息之間，全身便如罩在一道光幕之中。武林人士向來只聞姑蘇慕容氏武功淵博，各家各派的功夫無所不知，殊不料劍法精妙如斯。

但慕容復每一招不論如何凌厲狠辣，總是遞不到段譽身周一丈之內。只見段譽雙手點點戳戳，便逼得慕容復縱高伏低，東閃西避。突然間拍的一聲響，慕容復手中長劍為段譽的無形劍氣所斷，化為寸許的二三十截，飛上半空，斜陽映照，閃出點點白光。

慕容復猛吃一驚，卻不慌亂，左掌急揮，將二三十截斷劍化作暗器，以滿天花雨手法向段譽激射過來。段譽大叫：「啊喲！」手足無措，慌作一團，急忙伏地。數十枚斷劍都從他頭頂飛過，高手比武，竟出到形如「狗吃屎」的丟臉招數，實在難看已極。慕容復長劍雖被截斷，但敗中求勝，瀟灑自如，反較段譽光采得多。

風波惡叫道：「公子，接刀！」將手中單刀擲了過去。慕容復接刀在手，見段譽已爬起身來，笑道：「段兄這招『惡狗吃屎』，是大理段氏的家傳絕技麼？」段譽一呆，道：「不是！」右手小指一揮，一招「少衝劍」刺了過去。

慕容復舞刀抵禦，但見他忽使「五虎斷門刀」，忽使「八卦刀法」，不數招又使「六合刀」，頃刻之間，連使八九路刀法，每一路都能深中竅要，得其精義，旁觀的使刀名家盡皆嘆服。可是他刀法雖精，始終無法欺近段譽身旁。段譽一招「少衝劍」從左側繞了過來，慕容復舉刀一擋，噹的一聲，一柄利刃又被震斷。

公冶乾手一抬，兩根判官筆向慕容復飛去。慕容復拋下斷刀，接過判官筆來，一出手，招招點穴招數，筆尖上嗤嗤有聲，隱隱然也有一股內力發出。

段譽百餘招拆將下來，畏懼之心漸去，記起伯父和天龍寺枯榮大師所傳的內功心法，將那六脈神劍使得漸漸的圓轉融通。忽聽得蕭峯說道：「三弟，你這六脈神劍尚未純熟，六種劍法齊使，轉換之時中間留有空隙，對方便能乘機趨避。你不妨只使一種劍法試試。」

段譽道：「是，多謝大哥指點！」側眼一看，只見蕭峯負手旁站，意態閒逸，莊聚賢卻躺在地下，雙足斷折，大聲呻吟。

原來蕭峯少了慕容復一個強敵，和游坦之單打獨鬥，立時便大佔上風，只是和他硬拚數掌，每一次雙掌相接，都不禁機伶伶的打個冷戰，感到寒氣襲體，說不出的難受，當即呼呼呼猛擊數掌，乘游坦之舉掌全力相迎之際，倏地橫掃一腿。游坦之所長者乃是冰蠶寒毒和易筋經內功，拳腳上功夫全是學自阿紫，那是稀鬆平常之極，但覺腿上一陣劇痛，喀喇一聲，兩隻小腿脛骨同時折斷，便即摔倒。蕭峯朗聲道：「丐幫向以仁俠為先，你身為一幫之主，豈可和星宿派的妖人同流合污？沒的辱沒了丐幫數百年來的俠義美名！」

游坦之所以得任丐幫幫主，全仗著過人的武功，見識氣度，卻均不足以服眾，何況戴起面幕，神神秘秘，鬼鬼祟祟，一切事務全聽阿紫和全冠清二人調度，眾丐早已甚感不滿。這日連續抓死本幫幫眾，當眾向丁春秋磕頭，投入星宿派門下，眾丐更不將他當幫主看待了。蕭峯踢斷他的雙腿，眾丐反而心中竊喜，竟無一個上來相助。全冠清等少數死黨縱然有心趨前救援，但見到蕭峯威風凜凜的神情，有誰敢上來送死？

蕭峯打倒游坦之後，見虛竹和丁春秋相鬥，頗居優勢，段譽雖會六脈神劍，有時精巧，有時笨拙無比，許多取勝的機會都莫名其妙的放了過去，忍不住出聲指點。

段譽側頭觀看蕭峯和游坦之二人，心神略分，六脈神劍中立時出現破綻。慕容復機靈無比，左手一揮，一枝判官筆勢挾勁風，向段譽當胸射到，眼見便要穿胸而過。段譽見判官筆來勢驚人，不由得慌了手腳，急叫：「大哥，不好了！」

蕭峯一招「見龍在田」，從旁拍擊過去，判官筆為掌風所激，筆腰竟爾彎曲，從段譽腦後繞了個彎，向慕容復射了回去。

慕容復舉起右手單筆，砸開射來的判官筆，噹的一聲，雙筆相交，只震得右臂發麻，不等那彎曲了的判官筆落地，左手一抄，已然抓住，使將開來，竟然是單鉤的鉤法。

羣雄既震於蕭峯掌力之強，又見慕容復應變無窮，鉤法精奇，忍不住也大聲喝采，都覺今日得見當世奇才各出全力相拚，實是大開眼界，不虛了此番少室山一行。

段譽逃過了飛筆穿胸之險，定一定神，大拇指按出，使動「少商劍法」。這路劍法大開大闔，氣派宏偉，每一劍刺出，都有石破天驚、風雨大至之勢，慕容復一筆一鉤，漸感難以抵擋。段譽得到蕭峯的指點，只是專使一路少商劍法，果然這路劍法結構嚴謹，再無破綻。本來六脈神劍六路劍法迴轉運使，威力比之單用一劍自是強大得多，但段譽不懂其中訣竅，單使一劍反更圓熟，十餘劍使出，慕容復已然額頭見汗，不住倒退，退到一株大槐樹旁，倚樹防禦。段譽將一路少商劍法使完，拇指一屈，食指點出，變成了「商陽劍法」。

這商陽劍的劍勢不及少商劍宏大，輕靈迅速卻遠有過之，他食指連動，一劍又一劍的刺出，快速無倫。使劍全仗手腕靈活，但出劍收劍，不論如何迅速，總是有數尺的距離，他以食指運那無形劍氣，卻不過是手指在數寸範圍內轉動，一點一戳，何等方便？何況慕容復被他逼在丈許之外，全無還手餘地。段譽如果和他一招一式的拆解，使不上第二招便給慕容復取了性命，現下只攻不守，任由他運使從天龍寺中學來的商陽劍法，自是佔盡了便宜。

王語嫣眼見表哥形勢危急，心中焦慮萬分，她雖熟知天下各家各派的武功招式，於這六脈神劍卻一竅不通，無法出聲指點，唯有空自著急的份兒。

蕭峯見段譽的無形劍氣越出越神妙，既感欣慰，又是欽佩，驀地裏心中一酸，想起了阿朱：「阿朱那日所以甘願代她父親而死，實因怕我殺她父親之後，大理段氏必定找我復仇，深恐我抵敵不住他們的六脈神劍。三弟劍法如此神奇，我若和慕容復易地而處，確也難以抵敵。阿朱以她的性命來救我一死，我……我契丹一介武夫，怎配消受她如此深情厚恩？」

羣雄眼見慕容復被段譽逼得窘迫已極，有人便想上前相助，忽聽得西南角上無數女子聲音喊道：「星宿老怪，你怎敢和我縹緲峯靈鷲宮主人動手？快快跪下磕頭罷。」眾人側頭看去，見山邊站著數百名女子，分列八隊，每一隊各穿不同顏色衣衫，紅黃青紫，鮮艷奪目。八隊女子之旁又有數百名江湖豪客，服飾打扮，大異常人。這些豪客也紛紛呼叫：「主人，給他種下幾片『生死符』！」「對付星宿老怪，生死符最具神效！」

虛竹的武功內力均在丁春秋之上，本來早可取勝，只是一來臨敵經驗實在太淺，本身功力發揮不到六七成；二來他心存慈悲，許多取人性命的厲害殺手，往往只施一半便即收回；三來丁春秋周身劇毒，虛竹頗存顧忌，不敢輕易沾到他身子，卻不知自己身具深厚內力，丁春秋這些劇毒早就害他不得，是以劇鬥良久，還是相持不下。忽聽得一眾男女齊聲大呼，為自己吶喊助威，虛竹向聲音來處看去，不禁又驚又喜，但見靈鷲宮九天九路諸女中倒有八部到了，餘下一部鸞天部想是在靈鷲宮留守。那些男子則是三十六洞洞主、七十二島島主及其部屬，人數著實不少，各洞主、島主就算並非齊到，也已到了八九成。

虛竹叫道：「余婆婆，烏先生，你們怎麼也來了？」余婆婆說道：「啟稟主人，屬下等接到梅蘭竹菊四位姑娘傳書，得知少林寺賊禿們要跟主人為難，因此知會各洞各島部屬，星夜趕來。天幸主人無恙，屬下不勝之喜。」虛竹道：「少林派是我師門，你言語不得無禮，快向少林寺方丈謝罪。」他口中說話，天山折梅手、天山六陽掌等仍是使得妙著紛呈。

余婆臉現惶恐之色，躬身道：「是，老婆子知罪了。」走到玄慈方丈之前，雙膝跪倒，恭恭敬敬的磕了四個頭，說道：「靈鷲宮主人屬下昊天部余婆，言語無禮，冒犯少林寺眾位高僧，謹向方丈磕頭謝罪，恭領方丈大師施罰。」她這番話說得甚是誠懇，但吐字清朗，顯得內力充沛，已是一流高手的境界。

玄慈袍袖一拂，說道：「不敢當，女施主請起！」這一拂之中使上了五分內力，本想將余婆托起，那知余婆只是身子微微一震，竟沒給托起。她又磕了個頭，說道：「老婆子冒瀆主人師門，罪該萬死。」這才緩緩站起，回歸本隊。

玄字輩眾老僧曾聽虛竹述說入主靈鷲宮的經過，得知就裏，其餘少林眾僧和旁觀羣雄卻都大奇：「這老婆子內力修為著實了得，其餘眾男女看來也非弱者，怎麼竟都是這少林派小和尚的部下，真是奇哉怪也。」有人眼見虛竹相助蕭峯，而他有大批男女部屬到來，蕭峯陡增強助，要殺他已頗不易，不由得擔憂。

星宿派門人見到靈鷲八部諸女中有不少美貌少婦少女，言語中當即不清不楚起來。眾洞主、島主都是粗豪漢子，立即反唇相稽，一時山頭上呼喝叱罵之聲，響成一片。眾洞主、島主紛紛拔刀挑戰。星宿派門人未得師父吩咐，不敢出陣應戰，口中的叫罵可就加倍汚穢了。有的眼見師父久戰不利，局面未必大好，便東張西望的察看逃奔下山的道路。

段譽心不旁騖，於靈鷲宮眾人上山全不理會，凝神使動商陽劍法，著著向慕容復進逼。慕容復這時已全然看不清無形劍氣的來路，唯有將一筆一鉤使得風雨不透，護住全身。

陡然間嗤的一聲，段譽劍氣透圍而入，慕容復帽子被削，登時頭髮四散，狼狽不堪。王語嫣驚叫：「段公子，手下留情！」段譽心中一凜，長嘆一聲，第二劍便不再發出，迴手撫胸，心道：「我知你心中所念，只有你表哥一人，倘使我失手將他殺了，你悲痛無已，從此再無笑容。段某敬你愛你，決不願令你悲傷難過。」

慕容復臉如死灰，心想今日少室山上鬥劍而敗，已是奇恥大辱，再因一女子出言求情，對方才饒了自己性命，今後在江湖上那裏還有立足的餘地？大聲喝道：「大丈夫死則死耳，誰要你賣好讓招？」舞動鋼鉤，向段譽直撲過來。

段譽雙手連搖，說道：「咱們又無仇怨，何必再鬥？不打了，不打了！」

慕容復素性高傲，從沒將天下人放在眼內，今日在當世豪傑之前，被段譽逼得全無還手餘地，又因王語嫣一言而得對方容讓，這口忿氣如何咽得下去？他鋼鉤揮向段譽面門，判官筆疾刺段譽胸膛，只想：「你用無形劍氣殺我好了，拚一個同歸於盡，勝於在這世上苟且偷生。」這一下撲來，已將自己生死置之度外。

段譽見慕容復來勢兇猛，若以六脈神劍刺他要害，生怕傷了他性命，一時手足無措，竟然呆了，想不起以凌波微步避讓。慕容復這一縱志在拚命，來得何等快速，人影一晃之際，噗的一聲，右手判官筆已插入段譽身子。總算段譽在危急之間向左一側，避過胸膛要害，判官筆卻已深入右肩，段譽「啊」的一聲大叫，只嚇得全身僵立不動。慕容復左手鋼鉤疾鉤他後腦，這一招「大海撈針」，乃是北海拓跋氏「漁叟鉤法」中的一招厲害招數，係從深海鉤魚的鉤法之中變化出來，的是既準且狠。

段正淳和南海鱷神眼見情勢不對，又再雙雙撲上，此外又加上了巴天石和崔百泉。這一次慕容復決意要殺段譽，寧可自己身受重傷，也決不肯有絲毫緩手，因此竟不理會段正淳等四人的攻擊，眼見鋼鉤的鉤尖便要觸及段譽後腦，突然間背後「神道穴」上一麻，身子被人凌空提起。「神道穴」要穴被抓，登時雙手酸麻，再也抓不住判官筆和鋼鉤，只聽得蕭峯厲聲喝道：「人家饒你性命，你反下毒手，算甚麼英雄好漢？」

原來蕭峯見慕容復猛撲而至，門戶大開，破綻畢露，料想段譽無形劍氣使出，一招便取了他性命，萬沒想到段譽竟會在這當兒住手，慕容復來勢奇速，雖以蕭峯出手之快，竟也不及解救那一筆之厄。但慕容復跟著使出那一招「大海撈針」時，蕭峯便即出手，一把抓住他後心的「神道穴」。本來慕容復的武功雖較蕭峯稍弱，也不至一招之間便為所擒，只因其時憤懣填膺，一心一意要殺段譽，全沒顧到自身。蕭峯這一下又是精妙之極的擒拿手法，一把抓住了要穴，慕容復再也動彈不得。

蕭峯身形魁偉，手長腳長，將慕容復提在半空，其勢直如老鷹捉小雞一般。鄧百川、公冶乾、包不同、風波惡四人齊叫：「休傷我家公子！」一齊奔上。王語嫣也從人叢中搶出，叫道：「表哥，表哥！」慕容復恨不得立時死去，免受這難當羞辱。

蕭峯冷笑道：「蕭某大好男兒，竟和你這種人齊名！」手臂一振，將他擲了出去。

慕容復直飛出七八丈外，腰板一挺，便欲站起，不料蕭峯抓他神道穴之時，內力直透諸處經脈，他無法在這瞬息之間解除手足的麻痺，砰的一聲，背脊著地，只摔得狼狽不堪。

鄧百川等忙轉身向慕容復奔去。慕容復運轉內息，不待鄧百川等奔到，已然翻身站起。他臉如死灰，一伸手，從包不同腰間劍鞘中拔出長劍，跟著左手劃個圈子，將鄧百川等擋在數尺之外，右手手腕翻轉，橫劍便往脖子中抹去。王語嫣大叫：「表哥，不可……」

便在此時，只聽得破空聲大作，一件暗器從十餘丈外飛來，橫過廣場，撞向慕容復手中長劍，錚的一聲響，慕容復長劍脫手飛出，手掌中滿是鮮血，虎口已然震裂。

慕容復震駭莫名，抬頭往暗器來處瞧去，只見山坡上站著一個灰衣僧人，臉蒙灰布。那僧人邁開大步，走到慕容復身邊，問道：「你有兒子沒有？」語音頗為蒼老。

慕容復道：「我尚未婚配，何來子息？」那灰衣僧森然道：「你有祖宗沒有？」慕容復甚是氣惱，大聲道：「自然有！我自願就死，與你何干？士可殺不可辱，慕容復堂堂男子，受不得你這些無禮的言語。」灰衣僧道：「你高祖有兒子，你曾祖、祖父、父親都有兒子，便是你沒有兒子！嘿嘿，大燕國當年慕容皝、慕容恪、慕容垂、慕容德何等英雄，卻不料都變成了斷種絕代的無後之人！」

慕容皝、慕容恪、慕容垂、慕容德諸人，都是當年燕國的英主名王，威震天下，創下轟轟烈烈的事業，正是慕容復的列祖列宗。他在頭昏腦脹、怒發如狂之際突聽得這四位先人的名字，正如當頭淋下一盆冷水，心想：「先父昔年諄諄告誡，命我以興復大燕為終生之志，今日我以一時之忿，自尋短見，我鮮卑慕容氏從此絕代。我連兒子也沒有，還說得上甚麼光宗復國？」不由得背上額頭全是冷汗，當即拜伏在地，說道：「慕容復識見短絀，得蒙高僧指點迷津，大恩大德，沒齒難忘。」

灰衣僧坦然受他跪拜，說道：「古來成大功業者，那一個不歷盡千辛萬苦？漢高祖有白登求和之困，唐高祖有降順突厥之辱，倘若都似你這麼引劍一割，只不過是個心窄氣狹的自了漢罷了，還談得上甚麼開國建基？你連勾踐、韓信也不如，當真是無知無識之極。」

慕容復跪著受教，悚然驚懼：「這位神僧似乎知道我心中抱負，居然以漢高祖、唐高祖這等開國之主來相比擬。」說道：「慕容復知錯了！」灰衣僧道：「起來！」慕容復恭恭敬敬磕了三個頭，站起身來。

灰衣僧道：「你姑蘇慕容氏的家傳武功神奇精奧，舉世無匹，只不過你沒學到家而已，難道當真就不及大理國段氏的『六脈神劍』了？瞧仔細了！」伸出食指，凌虛點了三下。

這時段正淳和巴天石二人站在段譽身旁，段正淳已用一陽指封住段譽傷口四周穴道，巴天石正要將判官筆從他肩頭拔出來，不料灰衣僧指風點處，兩人胸口一麻，便即摔倒，跟著那判官筆從段譽肩頭反躍而出，拍的一聲，插入地下。段正淳和巴天石摔倒後，立即翻身躍起，不禁駭然。這灰衣僧顯然是手下留情，否則這兩下虛點便已取了二人性命。

只聽那灰衣僧朗聲說道：「這便是你慕容家的『參合指』！當年老衲從你先人處學來，也不過一知半解、學到一些皮毛而已，慕容氏此外的神妙武功不知還有多少。嘿嘿，難道憑你少年人這一點兒微末道行，便創得下姑蘇慕容氏『以彼之道，還施彼身』的大名麼？」

羣雄本來震於「姑蘇慕容」的威名，但見慕容復一敗於段譽，再敗於蕭峯，心下都想：「見面不如聞名！雖不能說浪得虛名，卻也不見得驚世駭俗，藝蓋當代。」待見那灰衣僧顯示了這一手神功，又聽他說只不過學得慕容氏「參合指」的一些皮毛，不禁對「姑蘇慕容」四字重生敬意，只是人人心中奇怪：「這灰衣僧是誰？他和慕容氏又有甚麼干係？」

灰衣僧轉過身來，向著蕭峯合什說道：「喬大俠武功卓絕，果然名不虛傳，老衲想領教幾招！」蕭峯早有提防，當他合什施禮之時，便即抱拳還禮，說道：「不敢！」兩股內力一撞，二人身子同時微微一晃。

便在此時，半空中忽有一條黑衣人影，如一頭大鷹般撲將下來，正好落在灰衣僧和蕭峯之間。這人驀地裏從天而降，突兀無比，眾人驚奇之下，一齊呼喊起來，待他雙足落地，這才看清，原來他手中拉著一條長索，長索的另一端繫在十餘丈外的一株大樹頂上。只見這人光頭黑衣，也是個僧人，黑布蒙面，只露出一雙冷電般的眼睛。

黑衣灰衣二僧相對而立，過了好一陣，始終誰都沒開口說話。羣雄見這二僧身材都是甚高，只是黑衣僧較為魁梧，灰衣僧則極瘦削。

只有蕭峯卻又是喜歡，又是感激，他從這黑衣僧揮長索遠掠而來的身法之中，已認出便是那日在聚賢莊救他性命的黑衣大漢。當時那黑衣大漢頭戴氈帽，身穿俗家衣衫，此刻則已換作僧裝。此刻聚在少室山上的羣雄之中，頗有不少當日曾參與聚賢莊之會，只是其時那黑衣大漢一瞥即逝，誰都沒看清他的身法，這時自然也認他不出。

又過良久，黑衣灰衣二僧突然同時說道：「你……」但這「你」字一出口，二僧立即住口。再隔半晌，那灰衣僧才道：「你是誰？」黑衣僧道：「你又是誰？」

羣雄聽黑衣僧說了這四個字，心中都道：「這和尚聲音蒼老，原來也是個老僧。」

蕭峯聽到這聲音正是當日那大漢在荒山中教訓他的聲調，一顆心劇烈跳動，只想立時便上去相認，叩謝救命之恩。

那灰衣僧道：「你在少林寺中一躲數十年，為了何事？」

黑衣僧道：「我也正要問你，你在少林寺中一躲數十年，又為了何事？」

二僧這幾句話一出口，少林羣僧自玄慈方丈以下無不大感詫異，各人面面相覷，都想：「這兩個老僧怎麼在本寺已有數十年，我卻絲毫不知？難道當真有這等事？」

只聽灰衣僧道：「我藏身少林寺中，為了找尋一些東西。」黑衣僧道：「我藏身少林寺中，也為了找尋一些東西。我要找的東西，已經找到了，你要找的，想來也已找到。否則的話，咱們三場較量，該當分出了高下。」灰衣僧道：「不錯，尊駕武功了得，實為在下生平罕見，今日還再比不比？」黑衣僧道：「兄弟對閣下的武功也十分佩服，便再比下去，只怕也不易分出勝敗。」

眾人忽聽這二僧以「閣下、兄弟」口吻相稱，不是出家人的言語，更加摸不著頭腦。

灰衣僧道：「你我互相欽服，不用再較量了。」黑衣僧道：「甚好。」二僧點了點頭，相偕走到一株大樹之下，並肩而坐，閉上了眼睛，便如入定一般，再也不說話了。

慕容復又是慚愧，又是感激，尋思：「這位高僧識得我的先人，不知相識的是我爺爺，還是爹爹？今後興復大事，勢非請這高僧詳加指點不可，今日可決不能交臂失之。」當下退在一旁，不敢便去打擾，要待那灰衣僧站起身來，再上去叩領教益。

王語嫣想到他適才險些自刎，這時候兀自驚魂未定，拉著他的衣袖，淚水涔涔而下。慕容復心感厭煩，不過她究是一片好意，卻也不便甩袖將她摔開。

灰衣黑衣二僧相繼現身，直到偕赴樹下打坐，虛竹和丁春秋始終在劇鬥不休。這時羣雄的目光又都轉到他二人身上來。

靈鷲四姝中的菊劍忽然想起一事，走向那十八名契丹武士身前，說道：「我主人正在和人相鬥，須要喝點兒酒，力氣才得大增。」一名契丹武士道：「這兒酒漿甚多，姑娘儘管取用。」說著提起兩隻大皮袋。菊劍笑道：「多謝，我家主人酒量不大，有一袋也就夠了。」提起一袋烈酒，拔開了袋上木塞，慢慢走近虛竹和丁春秋相鬥之處，叫道：「主人，你給星宿老怪種生死符，得用些酒水罷！」一橫轉皮袋，用力向前一送，袋中烈酒化作一道酒箭，向虛竹射去。梅蘭竹三姝拍手叫道：「菊妹，妙極！」

忽聽得山坡後有一個女子聲音嬌滴滴的唱道：「一枝穠艷露凝香，雲雨巫山枉斷腸。我乃楊貴妃是也，好酒啊好酒，奴家醉倒沉香亭畔也！」

虛竹和丁春秋劇鬥良久，苦無制他之法，聽得靈鷲宮屬下男女眾人叫他以「生死符」

對付，見菊劍以酒水射到，當即伸手一抄，抓了一把，只見山後轉出九個人來，正是琴顛康廣陵、棋魔范百齡、書獃苟讀、畫狂吳領軍、神醫薛慕華、巧匠馮阿三、花痴石清露、戲迷李傀儡等「函谷八友」。這八人見虛竹和丁春秋拳來腳往，打得酣暢淋漓，當即齊聲大叫助威：「掌門師叔今日大顯神通，快殺了丁春秋，給我們祖師爺和師父報仇！」

其時菊劍手中烈酒還在不住向虛竹射去，她武功平平，一部分竟噴向丁春秋。星宿老怪惡鬥虛竹，輾轉打了半個時辰，但覺對方妙著層出不窮，給他迫住了手腳，種種邪術無法施展，陡然見到酒水射來，心念一動，左袖拂出，將酒水拂成四散飛濺的酒雨，向虛竹潑去。這時虛竹全身功勁行開，千千萬萬酒點飛到，沒碰到衣衫，便已給他內勁撞了開去，驀聽得「啊啊」兩聲，菊劍翻身摔倒。丁春秋將酒水化作雨點拂出來時，每一滴都已然染上劇毒。菊劍站得較近，身沾毒雨，當即倒地。

虛竹關心菊劍，甚是惶急，卻不知如何救她才是，更聽得薛慕華驚叫：「師叔，這毒藥好生厲害，快制住老賊，逼他取解藥救治。」虛竹叫道：「不錯！」右掌揮舞，不絕向丁春秋進攻，左掌掌心中暗運內功，逆轉北冥真氣，不多時已將掌中酒水化成七八片寒冰，右掌颼颼颼連拍三掌。

丁春秋乍覺寒風襲體，吃了一驚：「這小賊禿的陽剛內力，怎地陡然變了？」忙凝全力招架，猛地裏肩頭「缺盆穴」上微微一寒，便如碰上了一片雪花，跟著小腹「天樞穴」、大腿「伏兔穴」、上臂「天泉穴」三處也覺涼颼颼地。丁春秋加催掌力抵擋，忽然間後頸「天柱穴」、背心「神道穴」、後腰「志室穴」三處也是微微一涼，丁春秋大奇：「他掌力便再陰寒，也決不能繞了彎去襲我背後，何況寒涼處都是在穴道之上，到底小賊禿有甚麼古怪邪門？可要小心了。」雙袖拂處，袖間藏腿，猛力向虛竹踢出。

不料右腳踢到半途，突然間「伏兔穴」和「陽交穴」上同時奇癢難當，情不自禁的「啊喲」一聲，叫了出來。右腳尖明明已碰到虛竹僧衣，但兩處要穴同時發癢，右腳自然而然的垂了下來。他一聲「啊喲」叫過，跟著又是「啊喲、啊喲」兩聲。

眾門人高聲頌讚：「星宿老仙神通廣大，雙袖微擺，小妞兒便身中仙法倒地！」「他老人家一蹬足天崩地裂，一搖手日月無光！」「星宿老仙大袖擺動，口吐真言，叫你旁門左道牛鬼蛇神，一個個死無葬身之地。」歌功頌德聲中，夾雜著星宿老仙「啊喲」又「啊喲」的一聲聲叫喚，實在大是不稱。眾門人精乖的已愕然住口，大多數卻還是放大了嗓門直嚷。

丁春秋霎時之間，但覺缺盆、天樞、伏兔、天泉、天柱、神道、志室七處穴道中同時麻癢難當，直如千千萬萬隻螞蟻同時在咬嚙一般。這酒水化成的冰片中附有虛竹的內力，寒冰入體，隨即化去，內力卻留在他的穴道經脈之中。丁春秋手忙腳亂，不斷在懷中掏摸，一口氣服了七八種解藥，通了五六次內息，穴道中的麻癢卻只有越加厲害。若是換作旁人，早已滾倒在地，丁春秋神功驚人，苦苦撐持，腳步踉蹌，有如喝醉了酒一般，臉上一陣紅，一陣白，雙手亂舞，情狀可怖已極。虛竹這七枚生死符乃烈酒所化，與尋常寒冰又自不同。

星宿派門人見到師父如此狼狽，一個個靜了下來，有幾個死硬之人仍在叫嚷：「星宿老仙正在運使大羅金仙舞蹈功，待會小和尚便知道厲害了。」「星宿老仙一聲『啊喲』，小和尚的三魂六魄便給叫去了一分！」但這等死撐面子之言，已說得毫不響亮。

李傀儡大聲唱道：「五花馬，千金裘，呼兒將出換美酒，與爾同消萬古愁。哈哈，我乃李太白是也！飲中八仙，第一乃詩仙李太白，第二乃星宿老仙丁春秋！」羣雄見到丁春秋醉態可掬的狼狽之狀，聽了李傀儡的言語，一齊轟笑。

過不多時，丁春秋終於支持不住，伸手亂扯自己鬍鬚，將一叢銀也似的美髯扯得一根根隨風飛舞，跟著便撕裂衣衫，露出一身雪白的肌膚，他年紀已老，身子卻兀自精壯如少年，手指到處，身上便鮮血迸流，用力撕抓，不住口的喊叫：「癢死我了，癢死我了！」又過一刻，左膝跪倒，越叫越是慘厲。

虛竹頗感後悔：「這人雖然罪有應得，但所受的苦惱竟然這等厲害。早知如此，我只給他種上一兩片生死符，也就夠了。」

羣雄見這個童顏鶴髮、神仙也似的武林高人，霎時間竟然形如鬼魅，嘶喚有如野獸，都不禁駭然變色，連李傀儡也嚇得啞口無言。只有大樹下的黑衣灰衣二僧仍是閉目靜坐，直如不聞。

玄慈方丈說道：「善哉，善哉！虛竹，你便解去了丁施主身上的苦難罷！」虛竹應道：「是！謹遵方丈法旨！」玄寂忽道：「且慢！方丈師兄，丁春秋作惡多端，我玄難、玄痛兩位師兄都命喪其手，豈能輕易饒他？」康廣陵道：「掌門師叔，你是本派掌門，何必去聽旁人言語？我師祖、師父的大仇，焉可不報？」

虛竹一時沒了主意，不知如何是好。薛慕華道：「師叔，先要他取解藥要緊。」虛竹點頭道：「正是。梅劍姑娘，你將鎮癢丸給他服上半粒。」梅劍應道：「是！」從懷中取出一個綠色小瓶，倒出一粒豆大的丸藥來，然見到丁春秋如顛如狂的神態，不敢走近身去。

虛竹接過藥丸，劈成兩半，叫道：「丁先生，張開口來，我給你服鎮癢丸！」丁春秋荷荷而呼，張大了口，虛竹手指輕彈，半粒藥丸飛將過去，送入他喉嚨。藥力一時未能行到，丁春秋仍是癢得滿地打滾，過了一頓飯時分，奇癢稍戢，這才站起身來。

他神智始終不失，知道再也不能反抗，不等虛竹開口，自行取出解藥，乖乖的去交給薛慕華，說道：「紅色外搽，白色內服！」他號叫了半天，說出話來已是啞不成聲。薛慕華料他不敢作怪，依法給菊劍敷搽服食。

梅劍朗聲道：「星宿老怪，這半粒止癢丸可止三日之癢。過了三天，奇癢又再發作，那時候我主人是否再賜靈藥，要瞧你乖不乖了。」丁春秋全身發抖，說不出話來。

星宿派門人中登時有數百人爭先恐後的奔出，跪在虛竹面前，懇求收錄，有的說：「靈鷲宮主人英雄無敵，小人忠誠歸附，死心塌地，願為主人效犬馬之勞。」有的說：「這天下武林盟主一席，非主人莫屬。只須主人下令動手，小人赴湯蹈火，萬死不辭。」更有許多顯得赤膽忠心，指著丁春秋痛罵不已，罵他「燈燭之火，居然也敢和日月爭光」，說他「心懷叵測，邪惡不堪」，又有人要求虛竹速速將丁春秋處死，為世間除此醜類。只聽得絲竹鑼鼓響起，眾門人大聲唱了起來：「靈鷲主人，德配天地，威震當世，古今無比。」除了將「星宿老仙」四字改為「靈鷲主人」之外，其餘曲詞詞句，便和「星宿老仙頌」一模一樣。

虛竹雖為人質樸，但聽星宿派門人如此頌讚，卻也不自禁的有些飄飄然起來。

蘭劍喝道：「你們這些卑鄙小人，怎麼將吹拍星宿老怪的陳腔爛調，無恥言語，轉而稱頌我主人？當真無禮之極。」星宿門人登時大為惶恐，有的道：「是，是！小人立即另出機杼，花樣翻新，包管讓仙姑滿意便是。」有的道：「四位仙姑，花容月貌，勝過西施，遠超貴妃。」星宿眾門人向虛竹叩拜之後，自行站到諸洞主、島主身後，一個個得意洋洋，自覺光采體面，登時又將中原羣豪、丐幫幫眾、少林僧侶盡數不放在眼下了。

玄慈說道：「虛竹，你自立門戶，日後當走俠義正道，約束門人弟子，令他們不致為非作歹，禍害江湖，那便是廣積福德資糧，多種善因，在家出家，都是一樣。」虛竹哽咽道：「是。虛竹願遵方丈教誨。」玄慈又道：「破門之式不可廢，那杖責卻可免了。」

忽聽得一人哈哈大笑，說道：「我只道少林寺重視戒律，執法如山，卻不料一般也是趨炎附勢之徒。嘿嘿，靈鷲主人，德配天地，威震當世，古今無比。」眾人向說話之人瞧去，卻是吐蕃國師鳩摩智。

玄慈臉上變色，說道：「國師以大義見責，老衲知錯了。玄寂師弟，安排法杖。」玄寂道：「是！」轉身說道：「法杖伺候！」向虛竹道：「虛竹，你目下尚是少林弟子，伏身受杖。」虛竹躬身道：「是！」跪下向玄慈和玄寂行禮，說道：「弟子虛竹，違犯本寺大戒，恭領方丈和戒律院首座的杖責。」

星宿派眾門人突然大聲鼓噪：「爾等少林僧眾，豈可冒犯他老人家貴體？」「你們若是碰了他老人家的一根寒毛，我非跟你們拚個你死我活不可。我為他老人家粉身碎骨，雖死猶榮。」「我忠字當頭，一身血肉，都要獻給靈鷲宮主人！」

余婆婆喝道：「『我家主人』四字，豈是你們這些妖魔鬼怪叫得的？快些給我閉上了狗嘴。」星宿派眾人聽她一喝，登時鴉雀無聲，連大氣也不敢喘上一口了。

少林寺戒律院執法僧人聽得玄寂喝道：「用杖！」便即捋起虛竹僧衣，露出他背上肌膚，另一名僧人舉起了「守戒棍」。虛竹心想：「我身受杖責，是為了罰我種種不守戒律之罰，每受一棍，罪業便消去一分。倘若運氣抵禦，自身不感痛楚，這杖卻是白打了。」

忽聽得一個女子尖銳的聲音叫道：「且慢，且慢！你……你背上是甚麼？」

眾人齊向虛竹背上瞧去，只見他腰背之間竟整整齊齊的燒著九點香疤。僧人受戒，香疤都是燒在頭頂，不料虛竹除了頭頂的香疤之外，背上也有香疤。背上的疤痕大如銅錢，顯然是在他幼年時所燒炙，隨著身子長大，香疤也漸漸增大，此時看來，已非十分圓整。

人叢中突然奔出一個中年女子，身穿淡青色長袍，左右臉頰上各有三條血痕，正是四大惡人中的「無惡不作」葉二娘。她疾撲而前，雙手一分，已將少林寺戒律院的兩名執法僧推開，伸手便去拉虛竹的褲子，要把他褲子扯將下來。

虛竹吃了一驚，轉身站起，向後飄開數尺，說道：「你……你幹甚麼？」葉二娘全身發顫，叫道：「我……我的兒啊！」張開雙臂，便去摟抱虛竹。虛竹一閃身，葉二娘便抱了個空。眾人都想：「這女人發了瘋？」葉二娘接連抱了幾次，都給虛竹輕輕巧巧的閃開。她如痴如狂，叫道：「兒啊，你怎麼不認你娘了？」

虛竹心中一凜，有如電震，顫聲道：「你……你是我娘？」葉二娘叫道：「兒啊，我生你不久，便在你背上、兩邊屁股上，都燒上了九個戒點香疤。你這兩邊屁股上是不是各有九個香疤？」

虛竹大吃一驚，他雙股之上確是各有九點香疤。他自幼便是如此，從來不知來歷，也羞於向同儕啟齒，有時沐浴之際見到，還道自己與佛門有緣，天然生就，因而更堅了向慕佛法之心。這時陡然聽到葉二娘的話，當真有如半空中打了個霹靂，顫聲道：「是，是！我……我兩股上各有九點香疤，是你……是娘……是你給我燒的？」

葉二娘放聲大哭，叫道：「是啊，是啊！若不是我給你燒的，我怎麼知道？我……我找到兒子了，找到我親生乖兒子了！」一面哭，一面伸手去撫虛竹的面頰。虛竹不再避讓，任由她抱在懷裏。他自幼無爹無娘，只知是寺中僧侶所收養的一個孤兒，他背心雙股燒有香疤，這隱秘只有自己一個人知道，葉二娘居然也能得悉，那裏還有假的？突然間領略到了生平從所未知的慈母之愛，眼淚涔涔而下，叫道：「娘……娘，你是我媽媽！」

這件事突如其來，旁觀眾人無不大奇，但見二人相擁而泣，又悲又喜，一個舐犢情深，一個至誠孺慕，羣雄之中，不少人為之鼻酸。

葉二娘道：「孩子，你今年二十四歲，這二十四年來，我白天也想你，黑夜也想念你，我氣不過人家有兒子，我自己兒子卻給天殺的賊子偷去了。我……我只好去偷人家的兒子。可是……可是……別人的兒子，那有自己親生的好？」

南海鱷神哈哈大笑，說道：「三妹！你老是去偷人家白白胖胖的娃兒來玩，玩夠了便捏死了他，原來為了自己兒子給人家偷去啦。岳老二問你甚麼緣故，你總是不肯說！很好，妙極！虛竹小子，你媽媽是我義妹，你快叫我一聲『岳二伯』！」想到自己的輩份還在這武功奇高的靈鷲宮主人之上，這份樂子可真不用說了。雲中鶴搖頭道：「不對，不對！虛竹子是你師父的把兄，你得叫他一聲師伯。我是他母親的義弟，輩份比你高了兩輩，你快叫我『師叔祖』！」南海鱷神一怔，吐了一口濃痰，罵道：「你奶奶的，老子不叫！」

葉二娘放開了虛竹頭頸，抓住他肩頭，左看右瞧，喜不自勝，轉頭向玄寂道：「他是我的兒子，你不許打他！」隨即向虛竹大聲道：「是那一個天殺的狗賊，偷了我的孩兒，害得我母子分離二十四年？孩兒，孩兒，咱們走遍天涯海角，也要找到這個狗賊，將他千刀萬剮，斬成肉漿。你娘鬥他不過，孩兒武功高強，正好給娘報仇雪恨。」

坐在大樹下一直不言不動的黑衣僧人忽然站起身來，緩緩說道：「你這孩兒是給人家偷去的，還是搶去的？你面上這六道血痕，從何而來？」

葉二娘突然變色，尖聲叫道：「你……你是誰？你……你怎知道？」黑衣僧道：「你難道不認得我麼？」葉二娘尖聲大叫：「啊！是你，就是你！」縱身向他撲去，奔到離他身子丈餘之處，突然立定，伸手戟指，咬牙切齒，憤怒已極，卻已不敢近前。

黑衣僧道：「不錯，你孩子是我搶去的，你臉上這六道血痕，也是我抓的。」葉二娘叫道：「為甚麼？你為甚麼要搶我孩兒？我和你素不相識，無怨無仇。你……你……害得我好苦。你害得我這二十四年之中，日夜苦受煎熬，到底為甚麼？為……為甚麼？」黑衣僧指著虛竹，問道：「這孩子的父親是誰？」葉二娘全身一震，道：「他……他……我不能說。」

虛竹心頭激盪，奔到葉二娘身邊，叫道：「媽，你跟我說，我爹爹是誰？」

葉二娘連連搖頭，道：「我不能說。」

黑衣僧緩緩說道：「葉二娘，你本來是個好好的姑娘，溫柔美貌，端莊貞淑。可是在你十八歲那年，受了一個武功高強、大有身分的男子所誘，失身於他，生下了這個孩子，是不是？」葉二娘木然不動，過了好一會兒，才點頭道：「是。不過不是他引誘我，是我去引誘他的。」黑衣僧道：「這男子只顧到自己的聲名前程，全不顧念你一個年紀輕輕的姑娘，未嫁生子，處境是何等的淒慘。」葉二娘道：「不，不！他顧到我的，他給了我很多銀兩，給我好好安排了下半世的生活。」黑衣僧道：「他為甚麼讓你孤零零的飄泊江湖？」

葉二娘道：「我不能嫁他的。他怎麼能娶我為妻？他是個好人，他向來待我很好。是我自己不願連累他的。他……他是好人。」言辭之中，對這個遺棄了她的情郎，仍是充滿了溫馨和思念，昔日恩情，不因自己深受苦楚、不因歲月消逝而有絲毫減退。

眾人均想：「葉二娘惡名素著，但對她當年的情郎，卻著實情深義重。只不知這男人是誰？」

段譽、阮星竹、范驊、華赫艮、巴天石等大理一系諸人，聽二人說到這一椿昔年的風流事蹟，情不自禁的都偷眼向段正淳瞄了一眼，都覺葉二娘這個情郎，身分、性情、處事、年紀，無一不和他相似。更有人想起：「那日四大惡人同赴大理，多半是為了找鎮南王討這筆孽債。」連段正淳也是大起疑心：「我所識女子著實不少，難道有她在內？怎麼半點也記不起來？倘若當真是我累得她如此，縱然在天下英雄之前聲名掃地，段某也決不能絲毫虧待了她。只不過……只不過……怎麼全然記不得了？」

黑衣僧人朗聲道：「這孩子的父親，此刻便在此間，你幹麼不指他出來？」葉二娘驚道：「不，不！我不能說。」黑衣僧問道：「你為甚麼在你孩兒的背上、股上，燒了三處二十七點戒點香疤？」葉二娘掩面道：「我不知道，我不知道！求求你，別問我了。」

黑衣僧聲音仍是十分平淡，一似無動於中，繼續問道：「你孩兒一生下來，你就想要他當和尚麼？」葉二娘道：「不是，不是的。」黑衣僧人道：「那麼，為甚麼要在他身上燒這些佛門的香疤？」葉二娘道：「我不知道，我不知道！」黑衣僧朗聲道：「你不肯說，我卻知道。只因為這孩兒的父親，乃是佛門弟子，是一位大大有名的有道高僧。」

葉二娘一聲呻吟，再也支持不住，暈倒在地。

羣雄登時大譁，眼見葉二娘這等神情，那黑衣僧所言顯非虛假，原來和她私通之人，竟然是個和尚，而且是有名的高僧。眾人交頭接耳，議論紛紛。

虛竹扶起葉二娘，叫道：「媽，媽，你醒醒！」過了半晌，葉二娘悠悠醒轉，低聲道：「孩兒，快扶我下山去。這……這人是妖怪，他……甚麼都知道。我再也不要見他了。這仇也……也不用報了。」虛竹道：「是，媽，咱們這就走罷。」

黑衣僧道：「且慢，我話還沒說完呢。你不要報仇，我卻要報仇。葉二娘，我為甚麼搶你孩兒，你知道麼？因為……因為有人搶去了我的孩兒，令我家破人亡，夫婦父子，不得團聚。我這是為了報仇。」

葉二娘道：「有人搶你孩兒？你是為了報仇？」

黑衣僧道：「正是，我搶了你的孩兒來，放在少林寺的菜園之中，讓少林僧將他撫養長大，授他一身武藝。只因為我自己的親身孩兒，也是給人搶了去，撫養長大，由少林僧授了他一身武藝。你想不想瞧瞧我的真面目？」不等葉二娘意示可否，黑衣僧伸手便拉去了自己的面幕。

羣雄「啊」的一聲驚呼，只見他方面大耳，虬髯叢生，相貌十分威武，約莫六十歲左右年紀。

蕭峯驚喜交集，搶步上前，拜伏在地，顫聲叫道：「你……你是我爹爹……」

那人哈哈大笑，說道：「好孩兒，好孩兒，我正是你的爹爹。咱爺兒倆一般的身形相貌，不用記認，誰都知道我是你的老子。」一伸手，扯開胸口衣襟，露出一個刺花的狼頭，左手一提，將蕭峯拉了起來。

蕭峯扯開自己衣襟，也現出胸口那張口露牙、青鬱鬱的狼頭來。兩人並肩而行，突然間同時仰天而嘯，聲若狂風怒號，遠遠傳了出去，只震得山谷鳴響，數千豪傑聽在耳中，盡感不寒而慄。「燕雲十八騎」拔出長刀，呼號相和，雖然一共只有二十人，但聲勢之盛，直如千軍萬馬一般。

蕭峯從懷中摸出一個油布包打開，取出一塊縫綴而成的大白布，展將開來，正是智光和尚給他的石壁遺文的拓片，上面一個個都是空心的契丹文字。

那虬髯老人指著最後幾個字笑道：「『蕭遠山絕筆，蕭遠山絕筆！』哈哈，孩兒，那日我傷心之下，跳崖自盡，那知道命不該絕，墮在谷底一株大樹的枝幹之上，竟得不死。這一來，為父的死志已去，便興復仇之念。那日雁門關外，中原豪傑不問情由，便殺了你不會武功的媽媽。孩兒，你說此仇該不該報？」

蕭峯道：「父母之仇，不共戴天，焉可不報？」

蕭遠山道：「當日害你母親之人，大半已為我當場擊斃。丐幫前任幫主汪劍通染病身故，總算便宜了他。只是那個領頭的『大惡人』，迄今兀自健在。孩兒，你說咱們拿他怎麼辦？」

蕭峯急問：「此人是誰？」

蕭遠山一聲長嘯，喝道：「此人是誰？」目光如電，在羣豪臉上一一掃射而過。

羣豪和他目光接觸之時，無不慄慄自危，雖然這些人均與當年雁門關外之事無關，但見到蕭氏父子的神情，誰也不敢動上一動，發出半點聲音，唯恐惹禍上身。

蕭遠山道：「孩兒，那日我和你媽懷抱了你，到你外婆家去，不料路經雁門關外，數十名中土武士突然躍將出來，將你媽媽和我的隨從殺死。大宋與契丹有仇，互相斫殺，原非奇事，但這些中土武士埋伏山後，顯有預謀。孩兒，你可知那是為了甚麼緣故？」

蕭峯道：「孩兒聽智光大師說道，他們得到訊息，誤信契丹武士要來少林寺奪取武學典籍，以為他日遼國謀奪大宋江山的張本，是以突出襲擊，害死了我媽媽。」

蕭遠山慘笑道：「嘿嘿，嘿嘿！當年你老子並無奪取少林寺武學典籍之心，他們卻冤枉了我。好，好！蕭遠山一不作，二不休，人家冤枉我，我便做給人家瞧瞧。這三十年來，蕭遠山便躲在少林寺中，將他們的武學典籍瞧了個飽。少林寺諸位高僧，你們有本事便將蕭遠山殺了，否則少林武功非流入大遼不可。你們再在雁門關外埋伏，可來不及了。」

少林羣僧一聽，無不駭然變色，均想此人之言，半多不假，本派武功倘若流入了遼國，令契丹人如虎添翼，那便如何是好？連同武林羣豪，也人人都想：「今日說甚麼也不能讓此人活著下山。」

蕭峯道：「爹爹，這大惡人當年殺我媽媽，還可說是事出誤會，雖然魯莽，尚非故意為惡。可是他卻去殺了我義父義母喬氏夫婦，令孩兒大蒙惡名，那卻是大大不該了。到底此人是誰，請爹爹指出來。」

蕭遠山哈哈大笑，道：「孩兒，你這可錯了。」蕭峯愕然道：「孩兒錯了？」蕭遠山點點頭，道：「錯了。那喬氏夫婦，是我殺的！」

蕭峯大吃一驚，顫聲道：「是爹爹殺的？那……那為甚麼？」

蕭遠山道：「你是我的親身孩兒，本來我父子夫婦一家團聚，何等快樂？可是這些南朝武人將我契丹人看作豬狗不如，動不動便橫加殺戮，將我孩兒搶了，去交給別人，當作他的孩兒。那喬氏夫婦冒充是你父母，既奪了我的天倫之樂，又不跟你說明真相，那便該死。」

蕭峯胸口一酸，說道：「我義父義母待孩兒極有恩義，他二位老人家實是大大的好人。然則放火焚燒單家莊、殺死譚婆、趙錢孫等等，也都是……」

蕭遠山道：「不錯！都是你爹爹幹的。當年帶頭在雁門關外殺你媽媽的是誰，這些人明明知道，卻偏不肯說，個個袒護於他，豈非該死？」

蕭峯默然，心想，「我苦苦追尋的『大惡人』，卻原來竟是我的爹爹，這……這卻從何說起？」緩緩的道：「少林寺玄苦大師親授孩兒武功，十年中寒暑不間，孩兒得有今日，全蒙恩師栽培……」說到這裏，低下頭來，已然虎目含淚。

蕭遠山道：「這些南朝武人陰險奸詐，有甚麼好東西了？這玄苦是我一掌震死的。」

少林羣僧齊聲誦經：「阿彌陀佛，阿彌陀佛！」聲音十分悲憤，雖然一時未有人上前向蕭遠山挑戰，但羣僧在這念佛聲中所含的沉痛之情，顯然已包含了極大決心，決不能與他善罷干休。各人均想：「過去的確是錯怪了蕭峯，但他父子同體，是老子作的惡，怪在兒子頭上，也沒甚麼不該。」

蕭遠山又道：「殺我愛妻、奪我獨子的大仇人之中，有丐幫幫主，也有少林派高手，嘿嘿，他們只想永遠遮瞞這樁血腥罪過，將我兒子變作了漢人，叫我兒子拜大仇人為師，繼大仇人為丐幫的幫主。嘿嘿，孩兒，那日晚間我打了玄苦一掌之後，隱身在旁，不久你又去拜見那個賊禿。這玄苦見我父子容貌相似，只道是你出手，連那小沙彌也分不清你我父子。孩兒，咱契丹人受他們冤枉欺侮，還少得了麼？」

蕭峯這時方始恍然，為甚麼玄苦大師那晚見到自己之時，竟然如此錯愕，而那小沙彌又為甚麼力證是自己出手打死玄苦。卻那裏想得真正行兇的，竟是個和自己容貌相似、血肉相連之人？說道：「這些人既是爹爹所殺，便和孩兒所殺沒有分別，孩兒一直擔負著這名聲，卻也不枉了。那個帶領中原武人在雁門關外埋伏的首惡，爹爹可探明白了沒有？」

蕭遠山道：「嘿嘿，豈有不探查明白之理？此人害得我家破人亡，我若將他一掌打死，豈不是便宜他了。葉二娘，且慢！」

他見葉二娘扶著虛竹，正一步步走遠，當即喝住，說道：「跟你生下這孩子的是誰，你若不說，我可要說出來了。我在少林寺中隱伏三十年，甚麼事能逃得過我的眼去？你們在紫雲洞中相會，他叫喬婆婆來給你接生，種種事情，要我一五一十的當眾說出來麼？」

葉二娘轉過身來，向蕭遠山奔近幾步，跪倒在地，說道：「蕭老英雄，請你大仁大義，高抬貴手，放過了他。我孩兒和你公子有八拜之交，結為金蘭兄弟，他……他……他在武林中這麼大的名聲，這般的身分地位……年紀又這麼大了，你要打要殺，只對付我，可別……可別去難為他。」

羣雄先聽蕭遠山說道虛竹之父乃是個「有道高僧」，此刻又聽葉二娘說他武林中聲譽甚隆，地位甚高，幾件事一湊合，難道此人竟是少林寺中一位輩份甚高的僧人？各人眼光不免便向少林寺一干白鬚飄飄的老僧射了過去。

忽聽得玄慈方丈說道：「善哉，善哉！既造業因，便有業果。虛竹，你過來！」虛竹走到方丈身前屈膝跪下。玄慈向他端相良久，伸手輕輕撫摸他的頭頂，臉上充滿溫柔慈愛，說道：「你在寺中二十四年，我竟始終不知你便是我的兒子！」

此言一出，羣僧和眾豪傑齊聲大譁。各人面上神色之詫異、驚駭、鄙視、憤怒、恐懼、憐憫，形形色色，實是難以形容。玄慈方丈德高望重，武林中人無不欽仰，誰能想到他竟會做出這等事來？過了好半天，紛擾聲才漸漸停歇。

玄慈緩緩說話，聲音仍是安詳鎮靜，一如平時：「蕭老施主，你和令郎分離三十餘年，不得相見，卻早知他武功精進，聲名鵲起，成為江湖上一等一的英雄好漢，心下自必安慰。我和我兒日日相見，卻只道他為強梁擄去，生死不知，反而日夜為此懸心。」

葉二娘哭道：「你……你不用說出來，那……那便如何是好？可怎麼辦？」玄慈溫言道：「二娘，既已作下了惡業，反悔固然無用，隱瞞也是無用。這些年來，可苦了你啦！」葉二娘哭道：「我不苦！你有苦說不出，那才是真苦。」

玄慈緩緩搖頭，向蕭遠山道：「蕭老施主，雁門關外一役，老衲鑄成大錯。眾家兄弟為老衲包涵此事，又一一送命。老衲今日再死，實在已經晚了。」忽然提高聲音，說道：「慕容博慕容老施主，當日你假傳音訊，說道契丹武士要大舉來少林寺奪取武學典籍，以致釀成種種大錯，你可也曾有絲毫內疚於心嗎？」

眾人突然聽到他說出「慕容博」三字，又都是一驚。羣雄大都知道慕容公子的父親單名一個「博」字，聽說此人已然逝世，怎麼玄慈會突然叫出這個名字來？難道假報音訊的便是慕容博？各人順著他的眼光瞧去，但見他雙目所注，卻是坐在大樹底下的灰衣僧人。

那灰衣僧一聲長笑，站起身來，說道：「方丈大師，你眼光好生厲害，居然將我認了出來。」伸手扯下面幕，露出一張神清目秀、白眉長垂的臉來。

慕容復驚喜交集，叫道：「爹爹，你……你沒有……沒有死？」隨即心頭湧起無數疑竇：那日父親逝世，自己不止一次試過他心停氣絕，親手入殮安葬，怎麼又能復活？那自然他是以神功閉氣假死。但為甚麼要裝假死？為甚麼連親生兒子也要瞞過？

玄慈道：「慕容老施主，我和你多年交好，素來敬重你的為人。那日你向我告知此事，老衲自是深信不疑。其後誤殺了好人，老衲可再也見你不到了。後來聽到你因病去世了，老衲好生痛悼，一直只道你當時和老衲一般，也是誤信人言，釀成無意的錯失，心中內疚，以致英年早逝，那知道……唉！」他這一聲長嘆，實是包含了無窮的悔恨和責備。

蕭遠山和蕭峯對望一眼，直到此刻，他父子方知這個假傳音訊、挑撥生禍之人竟是慕容博。蕭峯心中更湧出一個念頭：「當年雁門關外的慘事，雖是玄慈方丈帶頭所為，但他是少林寺方丈，關心大宋江山和本寺典籍，傾力以赴，原是義不容辭。其後發覺錯失，便盡力補過。真正的大惡人，實為慕容博而不是玄慈。」

慕容復聽了玄慈這番話，立即明白：「爹爹假傳音訊，是要挑起宋遼武人的大鬥，我大燕便可從中取利。事後玄慈不免要向我爹爹質問。我爹爹自也無可辯解，以他大英雄、大豪傑的身分，又不能直認其事，毀卻一世英名。他料到玄慈方丈的性格，只須自己一死，玄慈便不會吐露真相，損及他死後的名聲。」隨即又想深一層：「是了。我爹爹既死，慕容氏聲名無恙，我仍可繼續興復大業。否則的話，中原英豪羣起與慕容氏為敵，自存已然為難，遑論糾眾復國？其時我年歲尚幼，倘若得知爹爹乃是假死，難免露出馬腳，因此索性連我也瞞過了。」想到父親如此苦心孤詣，為了興復大燕，不惜捨棄一切，更覺自己肩負之重。

玄慈緩緩的道：「慕容老施主，老衲今日聽到你對令郎勸導的言語，才知你姑蘇慕容氏竟是帝王之裔，所謀者大。那麼你假傳音訊的用意，也就明白不過了。只是你所圖謀的大事，卻也終究難成，那不是枉自害死了這許多無辜的性命麼？」

慕容博道：「謀事在人，成事在天！」

玄慈臉有悲憫之色，說道：「我玄悲師弟曾奉我之命，到姑蘇來向你請問此事，想來他言語之中得罪了你。他又在貴府見到了若干蛛絲馬跡，猜到了你造反的意圖，因此你要殺他滅口。卻為甚麼你隱忍多年，直至他前赴大理，這才下手？嗯，你想挑起大理段氏和少林派的紛爭，料想你向我玄悲師弟偷襲之時，使的是段家一陽指，只是你一陽指所學不精，奈何不了他，終於還是用慕容氏『以彼之道，還施彼身』的家傳本領，害死了我玄悲師弟。」

慕容博嘿嘿一笑，身子微側，一拳打向身旁大樹，喀喇喇兩響，樹上兩根粗大的樹枝落了下來。他打的是樹幹，竟將距他著拳處丈許的兩根樹枝震落，實是神功非凡。

少林寺十餘名老僧齊聲叫道：「韋陀杵！」聲音中充滿了驚駭之意。

玄慈點頭道：「你在敝寺這許多年，居然將少林七十二絕技之一的『韋陀杵』神功也練成了。但河南伏牛派那招『天靈千裂』，以你的身分武功，想來還不屑花功夫去練。你殺柯百歲柯施主，使的才真正是家傳功夫，卻不知又為了甚麼？」

慕容博陰惻惻的一笑，說道：「老方丈精明無比，足不出山門，江湖上諸般情事卻瞭如指掌，令人好生欽佩。這件事倒要請你猜上一……」話未說完，突然兩人齊聲怒吼，向他急撲過去，正是金算盤崔百泉和他的師姪過彥之。慕容博袍袖一拂，崔過兩人摔出數丈，躺在地下動彈不得，在這霎眼之間，竟已被他分別以「袖中指」點中了穴道。

玄慈道：「那柯施主家財豪富，行事向來小心謹慎。嗯，你招兵買馬，積財貯糧，看中了柯施主的家產，想將他收為己用。柯施主不允，說不定還想稟報官府。」

慕容博哈哈大笑，大拇指一豎，說道：「老方丈了不起，了不起！只可惜你明察秋毫之末，卻不見輿薪。在下與這位蕭兄躲在貴寺這麼多年，你竟一無所知。」

玄慈緩緩搖頭，嘆了口氣，說道：「明白別人容易，明白自己甚難。克敵不易，克服自己心中貪嗔痴三毒大敵，更是艱難無比。」

慕容博道：「老方丈，念在昔日你我相交多年的故人之誼，我一切直言相告。你還有甚麼事要問我？」

玄慈道：「以蕭峯蕭施主的為人，丐幫馬大元副幫主、馬夫人、白世鏡長老三位，料想不會是他殺害的，不知是慕容老施主呢，還是蕭老施主下的手？」

蕭遠山道：「馬大元是他妻子和白世鏡合謀所害死，白世鏡是我殺的。其間過節，大理段王爺親眼目睹、親耳所聞。方丈欲知詳情，待會請問段王爺便是。」

蕭峯踏上兩步，指著慕容博喝道：「慕容老賊，你這罪魁禍首，上來領死罷！」

慕容博一聲長笑，縱身而起，疾向山上竄去。蕭遠山和蕭峯齊喝：「追！」分從左右追上山去。這三人都是登峯造極的武功，晃眼之間，便已去得老遠。慕容復叫道：「爹爹，爹爹！」跟著也追上山。他輕功也甚了得，但比之前面三人，卻顯得不如了。但見慕容博、蕭遠山、蕭峯一前二後，三人竟向少林寺奔去。一條灰影，兩條黑影，霎時間都隱沒在少林寺的黃牆碧瓦之間。

羣雄都大為詫異，均想：「慕容博和蕭遠山的武功難分上下，兩人都再加上個兒子，慕容氏便決非敵手。怎麼慕容博不向山下逃竄，反而進了少林寺去？」

鄧百川、公冶乾、包不同、風波惡、以及一十八名契丹武士，都想上山分別相助主人，剛一移動腳步，只聽得玄寂喝道：「結陣攔住！」百餘名少林僧齊聲應諾，一列列排在當路，或橫禪杖，或挺戒刀，不令眾人上前。玄寂厲聲說道：「我少林寺乃佛門善地，非私相毆鬥之場，眾位施主，請勿擅進。」

鄧百川等見了少林僧這等聲勢，知道無論如何衝不過去，雖然心懸主人，也只得停步。包不同道：「不錯，不錯！少林寺乃佛門善地……」他向來出口便「非也，非也！」這次居然改成「不錯，不錯！」識得他的人都覺詫異，卻聽他接下去說道：「……乃是專養私生子的善地。」

他此言一出，數百道憤怒的目光都向他射了過來。包不同膽大包天，明知少林羣僧中高手極多，不論那一個玄字輩的高僧，自己都不是敵手，但他要說便說，素來沒甚麼忌憚。數百名少林僧對他怒目而視，他便也怒目反視，眼睛霎也不霎。

玄慈朗聲說道：「老衲犯了佛門大戒，有玷少林清譽。玄寂師弟，依本寺戒律，該當如何懲處？」玄寂道：「這個……師兄……」玄慈道：「國有國法，家有家規。自來任何門派幫會，宗族寺院，都難免有不肖弟子。清名令譽之保全，不在求永遠無人犯規，在求事事按律懲處，不稍假借。執法僧，將虛竹杖責一百三十棍，一百棍罰他自己過犯，三十棍乃他甘願代業師所受。」

執法僧眼望玄寂。玄寂點了點頭。虛竹已然跪下受杖。執法僧當即舉起刑杖，一棍棍的向虛竹背上、臀上打去，只打得他皮開肉綻，鮮血四濺。葉二娘心下痛惜，但她素懼玄慈威嚴，不敢代為求情。

好容易一百三十棍打完，虛竹不運內力抗禦，已痛得無法站立。玄慈道：「自此刻起，你破門還俗，不再是少林寺的僧侶了。」虛竹垂淚道：「是！」

玄慈又道：「玄慈犯了淫戒，與虛竹同罪，身為方丈，罪刑加倍。執法僧重重責打玄慈二百棍。少林寺清譽攸關，不得循私舞弊。」說著跪伏在地，遙遙對著少林寺大雄寶殿的佛像，自行捋起了僧袍，露出背脊。

羣雄面面相覷，少林寺方丈當眾受刑，那當真是駭人聽聞、大違物情之事。

玄寂道：「師兄，你……」玄慈厲聲道：「我少林寺千年清譽，豈可壞於我手？」玄寂含淚道：「是！執法僧，用刑。」兩名執法僧合什躬身，道：「方丈，得罪了。」隨即站直身子，舉起刑杖，向玄慈背上擊了下去。二僧知道方丈受刑，最難受的還是當眾受辱，不在皮肉之苦，倘若手下容情，給旁人瞧了出來，落下話柄，那麼方丈這番受辱反而成為毫無結果了，是以一棍棍打將下去，拍拍有聲，片刻間便將玄慈背上、股上打得滿是杖痕，血濺僧袍。羣僧聽得執法僧「一五，一十」的呼著杖責之數，都是垂頭低眉，默默唸佛。

普渡寺道清大師突然說道：「玄寂師兄，貴寺尊重佛門戒律，方丈一體受刑，貧僧好生欽佩。只是玄慈師兄年紀老邁，他又不肯運功護身，這二百棍卻是經受不起。貧僧冒昧，且說個情，現下已打了八十杖，餘下之數，暫且記下。」

羣雄中許多人都叫了起來，道：「正是，正是，咱們也來討個情。」

玄寂尚未回答，玄慈朗聲說道：「多謝眾位盛意，只是戒律如山，不可寬縱。執法僧，快快用杖。」兩名執法僧本已暫停施刑，聽方丈語意堅決，只得又一五、一十的打將下去。

堪堪又打了四十餘杖，玄慈支持不住，撐在地下的雙手一軟，臉孔觸到塵土。葉二娘哭叫：「此事須怪不得方丈，都是我不好！是我受人之欺，故意去引誘方丈。這……這……餘下的棍子，由我來受罷！」一面哭叫，一面奔將前去，要伏在玄慈身上，代他受杖。玄慈左手一指點出，嗤的一聲輕響，已封住了她穴道，微笑道：「痴人，你又非佛門女尼，勘不破愛慾，何罪之有？」葉二娘呆在當地，動彈不得，只是淚水簌簌而下。

玄慈喝道：「行杖！」好容易二百下法杖打完，鮮血流得滿地，玄慈勉提真氣護心，以免痛得昏暈過去。兩名執法僧將刑杖一豎，向玄寂道：「稟報首座，玄慈方丈受杖完畢。」玄寂點了點頭，不知說甚麼才好。

玄慈掙扎著站起身來，向葉二娘虛點一指，想解開她穴道，不料重傷之餘，真氣難以凝聚，這一指竟不生效。虛竹見狀，忙即給母親解開了穴道。玄慈向二人招了招手，葉二娘和虛竹走到他身旁。虛竹心下躊躇，不知該叫「爹爹」，還是該叫「方丈」。

玄慈伸出手去，右手抓住葉二娘的手腕，左手抓住虛竹，說道：「過去二十餘年來，我日日夜夜記掛著你母子二人，自知身犯大戒，卻又不敢向僧眾懺悔，今日卻能一舉解脫，從此更無罣礙恐懼，心得安樂。」說偈道：「人生於世，有欲有愛，煩惱多苦，解脫為樂！」說罷慢慢閉上了眼睛，臉露祥和微笑。

葉二娘和虛竹都不敢動，不知他還有甚麼話說，卻覺得他手掌越來越冷。葉二娘大吃一驚，伸手探他鼻息，竟然早已氣絕而死，變色叫道：「你……你……怎麼捨我而去了？」突然一躍丈餘，從半空中摔將下來，砰的一聲，掉在玄慈腳邊，身子扭了幾下，便即不動。

虛竹叫道：「娘，娘！你……你……不可……」伸手扶起母親，只見一柄匕首插在她心口，只露出個刀柄，眼見是不活了。虛竹急忙點她傷口四周的穴道，又以真氣運到玄慈方丈體內，手忙腳亂，欲待同時救活兩人。

薛慕華奔將過來相助，但見二人心停氣絕，已無法可救，勸道：「師叔節哀。兩位老人家是不能救的了。」

虛竹卻不死心，運了好半晌北冥真氣，父母兩人卻那裏有半點動靜？虛竹悲從中來，忍不住放聲大哭。二十四年來，他一直以為自己是個無父無母的孤兒，從未領略過半分天倫之樂，今日剛找到生父生母，但不到一個時辰，便即雙雙慘亡。

羣雄初聞虛竹之父竟是少林寺方丈玄慈，人人均覺他不守清規，大有鄙夷之意，待見他坦然當眾受刑，以維少林寺的清譽，這等大勇實非常人所能，都想他受此重刑，也可抵償一時失足了。萬不料他受刑之後，隨即自絕經脈。本來一死之後，一了百了，他既早萌死志，這二百杖之辱原可免去，但他定要先行忍辱受杖，以維護少林寺的清譽，然後再死，實是英雄好漢的行徑。羣雄心敬他的為人，不少人走到玄慈的遺體之前，躬身下拜。

南海鱷神道：「二姊，你人也死了，岳老三不跟你爭這排名啦，你算老二便了。」這些年來，他說甚麼也要和葉二娘一爭雄長，想在武功上勝過她而居「天下第二惡人」之位，此刻竟肯退讓，實是大大的不易，只因他既傷痛葉二娘之死，又敬佩她的義烈。

四十三

王霸雄圖　血海深恨　盡歸塵土

——

那老僧在二人掌風推送之下，便如紙鳶般向前飄出數丈，雙手抓著兩具屍身，三個身子輕飄飄地，渾不似血肉之軀。

丐幫羣丐一團高興的趕來少林寺，雄心勃勃，只盼憑著幫主深不可測的武功，奪得武林盟主之位，丐幫從此壓倒少林派，為中原武林的領袖。那知莊幫主拜丁春秋為師於前，為蕭峯踢斷雙腳於後，人人意興索然，面目無光。

吳長老大聲道：「眾位兄弟，咱們還在這裏幹甚麼？難道想討殘羹冷飯不成？這就下山去罷！」羣丐轟然答應，紛紛轉身下山。

包不同突然大聲道：「且慢，且慢！包某有一言要告知丐幫。」陳長老當日在無錫曾與他及風波惡鬥過，知道此人口中素來沒有好話，右足在地下一頓，厲聲道：「姓包的，有話便說，有屁少放。」包不同伸手揑住了鼻子，叫道：「好臭，好臭。喂，會放臭屁的化子，你幫中可有一個名叫易大彪的老化子？」

陳長老聽他說到易大彪，登時便留上了神，問道：「有便怎樣？沒有又怎樣？」包不同道：「我是在跟一個會放屁的叫化子說話，你搭上口來，是不是自己承認放臭屁？」陳長老牽掛本幫大事，那耐煩跟他作這等無關重要的口舌之爭，說道：「我問你易大彪怎麼了？他是本幫的弟子，派到西夏公幹，閣下可有他的訊息麼？」包不同道：「我正要跟你說一件西夏國的大事，只不過易大彪卻早已見閻王去啦！」陳長老道：「此話當真？請問西夏國有甚麼大事？」包不同道：「你罵我說話如同放屁，這回兒我可不想放屁了。」

陳長老只氣得白鬚飄動，但心想以大事為重，當即哈哈一笑，說道：「適才說話得罪了閣下，老夫陪罪。」包不同道：「陪罪倒也不必，以後你多放屁，少說話，也就是了。」陳長老一怔，心道：「這是甚麼話？」只是眼下有求於他，不願無謂糾纏，微微一笑，並不再言。包不同忽然道：「好臭，好臭！你這人太不成話。」陳長老道：「甚麼不成話？」包不同道：「你不開口說話，無處出氣，自然須得另尋宣洩之處了。」陳長老心道：「此人當真難纏。我只說了一句無禮之言，他便顛三倒四的說了沒完。我只有不出聲才是上策，否則他始終言不及義，說不上正題。」當下又是微微一笑，並不答話。

包不同搖頭道：「非也，非也！你跟我抬槓，那你錯之極矣！」陳長老微笑道：「在下口也沒開，怎能與閣下抬槓？」包不同道：「你沒說話，只放臭屁，自然不用開口。」陳長老皺起眉頭，說道：「取笑了。」

包不同見他一味退讓，自己已佔足了上風，便道：「你既然開口說話，那便不是和我抬槓了。我跟你說了罷。幾個月之前，我隨著咱們公子、鄧大哥、公冶二哥等一行人，在甘涼道上的一座樹林之中，見到一羣叫化子，一個個屍橫就地，有的身首異處，有的腹破腸流，可憐啊！可憐。這些人背上都負了布袋，或三隻，或四隻，或五隻焉，或六隻焉！」陳長老道：「想必都是敝幫的兄弟了？」包不同道：「我見到這羣老兄之時，他們都已死去多時，那時候啊，也不知道喝了孟婆湯沒有，上了望鄉台沒有，也不知在十殿閻王的那一殿受審。他們既不能說話，我自也不便請教他們尊姓大名，仙鄉何處，何幫何派，因何而死。否則他們變成了鬼，也都會罵我一聲『有話便說，有屁少放！』豈不是冤哉枉也？」

陳長老聽到涉及本幫兄弟多人的死訊，自是十分關心，既不敢默不作聲，更不敢出言頂撞，只得道：「包兄說得是！」

包不同搖頭道：「非也！非也！姓包的生平最瞧不起隨聲附和之人，你口中說道『包兄說得是』，心裏卻在破口罵我『直娘賊，烏龜王八蛋』，這便叫做『腹誹』，此是星宿一派無恥之徒的行徑。至於男子漢大丈夫，是則是，非則非，旁人有旁人的見地，自己有自己的主張，『自反而縮，雖千萬人，吾往矣！』特立獨行，矯矯不羣，這才是英雄好漢！」

他又將陳長老教訓了一頓，這才說道：「其中卻有一位老兄受傷未死，那時雖然未死，卻也去死不遠了。他自稱名叫易大彪，他從西夏國而來，揭了一張西夏國國王的榜文，事關重大，於是交了給我們，托我們交給貴幫長老。」

宋長老心想：「陳兄弟在言語中已得罪了此人，還是由我出面較好。」當即上前深深一揖，說道：「包先生仗義傳訊，敝幫上下，均感大德。」包不同道：「非也，非也！未必貴幫上下，都感我的大德。」宋長老一怔，道：「包先生此話從何說起？」包不同指著游坦之道：「貴幫幫主就非但不承我情，心中反而將我恨到了極處！」宋陳二長老齊聲道：「那是甚麼緣故？要請包先生指教。」

包不同道：「那易大彪臨死之前說道，他們這夥人，都是貴幫莊幫主派人害死的，只因他們不服這個姓莊的小子做幫主，因此這小子派人追殺，唉，可憐啊可憐。易大彪請我們傳言，要吳長老和各位長老，千萬小心提防。」

包不同一出此言，幫丐登時聳動。吳長老快步走到游坦之身前，厲聲喝問：「此話是真是假？」

游坦之自被蕭峯踢斷雙腿，一直坐在地下，不言不動，潛運內力止痛，突然聽包不同揭露當時秘密，不由得甚是惶恐，又聽吳長老厲聲質問，叫道：「是全……全冠清叫我下的號令，這不……不關我事。」

宋長老不願當著羣雄面前自暴本幫之醜，狠狠向全冠清瞪了一瞪，心道：「幫內的帳，慢慢再算不遲。」向包不同道：「易大彪兄弟交付先生的榜文，不知先生是否帶在身邊。」包不同回頭道：「沒有！」宋長老臉色微變，心想你說了半天，仍是不肯將榜文交出，豈不是找人消遣？包不同深深一揖，說道：「咱們青山不改，綠水長流，後會有期。」說著便轉身走開。

吳長老急道：「那張西夏國的榜文，閣下如何不肯轉交？」包不同道：「這可奇了！你怎知易大彪是將榜文交在我手中？何以竟用『轉交』二字？難道你當日是親眼瞧見麼？」

宋長老強忍怒氣，說道：「包兄適才明明言道，敝幫的易大彪兄弟從西夏國而來，揭了一張西夏國國王的榜文，請包兄交給敝幫長老。這番話此間許多英雄好漢人人聽見，包兄怎地忽然又轉了口？」

包不同搖頭道：「非也！非也！我沒這樣說過。」他見宋長老臉上色變，又道：「素聞丐幫諸位長老都是鐵錚錚的好漢子，怎地竟敢在天下英豪之前顛倒黑白、混淆是非，那豈不是將諸位長老的一世英名付諸流水麼？」

宋陳吳三長老互相瞧了一眼，臉色都十分難看，一時打不定主意，立時便跟他翻臉動手呢，還是再忍一時。陳長老道：「閣下既要如此說，咱們也無法可施，好在是非有公論，單憑口舌之利而強辭奪理，終究無用。」包不同道：「非也，非也！你說單憑口舌之利，終究無用，為甚麼當年蘇秦憑一張利嘴而佩六國相印？為甚麼張儀以口舌之利，施連横之計，終於助秦併吞六國？」宋長老聽他越扯越遠，只有苦笑，說道：「包先生若是生於戰國之際，早已超越蘇張，身佩七國、八國的相印了。」

包不同道：「你這是譏諷我生不逢辰、命運太糟麼？好，姓包的今後若有三長兩短，頭痛發燒、腰酸足麻、噴嚏咳嗽，一切惟你是問。」

陳長老怫然道：「包兄到底意欲如何，便即爽爽快快的示下。」

包不同道：「嗯，你倒性急得很。陳長老，那日在無錫杏子林裏，你跟我風四弟較量武藝，你手中提一隻大布袋，大布袋裏有一隻大蝎子，大蝎子尾巴上有一根大毒刺，大毒刺刺在人身上會起一個大毒泡，大毒泡會送了對方的小性命，是也不是？」陳長老心道：「明明一句話便可說清楚了，他偏偏要甚麼大、甚麼小的囉裏囉唆一大套。」便道：「正是。」

包不同道：「很好，我跟你打個賭，你贏了，我立刻將易老化子從西夏國帶來的訊息告知於你。若是我贏，你便將那隻大布袋、大布袋中的大蠍子，以及裝那消解蠍毒之藥的小瓶子，一古腦兒的輸了給我，你賭不賭？」陳長老道：「包兄要賭甚麼？」包不同道：「貴幫宋長老向我栽贓誣陷，硬指我曾說甚麼貴幫的易大彪揭了西夏國王的榜文，請我轉交給貴幫長老。其實我的的確確沒說過，咱二人便來賭一賭。倘若我確是說過的，那是你贏了。倘若我當真沒說過，那麼是我贏了。」

陳長老向宋吳二長老瞧了一眼，二人點了點頭，意思是說：「這裏數千人都是見證，不論憑他如何狡辯，終究是難以抵賴。跟他賭了！」陳長老道：「好，在下跟包兄賭了！但不知包兄如何證明誰輸誰贏？是否要推舉幾位德高望重的公證人出來，秉公判斷？」

包不同搖頭道：「非也，非也！你說要推舉幾位德高望重的公證人出來秉公判斷，就算推舉十位八位罷，難道除了這十位八位之外，其餘千百位英雄好漢，就德不高、望不重了？既然德不高、望不重，那麼就是卑鄙下流的無名小卒了？如此侮慢當世英雄，你丐幫忒也無禮。」

陳長老道：「包兄取笑了，在下決無此意。然則以包兄所見，該當如何？」

包不同道：「是非曲直，一言而決，待在下給你剖析剖析。拿來！」這「拿來」兩字一出口，便即伸出手去。陳長老道：「甚麼？」包不同道：「布袋、蠍子、解藥！」陳長老道：「包兄尚未證明，何以便算贏了？」包不同道：「只怕你輸了之後，抵賴不給。」

陳長老哈哈一笑，道：「小小毒物，何足道哉？包兄既要，在下立即奉上，又何必賭甚麼輸贏？」說著除下背上一隻布袋，從懷中取出一個瓷瓶，遞將過去。

包不同老實不客氣的便接了過來，打開布袋之口，向裏一張，只見袋中竟有七八隻花斑大蠍，忙合上了袋口，說道：「現下我給你瞧一瞧證據，為甚麼是我贏了，是你輸了。」一面說，一面解開長袍的衣帶，抖一抖衣袖，提一提袋角，叫眾人看到他身邊除了幾塊銀子、火刀、火石之外，更無別物，宋陳吳三長老兀自不明他其意何居，臉上神色茫然。包不同道：「二哥，你將榜文拿在手中，給他們瞧上一瞧。」

公冶乾一直掛念慕容博父子的安危，但眼見無法闖過少林羣僧的羅漢大陣，也只有乾著急的份兒，當下取出榜文，提在手中。羣雄向榜文瞧去，但見一張大黃紙上蓋著硃砂大印，寫滿密密麻麻的外國文字，雖然難辨真偽，看模樣似乎並非贗物。

包不同道：「我先前說，貴幫的易大彪將一張榜文交給了我們，請我們交給貴幫長老。是也不是？」宋陳吳三長老聽他忽又自承其事，喜道：「正是。」包不同道：「但宋長老卻硬指我曾說，貴幫的易大彪將一張榜文交給了我，請我交給貴幫長老。是不是？」三長老齊道：「是，那又有甚麼說錯了？」

包不同搖頭道：「錯矣，錯矣！錯之極矣，完全牛頭不對馬嘴矣！差之毫釐，謬以千里矣！我說的是『我們』，宋長老說的是『我』。夫『我們』者，我們姑蘇慕容氏這夥人也，其中有慕容公子，有鄧大哥、公冶二哥、風四弟，有包不同，還有一位王姑娘。至於『我』者，只是包不同孤家寡人、一條『非也非也』的光棍是也。眾位英雄瞧上一瞧，王姑娘花容月貌，是個大閨女，和我『非也非也』包不同包老三大不相同，豈能混為一談？」

宋陳吳三長老面面相覷，萬不料他咬文嚼字，專從「我」與「我們」之間的差異上大做文章。

只聽包不同又道：「這張榜文，是易大彪交在我公冶二哥手中的。我向貴幫報訊，是慕容公子定下的主意。我說『我們』，那是不錯的。若是說『我』，那可就與真相不符了。在下不懂西夏文字，去接這張榜文來幹甚麼？在下在無錫城外曾栽在貴幫手中，吃過一個大大的敗仗，就算不來找貴幫報仇，這報訊卻總是不報的。總而言之，言而總之，接西夏榜文，向貴幫報訊，都是『我們』姑蘇慕容氏一夥人，卻不是『我』包不同獨個兒！」他轉頭向公冶乾道：「二哥，是他們輸了，將榜文收起來罷。」

陳長老心道：「你大兜圈子，說來說去，還是忘不了那日無錫城外一戰落敗的恥辱。」

當下拱手道：「當日包兄赤手空拳，與敝幫奚長老一條六十斤重的鋼杖相鬥，包兄已大佔勝算。敝幫眼見不敵，結那『打……打……』那個陣法，還是奈何不了包兄。當時在做敝幫幫主的喬峯以生力軍上陣，與包兄酣鬥良久，這才勉強勝了包兄半招。當時包兄放言高歌，飄然而去，鬥是鬥得高明，去也去得瀟灑，敝幫上下事後說起，那一個不是津津樂道，心中欽佩？包兄怎麼自謙如此，反說是敗在敝幫手中？決無此事，決無此事。那喬峯和敝幫早已沒有瓜葛，甚至可說已是咱們的公敵。」

他卻不知包不同東拉西扯，其志只在他最後一句話，既不是為了當日無錫杏子林中一敗之辱，更不是為了他那「有話便說，有屁少放」這八個字。包不同立即打蛇隨棍上，說道：「既然如此，再好也沒有了。你就率領貴幫兄弟，咱們同仇敵愾，去將喬峯那廝擒了下來。那時我們念在好朋友的份上，自會將榜文雙手奉上。老兄倘若不識榜文中希奇古怪的文字，我公冶二哥索性人情做到底，從頭至尾、源源本本的譯解明白，你道如何？」

陳長老瞧瞧宋長老，望望吳長老，一時拿不定主意。忽聽得一人高聲叫道：「原當如此，更有何疑？」

眾人齊向聲音來處瞧去，見說話之人是「十方秀才」全冠清，他這時已升為九袋長老，只聽他繼續道：「遼國乃我大宋死仇大敵。這蕭峯之父蕭遠山，自稱在少林寺潛居三十年，盡得少林派武學秘籍。今日大夥兒若不齊心合力將他除去，他回到遼國之後，廣傳得自中土的上乘武功，契丹人如虎添翼，再來進攻大宋，咱們炎黃子孫個個要做亡國奴了。」

羣雄都覺這話甚是有理，只是玄慈圓寂、莊聚賢腳斷，少林派和丐幫這中原武林兩大支柱，都變成了羣龍無首，沒有人主持大局。

全冠清道：「便請少林寺玄字輩三位高僧，與丐幫宋陳吳三位長老共同發號施令，大夥兒齊聽差遣。先殺了蕭遠山、蕭峯父子，除去我大宋的心腹大患。其餘善後事宜，不妨慢慢從長計議。」他見游坦之身敗名裂，自己在幫中失了大靠山，殺易大彪等人之事又已洩漏，心下甚是惶懼，急欲另興風波，以為卸罪脫身之計。他雖也是丐幫四長老之一，但此刻已不敢與宋陳吳三長老並肩。

羣雄登時紛紛呼叫：「這話說得是，請三高僧、三長老發令。」「此事關及天下安危，六位前輩當仁不讓，義不容辭。」「咱們同遵號令，撲殺這兩條番狗！」霎時間千百人乒乒乓乓的拔出兵刃，更有人便要向一十八名契丹武士攻殺過去。

余婆叫道：「眾位契丹兄弟，請過來說話。」那十八名契丹武士不知余婆用意何居，卻不過去，各人挺刀在手，並肩而立，明知寡不敵眾，卻也要決一死戰。余婆叫道：「靈鷲八部，將這十八位朋友護住了。」八部諸女奔將前去，站在十八名契丹武士身前，諸洞主、島主翼衛在旁。星宿派門人急欲在新主人前立功，幫著搖旗吶喊，這一來聲勢倒也甚盛。

余婆躬身向虛竹道：「主人，這十八名武士乃主人義兄的下屬，若在主人眼前讓人亂刀分屍，大折靈鷲宮的威風。咱們且行將他們看管，敬候主人發落。」

虛竹心傷父母之亡，也想不出甚麼主意，點了點頭，朗聲說道：「我靈鷲宮與少林派是友非敵，大夥不可傷了和氣，更不得鬥毆殘殺。」

玄寂見了靈鷲宮這等聲勢，情知大是勁敵，聽虛竹這麼說，便道：「這十八名契丹武士殺與不殺，無關大局，衝著虛竹先生的臉面，暫且擱下。虛竹先生，咱們擒殺蕭峯，你相助何方？」

虛竹躊躇道：「少林派是我出身之地，蕭峯是我義兄，一者於我有恩，一者於我有義。我……我……我只好兩不相助。只不過……只不過……師叔祖，我勸你放我蕭大哥去罷，我勸他不來攻打大宋便是。」

玄寂心道：「你枉自武功高強，又為一派之主，說出話來卻似三歲小兒一般。」說道：「『師叔祖』三字，虛竹先生此後再也休提。」虛竹道：「是，是，我這可忘了。」

玄寂道：「靈鷲宮既然兩不相助，少林派與貴派那便是友非敵，雙方不得傷了和氣。」轉頭向丐幫三長老道：「三位長老，咱們齊到敝寺去瞧瞧動靜如何？」宋陳吳三長老齊聲道：「甚好，甚好！丐幫眾兄弟，同赴少林寺去！」

當下少林僧領先，丐幫與中原羣雄齊聲發喊，衝向山上。

鄧百川喜道：「三弟，真有你的，這一番說辭，竟替主公和公子拉到了這麼多的得力幫手。」包不同道：「非也，非也！躭擱了這麼久，不知主公和公子是禍是福，勝負如何。」

王語嫣急道：「快走！別『非也非也』的了。」一面說，一面提步急奔，忽見段譽跟隨在旁，問道：「段公子，你又要助你義兄、跟我表哥為難麼？」言辭中大有不滿之意。適才慕容復橫劍自盡，險些身亡，全係因敗在段譽和蕭峯二人手下、羞憤難當之故，王語嫣憶起此事，對段譽大是恚怒。

段譽一怔，停了腳步。他自和王語嫣相識以來，對她千依百順，為了她赴危蹈險，全不顧一己生死，可從未見過她對自己如此神色不善，一時驚慌失措，心亂如麻，隔了半晌，才道：「我……我並不想和慕容公子為難……」抬起頭來時，只見身旁羣雄紛紛奔躍而過，王語嫣和鄧百川等眾人早已不知去向。

他又是一呆，心道：「王姑娘既已見疑，我又何必上去自討沒趣？」但轉念又想：「這千百人蜂湧而前，對蕭大哥羣相圍攻，他處境實是凶險無比。虛竹二哥已言明兩不相助，我若不竭力援手，金蘭結義之情何在？縱使王姑娘見怪，卻也顧不得了。」於是跟隨羣眾，奔上山去。

其時段正淳見到段廷慶的目光正冷冷向自己射來，當即手握劍柄，運氣待敵。大理羣豪也均全神戒備，於段譽匆匆走開，都未在意。

段譽到得少林寺前，逕自闖進山門。少林寺佔地甚廣，前殿後舍，也不知有幾千百間，但見一眾僧侶與中原羣豪在各處殿堂中轉來轉去，吆喝吶喊，找尋蕭遠山父子和慕容博父子的所在。更有許多人躍上屋頂，登高瞭望，四下裏擾攘紛紜，亂成一團。眾人穿房入舍，奔行來去，人人都在詢問：「在那裏，見到了沒有？」少林寺莊嚴古剎，霎時間變作了亂墟鬧市一般。

段譽亂走了一陣，突見兩個胡僧快步從側門閃了出來，東張西望，閃縮而行。段譽心念一動：「這兩個胡僧不是少林僧，他們鬼鬼祟祟的幹甚麼？」好奇心起，當下展開「凌波微步」輕功，悄沒聲跟在兩名胡僧之後，向寺旁樹林中奔去。沿著一條林間小徑，逕向西北，轉了幾個彎，眼前突然開朗，只聽得水聲淙淙，山溪旁聳立著一座樓閣，樓頭一塊匾額，寫著「藏經閣」三字。段譽心道：「少林寺藏經閣名聞天下，卻原來建立此處。是了，這樓閣臨水而築，遠離其他房舍，那是唯恐寺中失火，毀了珍貴無比的經典。」

見兩名胡僧矮了身子，慢慢欺近藏經閣，段譽便也跟隨而前。突見兩名中年僧人閃將出來，齊聲咳嗽，說道：「兩位到這裏有何貴幹？」一名胡僧道：「我師兄久慕少林寺藏經閣之名，特來觀光。」說話的正是波羅星。他和師兄哲羅星見寺中大亂，便想乘火打劫，到藏經閣來盜經。

一名少林僧道：「大師請留步，本寺藏經重地，外人請勿擅入。」說話之間，又有四名僧人手持禪杖，攔在門口。哲羅星和波羅星相互瞧了一眼，知所謀難成，只得廢然而退。

段譽跟著轉身，正想去找尋蕭峯，忽聽得一個蒼老的聲音從閣中高處傳了出來：「你見到他們向何方而去？」認得是玄寂的口音。另一人道：「我們四個守在這裏，那灰衣僧闖了進來，出手便點了我們的昏睡穴，師伯救醒我時，那灰衣僧已不知去向了。」另一個蒼老的聲音道：「此處窗房破損，想必是到了後山。」玄寂道：「不錯。」那老僧道：「但不知他們是否盜了閣中的經書。」玄寂道：「這二人在本寺潛伏數十年，咱們上下僧眾渾渾噩噩，一無所覺，可算得無能。他們若要盜經，數十年來那一日不可盜，何待今日？」那老僧道：「師兄說得是。」二僧齊聲長嘆。

段譽心想他們在說少林寺的丟臉之事，不可偷聽，其實玄寂等僧說話聲甚低，只因段譽內力深厚，這才聽聞。段譽慢慢走開，尋思：「他們說蕭大哥到了後山，我這就去瞧瞧。」

少室後山地勢險峻，林密路陡，段譽走出數里，已不再聽到下面寺中的嘈雜之聲，空山寂寂，唯有樹間鳥雀鳴聲。山間林中陽光不到，頗有寒意。段譽心道：「蕭大哥父子一到此處，脫身就甚容易，羣雄難再圍攻。」欣慰之下，突然想到王語嫣怨怒的神色，心頭大震：「倘若大哥已將慕容公子打死了，那……那便如何是好？」背上不由得出了一陣冷汗，心道：「慕容公子若死，王姑娘傷心欲絕，一生都要鬱鬱寡歡了。」

他迷迷惘惘的在密林中信步慢行，一忽兒想到慕容復，一忽兒想到蕭大哥，一忽兒想到爹爹、媽媽和伯父，但想得最多的畢竟還是王語嫣，尤其是她適才那恚怒怨懟的神色。

也不知胡思亂想了多少時候，忽聽得左首隨風飄來幾句誦經唸佛之聲：「即心即佛，即佛即心，心明識佛，識佛明心，離心非佛，離佛非心……」聲音祥和渾厚，卻是從來沒聽見過的。段譽心道：「原來此處有個和尚，不妨去問問他有沒見到蕭大哥。」當即循聲走去。

轉過一片竹林，忽見林間一塊草坪上聚集著不少人。一個身穿敝舊青袍的僧人背向坐在石上，誦經之聲便自他口出，他面前坐著多人，其中有蕭遠山、蕭峯父子，慕容博、慕容復父子，不久前在藏經閣前見到的胡僧哲羅星、波羅星，以及來自別寺的幾位高僧、少林寺好幾位玄字輩高僧，也都坐在地下，雙手合什、垂首低眉，恭恭敬敬的聽法。四五丈外站著一人，卻是吐蕃國師鳩摩智，臉露譏嘲之色，顯是心中不服。

段譽出身於佛國，自幼即隨高僧研習佛法，於佛經義理頗有會心，只是大理國佛法自南方傳來，近於小乘，非少林寺的禪宗一派，所學頗有不同，聽那老僧所說偈語，雖似淺顯，卻含至理，尋思：「瞧這位高僧的服色，乃是少林寺中僧侶，而且職司極低，只不過是燒茶掃地的雜役，怎地少林寺的高僧和蕭大哥他們都聽他講經說法？」

他慢慢繞將過去，要瞧瞧那高僧何等容貌，究竟是何許人物。但要看到那僧人正面，須得走到蕭峯等人身後，他不敢驚動諸人，放輕腳步，遠遠兜了個圈子，斜身縮足，正要走近鳩摩智身畔時，突見鳩摩智轉過頭來，向他微微一笑。段譽也以笑容相報。

突然之間，一股凌厲之極的勁風當胸射來。段譽叫聲：「啊喲！」欲施六脈神劍抵禦，已然不及，只覺胸口一痛，迷迷糊糊中聽到有人唸道：「阿彌陀佛！」便已人事不知了。

慕容博被玄慈揭破本來面目，又說穿當日假傳訊息、釀成雁門關禍變之人便即是他，情知不但蕭氏父子欲得己而甘心，且亦不容於中原豪雄，當即飛身向少林寺中奔去。少林寺房舍眾多，自己熟悉地形，不論在那裏一藏，蕭氏父子都不容易找到。但蕭遠山和蕭峯二人恨之切骨，如影隨行般跟蹤而來。蕭遠山和他年紀相當，功力相若，慕容博既先奔了片刻，蕭遠山便難追及。蕭峯卻正當壯年，武功精力，俱是登峯造極之候，發力疾趕之下，當慕容博奔到少林寺山門口時，蕭峯於數丈外一掌拍出，掌力已及後背。

慕容博回掌一擋，全身一震，手臂隱隱發麻，不禁大吃一驚：「這契丹小狗功力如此厲害！」一側身，便即閃進了山門。

蕭峯那容他脫身，搶步急趕。只是慕容博既入寺中，到處迴廊殿堂，蕭峯掌力雖強，卻已拍不到他。三人一前二後，片刻間便已奔到了藏經閣中。

慕容博破窗而入，一出手便點了守閣四僧的昏睡穴，轉過身來，冷笑道：「蕭遠山，是你父子二人齊上呢，還是咱二老單打獨鬥，拚個死活？」蕭遠山攔住閣門，說道：「孩兒，你擋著窗口，別讓他走了。」蕭峯道：「是！」閃身窗邊，橫掌當胸，父子二人合圍，眼看慕容博再難脫身。蕭遠山道：「你我之間的深仇大怨，不死不解。這不是較量武藝高下，自然我父子聯手齊上，取你性命。」

慕容博哈哈一笑，正要回答，忽聽得樓梯上腳步聲響，走上一個人來，正是鳩摩智。他向慕容博合什一禮，說道：「慕容先生，昔年一別，嗣後便聞先生西去，小僧好生痛悼，原來先生隱居不出，另有深意，今日重會，真乃喜煞小僧也。」慕容博抱拳還禮，笑道：「在下因家國之故，蝸伏假死，致勞大師掛念，實深慚愧。」鳩摩智道：「豈敢，豈敢。當日小僧與先生邂逅相逢，講武論劍，得蒙先生指點數日，生平疑義，一旦盡解，又承先生以少林寺七十二絕技要旨相贈，更是銘感於心。」

慕容博笑道：「些須小事，何足掛齒？」向蕭氏父子道：「蕭老俠、蕭大俠，這位鳩摩智神僧，乃吐蕃國大輪明王，佛法淵深，武功更遠勝在下，可說當世罕有其比。」

蕭遠山和蕭峯對望了一眼，均想：「這番僧雖然未必能強於慕容博，但也必甚為了得，他與慕容博淵源如此之深，自然要相助於他，此戰勝敗，倒是難說了。」

鳩摩智道：「慕容先生謬讚。當年小僧聽先生論及劍法，以大理國天龍寺『六脈神劍』為天下諸劍第一，恨未得見，引為平生憾事。小僧得悉先生噩耗，便前赴大理天龍寺，欲求六脈神劍劍譜，焚化於先生墓前，以報知己。不料天龍寺枯榮老僧狡詐多智，竟在緊急關頭將劍譜以內力焚毀。小僧雖存季札掛劍之念，卻不克完願，抱憾良深。」

慕容博道：「大師只存此念，在下已不勝感激。何況段氏六脈神劍尚存人間，適才大理段公子與犬子相鬥，劍氣縱橫，天下第一劍之言，名不虛傳。」

便在此時，人影一晃，藏經閣中又多了一人，正是慕容復。他落後數步，一到寺中，便失了父親和蕭峯父子的蹤跡，待得尋到藏經閣中，反被鳩摩智趕在頭裏。他剛好聽得父親說起段譽以六脈神劍勝過自己之事，不禁羞慚無地。

慕容博又道：「這裏蕭氏父子欲殺我而甘心，大師以為如何？」

鳩摩智道：「忝在知己，焉能袖手？」

蕭峯見慕容復趕到，變成對方三人而己方只有二人，慕容復雖然稍弱，卻也未可小覷，只怕非但殺慕容博不得，自己父子反要畢命於藏經閣中。但他膽氣豪勇，渾不以身處逆境為意，大聲喝道：「今日之事，不判生死，決不罷休。接招罷！」呼的一掌，便向慕容博急拍過去。慕容博左手一拂，凝運功力，要將他掌力化去。喀喇喇一聲響，左首一座書架木片紛飛，斷成數截，架上經書塌將下來。蕭峯這一掌勁力雄渾，慕容博雖然將之拂開，卻未得消解，只是將掌力轉移方位，擊上了書架。

慕容博微微一笑，說道：「南慕容，北喬峯！果然名下無虛！蕭兄，我有一言，你聽是不聽！」蕭遠山道：「任憑你如何花言巧語，休想叫我不報殺妻深仇。」慕容博道：「你要殺我報仇，以今日之勢，只怕未必能夠。我方三人，敵你父子二人，請問是誰多佔勝面？」蕭遠山道：「當然是你多佔勝面。大丈夫以寡敵眾，又何足懼？」慕容博道：「蕭氏父子英名蓋世，生平怕過誰來？可是懼雖不懼，今日要想殺我，卻也甚難。我跟你做一樁買賣，我讓你得遂報仇之願，但你父子卻須答允我一件事。」

蕭遠山、蕭峯均覺詫異：「這老賊不知又生甚麼詭計？」

慕容博又道：「只須你父子答允了這件事，便可上前殺我報仇。在下束手待斃，決不抗拒，鳩摩師兄和復兒也不得出手救援。」他此言一出，蕭峯父子固然大奇，鳩摩智和慕容復也是驚駭莫名。慕容復叫道：「爹爹，我眾彼寡……」鳩摩智也道：「慕容先生何出此言？小僧但教有一口氣在，決不容人伸一指加於先生。」慕容博道：「大師高義，在下交了這樣一位朋友，雖死何憾？蕭兄，在下有一事請教。當年我假傳訊息，致釀巨禍，蕭兄可知在下幹此無行敗德之事，其意何在？」

蕭遠山怒氣填膺，戟指罵道：「你本是個卑鄙小人，為非作歹，幸災樂禍，又何必有甚麼用意？」踏上一步，呼的一拳便擊了過去。

鳩摩智斜刺裏閃至，雙掌一封，波的一聲響，拳風掌力相互激盪，沖將上去，屋頂灰塵沙沙而落。這一拳掌相交，竟然不分高下，兩人都暗自欽佩。

慕容博道：「蕭兄暫抑怒氣，且聽在下畢言。慕容博雖然不肖，在江湖上也總算薄有微名，和蕭兄素不相識，自是無怨無仇。至於少林寺玄慈方丈，在下更和他多年交好。我既費盡心力挑撥生事，要雙方鬥個兩敗俱傷，以常理度之，自當有重大原由。」

蕭遠山雙目中欲噴出火來，喝道：「甚麼重大原由？你……你說，你說！」

慕容博道：「蕭兄，你是契丹人。鳩摩智明王是吐蕃國人。他們中土武人，都說你們是番邦夷狄，並非上國衣冠。令郎明明是丐幫幫主，才略武功，震爍當世，真乃丐幫中古今罕有的英雄豪傑。可是羣丐一知他是契丹異族，立刻翻臉不容情，非但不認他為幫主，而且人人欲殺之而甘心。蕭兄，你說此事是否公道？」

蕭遠山道：「宋遼世仇，兩國相互攻伐征戰，已歷一百餘年。邊疆之上，宋人遼人相見即殺，自來如此。丐幫中人既知我兒是契丹人，豈能奉仇為主？此是事理之常，也沒有甚麼不公道。」頓了一頓，又道：「玄慈方丈、汪劍通等殺我妻室、下屬，原非本意。但就算存心如此，那也是宋遼之爭，不足為奇，只是你設計陷害，卻放你不過。」

慕容博道：「依蕭兄之見，兩國相爭，攻戰殺伐，只求破敵制勝，克成大功，是不是還須講究甚麼仁義道德？」蕭遠山道：「兵不厭詐，自古以來就是如此。你說這些不相干的言語作甚？」慕容博微微一笑，說道：「蕭兄，你道我慕容博是那一國人？」

蕭遠山微微一凜，道：「你姑蘇慕容氏，當然是南朝漢人，難道還是甚麼外國人？」玄慈方丈學識淵博，先前聽得慕容博勸阻慕容復自殺，從他幾句言語之中，便猜知了他的出身來歷。蕭遠山一介契丹武夫，不知往昔史事，便不明其中情由。

慕容博搖頭道：「蕭兄這一下可猜錯了。」轉頭向慕容復道：「孩兒，咱們是那一國人氏？」慕容復道：「咱們慕容氏乃鮮卑族人，昔年大燕國威震河朔，打下了錦繡江山，只可惜敵人兇險狠毒，顛覆我邦。」慕容博道：「爹爹給你取名，用了一個『復』字，那是何所含義？」慕容復道：「爹爹是命孩兒時時刻刻不可忘了列祖列宗的遺訓，須當興復大燕，奪還江山。」慕容博道：「你將大燕國的傳國玉璽，取出來給蕭老俠瞧瞧。」

慕容復道：「是！」伸手入懷，取出一顆黑玉彫成的方印來。那玉印上端彫著一頭形態生動的豹子，慕容復將印一翻，顯出印文。鳩摩智見印文彫著「大燕皇帝之寶」六個大字。蕭氏父子不識篆文，然見那玉璽彫琢精緻，邊角上卻頗有破損，顯是頗歷年所，多經災難，雖然不明真偽，卻知大非尋常，更不是新製之物。

慕容博又道：「你將大燕皇帝世系譜表，取出來請蕭老俠過目。」慕容復道：「是！」將玉璽收入懷中，順手掏出一個油布包來，打開油布，抖出一幅黃絹，雙手提起。

蕭遠山等見黃絹上以硃筆書寫兩種文字，右首的彎彎曲曲，眾皆不識，想係鮮卑文字。左首則是漢字，最上端寫著：「太祖文明帝諱皝」，其下寫道：「烈祖景昭帝諱儁」，其下寫道：「幽帝諱暐」。另起一行寫道：「世祖武成帝諱垂」，其上寫道：「烈宗惠愍帝諱寶」，其下寫道：「開封公諱詳」、「趙王諱麟」。絹上其後又寫著「中宗昭武帝諱盛」、「昭文帝諱熙」等等字樣，皇帝的名諱，各有缺筆。至太上六年，南燕慕容超亡國後，以後的世系便都是庶民，不再是帝王公侯。年代久遠，子孫繁衍，蕭遠山、蕭峯、鳩摩智三人一時也無心詳覽。但見那世系表最後一人寫的是「慕容復」，其上則是「慕容博」。

鳩摩智道：「原來慕容先生乃大燕王孫，失敬，失敬！」

慕容博嘆道：「亡國遺民，得保首領，已是不幸中的大幸了。只是歷代祖宗遺訓，均以興復為囑，慕容博無能，江湖上奔波半世，始終一無所成。蕭兄，我鮮卑慕容氏意圖光復故國，你道該是不該？」

蕭遠山道：「成則為王，敗則為寇。羣雄逐鹿中原，又有甚麼該與不該之可言？」

慕容博道：「照啊！蕭兄之言，大得我心。慕容氏若要興復大燕，須得有機可乘。想我慕容氏人丁單薄，勢力微弱，重建邦國，當真談何容易？唯一的機緣是天下大亂，四處征戰不休。」

蕭遠山森然道：「你揑造音訊，挑撥是非，便在要使宋遼生釁，大戰一場？」

慕容博道：「正是，倘若宋遼間戰爭復起，大燕便能乘時而動。當年東晉有八王之亂，司馬氏自相殘殺，我五胡方能割據中原之地。今日之事，亦復如此。」鳩摩智點頭道：「不錯！倘若宋朝既有外患，又生內亂，不但慕容先生復國有望，我吐蕃國也能分一杯羹了。」

蕭遠山冷哼一聲，斜睨二人。

慕容博道：「令郎官居遼國南院大王，手握兵符，坐鎮南京，倘若揮軍南下，盡佔南朝黃河以北土地，建立赫赫功業，則進而自立為主，退亦長保富貴。那時順手將中原羣豪聚而殲之，如踏螻蟻，昔日被丐幫斥逐的那一口惡氣，豈非一旦而吐？」

蕭遠山道：「你想我兒為你盡力，俾你得能混水摸魚，以遂興復燕國的野心？」

慕容博道：「不錯，其時我慕容氏建一枝義旗，兵發山東，為大遼呼應，同時吐蕃、西夏、大理三國一時並起，咱五國瓜分了大宋，亦非難事。我燕國不敢取大遼一尺一寸土地，若得建國，盡當取之於南朝。此事於大遼大大有利，蕭兄何樂而不為？」他說到這裏，突然間右手一翻，掌中已多了一柄晶光燦然的匕首，一揮手，將匕首插在身旁几下，說道：「蕭兄只須依得在下的倡議，便請立取在下性命，為夫人報仇，在下決不抗拒。」嗤的一聲，扯開衣襟，露出胸口肌膚。

這番話實大出蕭氏父子意料之外，此人在大佔優勢的局面之下，竟肯束手待斃，一時不知如何回答。

鳩摩智道：「慕容先生，常言道得好：非我族類，其心必異。更何況軍國大事，不厭機詐。倘若慕容先生甘心就死，蕭氏父子事後卻不依先生之言而行，先生這……這不是死得輕於鴻毛了麼？」

慕容博道：「蕭老俠隱居數十年，俠蹤少現人間。蕭大俠卻英名播於天下，一言九鼎，豈會反悔？蕭大俠為了一個無親無故的少女，尚且敢干冒萬險，孤身而入聚賢莊求醫，怎能手刃老朽之後而自食諾言？在下籌算已久，這正是千載一時的良機。老朽風燭殘年，以一命而換萬世之基，這買賣如何不做？」他臉露微笑，凝視蕭峯，只盼他快些下手。

蕭遠山道：「我兒，此人之意，倒似不假，你瞧如何？」

蕭峯道：「不行！」突然拍出一掌，擊向木几，只聽得劈啪一聲響，木几碎成數塊，匕首隨而跌落，凜然說道：「殺母大仇，豈可當作買賣交易？此仇能報便報，如不能報，則我父子畢命於此便了。這等骯髒之事，豈是我蕭氏父子所屑為？」

慕容博仰天大笑，朗聲說道：「我素聞蕭峯蕭大俠才略蓋世，識見非凡，殊不知今日一見，竟是個不明大義、徒逞意氣的一勇之夫。嘿嘿！可笑啊可笑！」

蕭峯知他是以言語相激，冷冷的道：「蕭峯是英雄豪傑也罷，是凡夫俗子也罷，總不能中你圈套，成為你手中的殺人之刀。」

慕容博道：「食君之祿，忠君之事。你是大遼國大臣，卻只記得父母私仇，不思盡忠報國，如何對得起大遼？」

蕭峯踏上一步，昂然說道：「你可曾見過邊關之上、宋遼相互仇殺的慘狀？可曾見過宋人遼人妻離子散、家破人亡的情景？宋遼之間好容易罷兵數十年，倘若刀兵再起，契丹鐵騎侵入南朝，你可知將有多少宋人慘遭橫死？多少遼人死於非命？」他說到這裏，想起當日雁門關外宋兵和遼兵相互打草穀的殘酷情狀，越說越響，又道：「兵凶戰危，世間豈有必勝之事？大宋兵多財足，只須有一二名將，率兵奮戰，大遼、吐蕃聯手，未必便能取勝。咱們打一個血流成河，屍骨如山，卻讓你慕容氏來乘機興復燕國。我對大遼盡忠報國，是在保土安民，而不是為了一己的榮華富貴，因而殺人取地、建功立業。」

忽聽得長窗外一個蒼老的聲音說道：「善哉，善哉！蕭居士宅心仁厚，如此以天下蒼生為念，當真是菩薩心腸。」

五人一聽，都是吃了一驚，怎地窗外有人居然並不知覺？而且聽此人的說話口氣，似乎在窗外已久。慕容復喝道：「是誰？」不等對方回答，砰的一掌拍出，兩扇長窗脫鈕飛出，落到了閣下。

只見窗外走廊之上，一個身穿青袍的枯瘦僧人拿著一把掃帚，正在弓身掃地。這僧人年紀不小，稀稀疏疏的幾根長鬚已然全白，行動遲緩，有氣沒力，不似身有武功的模樣。慕容復又問：「你躲在這裏有多久了？」

那老僧慢慢抬起頭來，說道：「施主問我躲在這裏……有……有多久了？」五人一起凝視著他，只見他眼光茫然，全無精神，但說話聲音正便是適才稱讚蕭峯的口音。

慕容復道：「不錯，我問你躲在這裏，有多久了？」

那老僧屈指計算，過了好一會兒，搖了搖頭，臉上現出歉然之色，道：「我……我記不清楚了，不知是四十二年，還是四十三年。這位蕭老居士最初晚上來看經之時，我……我已來了十多年。後來……後來慕容老居士來了，前幾年，那天竺僧波羅星也來盜經。唉，你來我去，將閣中的經書翻得亂七八糟，也不知為了甚麼。」

蕭遠山大為驚訝，心想自己到少林寺來偷研武功，全寺僧人沒一個知悉，這個老僧又怎會知道？多半他適才在寺外聽了自己的言語，便在此胡說八道，說道：「怎麼我從來沒見過你？」

那老僧道：「居士全副精神貫注在武學典籍之上，心無旁騖，自然瞧不見老僧。記得居士第一晚來閣中借閱的，是一本『無相劫指譜』，唉！從那晚起，居士便入了魔道，可惜，可惜！」

蕭遠山這一驚當真非同小可，自己第一晚偷入藏經閣，找到一本「無相劫指譜」，知道這是少林派七十二絕技之一，當時喜不自勝，此事除了自己之外，更無第二人知曉，難道這個老僧當時確是在旁親眼目睹？一時之間只道：「你……你……你……」

老僧又道：「居士第二次來借閱的，是一本『般若掌法』。當時老僧暗暗嘆息，知道居士由此入魔，愈陷愈深，心中不忍，在居士慣常取書之處，放了一部『法華經』，一部『雜阿含經』，只盼居士能借了去，研讀參悟。不料居士沉迷於武功，於正宗佛法卻置之不理，將這兩部經書撇在一旁，找到一冊『伏魔杖法』，卻歡喜鼓舞而去。唉，沉迷苦海，不知何日方得回頭？」

蕭遠山聽他隨口道來，將三十年前自己在藏經閣中夤夜的作為說得絲毫不錯，漸漸由驚而懼，由懼而怖，背上冷汗一陣陣冒將上來，一顆心幾乎也停了跳動。

那老僧慢慢轉過頭來，向慕容博瞧去。慕容博見他目光遲鈍，直如視而不見其物，卻又似自己心中所隱藏的秘密，每一件都被他清清楚楚的看透了，不由得心中發毛，周身大不自在。只聽那老僧嘆了口氣，說道：「慕容居士雖然是鮮卑族人，但在江南僑居已有數代，老僧初料居士必已沾到南朝的文采風流，豈知居士來到藏經閣中，將我祖師的微言法語、歷代高僧的語錄心得，一概棄如敝屣，挑到一本『拈花指法』，卻便如獲至寶。昔人買櫝還珠，貽笑千載。兩位居士乃當世高人，卻也作此愚行。唉，於己於人，都是有害無益。」

慕容博心下駭然，自己初入藏經閣，第一部看到的武功秘籍，確然便是「拈花指法」，但當時曾四周詳察，查明藏經閣裏外並無一人，怎麼這老僧直如親見？

只聽那老僧又道：「居士之心，比之蕭居士尤為貪多務得。蕭居士所修習的，只是如何剋制少林派現有武功，慕容居士卻將本寺七十二絕技一一囊括以去，盡數錄了副本，這才重履藏經閣，歸還原書。想來這些年之中，居士盡心竭力，意圖融會貫通這七十二絕技，說不定已傳授於令郎了。」

他說到這裏，眼光向慕容復轉去，只看了一眼，便搖了搖頭，跟著看到鳩摩智，這才點頭，道：「是了，令郎年紀尚輕，功力不足，無法研習少林七十二絕技，原來是傳之於一位天竺高僧。大輪明王，你錯了，全然錯了，次序顛倒，大難已在旦夕之間。」

鳩摩智從未入過藏經閣，對那老僧絕無敬畏之心，冷冷的說道：「甚麼次序顛倒，大難已在旦夕之間？大師之語，不太也危言聳聽麼？」那老僧道：「不是危言聳聽。明王，請你將那部『易筋經』還給我罷。」鳩摩智此時不由得不驚，心道：「你怎知我從那鐵頭人處搶得到『易筋經』？要我還你，那有這等容易？」口中兀自強硬：「甚麼『易筋經』？大師的說話，教人好生難以明白。」

那老僧道：「本派武功傳自達摩老祖。佛門子弟學武，乃在強身健體，護法伏魔。修習任何武功之時，總是心存慈悲仁善之念。倘若不以佛學為基，則練武之時，必定傷及自身。功夫練得越深，自身受傷越重。如果所練的只不過是拳打腳踢、兵刃暗器的外門功夫，那也罷了，對自身危害甚微，只須身子強壯，儘自抵禦得住……」

忽聽得樓下說話聲響，跟著樓梯上托、托、托幾下輕點，八九個僧人縱身上閣。當先是少林派兩位玄字輩高僧玄生、玄滅，其後便是神山上人、道清大師、觀心大師等幾位外來高僧，跟著是天竺哲羅星、波羅星師兄弟，其後又是玄字輩的玄垢、玄淨兩僧。眾僧見蕭遠山父子、慕容博父子、鳩摩智五人都在閣中，靜聽一個面目陌生的老僧說話，均感詫異。這些僧人均是大有修養的高明之士，當下也不上前打擾，站在一旁，且聽他說甚麼。

那老僧見眾僧上來，全不理會，繼續說道：「但如練的是本派上乘武功，例如拈花指、多羅葉指、般若掌之類，每日不以慈悲佛法調和化解，則戾氣深入臟腑，愈陷愈深，比之任何外毒都要厲害百倍。大輪明王原是我佛門弟子，精研佛法，記誦明辨，當世無雙，但如不存慈悲布施、普渡眾生之念，雖然典籍淹通，妙辯無礙，卻終不能消解修習這些上乘武功時所鍾的戾氣。」

羣僧只聽得幾句，便覺這老僧所言大含精義，道前人之所未道，心下均有凜然之意。有幾人便合什讚嘆：「阿彌陀佛，善哉，善哉！」

但聽他繼續說道：「我少林寺建剎千年，古往今來，唯有達摩祖師一人身兼諸門絕技，此後更無一位高僧能並通諸般武功，卻是何故？七十二絕技的典籍一向在此閣中，向來不禁門人弟子翻閱，明王可知其理安在？」

鳩摩智道：「那是寶剎自己的事，外人如何得知？」

玄生、玄滅、玄垢、玄淨均想：「這位老僧服色打扮，乃是本寺操執雜役的服事僧，怎能有如此見識修為？」服事僧雖是少林寺僧人，但只剃度而不拜師、不傳武功、不修禪定、不列「玄、慧、虛、空」的輩份排行，除了誦經拜佛之外，只作些燒火、種田、灑掃、土木粗活。玄生等都是寺中第一等高僧，不識此僧，倒也並不希奇，只是聽他吐屬高雅，識見卓超，都不由得暗暗納罕。

那老僧續道：「本寺七十二項絕技，每一項功夫都能傷人要害、取人性命，凌厲狠辣，大干天和，是以每一項絕技，均須有相應的慈悲佛法為之化解。這道理本寺僧人倒也並非人人皆知，只是一人練到四五項絕技之後，在禪理上的領悟，自然而然的會受到障礙。在我少林派，那便叫做『武學障』，與別宗別派的『知見障』道理相同。須知佛法在求渡世，武功在求殺生，兩者背道而馳，相互剋制。只有佛法越高，慈悲之念越盛，武功絕技才能練得越多，但修為上到了如此境界的高僧，卻又不屑去多學各種厲害的殺人法門了。」

道清大師點頭道：「得聞老師父一番言語，小僧今日茅塞頓開。」那老僧合什道：「不敢，老衲說得不對之處，還望眾位指教。」羣僧一齊合掌道：「請師父更說佛法。」

鳩摩智尋思：「少林寺的七十二項絕技被慕容先生盜了出來，洩之於外，少林寺羣僧心下不甘，卻又無可奈何，便派一個老僧在此裝神弄鬼，想騙得外人不敢練他門中的武功。嘿嘿，我鳩摩智那有這麼容易上當？」

那老僧又道：「本寺之中，自然也有人佛法修為不足，卻要強自多學上乘武功的，但練將下去，不是走火入魔，便是內傷難愈。本寺玄澄大師以一身超凡絕俗的武學修為，先輩高僧均許為本寺二百年來武功第一。但他在一夜之間，突然筋脈俱斷，成為廢人，那便是為此了。」

玄生、玄滅二人突然跪倒，說道：「大師，可有法子救得玄澄師兄一救？」那老僧搖頭道：「太遲了，不能救了。當年玄澄大師來藏經閣揀取武學典籍，老衲曾三次提醒於他，他始終執迷不悟。現下筋脈既斷，又如何能夠再續？其實，五蘊皆空，色身受傷，從此不能練武，他勤修佛法，由此而得開悟，實是因禍得福。兩位大師所見，卻又不及玄澄大師了。」玄生、玄滅齊道：「是。多謝開示。」

忽聽得嗤、嗤、嗤三聲輕響，響聲過去更無異狀。玄生等均知這是本門「無相劫指」的功夫，齊向鳩摩智望去，只見他臉上已然變色，卻兀自強作微笑。

原來鳩摩智越聽越不服，心道：「你說少林派七十二項絕技不能齊學，我不是已經都學會了？怎麼又沒有筋脈齊斷，成為廢人？」雙手攏在衣袖之中，暗暗使出「無相劫指」，神不知、鬼不覺的向那老僧彈去。不料指力甫及那老僧身前三尺之處，便似遇上了一層柔軟之極、卻又堅硬之極的屏障，嗤嗤幾聲響，指力便散得無形無蹤，卻也並不反彈而回。鳩摩智大吃一驚，心道：「這老僧果然有些鬼門道，並非大言唬人！」

那老僧恍如不知，只道：「兩位請起。老衲在少林寺供諸位大師差遣，兩位行此大禮，如何克當？」玄生、玄滅只覺各有一股柔和的力道在左臂下輕輕一托，身不由主的便站將起來，卻沒見那老僧伸手拂袖，都是驚異不置，心想這般潛運神功，心到力至，莫非這位老僧竟是菩薩化身，否則怎能有如此廣大神通、無邊佛法？

那老僧又道：「本寺七十二項絕技，均分『體』、『用』兩道，『體』為內力本體，『用』為運用法門。蕭居士、慕容居士、大輪明王、天竺波羅星師兄本身早具上乘內功，來本寺所習的，只不過七十二絕技的運用法門，雖有損害，卻一時不顯。明王所練的，本來是『逍遙派』的『小無相功』罷？」

鳩摩智又是一驚，自己偷學逍遙派「小無相功」，從無人知，怎麼這老僧卻瞧了出來？但轉念一想，隨即釋然：「虛竹適才跟我相鬥，使的便是小無相功。多半是虛竹跟他說的，何足為奇？」便道：「『小無相功』雖然源出道家，但近日佛門弟子習者亦多，演變之下，已集佛道兩家之所長。即是貴寺之中，亦不乏此道高手。」

那老僧微現驚異之色，說道：「少林寺中也有人會『小無相功』？老衲今日還是首次聽聞。」鳩摩智心道：「你裝神弄鬼，倒也似模似樣。」微微一笑，也不加點破。那老僧繼續道：「小無相功精微淵深，以此為根基，本寺的七十二絕技，倒也皆可運使，只不過細微曲折之處，不免有點似是而非罷了。」

玄生轉頭向鳩摩智道：「明王自稱兼通敝派七十二絕技，原來是如此兼通法。」語中帶刺，芒鋒逼人。鳩摩智裝作沒有聽見，不加置答。

那老僧又道：「明王若只修習少林派七十二項絕技的使用之法，其傷隱伏，雖有疾害，一時之間還不致危及本元。可是明王此刻『承泣穴』上色現朱紅，『聞香穴』上隱隱有紫氣透出，『頰車穴』筋脈震動，種種跡象，顯示明王在練過少林七十二項絕技之後，又去強練本寺內功秘笈『易筋經』……」他說到這裏，微微搖頭，眼光中大露悲憫惋惜之情。

鳩摩智數月前在鐵頭人處奪得「易筋經」，知是武學至寶，隨即靜居苦練，他識得經上梵文，暢曉經義，但練來練去，始終沒半點進境，料想上乘內功，自非旦夕間所能奏效。少林派「易筋經」與天龍寺「六脈神劍」齊名，慕容博曾稱之為武學中至高無上的兩大瑰寶，說不定要練上十年八年，這才豁然貫通。只是近來練功之時，頗感心煩意躁，頭緒紛紜，難以捉摸，難道那老僧所說確非虛話，果然是「次序顛倒，大難已在旦夕之間」麼？轉念又想：「修練內功不成，因而走火入魔，原是常事，但我精通內外武學秘奧，豈是常人可比？這老僧大言炎炎，我若中了他的詭計，鳩摩智一生英名，付諸流水了。」

那老僧見他臉上初現憂色，但隨即雙眉一挺，又是滿臉剛愎自負的模樣，顯然將自己的言語當作了耳畔東風，輕輕嘆了口氣，向蕭遠山道：「蕭居士，你近來小腹上『梁門』『太乙』兩穴，可感到隱隱疼痛麼？」蕭遠山全身一凜，道：「神僧明見，正是這般。」那老僧又道：「你『關元穴』上的麻木不仁，近來卻又如何？」蕭遠山更是驚訝，顫聲道：「這麻木處十年前只小指頭般大一塊，現下……現下幾乎有茶杯口大了。」

蕭峯一聽之下，知道父親三處要穴現出這種跡象，乃是強練少林絕技所致，從他話中聽來，這徵象已困擾他多年，始終無法驅除，成為一大隱憂，當即向前兩步，雙膝跪倒，向那老僧拜了下去，說道：「神僧既知家父病根，還祈慈悲解救。」

那老僧合什還禮，說道：「施主請起。施主宅心仁善，以天下蒼生為念，不肯以私仇而傷害宋遼軍民，如此大仁大義，不論有何吩咐，老衲無有不從。不必多禮。」蕭峯大喜，又磕了兩個頭，這才站起。那老僧嘆了口氣，說道：「蕭老施主過去殺人甚多，頗傷無辜，像喬三槐夫婦、玄苦大師，實是不該殺的。」

蕭遠山是契丹英雄，年紀雖老，不減獷悍之氣，聽那老僧責備自己，朗聲道：「老夫自己受傷已深，但年過六旬，有子成人，縱然頃刻間便死，亦復何憾？神僧要老夫認錯悔過，卻是萬萬不能。」

那老僧搖頭道：「老衲不敢要老施主認錯悔過。只是老施主之傷，乃因練少林派武功而起，欲覓化解之道，便須從佛法中去尋。」

他說到這裏，轉頭向慕容博道：「慕容老施主視死如歸，自不須老衲饒舌多言。但若老衲指點途徑，令老施主免除了陽白、廉泉、風府三處穴道上每日三次的萬針攢刺之苦，卻又何如？」

慕容博臉色大變，不由得全身微微顫動。他陽白、廉泉、風府三處穴道，每日清晨、正午、子夜三時，確如萬針攢刺，痛不可當，不論服食何種靈丹妙藥，都是沒半點效驗。只要一運內功，那針刺之痛更是深入骨髓。一日之中，連死三次，那裏還有甚麼生人樂趣？這痛楚近年來更加厲害，他所以甘願一死，以交換蕭峯答允興兵攻宋，雖說是為了興復燕國的大業，一小半也為了身患這無名惡疾，實是難以忍耐。這時突然聽那老僧說出自己的病根，委實一驚非同小可。以他這等武功高深之士，當真耳邊平白響起一個霹靂，絲毫不會吃驚，甚至連響十個霹靂，也只當是老天爺放屁，不予理會。但那老僧這平平淡淡的幾句話，卻令他心驚肉跳，惶恐無已。他身子抖得兩下，猛覺陽白、廉泉、風府三處穴道之中，那針刺般的劇痛又發作起來。本來此刻並非發作的時刻，可是心神震盪之下，其痛陡生，當下只有咬緊牙關強忍。但這牙關卻也咬它不緊，上下牙齒得得相撞，狼狽不堪。

慕容復素知父親要勝好強的脾氣，寧可殺了他，也不能人前出醜受辱，他更不願如蕭峯一般，為了父親而向那老僧跪拜懇求，當下向蕭峯父子一拱手，說道：「青山不改，綠水長流，今日暫且別過。兩位要找我父子報仇，我們在姑蘇燕子塢參合莊恭候大駕。」伸手攜住慕容博右手，道：「爹爹，咱們走罷！」

那老僧道：「你竟忍心如此，讓令尊受此徹骨奇痛的煎熬？」

慕容復臉色慘白，拉著慕容博之手，邁步便走。

蕭峯喝道：「你就想走？天下有這等便宜事？你父親身上有病，大丈夫不屑乘人之危，且放了他過去。你可沒病沒痛！」慕容復氣往上衝，喝道：「那我便接蕭兄的高招。」蕭峯更不打話，呼的一掌，一招降龍十八掌中的「見龍在田」，向慕容復猛擊過去。他見藏經閣中地勢狹隘，高手羣集，不便久鬥，是以使上了十成力，要在數掌之間便取了敵人性命。慕容復見他掌勢兇惡，當即運起平生之力，要以「斗轉星移」之術化解。

那老僧雙手合什，說道：「阿彌陀佛，佛門善地，兩位施主不可妄動無明。」他雙掌只這麼一合，便似有一股力道化成一堵無形高牆，擋在蕭峯和慕容復之間。蕭峯排山倒海的掌力撞在這堵牆上，登時無影無蹤，消於無形。

蕭峯心中一凜，他生平從未遇敵手，但眼前這老僧功力顯比自己強過太多，他既出手阻止，今日之仇是決不能報了。他想到父親的內傷，又躬身道：「在下蠻荒匹夫，草野之輩，不知禮儀，冒犯了神僧，恕罪則個。」

那老僧微笑道：「好說，好說。老僧對蕭施主好生相敬，唯大英雄能本色，蕭施主當之無愧。」

蕭峯道：「家父犯下的殺人罪孽，都係由在下身上引起，懇求神僧治了家父之傷，諸般罪責，都由在下領受，萬死不辭。」

那老僧微微一笑，說道：「老衲已經說過，要化解蕭老施主的內傷，須從佛法中尋求。佛由心生，佛即是覺。旁人只能指點，卻不能代勞。我問蕭老施主一句話：倘若你有治傷的能耐，那慕容老施主的內傷，你肯不肯替他醫治？」

蕭遠山一怔，道：「我……我替慕容老……老匹夫治傷？」慕容復喝道：「你嘴裏放乾淨些。」蕭遠山咬牙切齒的道：「慕容老匹夫殺我愛妻，毀了我一生，我恨不得千刀萬剮，將他斬成肉醬。」那老僧道：「你如不見慕容老施主死於非命，難消心頭之恨？」蕭遠山道：「正是。老夫三十年來，心頭日思夜想，便只這一樁血海深恨。」

那老僧點頭道：「那也容易。」緩步向前，伸出一掌，拍向慕容博頭頂。

慕容博初時見那老僧走近，也不在意，待見他伸掌拍向自己天靈蓋，左手忙上抬相格，又恐對方武功太過厲害，一抬手後，身子跟著向後飄出。他姑蘇慕容氏家傳武學，本已非同小可，再鑽研少林寺七十二絕技後，更是如虎添翼，這一抬手，一飄身，看似平平無奇，卻是一掌擋盡天下諸般攻招，一退閃去世間任何追襲，守勢之嚴密飄逸，直可說至矣盡矣，蔑以加矣。閣中諸人個個都是武學高手，一見他使出這兩招來，都暗喝一聲采，即令蕭遠山父子，也不禁欽佩。

豈知那老僧一掌輕輕拍落，波的一聲響，正好擊在慕容博腦門正中的「百會穴」上，慕容博的一格一退，竟沒半點效用。「百會穴」是人身最要緊的所在，即是給全然不會武功之人碰上了，也有受傷之虞，那老僧一擊而中，慕容博全身一震，登時氣絕，向後便倒。

慕容復大驚，搶上扶住，叫道：「爹爹，爹爹！」但見父親嘴眼俱閉，鼻孔中已無出氣，忙伸手到他心口一摸，心跳亦已停止。慕容復悲怒交集，萬想不到這個滿口慈悲佛法的老僧居然會下此毒手，叫道：「你……你……你這老賊禿！」將父親的屍身往柱上一靠，飛身縱起，雙掌齊出，向那老僧猛擊過去。

那老僧不聞不見，全不理睬。慕容復雙掌推到那老僧身前兩尺之處，突然間又如撞上了一堵無形氣牆，更似撞進了一張漁網之中，掌力雖猛，卻是無可施力，被那氣牆反彈出來，撞在一座書架之上。本來他去勢既猛，反彈之力也必十分凌厲，但他掌力似被那無形氣牆盡數化去，然後將他輕輕推開，是以他背脊撞上書架，書架固不倒塌，連架上堆滿的經書也沒落下一冊。

慕容復甚是機警，雖然傷痛父親之亡，但知那老僧武功高出自己十倍，縱然狂打狠鬥，終究奈何他不得，當下倚在書架之上，假作喘息不止，心下暗自盤算，如何出其不意的再施偷襲。

那老僧轉向蕭遠山，淡淡的道：「蕭老施主要親眼見到慕容老施主死於非命，以平積年仇恨。現下慕容老施主是死了，蕭老施主這口氣可平了罷？」

蕭遠山見那老僧一掌擊死慕容博，本來也是訝異無比，聽他這麼相問，不禁心中一片茫然，張口結舌，說不出話來。

這三十年來，他處心積慮，便是要報這殺妻之仇、奪子之恨。這一年中真相顯現，他將當年參與雁門關之役的中原豪傑一個個打死，連玄苦大師與喬三槐夫婦也死在他手中。他得悉那「帶頭大哥」便是少林方丈玄慈，更在天下英雄之前揭破他與葉二娘的奸情，令他身敗名裂，這才逼他自殺，這仇可算報得到家之至。其時得悉假傳音訊、釀成慘變的奸徒，便是那同在寺中隱伏、與自己三次交手不分高下的灰衣僧慕容博，蕭遠山滿腔怒氣，便都傾注在此人身上，恨不得食其肉而寢其皮，抽其筋而炊其骨。那知道平白無端的出來一個無名老僧，行若無事的一掌便將自己的大仇人打死了。他霎時之間，猶如身在雲端，飄飄蕩蕩，在這世間更無立足之地。

蕭遠山少年時豪氣干雲，學成一身出神入化的武功，一心一意為國效勞，樹立功名，做一個名標青史的人物。他與妻子自幼便青梅竹馬，兩相愛悅，成婚後不久誕下一個麟兒，更是襟懷爽朗，意氣風發，但覺天地間無事不可為，不料雁門關外奇變陡生，墮谷不死之餘，整個人全變了樣子，甚麼功名事業、名位財寶，在他眼中皆如塵土，日思夜想，只是如何手刃仇人，以洩大恨。他本是個豪邁誠樸、無所縈懷的塞外大漢，心中一充滿仇恨，性子竟然越來越乖戾。再在少林寺中潛居數十年，晝伏夜出，勤練武功，一年之中難得與旁人說一兩句話，性情更是大變。

突然之間，數十年來恨之切齒的大仇人，一個個死在自己面前，按理說該當十分快意，但內心中卻實是說不出的寂寞淒涼，只覺在這世上再也沒甚麼事情可幹，活著也是白活。他斜眼向倚在柱上的慕容博瞧去，只見他臉色平和，嘴角邊微帶笑容，倒似死去之後，比活著還更快樂。蕭遠山內心反而隱隱有點羨慕他的福氣，但覺一了百了，人死之後，甚麼都是一筆勾銷。頃刻之間，心下一片蕭索：「仇人都死光了，我的仇全報了。我卻到那裏去？回大遼嗎？去幹甚麼？到雁門關外去隱居麼？去幹甚麼？帶了峯兒浪跡天涯、四海飄流麼？為了甚麼？」

那老僧道：「蕭老施主，你要去那裏，這就請便。」蕭遠山搖頭道：「我……我卻到那裏去？我無處可去。」那老僧道：「慕容老施主，是我打死的，你未能親手報此大仇，是以心有餘憾，是不是？」蕭遠山道：「不是！就算你沒打死他，我也不想打死他了。」那老僧點頭道：「不錯！可是這位慕容少俠傷痛父親之死，卻要找老衲和你報仇，卻如何是好？」

蕭遠山心灰意懶，說道：「大和尚是代我出手的，慕容少俠要為父報仇，儘管來殺我便是。」嘆了口氣，說道：「他來取了我的性命倒好。峯兒，你回到大遼去罷。咱們的事都辦完啦，路已走到了盡頭。」蕭峯叫道：「爹爹，你……」

那老僧道：「慕容少俠倘若打死了你，你兒子勢必又要殺慕容少俠為你報仇，如此怨怨相報，何時方了？不如天下的罪業都歸我罷！」說著踏上一步，提手一掌，往蕭遠山頭頂拍將下去。

蕭峯大驚，這老僧既能一掌打死慕容博，也能打死父親，大聲喝道：「住手！」雙掌齊出，向那老僧當胸猛擊過去。他對那老僧本來十分敬仰，但這時為了相救父親，只有全力奮擊。那老僧伸出左掌，將蕭峯雙掌推來之力一擋，右掌卻仍是拍向蕭遠山頭頂。

蕭遠山全沒想到抵禦，眼見那老僧的右掌正要碰到他腦門，那老僧突然大聲一喝，右掌改向蕭峯擊去。

蕭峯雙掌之力正與他左掌相持，突見他右掌轉而襲擊自己，當即抽出左掌抵擋，同時叫道：「爹爹，快走，快走！」不料那老僧右掌這一招中途變向，純係虛招，只是要引開蕭峯雙掌中的一掌之力，以減輕推向自身的力道。蕭峯左掌一迴，那老僧的右掌立即圈轉，波的一聲輕響，已擊中了蕭遠山的頂門。

便在此時，蕭峯的右掌已跟著擊到，砰的一聲響，重重打中那老僧胸口，跟著喀喇喇幾聲，肋骨斷了幾根。那老僧微微一笑，道：「好俊的功夫！降龍十八掌，果然天下第一。」這個「一」字一說出，口中一股鮮血跟著直噴了出來。

蕭峯一呆之下，過去扶住父親，但見他呼吸停閉，心不再跳，已然氣絕身亡，一時悲痛填膺，渾沒了主意。

那老僧道：「是時候了！該當走啦！」右手抓住蕭遠山屍身的後領，左手抓住慕容博屍身的後領，邁開大步，竟如凌虛而行一般，走了幾步，便跨出了窗子。

蕭峯和慕容復齊聲大喝：「你……你幹甚麼？」同發掌力，向老僧背心擊去。就在片刻之前，他二人還是勢不兩立，要拚個你死我活，這時兩人的父親雙雙被害，竟爾敵愾同仇，聯手追擊對頭。二人掌力相合，力道更是巨大，那老僧在二人掌風推送之下，便如紙鳶般向前飄出數丈，雙手仍抓著兩具屍身，三個身子輕飄飄地，渾不似血肉之軀。

蕭峯縱身急躍，追出窗外，只見那老僧手提二屍，直向山上走去。蕭峯加快腳步，只道三腳兩步便能追到他身後，不料那老僧輕功之奇，實是生平從所未見，宛似身有邪術一般。蕭峯奮力急奔，只覺山風颳臉如刀，自知奔行奇速，但離那老僧背後始終有兩三丈遠近，連連發掌，總是打了個空。

那老僧在荒山中東一轉，西一拐，到了林間一處平曠之地，將兩具屍身放在一株樹下，都擺成了盤膝而坐的姿勢，自己坐在二屍之後，雙掌分別抵住二屍的背心。他剛坐定，蕭峯亦已趕到。

蕭峯見那老僧舉止有異，便不上前動手。只聽那老僧道：「我提著他們奔走一會，活活血脈。」蕭峯幾乎不相信自己的耳朵，給死人活活血脈，那是甚麼意思？順口道：「活活血脈？」那老僧道：「他們內傷太重，須得先令他們作龜息之眠，再圖解救。」蕭峯心下一凜：「難道我爹爹沒死？他……他是在給爹爹治傷？天下那有先將人打死再給他治傷之法？」

過不多時，慕容復、鳩摩智、玄生、玄滅以及神山上人等先後趕到，只見兩屍頭頂忽然冒出一縷縷白氣。

那老僧將二屍轉過身來，面對著面，再將二屍四隻手拉成互握。慕容復叫道：「你……你……這幹甚麼？」那老僧不答，繞著二屍緩緩行走，不住伸掌拍擊，有時在蕭遠山「大椎穴」上拍一記，有時在慕容博「玉枕穴」上打一下，只見二屍頭頂白氣越來越濃。

又過了一盞茶時分，蕭遠山和慕容博身子同時微微顫動。蕭峯和慕容復驚喜交集，齊叫：「爹爹！」蕭遠山和慕容博慢慢睜開眼來，向對方看了一眼，隨即閉住。但見蕭遠山滿臉紅光，慕容博臉上隱隱現著青氣。

眾人這時方才明白，那老僧適才在藏經閣上擊打二人，只不過令他們暫時停閉氣息、心臟不跳，當是醫治重大內傷的一項法門。許多內功高深之士都曾練過「龜息」之法，然而那是自動停止呼吸，要將旁人一掌打得停止呼吸而不死，實是匪夷所思。這老僧既出於善心，原可事先明言，何必開這個大大的玩笑，以致累得蕭峯、慕容復驚怒如狂，更累得他自身受到蕭峯的掌擊、口噴鮮血？眾人心中積滿了疑團，但見那老僧全神貫注的轉動出掌，誰也不敢出口詢問。

漸漸聽得蕭遠山和慕容博二人呼吸由低而響，愈來愈是粗重，跟著蕭遠山臉色漸紅，到後來便如要滴出血來，慕容博的臉色卻越來越青，碧油油的甚是怕人。旁觀眾人均知，一個是陽氣過旺，虛火上沖，另一個卻是陰氣太盛，風寒內塞。玄生、玄滅、道清等身上均帶得有治傷妙藥，只是不知那一種方才對症。

突然間只聽得那老僧喝道：「咄！四手互握，內息相應，以陰濟陽，以陽化陰。王霸雄圖，血海深恨，盡歸塵土，消於無形！」

蕭遠山和慕容博的四手本來交互握住，聽那老僧一喝，不由得手掌一緊，各人體內的內息向對方湧了過去，融會貫通，以有餘補不足，兩人臉色漸漸分別消紅退青，變得蒼白；又過一會，兩人同時睜開眼來，相對一笑。

蕭峯和慕容復各見父親睜眼微笑，歡慰不可名狀。只見蕭遠山和慕容博二人攜手站起，一齊在那老僧面前跪下。那老僧道：「你二人由生到死、由死到生的走了一遍，心中可還有甚麼放不下？倘若適才就此死了，還有甚麼興復大燕、報復妻仇的念頭？」

蕭遠山道：「弟子空在少林寺做了三十年和尚，那全是假的，沒半點佛門弟子的慈心，懇請師父收錄。」那老僧道：「你的殺妻之仇，不想報了？」蕭遠山道：「弟子生平殺人，無慮百數，倘若被我所殺之人的眷屬皆來向我復仇索命，弟子雖死百次，亦自不足。」

那老僧轉向慕容博道：「你呢？」慕容博微微一笑，說道：「庶民如塵土，帝王亦如塵土。大燕不復國是空，復國亦空。」那老僧哈哈一笑，道：「大徹大悟，善哉，善哉！」慕容博道：「求師父收為弟子，更加開導。」那老僧道：「你們想出家為僧，須求少林寺中的大師們剃度。我有幾句話，不妨說給你們聽聽。」當即端坐說法。

蕭峯和慕容復見父親跪下，跟著便也跪下。玄生、玄滅、神山、道清、波羅星等聽那老僧說到精妙之處，不由得皆大歡喜，敬慕之心，油然而起，一個個都跪將下來。

段譽趕到之時，聽到那老僧正在為眾人妙解佛義，他只想繞到那老僧對面，瞧一瞧他的容貌，那知鳩摩智忽然間會下毒手，胸口竟然中了他的一招「火燄刀」。

四十四 念枉求美眷　良緣安在

山道中間並肩站著兩名大漢，一個手持大鐵杵，一個雙手各提一柄銅鎚，惡狠狠的望著眼前眾人。

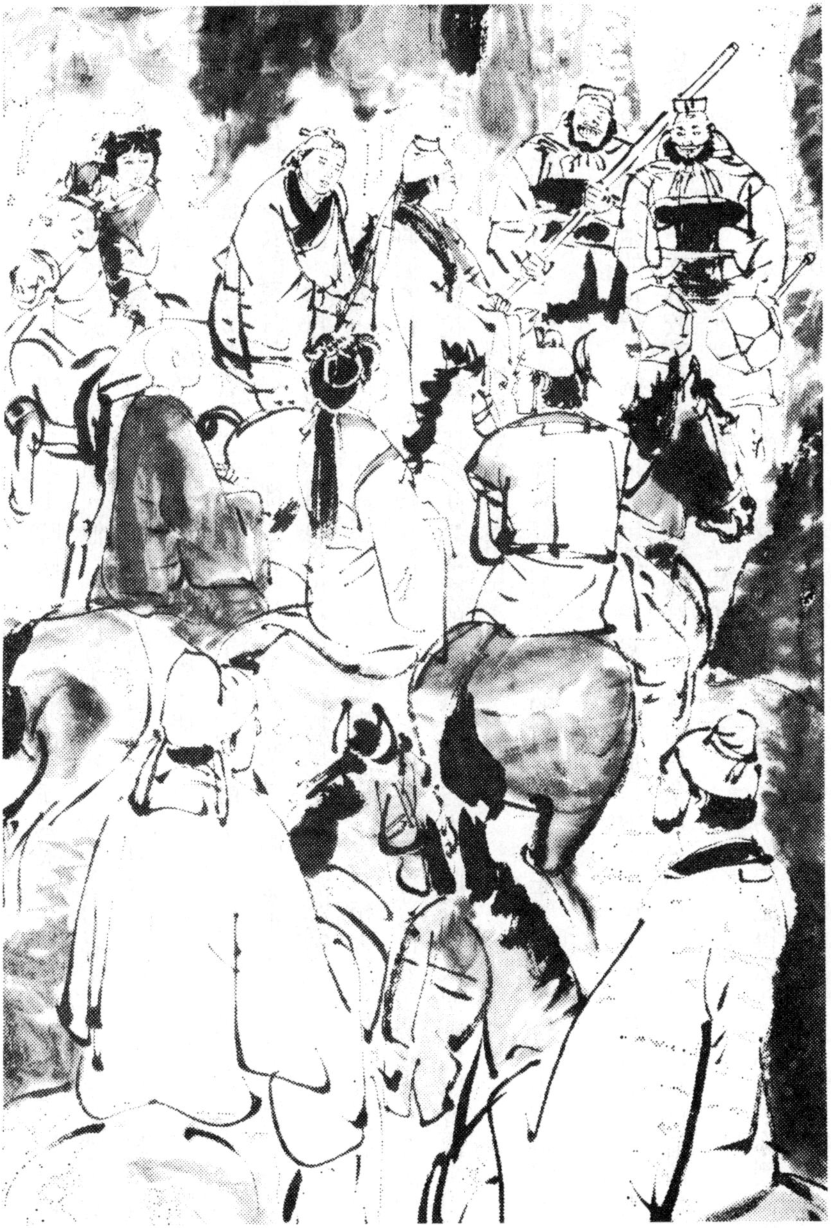

段譽隨即昏迷，也不知過了多少時候，才慢慢醒轉，睜開眼來，首先看到的是一個布帳頂，跟著發覺是睡在床上被窩之中。他一時神智未曾全然清醒，用力思索，只記得是遭了鳩摩智的暗算，怎麼會睡在一張床上，卻無論如何也想不起來，只覺口中奇渴，便欲坐起，微一轉動，卻覺胸口一陣劇痛，忍不住「啊」的一聲，叫了出來。

只聽外面一個少女聲音說道：「段公子醒了，段公子醒了！」語聲中充滿了喜悅之情。段譽覺得這少女的聲音頗為熟悉，卻想不起是誰，跟著便見一個青衣少女急步奔進房來。圓圓的臉蛋，嘴角邊一個小小酒窩，正是當年在無量宮中遇到的鍾靈。

她父親「馬王神」鍾萬仇，和段譽之父段正淳結下深仇，設計相害，不料段譽從石屋中出來之時，竟將個衣衫不整的鍾靈抱在懷中，將害人反成害己的鍾萬仇氣了個半死。在萬劫谷地道之中，各人拉拉扯扯，段譽胡裏胡塗的吸了不少人內力，此後不久便被鳩摩智擒來中原，當年一別，那想得到居然會在這裏相見。

鍾靈和他目光一觸，臉上一陣暈紅，似笑非笑的道：「你早忘了我罷？還記不記得我姓甚麼？」

段譽見到她的神情，腦中驀地裏出現了一幅圖畫。那是她坐在無量宮大廳的横樑上，兩隻腳一盪一盪，嘴裏咬著瓜子，她那雙葱綠鞋上所繡的幾朵黃色小花，這時竟似看得清清楚楚，脫口而出：「你那雙繡了黃花的葱綠鞋兒呢？」

鍾靈臉上又是一紅，甚是歡喜，微笑道：「早穿破啦，虧你還記得這些。你……你倒沒忘了我。」段譽笑道：「怎麼你沒吃瓜子？」鍾靈道：「好啊，這些天服侍你養傷，把人家都急死啦，誰還有閒情吃瓜子？」一句話說出口，覺得自己真情流露，不由得飛紅了臉。

段譽怔怔的瞧著她，想起她本來已算是自己的妻子，那知道後來發覺竟然又是自己的妹子，不禁嘆了口氣，說道：「好妹子，你怎麼到了這裏？」

鍾靈臉上又是一紅，目光中閃耀著喜悅的光芒，說道：「你出了萬劫谷後，再也沒來瞧我，我好生惱你。」段譽道：「惱我甚麼？」鍾靈斜了他一眼，道：「惱你忘了我啊。」

段譽見她目光中全是情意，心中一動，說道：「好妹子！」鍾靈似嗔似笑的道：「這會兒叫得人家這麼親熱，可就不來瞧我一次。我氣不過，就到你鎮南王府去打聽，才知道你給一個惡和尚擄去啦。我……我急得不得了，這就出來尋你。」

段譽道：「我爹爹跟你媽的事，你媽媽沒跟你說嗎？」鍾靈道：「甚麼事啊？那晚上你跟你爹一走，我媽就暈了過去，後來一直身子不好，見了我直淌眼淚。我逗她說話，她一句話也不肯說。」

段譽道：「嗯，她一句話也不說，那……那麼你是不知道的了。」鍾靈道：「不知道甚麼？」段譽道：「不知道你是我……是我的……」

鍾靈登時滿臉飛紅，低下頭去，輕輕的道：「我怎麼知道？那日從石屋子裏出來，你抱著我，突然之間見到了這許多人，我怕得要命，又是害羞，只好閉住了眼睛，可是你爹爹的話，我……我卻是聽得清清楚楚的。」

她和段譽都想到了那日在石屋之外，段正淳對鍾萬仇所說的一番話：「令愛在這石屋中服侍小兒段譽，歷時已久。孤男寡女，赤身露體的躲在一間黑屋子裏，還能有甚麼好事做出來？我兒是鎮南王世子，雖然未必能娶令愛為世子正妃，但三妻四妾，有何不可？你我不是成了親家嗎？哈哈，哈哈，呵呵呵！」

段譽見她臉上越來越紅，囁嚅道：「好妹子……原來你還不……還不知道這中間的緣由……好妹子，那……那是不成的。」鍾靈急道：「是木姊姊不許嗎？木姊姊呢？」段譽道：「不是的。她……她也是我的……」鍾靈微笑道：「你爹爹說過甚麼三妻四妾的，我又不是不肯讓她，她兇得很，我還能跟她爭嗎？」說著伸了伸舌頭。

段譽見她仍是一副天真爛漫的模樣，同時胸口又痛了起來，這時候實不方便跟她說明真相，問道：「你怎麼到這裏來的？」

鍾靈道：「我一路來尋你，在中原東尋西找，聽不到半點訊息。前幾天說也真巧，見到了你的徒兒岳老三，他可沒見到我。我聽到他在跟人商量，說各路好漢都要上少林寺來，有一場大熱鬧瞧，他們也要來。那個惡人雲中鶴取笑他，說多半會見到他師父。岳老三大發脾氣，說一見到你，就扭斷你的脖子。我又是歡喜，又是擔心，便悄悄的跟著來啦。我怕給岳老三和雲中鶴見到了，不敢跟得太近，只是在山下亂走，見到人就打聽你的下落，想叫你小心，你徒兒要扭斷你脖子。見到這裏有一所空屋子沒人住，我便老實不客氣的住下來了。」

段譽聽她說得輕描淡寫，但見她臉上頗有風霜之色，已不像當日在無量宮中初會時那麼全然的無憂無慮，心想她小小年紀，為了尋找自己，孤身輾轉江湖，這些日子來自必吃了不少苦頭，對自己的情意實是可感，忍不住伸出手去握住她手，低聲道：「好妹子，總算天可憐見，教我又見到了你！」

鍾靈微笑道：「總算天可憐見，也教我又見到了你。嘻嘻，這可不是廢話？你既見到了我，我自然也見到了你。」在床沿上坐下，問道：「你怎麼會到這裏來的？」

段譽睜大了眼睛，道：「我正要問你呢，我怎麼會到這裏來的？我只知道那個惡和尚忽然對我暗算。我胸口中了他的無形刀氣，受傷甚重，以後便甚麼都不知道了。」

鍾靈皺起了眉頭，道：「那可真奇怪之極了！昨日黃昏時候，我到菜園子去拔菜，在廚房裏洗乾淨了切好，正要去煮，聽得房中有人呻吟。我嚇了一跳，拿了菜刀走進房來，只見我炕上睡得有人。我連問幾聲：『是誰？是誰？』不聽見回答。我想定是壞人，舉起菜刀，便要向炕上那人砍將下去。幸虧……幸虧你是仰天而臥，刀子還沒砍到你身上，我已先見到了你的臉……那時候我……我真險些兒暈了過去，連菜刀掉在地下也不知道。」說到這裏，伸手輕拍自己胸膛，想是當時情勢驚險，此刻思之，猶有餘悸。

段譽尋思：「此處既離少林寺不遠，想必是我受傷之後，有人將我送到這裏來了。」

鍾靈又道：「我叫你幾聲，你卻只是呻吟，不來睬我。我一摸你額頭，燒得可厲害，又見你衣襟上有許多鮮血，知道你受了傷，解開你衣衫想瞧瞧傷口，卻是包紮得好好的。我怕觸動傷處，沒敢打開繃帶。等了好久，你總是不醒。唉，我又歡喜，又焦急，可不知道怎樣辦才好。」

段譽道：「累得你掛念，真是好生過意不去。」

鍾靈突然臉孔一板，道：「你不是好人，早知你這麼沒良心，我早不想念你了。現下我就不理你了，讓你死也好，活也好，我總是不來睬你。」

段譽道：「怎麼了？怎麼忽然生起氣來了？」鍾靈哼的一聲，小嘴一撅，道：「你自己知道，又來問我幹麼？」段譽急道：「我……我當真不知，好妹子，你跟我說了罷！」鍾靈嗔道：「呸！誰是你的好妹子了？你在睡夢中說了些甚麼話？你自己知道，卻來問我？當真好沒來由。」段譽急道：「我睡夢中說甚麼來著？那是胡裏胡塗的言語，作不得準。啊，我想起來啦，我定是在夢中見到了你，歡喜得緊，說話不知輕重，以致冒犯了你。」

鍾靈突然垂下淚來，低頭道：「到這時候，你還在騙我。你到底夢見了甚麼人？」段譽嘆了口氣，道：「我受傷之後，一直昏迷不醒，真的不知說了些甚麼亂七八糟的話。」鍾靈突然大聲道：「誰是王姑娘？王姑娘是誰？為甚麼你在昏迷之中只是叫她的名字？」

段譽胸口一酸，道：「我叫了王姑娘的名字麼？」鍾靈道：「你怎麼不叫？你昏迷不醒的時候也在叫，哼，你這會兒啊，又在想她了。好！你去叫你的王姑娘來服侍你，我可不管了！」段譽嘆了口氣，道：「王姑娘心中可沒我這個人，我便是想她，卻也枉然。」鍾靈道：「為甚麼？」段譽道：「她只喜歡她的表哥，對我向來是愛理不理的。」

鍾靈轉嗔為喜，笑道：「謝天謝地，惡人自有惡人磨！」段譽道：「我是惡人麼？」鍾靈頭一側，半邊秀髮散了開來，笑道：「你徒兒岳老三是大惡人，徒兒都這麼惡，師父當然更是惡上加惡了。」段譽笑道：「那麼師娘呢？岳老三不是叫你作『師娘』的嗎？」話一出口，登時好生後悔：「怎地我跟自己親妹子說這些風話？」

鍾靈臉上一紅，啐了一口，心中卻大有甜意，站起身來，到廚房去端了一碗鷄湯出來，道：「這鍋鷄湯煮了半天了，等著你醒來，一直沒熄火。」段譽道：「真不知道怎生謝你才好。」見鍾靈端著鷄湯過來，掙扎著便要坐起，牽動胸口傷處，忍不住輕輕哼了一聲。

鍾靈忙道：「你別起來，我來餵惡人小祖宗。」段譽道：「甚麼惡人小祖宗？」鍾靈道：「你是大惡人的師父，不是惡人小祖宗麼？」段譽笑道：「那麼你……」鍾靈用匙羹舀起了一匙熱氣騰騰的鷄湯，對準他臉，佯怒道：「你再胡說八道，瞧我不用熱湯潑你？」段譽伸了伸舌頭，道：「不敢了，不敢了！惡人大小姐、惡人姑奶奶果然厲害，夠惡！」鍾靈噗哧一笑，險些將湯潑到段譽身上，急忙收斂心神，伸匙嘴邊，試了試匙羹中鷄湯已不太燙，這才伸到段譽口邊。

段譽喝了幾口鷄湯，見她臉若朝霞，上唇微有幾粒細細汗珠。此時正當六月大暑天時，她一雙小臂露在衣袖之外，皓腕如玉，段譽心中一蕩，心想：「可惜她又是我的親妹子！她是我親妹子，那倒也不怎麼打緊……唉，如果這時候在餵我喝湯的是王姑娘，縱然是腐腸鴆毒，我卻也甘之如飴。」

鍾靈見他呆呆的望著自己，萬料不到他這時竟會想著別人，微笑道：「有甚麼好看？」

忽聽得呀的一聲，有人推門進來，跟著一個少女聲音說道：「咱們且在這裏歇一歇。」一個男人的聲音道：「好！可真累了你，我……我真是過意不去。」那少女道：「廢話！」

段譽聽那二人聲音，正是阿紫和丐幫幫主莊聚賢。他雖未和阿紫見面、說過話，但已得朱丹臣等人告知，這小姑娘是父親的私生女兒，又是自己的一個妹子，謝天謝地，幸好沒跟自己有甚情孽牽纏。這個小妹子自幼拜在星宿老人門下，沾染邪惡，行事任性，鎮南王府四大護衛之一的褚萬里便因受她之氣而死。段譽自幼和褚古傅朱四大護衛甚是交好，想到褚萬里之死，頗不願和這個頑劣的小妹子相見，何況昨日自己相助蕭峯而和莊聚賢為敵，此刻給他見到，只怕性命難保，忙豎起手指，作個噤聲的手勢。

鍾靈點了點頭，端著那碗鷄湯，不敢放到桌上，深恐發出些微聲響。只聽得阿紫叫道：「喂，有人麼？有人麼？」鍾靈瞧了瞧段譽，並不答應，尋思：「這人多半是王姑娘了，她和表哥在一起，因此段郎不願和她見面。」她很想去瞧瞧這「王姑娘」的模樣，到底是怎生花容月貌，竟令段郎為她這般神魂顛倒，卻又不敢移動腳步，心想段郎若和她相見，多半沒有好事，且任她叫嚷一會，沒人理睬，她自然和表哥去了。

阿紫又大叫：「屋裏的人怎麼不死一個出來？再不出來，姑娘放火燒了你的屋子。」鍾靈心道：「這王姑娘好橫蠻！」游坦之低聲道：「別作聲，有人來了！」阿紫道：「是誰？丐幫的？」游坦之道：「不知道。有四五個人，說不定是丐幫的。他們正在向這邊走來。」阿紫道：「丐幫這些臭長老們，除了一個全長老，沒半個好人，他們這可又想造你的反啦。要是給他們見到了，咱二人都要糟糕。」游坦之道：「那怎麼辦？」阿紫道：「到房裏躲一躲再說，你受傷太重，不能跟他們動手。」

段譽暗暗叫苦，忙向鍾靈打個手勢，要她設法躲避。但這是山農陋屋，內房甚是狹隘，一進來便即見到，實是無處可躲。鍾靈四下一看，正沒作理會處，聽得腳步聲響，廳堂中那二人已向房中走來，低聲道：「躲到炕底下去。」放下湯碗，不等段譽示意可否，將他抱了起來，兩人都鑽入了炕底。少室山上一至秋冬便甚寒冷，山民均在炕下燒火取暖，此時正當盛暑，自是不須燒火，但炕底下積滿了煤灰焦炭，段譽一鑽進去，滿鼻塵灰，忍不住便要打噴嚏，好容易才忍住了。

鍾靈往外瞧去，只見到一雙穿著紫色緞鞋的纖腳走進房內，卻聽得那男人的聲音說道：「唉，我要你背來背去，實在是太褻瀆了姑娘。」那少女道：「咱們一個盲，一個跛，只好互相照料。」鍾靈大奇，心道：「原來王姑娘是個瞎子，她將表哥負在背上，因此我瞧不見那男人的腳。」

阿紫將游坦之往床上一放，說道：「咦！這床剛才有人睡過，席子也還是熱的。」

只聽得砰的一聲，大門被人踢開，幾個人衝了進來。一人粗聲說道：「莊幫主，幫中大事未了，你這麼撒手便溜，算是甚麼玩意？」正是宋長老。他率領著兩名七袋弟子、兩名六袋弟子，在這一帶追尋游坦之。

蕭氏父子、慕容父子以及少林羣僧、中原羣雄紛紛奔進少林寺後，羣丐覺得今日顏面喪盡，如不急行設法，只怕這中原第一大幫再難在武林中立足。蕭氏父子和慕容博怨仇糾纏，羣丐事不關己，也不想插手，雖然對包不同說同仇敵愾，要找蕭峯的晦氣，畢竟本幫今後如何安身立命，才是一等一的大事，大家只掛念著一件事：「須得另立英主，率領幫眾，重振雄風，挽回丐幫已失的令譽。」尋莊聚賢時，此人在混亂中已不知去向。羣丐均想他雙足已斷，走不到遠處，當下分路尋找。至於找到後如何處置，羣丐議論未定，也沒想到該當拿他怎麼樣，但此人決計不能再為丐幫幫主，卻是眾口一辭、絕無異議。有人大罵他拜星宿老怪為師，丟盡了丐幫的臉；有人罵他派人殺害本幫兄弟，非好好跟他算帳不可。至於全冠清，早已由宋長老、吳長老合力擒下，綁縛起來，待拿到莊聚賢後一併處治。

宋長老率領著四名弟子在少室山東南方尋找，遠遠望見樹林中紫色衣衫一閃，有人進了一間農舍之中，認得正是阿紫，又見她背負得有人，依稀是莊聚賢的模樣，當即追了下來，闖進農舍內房，果見莊聚賢和阿紫並肩坐在炕上。

阿紫冷冷的道：「宋長老，你既然仍稱他為幫主，怎麼大呼小叫，沒半點謁見幫主的規矩？」宋長老一怔，心想她的話倒非無理，便道：「幫主，咱們數千兄弟，此刻都留在少室山上，如何打算，要請幫主示下。」游坦之道：「你們還當我是幫主麼？你想叫我回去，只不過是要殺了我出氣，是不是？我不去！」

宋長老向四名弟子道：「快去報訊，幫主在這裏。」四名弟子應道：「是！」轉身出去。阿紫喝道：「下手！」游坦之應聲一掌拍出，炕底下鍾靈和段譽只覺房中突然一陣寒冷徹骨，那四名丐幫弟子哼也沒哼一聲，已然屍橫就地。宋長老又驚又怒，舉掌當胸，喝道：「你……你……你對幫中兄弟，竟然下這等毒手！」阿紫道：「將他也殺了。」游坦之又是一掌，宋長老舉掌一擋，「啊」的一聲慘呼，摔出了大門。

阿紫格格一笑，道：「這人也活不成了！你餓不餓？咱們去找些吃的。」將游坦之負在背上，兩人同到廚房之中，將鍾靈煮好了的飯菜拿到廳上，吃了起來。

鍾靈在段譽耳邊說道：「這二人好不要臉，在喝我給你煮的鷄湯。」段譽低聲道：「他們心狠手辣，一出手便殺人，待會定然又進房來。咱們快從後門溜了出去。」鍾靈不願他和那個「王姑娘」相見，聽他這麼說，正是求之不得。

兩人輕手輕腳的從炕底爬了出來。鍾靈見段譽滿臉煤灰，忍不住好笑，伸手抿住了嘴。出了房門，穿過灶間，剛踏出後門，段譽忍了多時的噴嚏已無法再忍，「乞嗤」一聲，打了出來。

只聽得游坦之叫道：「有人！」鍾靈眼見四下裏無處可躲，只灶間後面有間柴房，一拉段譽，鑽進了柴草堆中。只聽阿紫叫道：「甚麼人？鬼鬼祟祟的，快滾出來！」游坦之道：「多半是鄉下種田人，我看不必理會。」阿紫道：「甚麼不必理會？你如此粗心大意，將來定吃大虧，別作聲！」她眼盲之後，耳朵特別敏銳，依稀聽得有柴草沙沙之聲，說道：「柴草堆裏有人！」

鍾靈心下驚惶，忽覺有水滴落到臉上，伸手一摸，濕膩膩地，跟著又聞到一陣血腥氣，大吃一驚，低聲問道：「你……你傷口怎麼啦？」段譽道：「別作聲！」

阿紫向柴房一指，叫道：「在那邊。」游坦之呼的一掌，向柴房疾拍過去，喀喇喇一聲響，門板破碎，木片與柴草齊飛。

鍾靈叫道：「別打，別打，我們出來啦！」扶著段譽，從柴草堆爬了出來。段譽先前給鳩摩智刺了一刀「火燄刀」，受傷著實不輕，從炕上爬到炕底，又從炕底躲入柴房，這麼移動幾次，傷口迸裂，鮮血狂瀉。他一受傷，便即鬥志全失，雖然內力仍是充沛之極，卻道自己已命在頃刻，全然想不起要以六脈神劍禦敵。

阿紫道：「怎麼有個小姑娘的聲音？」游坦之道：「有個男人帶了個小姑娘，躲在柴草堆中，滿身都是血，這小姑娘眼睛骨溜溜地，只是瞧著你。」阿紫眼盲之後，最不喜旁人提到「眼睛」二字，游坦之不但說到「眼睛」，而且是「小姑娘的眼睛」，更加觸動她心事，問道：「甚麼骨溜溜地，她的眼睛長得很好看麼？」游坦之還沒知道她已十分生氣，說道：「她身上污穢得緊，是個種田人家女孩，這雙眼睛嘛，倒是漆黑兩點，靈活得緊。」鍾靈在炕底下沾得滿頭滿臉盡是塵沙炭屑，一對眼睛卻仍是黑如點漆，朗似秋水。

阿紫怒極，說道：「好！莊公子，你快將她眼珠挖了出來。」游坦之一驚，道：「好端端地，為甚麼挖她眼睛？」阿紫隨口道：「我的眼睛給丁老怪弄瞎了，你去將這小姑娘的眼睛挖出來，給我裝上，讓我重見天日，豈不是好？」

游坦之暗暗吃驚，尋思：「倘若她眼睛又看得見了，見到我的醜八怪模樣，立即便不睬我了，說不定更認出我的真面目，知道我便是那個『鐵丑』，那可糟糕之極了。這件事萬萬不能做。」說道：「倘若我能醫好你的雙眼，那當真好得很……不過，你這法子，恐怕……恐怕不成罷！」

阿紫明知不能挖別人的眼珠來填補自己盲了的雙眼，但她眼盲之後，一肚子的怨氣，只盼天下個個人都沒眼睛，這才快活，說道：「你沒試過，怎知道不成？快動手，將她眼珠挖出來。」她本將游坦之負在背上，當即邁步，向段譽和鍾靈二人走去。

鍾靈聽了他二人的對答，心中怕極，拔腳狂奔，頃刻間便已跑在十餘丈外。阿紫雙眼盲了，又負上個游坦之，自然難以追上，何況游坦之並不想追上鍾靈，指點之時方向既歪了，出言也是吞吞吐吐，失了先機。

阿紫聽了鍾靈的腳步聲，知道追趕不上，回頭叫道：「女娃子既然逃走，將那男的宰了便是！」

鍾靈遙遙聽得，大吃一驚，當即站定，回轉身來，只見段譽倒在地下，身旁已流了一灘鮮血。她奔了回來，叫道：「小瞎子！你不能傷他。」這時她與阿紫正面相對，見她容顏俏麗，果然是個小美人兒，說甚麼也想不到心腸竟如此毒辣。

阿紫喝道：「點了她穴道！」游坦之雖然不願，但對她的吩咐從來不敢有半分違拗，在大遼南京南院大王府中是如此，做丐幫幫主後仍是如此，當即俯身伸指，將鍾靈點倒在地。

鍾靈叫道：「王姑娘，你千萬別傷他，他……他在夢中也叫你的名子，對你實在是一片真心！」阿紫奇道：「你說甚麼？誰是王姑娘？」鍾靈道：「你……你不是王姑娘？那麼你是誰？」阿紫微微一笑，說道：「哼，你罵我『小瞎子』，你自己這就快變小瞎子了，還東問西問幹麼？乘著這時候還有一對眼珠子，快多瞧幾眼是正緊。」將游坦之放在地下，說道：「將這小姑娘的眼珠子挖出來罷！」

游坦之道：「是！」伸出左手，抓住了鍾靈的頭頸。鍾靈嚇得大叫：「別挖我眼睛，別挖我眼睛。」

段譽迷迷糊糊的躺在地下，但也知道這二人是要挖出鍾靈的眼珠，來裝入阿紫的眼眶，也知鍾靈明明已然脫身，只因為相救自己，這才自投羅網。他提一口氣，說道：「你們……還是剜了我的眼珠，咱們……咱們是一家人……更加合用些……」

阿紫不明白他說些甚麼，不加理睬，催游坦之道：「怎麼還不動手？」游坦之無可奈何，只得應道：「是！」將鍾靈拉近身來，右手食指伸出，向她右眼挖去。

忽聽得一個女人聲音道：「喂，你們在這裏幹甚麼？」游坦之一抬頭，登時臉色大變，只見山澗旁柳樹下站著二男四女。兩個男人是蕭峯和虛竹，四個少女則是虛竹的侍女梅蘭竹菊四劍。

蕭峯一瞥之間，便見到段譽躺在地下，一個箭步搶了過來，將段譽抱起，皺眉道：「傷口又破了，出了這許多血。」左腿跪下，將他身子倚在腿上，檢視他傷口。虛竹跟著走近，看了段譽的傷口，道：「大哥不必驚慌，我這『九轉熊蛇丸』治傷大有靈驗。」點了段譽傷口周圍的穴道，止住血流，將「九轉熊蛇丸」餵他服下。

段譽叫道：「大哥、二哥……快……快救人……不許他挖鍾姑娘的眼珠。鍾姑娘是我的……我的……好妹子。」蕭峯和虛竹同時向游坦之瞧去。游坦之心下驚慌，何況本來就不想挖鍾靈眼珠，當即放開了她。

阿紫道：「姊夫，我姊姊臨死時說甚麼來？你將她打死之後，便把她的囑託全然放在腦後了嗎？」蕭峯聽她又提到阿朱，又是傷心，又是氣惱，哼了一聲，並不答話。阿紫又道：「你沒好好照顧我，丁老怪將我眼睛弄瞎，你也全沒放在心上。姊夫，人家都說你是當世第一大英雄，卻不能保護你的小姨子。難道是你沒本事嗎？哼，丁老怪明明打你不過。只不過你不來照顧我、保護我而已。」

蕭峯黯然道：「你給丐幫擄去，以致雙目失明，都是我保護不周，我確是對不起你。」

他初時見到阿紫又在胡作非為，叫人挖鍾靈的眼珠，心中甚是氣惱，但隨即見到她茫然無光的眼神，立時便想起阿朱臨死時的囑咐。在那個大雷雨的晚上，青石小橋之畔，阿朱受了他致命的一擊之後，在他懷中說道：「我只有一個同父同母的親妹子，我們自幼不得在一起，求你照看於她，我擔心她入了歧途。」自己曾說：「別說一件，百件千件也答允你。」可是，阿紫終於又失了一雙眼睛，不管她如何不好，自己總之是保護不周。他想到這裏，胸口酸痛，眼光中流露出溫柔的神色。

阿紫和他相處日久，深知蕭峯的性情，只要自己一提到阿朱，那真是百發百中，再為難的事情也能答允。她恨極鍾靈罵自己為「小瞎子」，暗道：「我非教你也嘗嘗做『小瞎子』的味道不可。」當下幽幽嘆了口氣，向蕭峯道：「姊夫，我眼睛瞎了，甚麼也瞧不見，不如死了倒好。」

蕭峯道：「我已將你交給了你爹爹、媽媽，怎麼又跟這莊幫主在一起了？」這時他已看了出來，阿紫與這莊聚賢在一起，實出自願，而且莊聚賢還很聽她的話，又道：「你還是跟你爹爹回大理去罷。你眼睛雖然盲了，但大理王府中有許多婢僕服侍，就不會太不方便。」阿紫道：「我媽媽又不是真的王妃，我到了大理，王府中勾心鬥角的事兒層出不窮，爹爹那些手下人個個恨得我要命，我眼睛瞎了，非給人謀害不可。」蕭峯心想此言倒也有理，便道：「那麼你隨我回南京去，安安靜靜的過活，勝於在江湖上冒險。」

阿紫道：「再到你王府去？唉喲，我以前眼睛不瞎，也悶得要生病，怎麼能再去呢？你又不肯像這位莊幫主那樣，從來不違拗我的話。我寧可在江湖上顛沛流離，日子總過得開心些。」

蕭峯向游坦之瞧了一眼，心想：「看來小阿紫似乎是喜歡上了這個丐幫幫主。」說道：「這莊幫主到底是甚麼來歷，你可問過他麼？」

阿紫道：「我自然問過的。不過一個人說起自己的來歷，未必便靠得住。姊夫，從前你做丐幫幫主之時，難道肯對旁人說你是契丹人麼？」

蕭峯聽她話中含譏帶刺，哼了一聲，便不再說，心中一時拿不定主意，不知是否應該任由她跟隨這人品卑下的莊幫主而去。

阿紫道：「姊夫，你不理我了麼？」蕭峯皺眉道：「你到底想怎樣？」阿紫道：「我要你挖了這小姑娘的眼珠出來，裝在我眼中。」頓了一頓，又道：「莊幫主本來正在給我辦這件事，你不來打岔，他早辦妥啦。嗯，你來給我辦也好，姊夫，我倒想知道，到底是你對我好些，還是莊幫主對我好。從前，你抱著我去關東療傷，那時候你也對我千依百順，我說甚麼你就幹甚麼。咱倆住在一個帳篷之中，你不論日夜，都是抱著我不離身子。姊夫，怎麼你將這些事都忘記了？」

游坦之眼中射出兇狠怨毒的神色，望著蕭峯，似乎在說：「阿紫姑娘是我的人，自今以後，你別想再碰她一碰。」

蕭峯對他並沒留神，說道：「那時你身受重傷，我為了用真氣替你續命，不得不順著你些兒。這位姑娘是我把弟的朋友，怎能挖她眼珠來助你復明？何況世上壓根兒就沒這樣的醫術，你這念頭當真是異想天開！」

虛竹忽然插口道：「我瞧段姑娘的雙眼，不過是外面一層給炙壞了，倘若有一對活人的眼珠給換上，說不定能復明的。」逍遙派的高手醫術通神，閻王敵薛神醫便是虛竹的師姪。虛竹於醫術雖然所知無多，但跟隨天山童姥數月，甚麼續腳、換手等諸般法門，卻也曾聽她說過。

阿紫「啊」的一聲，歡呼起來，叫道：「虛竹先生，你這話可不是騙我罷？」虛竹道：「出家人不打誑……」想起自己不是「出家人」，臉上微微一紅，道：「我自然不是騙你，不過……不過……」阿紫道：「不過甚麼？好虛竹先生，你和我姊夫義結金蘭，咱二人便是一家人。你剛才總也聽到我姊夫的話，他可最疼我啦。姊夫，姊夫，無論如何，你得請你義弟治好我眼睛。」虛竹道：「我曾聽師伯言道，倘若眼睛沒全壞，換上一對活人的眼珠，有時候確能復明的。可是這換眼的法子我卻不會。」

阿紫道：「那你師伯他老人家一定會這法子，請你代我求求他老人家。」虛竹嘆了一口氣，道：「我師伯已不幸逝世。」阿紫頓足叫道：「原來你是編些話來消遣我。」虛竹連連搖頭，道：「不是，不是，不是！我縹緲峯靈鷲宮所藏醫書藥典甚多，相信這換眼之法也必藏在宮裏。可是……可是……」阿紫又是喜歡，又是擔心，道：「你這麼一個大男人家，怎地說話老是吞吞吐吐，唉，又有甚麼『可是』不『可是』了？」

虛竹道：「可是……可是……眼珠子何等寶貴，又有誰肯換了給你？」

阿紫嘻嘻一笑，道：「我還道有甚麼為難的事兒，要活人的眼珠子，那還不容易？你把這小姑娘的眼睛挖出來便是。」

鍾靈大聲叫道：「不成，不成，你們不能挖我眼珠。」

虛竹道：「是啊！將心比心，你不願瞎了雙眼，鍾姑娘自然也不願失了眼睛。雖然釋迦牟尼前生作菩薩時，頭目血肉、手足腦髓都肯布施給人，然而鍾姑娘又怎能跟如來相比？再說，鍾姑娘是我三弟的好朋友……」突然間心頭一震：「啊喲，不好！當日在靈鷲宮裏，我和三弟二人酒後吐露真言，原來他的意中人便是我的『夢姑』。此刻看來，三弟對這位鍾姑娘實在極好。適才聽他對阿紫言道，寧可剜了他的眼珠，卻不願她傷害鍾姑娘，一個人的五官四肢，以眼睛最是重要，三弟居然肯為鍾姑娘捨去雙目，則對她情意之深，可想而知。難道這個鍾姑娘，便是在冰窖之中和我相聚三夕的夢姑麼？」

他想到這裏，不由得全身發抖，轉頭偷偷向鍾靈瞧去。但見她雖然頭上臉上沾滿了煤灰草屑，但不掩其秀美之色。虛竹和「夢姑」相聚的時刻頗不為少，只是處身於暗不見天日的冰窖之中，那「夢姑」的相貌到底如何，自己卻半點也不知道，除非伸手去摸摸她的面龐，才依稀可有些端倪，如能摟一摟她的纖腰，那便又多了三分把握，但在這光天化日、眾目睽睽之下，他如何敢伸手去摸鍾靈的臉？至於摟摟抱抱，更加不必提了。

一想到摟抱「夢姑」，臉上登時發燒，鍾靈的聲音顯然和「夢姑」頗不相同，但想一個人的話聲，在冰窖中和空曠處聽來差別殊大，何況「夢姑」跟他說的都是柔聲細語、綿綿情話，鍾靈卻是驚恐之際的尖聲呼叫，情景既然不同，語音有異，也不足為奇。虛竹凝視鍾靈，心中似乎伸出一隻手掌來，在她臉上輕輕撫摸，要知道她究竟是不是自己的「夢姑」。他心中情意大盛，臉上自然而然現出溫柔款款的神色。

鍾靈見他神情和藹可親，看來不會挖自己的眼珠，稍覺寬心。

阿紫道：「虛竹先生，我是你三弟的親妹子，這鍾姑娘只不過是他朋友。妹子和朋友，這中間的分別可就大了。」

段譽服了靈鷲宮的「九轉熊蛇丸」後，片刻間傷口便已無血流出，神智也漸漸清醒，甚麼換眼珠之事，並未聽得明白，阿紫最後這幾句話，卻十分清晰的傳入了耳中，忍不住哼了一聲，說道：「原來你早知我是你的哥哥，怎麼又叫人來傷我性命？」

阿紫笑道：「我從來沒跟你說過話，怎認得你的聲音？昨天聽到爹爹、媽媽說起，才知道跟我姊夫、虛竹先生拜把子、打得慕容公子一敗塗地的大英雄，原來是我親哥哥，這可妙得很啊。我姊夫是大英雄，我親哥哥也是大英雄，真正了不起！」段譽搖手道：「甚麼大英雄？丟人現眼，貽笑大方。」阿紫笑道：「啊喲，不用客氣。小哥哥，你躲在柴房中時，我怎知道是你？我眼睛又瞧不見。直到聽得你叫我姊夫作『大哥』，才知道是你。」段譽心想倒也不錯，說道：「二哥既知治眼之法，他總會設法給你醫治，鍾姑娘的眼珠，卻萬萬碰她不得。她……她也是我的親妹子。」

阿紫格格笑道：「剛才在那邊山上，我聽得你拚命向那個王姑娘討好，怎麼一轉眼間，又瞧上這個鍾姑娘了？居然連『親妹子』也叫出來啦，小哥哥，你也不害臊？」段譽給她說得滿臉通紅，道：「胡說八道！」阿紫道：「這鍾姑娘倘若是我嫂子，自然動不得她的眼珠子。但若不是我嫂子，為甚麼動她不得？小哥哥，她到底是不是我嫂子？」

虛竹斜眼向段譽看去，心中怦怦亂跳，實不知鍾靈是不是「夢姑」，假如不是，自然無妨，但如她果真便是「夢姑」，卻給段譽娶了為妻，那可不知如何是好了。他滿臉憂色，等待段譽回答，這一瞬之間過得比好幾個時辰還長。

鍾靈也在等待段譽回答，尋思：「原來瞎姑娘是你妹子，連她也在說你向王姑娘討好，那麼你心中喜歡王姑娘，決不是假的了。那為甚麼剛才你又說我是岳老三的『師娘』？為甚麼你又肯用你的眼珠子來換我的眼珠子？為甚麼你當眾叫我『親妹子』？」

只聽得段譽說道：「總而言之，不許你傷害鍾姑娘。你小小年紀，老是不做好事，咱們大理的褚萬里褚大哥，便是給你活活氣死的。你再起歹心，我二哥便不肯給你治眼了。」

阿紫扁了扁嘴，道：「哼！倒會擺兄長架子。第一次生平跟我說話，也不親親熱熱的，卻教訓起人來啦！」

蕭峯見段譽精神雖仍十分委頓，但說話連貫，中氣漸旺，知道靈鷲宮的「九轉熊蛇丸」已生奇驗，他性命已然無礙，便道：「三弟，咱們同到屋裏歇一歇，商量行止。」段譽道：「甚好！」腰一挺，便站了起來。鍾靈叫道：「唉喲，你不可亂動，別讓傷口又破了。」語音中充滿關切之情。蕭峯喜道：「二弟，你的治傷靈藥真是神奇無比。」

虛竹「嗯」了幾聲，心中卻在琢磨鍾靈這幾句情意款款的關懷言語，恍恍惚惚，茫然若失。

眾人走進屋去。段譽上炕睡臥，蕭峯等便坐在炕前。這時天色已晚，梅蘭竹菊四姝點亮了油燈，分別烹茶做飯，依次奉給蕭峯、段譽、虛竹和鍾靈，對游坦之和阿紫卻不理不睬，阿紫心下惱怒，依她往日生性，便要對靈鷲宮四姝下毒暗害，但她想到若要雙目復明，唯有求懇虛竹，只得強抑怒火。

蕭峯那去理會阿紫是否在發脾氣，順手拉開炕邊桌子的一隻抽屜，不禁一怔。段譽和虛竹見他神色有異，都向抽屜中瞧去，只見裏面放著的都是些小孩子玩物，有木彫的老虎，泥捏的小狗，草編的蟲籠，關蟋蟀的竹筒，還有幾把生了鏽的小刀。這些玩物皆是農家常見之物，毫不出奇。蕭峯卻拿起那隻木虎來，瞧著呆呆的出神。

阿紫不知他在幹甚麼，心中氣悶，伸手去掠頭髮，手肘拍的一下，撞到身邊一架紡棉花的紡車。她從腰間拔出劍來，刷的一聲，便將那紡車劈為兩截。

蕭峯陡然變色，喝道：「你……你幹甚麼？」阿紫道：「這紡車撞痛了我，劈爛了它，又礙你甚麼事了？」蕭峯怒道：「你給我出去！這屋裏的東西，你怎敢隨便損毀？」

阿紫道：「出去便出去！」快步奔出。她狂怒之下，走得快了，砰的一聲，額頭撞在門框之上。她一聲不出，摸清去路，仍是急急走出。蕭峯心中一軟，搶上去挽住她手臂，柔聲道：「阿紫，你撞痛了麼？」阿紫回身過來，撲在他懷裏，放聲哭了出來。

蕭峯輕拍她背脊，低聲道：「阿紫，是我不好，不該對你這般粗聲大氣的。」阿紫哭道：「你變啦，你變啦！不像從前那樣待我好了。」蕭峯柔聲道：「坐下歇一會兒，喝口茶，好不好？」端起自己茶碗，送到阿紫口邊，左手自然而然的伸過去摟著她腰。當年阿紫被他打斷肋骨之後，蕭峯足足服侍了她一年有餘，別說送茶餵飯，連更衣、梳頭、大小便等等親暱的事也不得不為她做。當時阿紫肋骨斷後，無法坐直，蕭峯餵藥、餵湯之時，定須以左手摟住她身子，積久成習，此刻餵她喝茶，自也如此。阿紫在他手中喝了幾口茶，心情也舒暢了，嫣然一笑，道：「姊夫，你還趕我不趕？」
蕭峯放開她身子，轉頭將茶碗放到桌上，陰沉沉的暮色之中，突見兩道野獸般的兇狠目光，怨毒無比的射向自己。蕭峯微微一怔，只見游坦之坐在屋角落地下，緊咬牙齒，鼻孔一張一合，便似要撲上來向自己撕咬一般。蕭峯心想：「這人不知到底是甚麼來歷，可處處透著古怪。」只聽阿紫又道：「姊夫，我劈爛一架破紡車，你又何必生這麼大的氣？」
蕭峯長嘆一聲，說道：「這是我義父義母的家裏，你劈爛的，是我義母的紡車。」
眾人都吃了一驚。
蕭峯手掌托著那隻小小木虎，凝目注視。燈火昏黃，他巨大的影子照在泥壁上，他手掌握攏，中指和食指在木彫小虎背上輕輕撫摸，臉上露出愛憐之色，說道：「這是我義父給我刻的，那一年我是五歲，義父……那時候我叫他爹爹……就在這盞油燈旁邊，給我刻這隻小老虎。媽媽在紡紗。我坐在爹爹腳邊，眼看小老虎的耳朵出來了，鼻子出來了，心裏真是高興……」
段譽問道：「大哥，是你救我到這裏來的？」蕭峯點頭道：「是。」
原來那無名老僧正為眾人說法之時，鳩摩智突施毒手，傷了段譽。無名老僧袍袖一拂，將鳩摩智推出數丈之外。鳩摩智不敢停留，轉身飛奔下山。
蕭峯見段譽身受重傷，忙加施救。玄生取出治傷靈藥，給段譽敷上。鳩摩智這一招「火燄刀」勢道凌厲之極，若不是段譽內力深厚，刀勢及胸之時自然而然生出暗勁抵禦，當場便已死於非命。

蕭峯眼見山風猛烈，段譽重傷之餘，不宜多受風吹，便將他抱到自己昔年的故居中來。他將段譽放在炕上，立即轉身，既要去和父親相見，又須安頓一十八名契丹武士，萬沒料到他義父母死後遺下來的空屋，這幾天中竟然有人居住，而且所住的更是段譽的舊識。

他再上少林寺時，寺中紛擾已止。蕭遠山和慕容博已在無名老僧佛法點化之下，皈依三寶，在少林寺出家。兩人不但解仇釋怨，而且成了師兄弟。

蕭遠山所學到的少林派武功既不致傳至遼國，中原羣雄便都放了心。蕭峯影蹤不見，十八名契丹武士在靈鷲宮庇護之下，無法加害。各路英雄見大事已了，當即紛紛告辭下山。蕭峯不願和人相見，再起爭端，當下藏身在寺旁的一個山洞之中，直到傍晚，才到山門求見，要和父親相會。

少林寺的知客僧進去稟報，過了一會，回身出來，說道：「蕭施主，令尊已在本寺出家為僧。他要我轉告施主，他塵緣已了，心得解脫，深感平安喜樂，今後一心學佛參禪，願施主勿以為念。蕭施主在大遼為官，只盼宋遼永息干戈。遼帝若有侵宋之意，請施主發慈悲心腸，眷顧兩國千萬生靈。」

蕭峯合什道：「是！」心中一陣悲傷，尋思：「爹爹年事已高，今日不願和我相見，此後只怕更無重會之期了。」又想：「我為大遼南院大王，身負南疆重寄。大宋若要侵遼，我自是調兵遣將，阻其北上，但皇上如欲發兵征宋，我自亦當極力諫阻。」

正尋思間，只聽得腳步聲響，寺中出來七八名老僧，卻是神山上人、哲羅星等一干外來高僧。玄寂、玄生等行禮相送。那波羅星站在玄寂身後，一般的合什送客。

哲羅星道：「師弟，我西去天竺，今日一別，從此相隔萬里，不知何日再得重會。你當真決意不願回去故鄉，要終老於中土麼？」他以華語向師弟說話，似是防少林寺僧人起疑。波羅星微笑道：「師兄怎地仍是參悟不透？天竺即中土，中土即天竺，此便是達摩祖師東來意。」哲羅星心中一凜，說道：「師弟一言點醒。你不是我師弟，是我師父。」波羅星笑道：「入門分先後，悟道有遲早，遲也好，早也好，能參悟更好。」兩人相對一笑。

蕭峯避在一旁，待神山、道清、哲羅星等相偕下山，他才慢慢跟在後面。只走得幾步，寺中又出來一人，卻是虛竹。他見到蕭峯，大喜之下，搶步走近，說道：「大哥，我正在到處找你，聽說三弟受了重傷，不知傷勢如何？」蕭峯道：「我救了下山，安頓在一家莊稼人家裏。」虛竹道：「咱們這便同去瞧瞧可好？」蕭峯道：「甚好，甚好！」兩人並肩而行，走出十餘丈後，梅蘭竹菊四姝從林中出來，跟在虛竹之後。虛竹說起，靈鷲宮諸女和七十二島、三十六洞羣豪均已下山，契丹一十八名武士與眾人相偕，料想中原羣豪不敢輕易相犯。蕭峯當即稱謝，心想：「我這個義弟來得甚奇，是三弟代我結拜而成金蘭之交，不料患難之中，得他大助。」

虛竹又說起已將丁春秋交給了少林寺戒律院看管，每年端午和重陽兩節，少林寺僧給他服食靈鷲宮的藥丸，以解他生死符發作時的苦楚，他生死懸於人手，料來不敢為非作歹。蕭峯拊掌大笑，說道：「二弟，你為武林中除去一個大害。這丁春秋在佛法陶冶之下，將來能逐步化去他的戾氣，亦未可知。」虛竹愀然不樂，說道：「我想在少林寺出家，師祖、師父他們卻趕了我出來。這丁春秋傷天害理，作惡多端，卻能在少林寺清修，怎地我和他二人苦樂的業報如此不同？」蕭峯微微一笑，說道：「二弟，你羨慕丁老怪，丁老怪可更加千倍萬倍的羨慕你了。你身為靈鷲宮主人，統率三十六洞洞主、七十二島島主，威震天下，有何不美？」虛竹搖頭道：「靈鷲宮中都是女人，我一個小和尚，處身其間，實在大大的不便。」蕭峯哈哈大笑，說道：「你難道還是小和尚麼？」

虛竹又道：「星宿派那些吹牛拍馬之輩，又都纏住了我，不知如何打發才是。」蕭峯道：「這些人也不都是天生這般，只因在星宿老怪門下，若不吹牛拍馬，便難以活命。二弟，日後你嚴加管教，倘若他們死不肯改，一個個轟了出去便是。」

虛竹想起父親母親在一天之中相認，卻又雙雙而死，更是悲傷，忍不住便滴下淚來。

蕭峯安慰他道：「二弟，世上不如意事，在所多有。當年我被逐出丐幫，普天下英雄豪傑，人人欲殺我而後快，我心中自是十分難過，但過一些時日，慢慢也就好了。」虛竹忽道：「不錯，不錯。如來當年在王舍城靈鷲山說法，靈鷲兩字，原與佛法有緣。總有一日，我要將靈鷲宮改作了靈鷲寺，教那些婆婆、嫂子、姑娘們都做尼姑。」蕭峯仰天大笑，說道：「和尚寺中住的都是尼姑，那確是天下奇聞。」

兩人談談說說，來到喬三槐屋後時，剛好碰上游坦之要挖鍾靈的眼珠，幸得及時阻止。

段譽問道：「大哥、二哥，你們見到我爹爹沒有？」蕭峯道：「後來沒再見到。」虛竹道：「混亂中羣雄一鬨而散，小兄沒能去拜候老伯，甚是失禮。」段譽道：「二哥，不必客氣。那段延慶是我家大對頭，我怕他跟我爹爹為難。」蕭峯道：「此事不可不慮，我便去找尋老伯，打個接應。」

阿紫道：「你口口聲聲老伯、小伯的，怎麼不叫一聲『岳父大人』？」

蕭峯嘆道：「這是我畢生恨事，還有甚麼話好說？」說著站起身來，要走出房去。

這時梅劍端著一碗鷄湯，正進房來給段譽喝，聽到了各人的言語，說道：「蕭大俠，不用勞你駕去找尋，婢子這便傳下主人號令，命靈鷲宮屬下四周巡邏，要是見到段延慶有行兇之意，便放煙花為號，咱們前往赴援，你瞧如何？」蕭峯喜道：「甚好！靈鷲宮屬下千餘之眾，分頭照看，自比我們幾個人找尋好得多了。」

當下梅劍自去發施號令。靈鷲宮諸部相互聯絡的法子極是迅捷，虛竹一到喬三槐屋中，陽天部諸女便已得到訊息，在符敏儀率領之下，趕到附近，暗加保護。

段譽放下了心，跟著便想念起王語嫣來，尋思：「她心中恨我已極，只怕此後會面，再也不會睬我了。」言念及此，忍不住嘆了口氣。

鍾靈甚是關懷，問道：「你傷口痛麼？」段譽道：「也不大痛。」

阿紫道：「鍾姑娘，你雖喜歡我小哥哥，卻不明白他的心事，我瞧你這番相思，將來渺茫得緊。」鍾靈道：「我又不是跟你說話，誰要你插嘴？」阿紫笑道：「我不插嘴，那不相干。我只怕有個比你美麗十倍、溫柔十倍、體貼十倍的姑娘插了進來，我哥哥便再也不將你放在心上了。我哥哥為甚麼嘆氣，你不知道麼？嘆氣，便是心有不足。你陪著我哥哥，心裏很滿足了，因此就不會嘆氣。我哥哥卻長吁短嘆，當然是為了另外的姑娘。」阿紫無法挖到鍾靈的眼珠，便以言語相刺，總是要她大感傷痛，這才快意。

鍾靈一聽之下，甚是惱怒，但想她這幾句話倒也有理，惱怒之情登時變成了愁悶。好在她年紀幼小，向來天真活潑，雖對段譽鍾情，卻不是銘心刻骨的相戀，只是覺得和他在一起相聚，心中說不出的安慰快樂，段譽心中念著別人，不大理睬自己，自是頗為難過，然而除此之外，卻也不覺得如何了。

段譽忙道：「鍾……鍾……靈妹妹，你別聽阿紫瞎說。」

鍾靈聽段譽叫自己為「靈妹妹」，不再叫「鍾姑娘」，顯得甚是親熱，登時笑逐顏開，說道：「她說話愛刺人，我才不理呢。」

阿紫卻心中大怒，她眼睛瞎了之後，最恨人家提起這個「瞎」字，段譽倘若是說她「胡說」、「亂說」，她只不過一笑，偏偏他漫不經意的用了「瞎說」二字，便道：「哥哥，你到底喜歡王姑娘多些呢，還是喜歡鍾姑娘多些？王姑娘跟我約好了，定於明日相會。你親口說的話，我要當面跟她說。」

段譽一聽，當即坐起，忙問：「你約了王姑娘見面？在甚麼地方？甚麼時候？有甚麼事情商量？」

見了他如此情急模樣，不用他再說甚麼話，鍾靈自也知道在他心目之中，那個王姑娘比之自己不知要緊多少倍。她性子爽朗，先前心中一陣難過，到這時已淡了許多。倘若王語嫣和她易地而處，得知自己意中人移情別戀，自必淒然欲絕；木婉清多半是立即一箭向段譽射去；阿紫則是設法去將王語嫣害死。鍾靈卻道：「別起身，小心傷口破裂，又會流血。」

虛竹在側旁觀三人情狀，尋思：「鍾姑娘對三弟如此一往情深，多半不是我的夢姑。否則她聽到我的說話聲，豈有臉上毫無異狀之理？」但轉念一想，心中又道：「啊喲，不對！童姥師伯、李秋水師叔，以及余婆、石嫂、符姑娘等等這一幫女子，個個心眼兒甚多，跟我們男子漢大不相同。說不定鍾姑娘便是夢姑，早已認了我出來，卻絲毫不動聲色，將我蒙在鼓裏。」

段譽仍在催問阿紫，她明日與王語嫣約定在何處相見。阿紫見他如此情急，心下盤算如何戲弄他一番，說不定還可撿些便宜，當下只是順口敷衍。

蘭劍進來回報，說道陽天部已將號令傳出，請段譽放心。段譽說道：「多謝姊姊費心，在下感激不盡。」蘭劍見他以大理國王子之尊，言語態度絕無半分架子，對他頗有好感，聽他又向阿紫詢問明日之約，忍不住插口道：「段公子，你妹子在跟你開玩笑呢，你卻也當作了真的。」段譽道：「姊姊怎知舍妹跟我開玩笑？」蘭劍笑道：「我要是說了出來，段姑娘定然怪我多口，也不知主人許是不許。」

段譽忙向虛竹道：「二哥，你要她說罷！」

虛竹點了點頭，向蘭劍道：「三弟和我不分彼此，你們甚麼事都不必隱瞞。」

蘭劍道：「剛才我們見到慕容公子一行人下少室山去，聽到他們商量著要到西夏去，王姑娘跟了她表哥同行，這會兒早在數十里之外了。明日又怎麼能跟段姑娘相會？」

阿紫啐道：「臭丫頭！明知我要怪你多口，你偏偏又說了出來。你們四姊妹們都是一般的快嘴快舌，主人家在這裏說話，你們好沒規矩，卻來插嘴。」

忽然窗外一個少女聲音說道：「段姑娘，你為甚麼罵我姊姊？靈鷲宮中神農閣的鑰匙是我管的，你知不知道？主人要找尋給你治眼的法門，非到神農閣去尋書、覓藥不可。」說話的正是竹劍。

阿紫心中一凜：「這臭丫頭說的只怕果是實情，在虛竹這死和尚給我治好眼睛之前，可不能得罪他身邊的丫頭，否則她們搗起蛋來，暗中將藥物掉換上幾樣，我的眼睛可糟糕了。哼，哼！我眼睛一治好，總要教你們知道我的手段。」當下默不作聲。

段譽向蘭劍道：「多謝姊姊告知。他們到西夏去？卻又為了甚麼？」

蘭劍道：「我沒聽到他們說去幹甚麼。」

虛竹道：「三弟，這一節我卻知道。我聽得公冶先生向丐幫諸長老說道：他們在途中遇到一位從西夏回歸中土的丐幫弟子，揭到一張西夏國國王的榜文，說道該國公主已到了婚配的年紀，定八月中秋招婿。西夏以弓馬立國，是以邀請普天下英雄豪傑，同去顯演武功，以備國王選擇才貌雙全之士，招為駙馬。」

梅劍忍不住抿嘴說道：「主人，你為甚麼不到西夏去試試？只要蕭大俠和段公子不來跟你爭奪，你做西夏國的駙馬爺可說是易如反掌。」

梅蘭竹菊四姝天性嬌憨，童姥待她們猶如親生的小輩一般，雖有主僕之名，實則便似祖孫。只是童姥性子嚴峻，稍不如意，重罰立至，四姊妹倒還戰戰兢兢的不敢放肆。虛竹卻隨和之極，平時和她們相處，非但沒半分主人尊嚴，對她們簡直還恭而敬之，是以四姊妹想到甚麼便說甚麼，沒有絲毫顧忌。

虛竹連連搖手，說道：「不去，不去！我一個出家……」順口又要把「出家人」三字說出來，總算最後一個「人」字咽回腹中。房裏的梅劍、蘭劍，房外的竹劍、菊劍卻已同時笑了出來。虛竹臉上一紅，轉頭偷眼向鍾靈瞧去，只見她怔怔的望著段譽，對自己的話似乎全沒留意。他心下驀地一動：「到西夏去，我……我和夢姑，是在西夏靈州皇宮的冰窖之中相會的，夢姑此刻說不定尚在靈州，三弟既不肯說她住在那裏，我何不到西夏去打聽打聽？」

他心中這麼想，段譽卻也說道：「二哥，你靈鷲宮和西夏國相近，反正要回去，何不便往西夏國走一遭？這位不知道是甚麼劍的姊姊……對不起，你們四位相貌一模一樣，我實在分不出來……這位姊姊要你去做駙馬爺，雖是說笑，但想到了八月中秋之日，四方豪傑畢集靈州，定是十分熱鬧。大哥，你也不必急急忙忙的趕回南京啦，咱們同到西夏玩玩，然後再到靈鷲宮去嘗一嘗天山童姥的百年佳釀，實是賞心樂事。那日我在靈鷲宮，和二哥兩個喝得爛醉如泥，好不快活。」

蕭峯來到少室山時，十八名契丹武士以大皮袋盛烈酒隨行。但此刻眾武士不在身邊，他未曾飲酒已久，聽到段譽說起到靈鷲宮去飲天山童姥的百年佳釀，不由得舌底生津，嘴角邊露出微笑。

阿紫搶著道：「去，去，去！姊夫，咱們大夥兒一起都去。」她知道要治自己眼盲，務須隨虛竹去靈鷲宮中，但若無蕭峯撐腰，虛竹縱然肯治，他手下那四個快嘴丫頭要是一意為難，終不免夜長夢多。她聽蕭峯沉吟未答，心想：「姊夫外貌粗豪，心中卻著實精細，他此刻早已料到我的用心，不如直言相求，更易得他答允。」當即站起身來，扯著蕭峯的衣袖輕輕搖了幾下，求懇道：「姊夫，你如不帶我去靈鷲宮，我……我便終生不見天日了。」

蕭峯心想：「令她雙目復明，確是大事。」又想：「我在大遼位望雖尊，卻沒一個談得來的朋友。中原豪傑都得罪完了，好容易結交到這兩個慷慨豪俠的兄弟，若得多聚幾日，誠大快事。好在阿紫已經尋到，這時候就算回去南京，那也無所事事，氣悶得緊。」當下便道：「好，二弟、三弟，咱們同去西夏走一遭，然後再上二弟的靈鷲宮去，痛飲數日，還須請二弟為段姑娘醫治眼睛。」

次日眾人相偕就道。虛竹又到少林寺山門之前叩拜，喃喃祝告，一來拜謝佛祖恩德，二來拜謝寺中諸師二十餘年來的養育教導，三來向父親玄慈、母親葉二娘的亡靈告別。

到得山下，靈鷲宮諸女已僱就了驢車，讓段譽和游坦之臥在車裏養傷。游坦之滿心不是滋味，但寧可忍辱受氣，說甚麼也不願和阿紫分離。只要阿紫偶然揭開車帷，和他說一兩句話，他便要興奮上好半天，只是阿紫騎在馬上，前前後後，總是跟隨在蕭峯身邊。游坦之心中難過之極，卻不敢向她稍露不悅之意。

走了兩天，靈鷲宮諸部逐漸會合。鸞天部首領向虛竹和段譽稟報，她們已會到鎮南王，告知他段譽傷勢漸愈，並無大礙。鎮南王甚是放心，要鸞天部轉告段譽，早日回去大理。鸞天部諸女又道：「鎮南王一行人是向東北方去，段延慶和南海鱷神、雲中鶴卻是向西，雙方決計碰不到頭。」段譽甚喜，向鸞天部諸女道謝。

鍾靈問段譽道：「令尊要你早回大理，他自己怎地又向東北方去？」段譽微微一笑，尚未回答，阿紫已笑道：「爹爹定是給我媽拉住了，不許他回大理去。鍾姑娘，你想拉住我哥哥的心，得學學我媽。」

這兩天中，段譽一直在尋思，要不要說明鍾靈便是自己妹子，總覺這件事說起來十分尷尬，既傷鍾靈之心，又頗損父親名聲，還是暫且不說為妙。

鍾靈明知段譽所以要到西夏，全是為了要去和那王姑娘相會，但她每日得與段譽相見，心願已足，也不去理會日後段譽和王姑娘會見之後卻又如何，阿紫冷言冷語的譏嘲於她，她也全不介意。

炎暑天時，午間赤日如火，好在離中秋尚遠，眾人只揀清晨、傍晚趕路，每日只行六七十里，也就歇了。在途非止一日，段譽傷勢好得甚快。虛竹替游坦之的斷腿接上了骨，用夾板牢牢夾住了，看來頗有復原之望。游坦之跟誰也不說話，虛竹替他醫腿，他臉色仍是悻悻然，一個「謝」字也不說。

這日一行人來到了咸陽古道，段譽向蕭峯等述說當年劉、項爭霸的史蹟。蕭峯和虛竹都沒讀過甚麼書，聽段譽揚鞭說昔日英豪，都是大感興味。

忽然間馬蹄聲響，後面兩乘馬快步趕來。蕭峯等將坐騎往道旁一拉，好讓後面的乘客先行。阿紫卻兀自攔在路中，待那兩乘馬將趕到她身後時，她提起馬鞭一抽，便向身後的馬頭上抽去。後面那騎者提起馬鞭，往阿紫的鞭子迎上，口中卻叫起來：「段公子！蕭大俠！」

段譽回頭看去，當先那人是巴天石，後邊那人是朱丹臣。巴天石揮鞭擋開阿紫擊來的馬鞭，和朱丹臣翻身下鞍，向段譽拜了下去。段譽忙下馬還禮，問道：「我爹爹平安？」只聽得颼的一聲響，阿紫又揮鞭向巴天石頭上抽落。

巴天石尚未站起，身子向左略挪，仍是跪在地下。阿紫一鞭抽空，巴天石右膝一按，已將鞭梢揿住。阿紫用力回抽，卻抽之不動。她知道自己內力決計不及對方，當即手掌一揚，將鞭子的柄兒向巴天石甩了過去。巴天石惱她氣死褚萬里，原是有略加懲戒之意，不料她眼睛雖盲，行動仍是機變之極，鞭柄來得十分迅速，巴天石聽得風聲，急忙側頭相避，頭臉雖然避開，但拍的一聲，已打中他肩頭。

段譽喝道：「紫妹，你又胡鬧！」阿紫道：「怎麼我胡鬧了？他要我的鞭子，我給了他便是。」巴天石嘻嘻一笑，道：「多謝姑娘賜鞭。」站起身來，從懷中取出一封書信，雙手遞給段譽。

段譽接過一看，見封皮上「譽兒覽」三字正是父親的手書，忙雙手捧了，整了整衣衫，恭恭敬敬的拆開，見是父親命他到了西夏之後，如有機緣，當設法娶西夏公主為妻。信中言道：「我大理僻處南疆，國小兵弱，難抗外敵，如得與西夏結為姻親，得一強援，實為保土安民之上策。吾兒當以祖宗基業為重，以社稷子民為重，盡力圖之。」

段譽讀完此信，臉上一陣紅，一陣白，囁嚅道：「這個……這個……」

巴天石又取出一個大信封，上面蓋了「大理國皇太弟鎮南王保國大將軍」的朱紅大印，說道：「這是王爺寫給西夏皇帝求親的親筆函件，請公子到了靈州之後，呈遞西夏皇帝。」朱丹臣也笑咪咪的道：「公子，祝你馬到成功，娶得一位如花似玉的公主回去大理，置我國江山如磐石之安。」段譽神色更是尷尬，問道：「爹爹怎知我去西夏？」巴天石道：「王爺得知慕容公子往西夏去求親，料想公子……也……也會前去瞧瞧熱鬧。王爺吩咐，公子須當以國家大事為重，兒女私情為輕。」

阿紫嘻嘻一笑，說道：「這叫做知子莫若父啦。爹爹聽說慕容復去西夏，料想王姑娘定然隨之同去，他自己這個寶貝兒子自然便也會巴巴的跟了去。哼，上樑不正下樑歪，他自己怎麼又不以國家大事為重，以兒女私情為輕？怎地離國如此之久，卻不回去？」

巴天石、朱丹臣、段譽三人聽阿紫出言對自己父親如此不敬，都是駭然變色，她所說的雖是實情，但做女兒的，如何可以直言編排父親的不是？

阿紫又道：「哥哥，爹爹信中寫了甚麼？有提到我沒有？」段譽道：「爹爹沒知道你和我在一起。」阿紫道：「嗯，是了，他不知道。爹爹有囑咐你找我嗎？有沒有叫你設法照顧你這個瞎了眼的妹子？」

段正淳的信中並未提及此節，段譽心想若是照直而說，不免傷了妹子之心，便向巴朱二人連使眼色，要他們承認父王曾有找尋阿紫之命。那知巴朱二人假作不懂，並未迎合。朱丹臣道：「鎮南王命咱二人隨侍公子，聽由公子爺差遣，務須娶到西夏國的公主。否則我二人回到大理，王爺就不怪罪，我們也是臉上無光，難以見人。」言下之意，竟是段正淳派他二人監視段譽，非做上西夏的駙馬不可。

段譽苦笑道：「我本就不會武藝，何況重傷未愈，真氣提不上來，怎能和天下的英雄好漢相比？」

巴天石轉頭向蕭峯、虛竹躬身說道：「鎮南王命小人拜上蕭大俠、虛竹先生，請二位念在金蘭結義之情，相助我們公子一臂之力。鎮南王又說：少室山上匆匆之間，未得與兩位多所親近，甚為抱憾，特命小人奉上薄禮。」說著取出一隻碧玉彫琢的獅子，雙手奉給蕭峯。朱丹臣從懷中取出一柄象牙扇子，扇面上有段正淳的書法，呈給虛竹。

二人稱謝接過，都道：「三弟之事，我們自當全力相助，何勞段伯父囑咐？蒙賜珍物，更是不敢當了。」

阿紫道：「你道爹爹是好心麼？他是叫你們二人不要和我哥哥去爭做駙馬。我爹爹生怕他的寶貝兒子爭不過你們兩個。你們這麼一口答應，可上了我爹爹的當啦。」

蕭峯微微嘆了口氣，說道：「自你姊姊死後，我豈有再娶之意？」阿紫道：「你嘴裏自然這麼說，誰知道你心裏卻又怎生想？虛竹先生，你忠厚老實，不似我哥哥這麼風流好色，到處留情，你從來沒和姑娘結過情緣，去娶了西夏公主，豈不甚妙？」虛竹滿面通紅，連連搖手，道：「不，不！我……我自己決計不行，我自當和大哥相助三弟，成就這頭親事。」

巴天石和朱丹臣相互瞧了一眼，向蕭峯和虛竹拜了下去，說道：「多承二位允可。」武林英豪一言既出，駟馬難追，蕭峯和虛竹同時答允相助，巴朱二人再來一下敲釘轉腳，倒不是怕他二人反悔，卻是要使段譽更難推托。

眾人一路向西，漸漸行近靈州，道上遇到的武林之士便多了起來。

西夏疆土雖較大遼、大宋為小，卻也是西陲大國，此時西夏國王早已稱帝，當今皇帝李乾順，史稱崇宗聖文帝，年號「天祐民安」，其時朝政清平，國泰民安。

武林中人如能娶到了西夏公主，榮華富貴，唾手而得，世上那還有更便宜的事？只是武林中的成名人物大都已娶妻生子，新進少年偏又武功不高，便有不少老年英雄攜帶了子姪徒弟，前去碰一碰運氣。許多江洋大盜、幫會豪客，倒是孤身一人，便不由得存了僥倖之想，齊往靈州進發。許多人想：「千里姻緣一線牽，說不定命中注定我和西夏公主有婚姻之份，也未必我武功一定勝過旁人，只須我和公主有緣，她瞧中了我，就有做駙馬爺的指望了。」

一路行來，但見一般少年英豪個個衣服鮮明，連兵刃用具也都十分講究，竟像是去趕甚麼大賽會一般。常言道：「窮文富武」，學武之人家中多半有些銀錢，倘若品行不端，銀錢來得更加容易，是以去西夏的武林少年十九衣服麗都，以圖博得公主青睞。道上相識之人遇見了，相互取笑之餘，不免打聽公主容貌如何，武藝高低；若是不識，往往怒目而視，將對方當作了敵人。

這一日蕭峯等正按轡徐行，忽聽得馬蹄聲響，迎面來了一乘馬，馬上乘客右臂以一塊白布吊在頸中，衣服撕破，極是狼狽。蕭峯等也不為意，心想這人不是摔跌，便是被人打傷，那是平常得緊。不料過不多時，又有三乘馬過來，馬上乘客也都是身受重傷，不是斷臂，便是折足。但見這三人面色灰敗，大是慚愧，低著頭匆匆而過，不敢向蕭峯等多瞧一眼。梅劍道：「前面有人打架麼？怎地有好多人受傷？」

說話未了，又有兩人迎面過來。這兩人卻沒騎馬，滿臉是血，其中一人頭上裹了青布，血水不住從布中滲出來。竹劍道：「喂，你要傷藥不要？怎麼受了傷？」那人向她惡狠狠的瞪了眼，向地下吐了口唾沫，掉頭而去。菊劍大怒，拔出長劍，便要向他斬去。虛竹搖頭道：「算了罷！這人受傷甚重，不必跟他一般見識。」蘭劍道：「竹妹好意問他要不要傷藥，這人卻如此無禮，讓他痛死了最好。」

便在此時，迎面四匹馬潑風也似奔將過來，左邊兩騎，右邊兩騎。只聽得馬上乘客相互戟指大罵。有人道：「都是你癩蝦蟆想吃天鵝肉，也不想想自己有多大道行，便想上靈州去做駙馬。」另一邊一人罵道：「你若有本領，幹麼不闖過關去？打輸了，偏來向我出氣。」對面的人罵道：「倘若不是你在後面暗箭傷人，我又怎麼會敗？」這四個人縱馬奔馳，說話又快，沒能聽清楚到底在爭些甚麼，霎時之間便到了跟前。四人見蕭峯等人多，不敢與之爭道，拉馬向兩旁奔了過去，但兀自指指點點的對罵，依稀聽來，這四人都是去靈州想做駙馬的，但似有一道甚麼關口，四個人都闖不過去，相互間又扯後腿，以致落得鎩羽而歸。

段譽道：「大哥，我看……」一言未畢，迎面又有幾個人徒步走來，也都身上受傷，有的頭破血流，有的一蹺一拐。鍾靈抑不住好奇之心，縱馬上前，問道：「喂，前面把關之人厲害得緊麼？」一個中年漢子道：「哼！你是姑娘，要過去沒人攔阻。是男的，還是乘早打回頭罷。」他這麼一說，連蕭峯、虛竹等也感奇怪，都道：「上去瞧瞧！」催馬疾馳。

一行人奔出七八里，只見山道陡峭，一條僅容一騎的山徑蜿蜒向上，只轉得幾個彎，便見黑壓壓的一堆人聚在一團。蕭峯等馳將近去，但見山道中間並肩站著兩名大漢，都是身高六尺有餘，異常魁偉，一個手持大鐵杵，一個雙手各提一柄銅鎚，惡狠狠的望著眼前眾人。

聚在兩條大漢之前的少說也有十七八人，言辭紛紛，各說各的。有的說：「借光，我們要上靈州去，請兩位讓一讓。」這是敬之以禮。有的說：「兩位是收買路錢嗎？不知是一兩銀子一個，還是二兩一個？只須兩位開下價來，並非不可商量。」這是動之以利。有的說：「你們再不讓開，惹惱了老子，把你兩條大漢斬成肉漿，再要拼湊還原，可不成了，還是乘早乖乖的讓開，免得大禍臨頭。」這是脅之以威。更有人說：「兩位相貌堂堂，威風凜凜，何不到靈州去做駙馬？那位如花似玉的公主若是教旁人得了去，豈不可惜？」這是誘之以色。眾人七張八嘴，那兩條大漢始終不理。

突然人羣中一人喝道：「讓開！」寒光一閃，挺劍上前，向左首那大漢刺過去。那大漢身形巨大，兵刃又極沉重，殊不料行動迅捷無比，雙鎚互擊，正好將長劍夾在雙鎚之中。這一對八角銅鎚每一柄各有四十來斤，噹的一聲響，長劍登時斷為十餘截。那大漢飛出一腿，踢在那人小腹之上。那人大叫一聲，跌出七八丈外，一時之間爬不起身。

只見又有一人手舞雙刀，衝將上去，雙刀舞成了一團白光，護住全身。將到兩條大漢身前，那人一聲大喝，突然間變了地堂刀法，著地滾進，雙刀向兩名大漢腿上砍去。那持杵大漢也不去看他刀勢來路如何，提起鐵杵，便往這團白光上猛擊下去。但聽得「啊」的一聲慘呼，那人雙刀被鐵杵打斷，刀頭並排插入胸中，骨溜溜的向山下滾去。

兩名大漢連傷二人，餘人不敢再進。忽聽得蹄聲答答，山徑上一匹驢子走了上來。驢背上騎著一個少年書生，也不過十八九歲年紀，寬袍緩帶，神情既頗儒雅，容貌又極俊美。他騎著驢子走過蕭峯等一干人身旁時，眾人覺得他與一路上所見的江湖豪士不大相同，不由得向他多瞧了幾眼。段譽突然「啊」的一聲，叫了出來，又道：「你……你……你……」那書生向他瞧也不瞧，挨著各人坐騎，搶到了前頭。

鍾靈奇道：「你認得這位相公？」段譽臉上一紅，道：「不，我看錯人了。他……他是個男人，我怎認得？」他這句話實在有點不倫不類，阿紫登時便嗤的一聲笑了出來，說道：「哥哥，原來你只認得女子，不認得男人。」她頓了一頓，問道：「難道剛才過去的是男人麼？這人明明是女的。」段譽道：「你說他是女人？」阿紫道：「當然啦，她身上好香，全是女人的香氣。」段譽聽到這個「香」字，心中怦怦亂跳：「莫非……莫非當真是她？」

這時那書生已騎驢到了兩條大漢的面前，叱道：「讓開！」這兩字語音清脆，果是女子的喉音。

段譽更無懷疑，叫道：「木姑娘，婉清，妹子！你……你……你……我……我……」口中亂叫，催坐騎追上去。虛竹叫道：「三弟，小心傷口。」和巴天石、朱丹臣兩人同時拍馬追了上去。

那少年書生騎在驢背之上，只瞪著兩條大漢，卻不回過頭來。巴天石、朱丹臣從側面看去，但見他俏目俊臉，果然便是當日隨同段譽來到大理鎮南王府的木婉清。二人暗叫：「慚愧，咱們明眼人，還不及個瞎子。」殊不知阿紫目不見物，耳音嗅覺卻比旁人敏銳，木婉清體有異香，她一聞到便知是個女子。眾人卻明明看到一個少年書生，匆匆之間，難辨男女。

段譽縱馬馳到木婉清身旁，伸手往她肩上搭去，柔聲道：「妹子，這些日子你在那裏？我可想得你好苦！」木婉清一縮肩，避開他手，轉過頭來，冷冷的道：「你想我？你為甚麼想我？你當真想我了？」段譽一呆，她這三句問話，自己可一句也答不上來。

對面持杵大漢哈哈大笑，說道：「好，原來你是個女娃子，我便放你過去。」持鎚大漢叫道：「娘兒們可以過去，臭男人便不行。喂，你滾回去，滾回去！」一面說，一面指著段譽，喝道：「你這種小白臉，老子一見便生氣。再上來一步，老子不將你打成肉漿才怪。」

段譽道：「尊兄言之差矣！這是人人可行的大道，尊兄為何不許我過？願聞其詳。」

那大漢道：「吐蕃國宗贊王子有令：此關封閉十天，待過了八月中秋再開。在中秋節以前，女過男不過，僧過俗不過，老過少不過，死過活不過！這叫『四過四不過』。」段譽道：「那是甚麼道理？」那大漢大聲道：「道理，道理！老子的銅鎚、老二的鐵杵便是道理。宗贊王子的話便是道理。你是男子，既非和尚，又非老翁，若要過關，除非是個死人。」

木婉清怒道：「呸，偏有這許多囉裏囉唆的臭規矩！」右手一揚，嗤嗤兩聲，兩枚小箭分向兩名大漢射去，只聽得拍拍兩下，如中敗革，眼見小箭射進了兩名大漢胸口衣衫，但二人竟如一無所損。持杵大漢怒喝：「不識好歹的小姑娘，你放暗器麼？」木婉清大吃一驚，心道：「這二人多半身披軟甲，我的毒箭居然射他們不死。」那持杵大漢伸出大手，向木婉清揪來。這人身子高大，木婉清雖騎在驢背，但他一手伸出，便揪向她胸口。

段譽叫道：「尊兄休得無禮！」左手疾伸去擋。那大漢手掌一翻，便將段譽手腕牢牢抓住。持鎚大漢叫道：「妙極！咱哥兒倆將這小白臉撕成兩半！」將雙鎚併於左手，右手一把抓住了段譽左腕，用力便扯。

木婉清急叫：「休得傷我哥哥！」嗤嗤數箭射出，都如石沉大海，雖然中在兩名大漢身上，卻是不損其分毫，想要射他二人頭臉眼珠，可是中間隔了個段譽，又怕傷及於他。兩旁山峯壁立，虛竹、巴天石、朱丹臣三人被段木二人坐騎阻住了，無法上前相救。

虛竹飛身離鞍，躍到持杵大漢身側，伸指正要往他脅下點去，卻聽得段譽哈哈大笑，說道：「二哥不須驚惶，他們傷我不得。」

只見兩條鐵塔也似的大漢漸漸矮了下來，兩顆大頭搖搖擺擺，站立不定，過不多時，砰砰兩聲，倒在地下。段譽的「北冥神功」專吸敵人功力，兩條大漢的內力一盡，天生膂力也即無用，兩人委頓在地，形如虛脫。段譽說道：「你們已打死打傷了這許多人，也該受此懲罰，下次萬萬不可。」

鍾靈恰於這時趕到，笑道：「只怕他們下次再也沒打人的本領了。」轉頭向木婉清道：「木姊姊，我真想不到是你！」木婉清冷冷的道：「你是我親妹子，只叫『姊姊』便了，何必加上個『木』字？」鍾靈奇道：「木姊姊，你說笑了，我怎麼會是你的親妹子？」木婉清向段譽一指道：「你去問他！」鍾靈轉向段譽，待他解釋。

段譽脹紅了臉，說道：「是，是……這個……這時候卻也不便細說……」

本來被兩條大漢擋住的眾人，一個個從他身邊搶了過去，直奔靈州。

阿紫叫道：「哥哥，這位好香的姑娘，也是你的老相好麼？怎麼不替我引見引見？」段譽道：「別胡說，這位……這位是你的……你的親姊姊，你過來見見。」木婉清怒道：「我那有這麼好福氣？」在驢臀上輕輕一鞭，逕往前行。

段譽縱騎趕了上去，問道：「這些時來，你卻在那裏？妹子，你……你可真清減了。」木婉清心高氣傲，動不動便出手殺人，但聽了他這句溫柔言語，突然胸口一酸，一年多來道路流離，種種風霜雨雪之苦，無可奈何之情，霎時之間都襲上了心頭，淚水再也無法抑止，撲簌簌的便滾將下來。段譽道：「好妹子，我們大夥兒人多，有個照應，你就跟我們在一起罷。」木婉清道：「誰要你照應？沒有你，我一個人不也這麼過日子了？」段譽道：「我有許多話要跟你說，好妹子，你答應跟我們在一起好不好？」木婉清道：「你又有甚麼話跟我說了？多半是胡說八道。」嘴裏雖沒答允，口風卻已軟了。段譽甚喜，搭訕道：「好妹子，你雖然清瘦了些，可越長越俊啦！」

木婉清臉一沉，道：「你是我兄長，可別跟我說這些話。」她心下煩亂已極，明知段譽是自己同父異母的哥哥，但對他的相思愛慕之情，別來非但並未稍減，更只有與日俱增。

段譽笑道：「我說你越長越俊，也沒甚麼不對。好妹子，你為甚麼著了男裝上靈州去？是去招駙馬麼？像你這麼俊美秀氣的少年書生，那西夏公主一見之後，非愛上你不可。」木婉清道：「那你為甚麼又上靈州去了？」段譽臉上微微一紅，道：「我是去瞧瞧熱鬧，更無別情。」木婉清哼的一聲，道：「你別儘騙我。爹爹叫你去做西夏駙馬，命這姓巴的、姓朱的送信給你，你當我不知道麼？」

段譽奇道：「咦，你怎麼知道了？」木婉清道：「我媽撞到了咱們的好爹爹，我跟媽在一起，爹爹的事我自然也聽到了。」段譽道：「原來如此。你知道我要上靈州去，因此跟著來瞧瞧我，是不是？」木婉清臉上微微一紅，段譽這話正中了她的心事，但她兀自嘴硬，道：「我瞧你幹甚麼？我想瞧瞧那位西夏公主到底是怎樣美法，鬧得這般天下鬨動。」段譽想說：「她能有你一半美，也已算了不起啦！」隨即覺得這話跟情人說則可，跟妹妹說卻是不可，話到口邊，又即忍住。木婉清道：「我又想瞧瞧，咱們大理國的段王子，是不是能攀上這門親事。」段譽低聲道：「我是決計不做西夏駙馬的，妹妹，這句話你可別洩漏出去。爹爹真要逼我，我便逃之夭夭。」

木婉清道：「難道爹爹有命，你也敢違抗？」段譽道：「我不是抗命，我是逃走。」木婉清笑道：「逃走和抗命，又有甚麼分別？人家金枝玉葉的公主，你為甚麼不要？」自從見面以來，這是她初展笑臉，段譽心下大喜，道：「你當我和爹爹一樣嗎？見一個，愛一個，到後來弄到不可開交。」

木婉清道：「哼，我瞧你和爹爹也沒甚麼兩樣，當真是有其父必有其子。只不過你沒爹爹這麼好福氣。」她嘆了口氣，說道：「像我媽，背後說起爹爹來，恨得甚麼似的，可是一見了他面，卻又眉花眼笑，甚麼都原諒了。現下的年輕姑娘們哪，可再沒我媽這麼好了。」

四十五

枯井底　污泥處

段譽於霎時之間，
只覺全身飄飄盪盪地，
如升雲霧，如入夢境，
這些時候來朝思暮想的願望，
驀地裏化為真事。

巴天石和朱丹臣等過來和木婉清相見，又替她引見蕭峯、虛竹等人。巴朱二人雖知她是鎮南王之女，但並未行過正式收養之禮，是以仍稱她為「木姑娘」。

眾人行得數里，忽聽得左首傳來一聲驚呼，更有人大聲號叫，卻是南海鱷神的聲音，似乎遇上了甚麼危難。段譽道：「是我徒弟！」鍾靈叫道：「咱們快去瞧瞧，你徒弟為人倒也不壞。」虛竹也道：「正是！」他母親葉二娘是南海鱷神的同夥，不免有些香火之情。

眾人催騎向號叫聲傳來處奔去，轉過幾個山坳，見是一片密林，對面懸崖之旁，出現一片驚心動魄的情景：

一大塊懸崖突出於深谷之上，崖上生著一株孤零零的松樹，形狀古拙。松樹上的一根枝幹臨空伸出，有人以一根桿棒搭在枝幹上，這人一身青袍，正是段延慶。他左手抓著桿棒，右手抓著另一根桿棒，那根桿棒的盡端也有人抓著，卻是南海鱷神。南海鱷神的另一隻手抓住了一人的長髮，乃是窮凶極惡雲中鶴。雲中鶴雙手分別握著一個少女的兩隻手腕。四人宛如結成一條長繩，臨空飄盪，著實凶險，不論那一個人失手，下面的人立即墮入底下數十丈的深谷。谷中萬石森森，猶如一把把刀劍般向上聳立，有人墮了下去，決難活命。其時一陣風吹來，將南海鱷神、雲中鶴和那少女三人都吹得轉了半個圈子。這少女本來背向眾人，這時轉過身來，段譽大聲叫「啊喲」，險些從馬上掉將下來。

那少女正是他朝思暮想、無時或忘的王語嫣。

段譽一定神間，眼見懸崖生得奇險，無法縱馬上去，當即一躍下馬，搶著奔去。將到松樹之前，只見一個頭大身矮的胖子手執大斧，正在砍那松樹。

段譽這一驚更是非同小可，叫道：「喂，喂，你幹甚麼？」那矮胖子毫不理睬，只是一斧斧的往樹上砍去，嘭嘭大響，碎木飛濺。段譽手指一伸，提起真氣，欲以六脈神劍傷他，不料他這六脈神劍要它來時卻未必便來，連指數指，劍氣影蹤全無，惶急大叫：「大哥、二哥，兩個好妹子，四位好姑娘，快來，快來救人！」

呼喝聲中，蕭峯、虛竹等都奔將過來。原來這胖子給大石擋住了，在下面全然見不到。幸好那松樹粗大，一時之間無法砍斷。

蕭峯等一見這般情狀，都是大為驚異，說甚麼也想不明白，如何會出現這等希奇古怪的情勢。虛竹叫道：「胖子老兄，快停手，這棵樹砍不得了。」那胖子道：「這是我種的樹，我喜歡砍回家去，做一口棺材來睡，你管得著麼？」說著手上絲毫不停。下面南海鱷神的大呼小叫之聲，不絕傳將上來。段譽道：「二哥，此人不可理喻，請你快去制止他再說。」虛竹道：「甚好！」便要奔將過去。

突見一人撐著兩根木杖，疾從眾人身旁掠過，幾個起落，已擋在那矮胖子之前，卻是游坦之，不知他何時從驢車中溜了出來。游坦之一杖拄地，一杖提起，森然道：「誰也不可過來！」

木婉清從來沒見過此人，突然看到他奇醜可怖的面容，只嚇得花容失色，「啊」的一聲低呼。

段譽忙道：「莊幫主，你快制止這位胖子仁兄，叫他不可再砍松樹。」游坦之冷冷的道：「我為甚麼要制住他？有甚麼好處？」段譽道：「松樹一倒，下面的人都要摔死了。」

虛竹見情勢凶險，縱身躍將過去，心想就算不能制住那胖子，也得將段延慶、南海鱷神等拉上來。他想當日所以能解開那「珍瓏棋局」，全仗段延慶指點，此後學到一身本領，便由此發端，雖然這件事對他到底是禍是福，實所難言，但段延慶對他總是一片好意。

游坦之右手將木杖在地上一插，右掌立即拍出，一股陰寒之氣隨伴著掌風直逼而至。虛竹雖不怕他的寒陰毒掌，卻也知道此掌功力深厚，不能小覷，當即凝神還了一掌。游坦之第二掌卻對準松樹的枝幹拍落，松枝大晃，懸掛著的四人更搖晃不已。

段譽急叫：「二哥不要再過去了，有話大家好說，不必動蠻。莊幫主，你跟誰有仇？何必害人？」

游坦之道：「段公子，你要我制住這胖子，那也不難，可是你給我甚麼好處？」段譽道：「甚……甚麼好處都給……你……你要甚麼，我給甚麼。決不討價還價，快，快，再遲得片刻，可來不及了。」游坦之道：「我制住這胖子後，立即要和阿紫姑娘離去，你和蕭峯、虛竹一干人，誰也不得阻攔。此事可能答允？」

段譽道：「阿紫？她……她要請我二哥施術復明，跟了你離去，她的眼睛怎麼辦？」游坦之道：「虛竹先生能替她施術復明，我自也能設法治好她的眼睛。」段譽道：「這個……這個……」眼見那矮胖子還是一斧、一斧的不斷砍那松樹，心想此刻千鈞一髮，終究是救命要緊，便道：「我答允……答允你便了！你……你……快……」

游坦之右掌揮出，擊向那胖子。那胖子嘿嘿冷笑，拋下斧頭，紮起馬步，一聲斷喝，雙掌向游坦之的掌力迎上，掌風虎虎，聲勢極是威猛，游坦之這一掌中卻半點聲息也無。

突然之間，那胖子臉色大變，本是高傲無比的神氣，忽然變為異常詫異，似乎見到了天下最奇怪、最難以相信的事，跟著嘴角邊流下兩條鮮血，身子慢慢縮成一團，慢慢向崖下深谷中掉了下去。隔了好一會，才聽得騰的一聲，自是他身子撞在谷底亂石之上，聲音悶鬱，眾人想像這矮胖子腦裂肚破的慘狀，都是忍不住身上一寒。

虛竹飛身躍上松樹的枝幹，只見段延慶的鋼杖深深嵌在樹枝之中，全憑一股內力黏勁，掛住了下面四人，內力之深厚，實是非同小可。虛竹伸左手抓住鋼杖，提將上來。

南海鱷神在下面大加稱讚：「小和尚，我早知你是個好和尚。你是我二姊的兒子，是我岳老二的姪兒。既是岳老二的姪兒，本領自然不會差到那裏去。若不是你來相助一臂之力，我們在這裏吊足三日三夜，這滋味便不大好受了。」雲中鶴道：「這當兒還在吹大氣，怎麼能吊得上三日三夜？」南海鱷神怒道：「我支持不住之時，右手一鬆，放開了你的頭髮，不就成了，要不要我試試？」他二人雖在急難之中，還是不住的拌嘴。

片刻之間，虛竹將段延慶接了上來，跟著將南海鱷神與雲中鶴一一提起，最後才拉起王語嫣。她雙目緊閉，呼吸微弱，已然暈去。

段譽先是大為欣慰，跟著便心下憐惜，但見她雙手手腕上都是一圈紫黑之色，現出雲中鶴深深的指印，想起雲中鶴兇殘好色，對木婉清和鍾靈都曾意圖非禮，每一次都蒙南海鱷神搭救，今日之事，自然又是惡事重演，不由得惱怒之極，說道：「大哥、二哥，這個雲中鶴生性奸惡，咱們把他殺了罷！」

南海鱷神叫道：「不對，不對！段……那個師父……今日全靠雲老四救了你這個……你這個老婆……我這個師娘……不然的話，你老婆早已一命嗚呼了。」

他這幾句雖然顛三倒四，眾人卻也都聽得明白。適才段譽為了王語嫣而焦急逾恆之狀，木婉清一一都瞧在眼裏，未見王語嫣上來，已不禁黯然自傷，迨見到她神清骨秀、端麗無雙的容貌，心中更是一股說不出的難受。只見她雙目慢慢睜開，「嚶」的一聲，低聲道：「這是在黃泉地府麼？我……我已經死了麼？」

南海鱷神怒道：「你這個妞兒當真胡說八道！倘若這是黃泉地府，難道咱們個個都是死鬼？你現下還不是我師父的老婆，我得罪你幾句，也不算是以下犯上。不過時日無多，依我看來，你遲早要做我師娘，良機莫失，還是及早多叫你幾聲小妞兒比較上算。喂，我說小妞兒啊，好端端地幹甚麼尋死覓活？你死了是你自己甘願，卻險些兒陪上我把弟雲中鶴的一條性命。雲中鶴死了也就罷了，咱們段老大死了，那就可惜得緊。就算段老大死了也不打緊，我岳老二陪你死了，可真是大大的犯不著啦！」

段譽柔聲安慰：「王姑娘，這可受驚了，且靠著樹歇一會。」王語嫣哇的一聲，哭了出來，雙手捧著臉，低聲道：「你們別來管我，我……我……我不想活啦。」段譽吃了一驚：「她真的是要尋死，那為甚麼？難道……難道……」斜眼向雲中鶴瞧去，見到他暴戾兇狠的神色，心中暗叫：「啊喲！莫非王姑娘受了此人之辱，以至要自尋短見？」

鍾靈走上一步，說道：「岳老三，你好！」南海鱷神一見大喜，大聲道：「小師娘，你也好！我現下是岳老二，不是岳老三了！」鍾靈道：「你別叫我小甚麼的，怪難聽的。岳老二，我問你，這位姑娘到底為甚麼要尋死？又是這個竹篙兒惹的禍麼？我呵他的癢！」說著雙手湊在嘴邊，向十根手指吹了幾口氣。雲中鶴臉色大變，退開兩步。

南海鱷神連連搖頭，說道：「不是，不是。天地良心，這一次雲老四變了性，忽然做起好事來。咱三人少了葉二娘這個伴兒，都是悶悶不樂，出來散散心，走到這裏，剛好見到這小妞兒跳崖自盡，她跳出去的力道太大，雲老四又沒抓得及時，唉，他本來是個窮凶極惡的傢伙，突然改做好事，不免有點不自量力……」

雲中鶴怒道：「你奶奶的，我幾時大發善心，改做好事了？姓雲的最喜歡美貌姑娘，見到這王姑娘跳崖尋死，我自然不捨得，我是要抓她回去，做幾天老婆。」

南海鱷神暴跳如雷，戟指罵道：「你奶奶的，岳老二當你變性，伸手救人，念著大家是天下著名惡漢的情誼，才伸手抓你頭髮，早知如此，讓你掉下去摔死了倒好。」

鍾靈笑道：「岳老二，你本來外號叫作『兇神惡煞』，原是專做壞事，不做好事的，幾時又轉了性啦？是跟你師父學的嗎？」

南海鱷神搔了搔頭皮，道：「不是，不是！決不轉性，決不轉性！只不過四大惡人少了一個，不免有點不帶勁。我一抓到雲老四的頭髮，給他一拖，不由得也向谷下掉去，幸好段老大武功了得，一杖伸將過來，給我抓住了。可是我們三人四百來斤的份量，這一拖一拉，一扯一帶，將段老大也給牽了下來。他一杖甩出，鉤住了松樹，正想慢慢設法上來，不料來了個吐蕃國的矮胖子，拿起斧頭，便斫松樹。」

鍾靈道：「這矮胖子是吐蕃國人麼？他又為甚麼要害你們性命？」

南海鱷神向地下吐了口唾沫，說道：「我們四大惡人是西夏國一品堂中數一數二，不，不，是數三數四的高手，你們大家自然都是久仰的了。這次皇上替公主招駙馬，吩咐一品堂的高手四下巡視，不准閒雜人等前來搗亂。那知吐蕃國的王子蠻不講理，居然派人把守西夏國的四處要道，不准旁人去招駙馬，只准他小子一個兒去招。我們自然不許，大夥兒就打了一架，打死十來個吐蕃武士。所以嘛，如此這般，我們三大惡人和吐蕃國的武士們，就不是好朋友啦。」

他這麼一說，眾人才算有了點頭緒，但王語嫣為甚麼要自尋短見，卻還是不明白。

南海鱷神又道：「王姑娘，我師父來啦，你們還是做夫妻罷，你不用尋死啦！」

王語嫣抬起頭來，抽抽噎噎的道：「你再胡說八道的欺侮我，我……我就一頭撞死在這裏。」段譽忙道：「使不得，使不得！」轉頭向南海鱷神道：「岳老三，你不可……」南海鱷神道：「岳老二！」段譽道：「好，就是岳老二。你別再胡說八道。不過你救人有功，為師感激不盡。下次我真的教你幾手功夫。」

南海鱷神睜著怪眼，斜視王語嫣，說道：「你不肯做我師娘，肯做的人還怕少了？這位大師娘，這位小師娘，都是我的師娘。」說著指著木婉清，又指著鍾靈。

木婉清臉一紅，啐了一口，道：「咦，那個醜八怪呢？」眾人適才都全神貫注的瞧著虛竹救人，這時才發現游坦之和阿紫已然不知去向。段譽道：「大哥，他們走了麼？」

蕭峯道：「他們走了。你既答允了他，我就不便再加阻攔。」言下不禁茫然，不知阿紫隨游坦之去後，將來究竟如何。

南海鱷神叫道：「老大、老四，咱們回去了嗎？」眼見段延慶和雲中鶴向西而去，轉頭向段譽道：「我要去了！」放開腳步，跟著段延慶和雲中鶴逕回靈州。

鍾靈道：「王姑娘，咱們坐車去。」扶著王語嫣，走進阿紫原先坐的驢車之中。

當下一行人齊向靈州進發。傍晚時分，到了靈州城內。

其時西夏國勢方張，擁有二十二州。黃河之南有靈州、洪州、銀州、夏州諸州，河西有興州、涼州、甘州、肅州諸州，即今甘肅、寧夏、綏遠一帶。其地有黃河灌溉之利，五穀豐饒，所謂「黃河百害，惟利一套」，西夏國所佔的正是河套之地。兵強馬壯，控甲五十萬。西夏士卒驍勇善戰，宋史有云：「用兵多立虛巖，設伏兵包敵。以鐵騎為前軍，乘善馬，重甲，刺斫不入，用鉤索絞聯，雖死馬上，不墜。遇戰則先出鐵騎突陣，陣亂則衝擊之，步兵挾騎以進。」西夏皇帝雖是姓李，其實是胡人拓跋氏，唐太宗時賜姓李。西夏人轉戰四方，疆界變遷，國都時徙。靈州是西夏大城，但與中原名都相比，自然遠遠不及。

這一晚蕭峯等無法找到宿店。靈州本不繁華，此時中秋將屆，四方來的好漢豪傑不計其數，幾家大客店早住滿了。蕭峯等又再出城，好容易才在一座廟宇中得到借宿之所，男人擠在東廂，女子住在西廂。

段譽自見到王語嫣後，又是歡喜，又是憂愁，這晚上翻來覆去，卻如何睡得著？心中只想：「王姑娘為甚麼要自尋短見？我怎生想個法子勸解於她才是？唉，我既不知她尋短見的原由，卻又何從勸解？」

眼見月光從窗格中灑將進來，一片清光，鋪在地下。他難以入睡，悄悄起身，走到庭院之中，只見牆角邊兩株疏桐，月亮將圓未圓，漸漸升到梧桐頂上。這時盛暑初過，但甘涼一帶，夜半已頗有寒意，段譽在桐樹下繞了幾匝，隱隱覺得胸前傷口處有些作痛，知是日間奔得急了，觸動了傷處，不由得又想：「她為甚麼要自尋短見？」

信步出廟，月光下只見遠處池塘邊人影一閃，依稀是個白衣女子，更似便是王語嫣的模樣。段譽吃了一驚，暗叫：「不好，她又要去尋死了。」當即展開輕功，搶了過去。霎時間便到了那白衣人背後。池塘中碧水如鏡，反照那白衣人的面容，果然便是王語嫣。

段譽不敢冒昧上前，心想：「她在少室山上對我嗔惱，此次重會，仍然絲毫不假辭色，想必餘怒未息。她所以要自尋短見，說不定為了生我的氣。唉，段譽啊段譽，你唐突佳人，害得她淒然欲絕，當真是百死不足以贖其辜了。」他躲在一株大樹之後，自怨自嘆，越想越覺自己罪愆深重。世上如果必須有人自盡，自然是他段譽，而決計不是眼前這位王姑娘。

只見那碧玉般的池水面上，忽然起了漪漣，幾個小小的水圈慢慢向外擴展開去，段譽凝神看去，見幾滴水珠落在池面，原來是王語嫣的淚水。段譽更是憐惜，但聽得她幽幽嘆了口氣，輕輕說道：「我……我還是死了，免得受這無窮無盡的煎熬。」

段譽再也忍不住，從樹後走了出來，說道：「王姑娘，千不是，萬不是，都是我段譽的不是，千萬請你擔待。你……你倘若仍要生氣，我只好給你跪下了。」他說到做到，雙膝一屈，登時便跪在她面前。

王語嫣嚇了一跳，忙道：「你……你幹甚麼？快起來，要是給人家瞧見了，卻成甚麼樣子？」段譽道：「要姑娘原諒了我，不再見怪，我才敢起來。」王語嫣奇道：「我原諒你甚麼？怪你甚麼？那干你甚麼事？」段譽道：「我見姑娘傷心，心想姑娘事事如意，定是我得罪了慕容公子，令他不快，以致惹得姑娘煩惱。下次若再撞見，他要打我殺我，我只逃跑，決不還手。」王語嫣頓了頓腳，嘆道：「唉，你這……你這獃子，我自己傷心，跟你全不相干。」段譽道：「如此說來，姑娘並不怪我？」王語嫣道：「自然不怪！」

段譽道：「那我就放心了。」站起身來，突然間心中老大的不是滋味。倘若王語嫣為了他而傷心欲絕，打他罵他，甚至拔劍刺他，提刀砍他，他都會覺得十分開心，可是她偏偏說：「我自己傷心，跟你全不相干。」霎時間不由得茫然若失。

只見王語嫣又垂下了頭，淚水一點一點的滴在胸口，她的綢衫不吸水，淚珠順著衣衫滾了下去，段譽胸口一熱，說道：「姑娘，你到底有何為難之事，快跟我說了。我盡心竭力，定然給你辦到，總是要想法子讓你轉嗔為喜。」

王語嫣慢慢抬起頭來，月光照著她含著淚水的眼睛，宛如兩顆水晶，那兩顆水晶中現出了光輝喜意，但光采隨即又黯淡了，她幽幽的道：「段公子，你一直待我很好，我心裏……我心裏自然很感激。只不過這件事，你實在無能為力，你幫不了我。」

段譽道：「我自己確沒甚麼本事，但我蕭大哥、虛竹二哥都是一等一的武功，他們都在這裏，我跟他兩個是結拜兄弟，親如骨肉，我求他們甚麼事，諒無不允之理。姑娘，你究竟為甚麼傷心，你說給我聽。就算真的棘手之極，無可挽回，你把傷心的事說了出來，心中也會好過些。」

王語嫣慘白的臉頰上忽然罩上了一層暈紅，轉過了頭，不敢和段譽的目光相對，輕輕說話，聲音低如蚊蚋：「他……他要去做西夏駙馬。公冶二哥來勸我，說甚麼……甚麼為了興復大燕，可不能顧兒女私情。」她一說了這幾句話，一回身，伏在段譽肩頭，哭了出來。

段譽受寵若驚，不敢有半點動彈，恍然大悟之餘，不由得呆了，也不知是喜歡呢還是難過，原來王語嫣傷心，是為了慕容復要去做西夏駙馬，他娶了西夏公主，自然將王語嫣置之不顧。段譽自然而然的想到：「她若嫁不成表哥，說不定對我便能稍假辭色。我不敢要她委身下嫁，只須我得能時時見到她，那便心滿意足了。她喜歡清靜，我可以陪她到人跡不到的荒山孤島上去，朝夕相對，樂也如何？」想到快樂之處，忍不住手舞足蹈。

王語嫣身子一顫，退後一步，見到段譽滿臉喜色，嗔道：「你……你……我還當你好人呢，因此跟你說了，那知道你幸災樂禍，反來笑我。」段譽急道：「不，不！王姑娘，皇天在上，后土在下，我段譽若有半分對你幸災樂禍之心，教我天雷劈頂，萬箭攢身。」

王語嫣道：「你沒有壞心，也就是了，誰要你發誓？那麼你為甚麼高興？」她這句話剛問出口，心下立時也明白了：段譽所以喜形於色，只因慕容復娶了西夏公主，他去了這個情敵，便有望和自己成為眷屬。段譽對她一見傾心，情致殷殷，王語嫣豈有不明之理？只是她滿腔情意，自幼便注在這表哥身上，有時念及段譽的痴心，不免歉然，但這個「情」字，卻是萬萬牽扯不上的。她一明白段譽手舞足蹈的原因，不由得既驚且羞，紅暈雙頰，嗔道：「你雖不是笑我，卻也是不安好心。我……我……我……」

段譽心中一驚，暗道：「段譽啊段譽，你何以忽起卑鄙之念，竟生乘火打劫之心？豈不是成了無恥小人？」眼見到她楚楚可憐之狀，只覺但教能令得她一生平安喜樂，自己縱然萬死，亦所甘願，不由得胸間豪氣陡生，心想：「適才我只想，如何和她在荒山孤島之上，晨夕與共，其樂融融，可是沒想到這『其樂融融』，是我段譽之樂，卻不是她王語嫣之樂。我段譽之樂，其實正是她王語嫣之悲。我只求自己之樂，那是愛我自己，只有設法使她心中歡樂，那才是真正的愛她，是為她好。」

王語嫣低聲道：「是我說錯了麼？你生我的氣麼？」段譽道：「不，不，我怎會生你的氣？」王語嫣道：「那麼你怎地不說話？」段譽道：「我在想一件事。」

他心中不住盤算：「我和慕容公子相較，文才武藝不如，人品風采不如，倜儻瀟灑、威望聲譽不如，可說樣樣及他不上。更何況他二人是中表之親，自幼兒青梅竹馬，鍾情已久，我更加無法相比。可是有一件事我卻須得勝過慕容公子，我要令王姑娘知道，說到真心為她好的，慕容公子卻不如我了。二十多年之後，王姑娘和慕容公子生下兒子、孫子後，她內心深處，仍會想到我段譽，知道這世上全心全意為她設想的，沒第二個人能及得上我。」

他心意已決，說道：「王姑娘，你不用傷心，我去勸告慕容公子，叫他不可去做西夏駙馬，要他及早和你成婚。」

王語嫣吃了一驚，說道：「不！那怎麼可以？我表哥恨死了你，他不會聽你勸的。」

段譽道：「我當曉以大義，向他點明，人生在世，最要緊的是夫婦間情投意合，兩心相悅。他和西夏公主素不相識，既不知她是美是醜，是善是惡，旦夕相見，便成夫妻，那是大大的不妥。我又要跟他說，王姑娘清麗絕俗，世所罕見，溫柔嫻淑，找遍天下再也遇不到第二個。過去一千年中固然沒有，再過一千年仍然沒有。何況王姑娘對你慕容公子一往情深，你豈可做那薄倖郎君，為天下有情人齊聲唾罵，為江湖英雄好漢卑視恥笑？」

王語嫣聽了他這番話，甚是感動，幽幽的道：「段公子，你說得我這麼好，那是你有意誇獎，討我歡喜……」段譽忙道：「非也，非也！」話一出口，便想到這是受了包不同的感染，學了他的口頭禪，忍不住一笑，又道：「我是一片誠心，句句乃肺腑之言。」王語嫣也被他這「非也非也」四字引得破涕為笑，說道：「你好的不學，卻去學我包三哥。」

段譽見她開顏歡笑，十分喜歡，說道：「我自必多方勸導，要慕容公子不但消了做西夏駙馬之念，還須及早和姑娘成婚。」王語嫣道：「你這麼做，又為了甚麼？於你能有甚麼好處？」段譽道：「我能見到姑娘言笑晏晏，心下歡喜，那便是極大的好處了。」

王語嫣心中一凜，只覺他這一句輕描淡寫的言語，實是對自己鍾情到十分。但她一片心思都放在慕容復身上，一時感動，隨即淡忘，嘆了口氣道：「你不知我表哥的心思。在他心中，興復大燕是天下第一等大事。公冶二哥跟我說，我表哥說道：男兒漢當以大業為重，倘若兒女情長，英雄氣短，都便不是英雄了。他又說：西夏公主是無鹽嫫母也罷，是潑辣悍婦也罷，他都不放在心上，最要緊的是能助他光復大燕。」

段譽沉吟道：「那確是實情，他慕容氏一心一意想做皇帝，西夏能起兵助他復國，這件事……這件事……倒是有些為難。」眼見王語嫣又是淚水盈盈欲滴，只覺便是為她上刀山、下油鍋，也是閒事一樁，一挺胸膛，說道：「你放一百二十個心，讓我去做西夏駙馬。你表哥做不成駙馬，就非和你成婚不可了。」

王語嫣又驚又喜，問道：「甚麼？」段譽道：「我去搶這個駙馬都尉來做。」

王語嫣在少室山上，親眼見到他以六脈神劍打得慕容復無法還手，心想他的武功確比表哥為高，如果他去搶做駙馬，表哥倒真的未必能搶得到手，低低的道：「段公子，你待我真好，不過這樣一來，我表哥可真要恨死你啦。」段譽道：「那又有甚麼干係？反正現下他早就恨我了。」王語嫣道：「你剛才說，也不知那西夏公主是美是醜，是善是惡，你卻為了我而去和她成親，豈不是……豈不是……太委屈了你？」

段譽當下便要說：「只要為了你，不論甚麼委屈我都甘願忍受。」但隨即便想：「我為你做事，倘若居功要你感恩，不是君子的行徑。」便道：「我不是為了你而受委屈，我爹爹有命，要我去設法娶得這位西夏公主。我是秉承爹爹之命，跟你全不相干。」

王語嫣冰雪聰明，段譽對她一片深情，豈有領略不到的？心想他對自己如此痴心，怎會甘願去娶一個素不相識的女子？他為了自己而去做大違本意之事，卻毫不居功，不由得更是感激，伸出手來，握住了段譽的手，說道：「段公子，我……我……今生今世，難以相報，但願來生……」說到這裏，喉頭哽咽，再也說不下去了。

他二人數度同經患難，背負扶持，肌膚相接，亦非止一次，但過去都是不得不然，這一次卻是王語嫣心下感動，伸手與段譽相握。段譽但覺她一隻柔膩軟滑的手掌款款握著自己的手，霎時之間，只覺便是天塌下來也顧不得了，歡喜之情，充滿胸臆，心想她這麼待我，別說要我娶西夏公主，便是大宋公主、遼國公主、吐蕃公主、高麗公主一起娶了，卻又何如？他重傷未愈，狂喜之下，熱血上湧，不由得精神不支，突然間天旋地轉，頭暈腦脹，身子搖了幾搖，一個側身，咕咚一聲，摔入了碧波池中。

王語嫣大吃一驚，叫道：「段公子，段公子！」伸手去拉。幸好池水甚淺，段譽給冷水一激，腦子也清醒了，拖泥帶水的爬將上來。

王語嫣這麼一呼，廟中許多人都驚醒了。蕭峯、虛竹、巴天石、朱丹臣等都奔出來。見到段譽如此狼狽的神情，王語嫣卻滿臉通紅的站在一旁，十分忸怩尷尬，都道他二人深宵在池邊幽會，不由得心中暗暗好笑，卻也不便多問。段譽要待解釋，卻也不知說甚麼好。

次日是八月十二，離中秋尚有三日。巴天石一早便到靈州城投文辦事。巳牌時分，他匆匆趕回廟中，向段譽道：「公子，王爺向西夏公主求親的書信，小人已投入了禮部。蒙禮部尚書親自延見，十分客氣，說公子前來求親，西夏國大感光寵，相信必能如公子所願。」

過不多時，廟門外人馬雜沓，跟著有吹打之聲。巴天石和朱丹臣迎了出去，原來是西夏禮部的陶侍郎率領人員，前來迎接段譽，遷往賓館款待。蕭峯是遼國的南院大王，遼國國勢之盛，遠過大理，西夏若知他來，接待更當隆重，只是他囑咐眾人不可洩漏他的身分，和虛竹等一干人都認作是段譽的隨從，遷入了賓館。

眾人剛安頓好，忽聽後院中有人粗聲粗氣的罵道：「你是甚麼東西，居然也來打西夏公主的主意？這西夏駙馬，我們小王子是做定了的，我勸你還是夾著尾巴早些走罷！」巴天石等一聽，都是怒從身上起，心想甚麼人如此無禮，膽敢上門辱罵？開門一看，只見七八條粗壯大漢，站在院子中亂叫亂嚷。

巴天石和朱丹臣都是大理羣臣中十分精細之人，只是朱丹臣多了幾分文采儒雅，巴天石卻多了幾分霸悍之氣。兩人各不出聲，只是在門口一站。只聽那幾條大漢越罵越粗魯，還夾雜著許多聽不懂的番話，口口聲聲「我家小王子」如何如何，似乎是吐蕃國王子的下屬。

巴天石和朱丹臣相視一笑，便欲出手打發這幾條大漢，突然間左首一扇門砰的開了，搶出兩個人來，一穿黃衣，一穿黑衣，指東打西，霎時間三條大漢躺在地下哼聲不絕，另外幾人給那二人拳打足踢，都拋出了門外。那黑衣漢子道：「痛快，痛快！」那黃衣人道：「非也，非也！還不夠痛快。」一個正是風波惡，一個是包不同。

但聽得逃到了門外的吐蕃武士兀自大叫：「姓慕容的，我勸你早些回姑蘇去的好。你想娶西夏公主為妻，惹惱了我家小王子，『以汝之道，還施汝身』，娶了你妹子做小老婆，那就有得瞧的了。」風波惡一陣風般趕將出去。但聽得劈啪、哎唷幾聲，幾名吐蕃武士漸逃漸遠，罵聲漸漸遠去。

王語嫣坐在房中，聽到包風二人和吐蕃眾武士的聲音，愁眉深鎖，珠淚悄垂，一時打不定主意，是否該出來和包風二人相會。

包不同向巴天石、朱丹臣一拱手，說道：「巴兄、朱兄來到西夏，是來瞧瞧熱鬧呢，還是別有所圖？」巴天石笑道：「包風二位如何，我二人也就如何了。」包不同臉色一變，說道：「大理段公子也是來求親麼？」巴天石道：「正是。我家公子乃大理國皇太弟的世子，日後身登大位，在大理國南面為君，與西夏結為姻親，正是門當戶對。慕容公子一介白丁，人品雖佳，門第卻是不襯。」包不同臉色更是難看，道：「非也，非也！你只知其一，不知其二。我家公子人中龍鳳，豈是你家這個段獃子所能比並？」風波惡衝進門來，說道：「三哥，何必多作這口舌之爭？待來日金殿比試。大家施展手段便了。」包不同道：「非也，非也！金殿比試，那是公子爺他們的事；口舌之爭，卻是我哥兒們之事。」

巴天石笑道：「口舌之爭，包兄天下第一，古往今來，無人能及。小弟甘拜下風，這就認輸別過。」一舉手，與朱丹臣回入房中，說道：「朱賢弟，聽那包不同說來，似乎公子爺還得參與一場甚麼金殿比試。公子爺重傷未曾痊愈，他的武功又是時靈時不靈，並無把握，倘若比試之際六脈神劍施展不出，不但駙馬做不成，還有性命之憂，那便如何是好？」朱丹臣也是束手無策。兩人去找蕭峯、虛竹商議。

蕭峯道：「這金殿比試，不知如何比試法？是單打獨鬥呢，還是許可部屬出陣？倘若旁人也可參與角鬥，那就不用擔心了。」

巴天石道：「正是。朱賢弟，咱們去瞧瞧陶尚書，把招婿、比試的諸般規矩打聽明白，再作計較。」當下二人自去。

蕭峯、虛竹、段譽三人圍坐飲酒，你一碗，我一碗，意興甚豪。蕭峯問起段譽學會六脈神劍的經過，想要授他一種運氣的法門，得能任意運使真氣。那知道段譽對內功、外功全是一竅不通，豈能在旦夕之間學會？蕭峯知道無法可施，只得搖了搖頭，舉碗大口喝酒。虛竹和段譽的酒量都遠不及他，喝到五六碗烈酒時，段譽已經頹然醉倒，人事不知了。

段譽待得朦朦朧朧的醒轉，只見窗紙上樹影扶疏，明月窺人，已是深夜。他心中一凜：「昨晚我和王姑娘沒說完話，一不小心，掉入了池中，不知她可還有甚麼話要跟我說？會不會又在門外等我？啊喲，不好，倘若她已等了半天，不耐煩起來，又回去安睡，豈不是誤了大事？」急忙跳起，悄悄挨出房門，過了院子，正想去拔大門的門閂，忽聽得身後有人低聲道：「段公子，你過來，我有話跟你說。」

段譽出其不意，嚇了一跳，聽那聲音陰森森地似乎不懷好意，待要回頭去看，突覺背心一緊，已被人一把抓住。段譽依稀辨明聲音，問道：「是慕容公子麼？」

那人道：「不敢，正是區區，敢請段兄移駕一談。」果然便是慕容復。段譽道：「慕容公子有命，敢不奉陪？請放手罷！」慕容復道：「放手倒也不必。」段譽突覺身子一輕，騰雲駕霧般飛了上去，卻是被慕容復抓住後心，提著躍上了屋頂。

段譽若是張口呼叫，便能將蕭峯、虛竹等驚醒，出來救援，但想：「我一叫之下，王姑娘也必聽見了，她見我二人重起爭鬥，定然大大不快。她決不會怪她表哥，總是編派我的不是，我又何必惹她生氣？」當下並不叫喚，任由慕容復提在手中，向外奔馳。

其時雖是深夜，但中秋將屆，月色澄明，只見慕容復腳下初時踏的是青石板街道，到後來已是黃土小徑，小徑兩旁都是半青不黃的長草。

慕容復奔得一會，突然停步，將段譽往地下重重一摔，砰的一聲，段譽肩腰著地，摔得好不疼痛，心想：「此人貌似文雅，行為卻頗野蠻。」哼哼唧唧的爬起身來，道：「慕容兄有話好說，何必動粗？」

慕容復冷笑道：「昨晚你跟我表妹說甚麼話來？」段譽臉上一紅，囁嚅道：「也……也沒有甚麼，只不過剛巧撞到，閒談幾句罷了。」慕容復道：「你是男子漢大丈夫，明人不做暗事，說過的話，做過的事，又何必抵賴隱瞞？」段譽給他一激，不由得氣往上衝，說道：「當然也不必瞞你，我跟王姑娘說，要來勸你一勸。」慕容復冷笑道：「你說要勸我道：人生在世，最要緊的是夫婦間情投意合，兩心相悅。你又想說：我和西夏公主素不相識，既不知她是美是醜，是善是惡，旦夕相見，便成夫妻，那是大大的不妥，是不是？又說我若辜負了我表妹的美意，便為天下有情人齊聲唾罵，為江湖上的英雄好漢鄙視恥笑，是也不是？」

他說一句，段譽吃一驚，待他說完，結結巴巴的道：「王……王姑娘都跟你說了？」慕容復道：「她怎會跟我說？」段譽道：「那麼是你昨晚躲在一旁聽見了？」慕容復冷笑道：「你騙得了這等不識世務的無知姑娘，可騙不了我。」段譽奇道：「我騙你甚麼？」

慕容復道：「事情再明白也沒有了，你自己想做西夏駙馬，怕我來爭，便編好了一套說辭，想誘我上當。嘿嘿，慕容復不是三歲的小孩兒，難道會墮入你的彀中？你……你當真是在做清秋大夢。」段譽嘆道：「我是一片好心，但盼王姑娘和你成婚，結成神仙眷屬，舉案齊眉，白頭偕老。」慕容復冷笑道：「多謝你的金口啦。大理段氏和姑蘇慕容無親無故，素無交情，你何必這般來善禱善頌？只要我給我表妹纏住了不得脫身，你便得其所哉，披紅掛彩的去做西夏駙馬了。」

段譽怒道：「你這不是胡說八道麼？我是大理王子，大理雖是小國，卻也沒將這個『駙馬』二字看得比天還大。慕容公子，我善言勸你，榮華富貴，轉瞬成空，你就算做成了西夏駙馬，再要做大燕皇帝，還不知要殺多少人？就算中原給你殺得血流成河，屍骨如山，你這大燕皇帝是否做得成，那也難說得很。」

慕容復卻不生氣，只冷冷的道：「你滿口子仁義道德，一肚皮卻是蛇蠍心腸。」段譽急道：「你不相信我是一番好意，那也由你，總而言之，我不能讓你娶西夏公主，我不能眼見王姑娘為你傷心腸斷，自尋短見。」慕容復道：「你不許我娶？哈哈，你當真有這麼大的能耐？我偏要娶，你便怎樣？」段譽道：「我自當盡心竭力，阻你成事。我一個人無能為力，便請朋友們幫忙。」

慕容復心中一凜，蕭峯、虛竹二人的武功如何，他自是熟知，甚至段譽本人，當他施展六脈神劍之際，自己也萬萬抵敵不住，幸好他的劍法有時靈，有時不靈，未能得心應手，總算還可乘之以隙，當即微微抬頭，高聲說道：「表妹，你過來，我有話跟你說。」

段譽又驚又喜，忙回頭去看，但見遍地清光，卻那裏有王語嫣的人影？他凝神張望，似乎對面樹叢中有甚麼東西一動，突然間背上一緊，又被慕容復抓住了穴道，身子又被他提了起來，才知上當，苦笑道：「你又來動蠻，再加謊言欺詐，實非君子之所為。」

慕容復冷笑道：「對付你這等小人，又豈能用君子手段？」提著他向旁走去，想找個坑穴，將他一掌擊死，便即就地掩埋，走了數丈，見到一口枯井，舉手一擲，將他投了下去。段譽大叫：「啊喲！」已摔入井底。

慕容復正待找幾塊大石壓在井口之上，讓他在裏面活活餓死，忽聽得一個女子聲音道：「表哥，你瞧見我了？要跟我說甚麼話？啊喲，你把段公子怎麼啦？」正是王語嫣。慕容復一呆，皺起了眉頭，他向著段譽背後高聲說話，意在引得他回頭觀看，以便拿他後心要穴，不料王語嫣真的便在附近。

原來王語嫣這一晚愁思綿綿，難以安睡，倚窗望月，卻將慕容復抓住段譽的情景都瞧在眼裏，生怕兩人爭鬥起來，慕容復不敵段譽的六脈神劍，當即追隨在後，兩人的一番爭辯，句句都給她聽見了。只覺段譽相勸慕容復的言語確是出於肺腑，慕容復卻認定他別有用心。待得慕容復出言欺騙段譽，王語嫣還道他當真見到了自己，便即現身。

王語嫣奔到井旁，俯身下望，叫道：「段公子，段公子！你有沒受傷？」段譽被摔下去時，頭下腳上，腦袋撞在硬泥之上，已然暈去。王語嫣叫了幾聲，不聽到回答，只道段譽已然跌死，想起他平素對自己的種種好處來，這一次又確是為著自己而送了性命，忍不住哭了出來，叫道：「段公子，你……你怎麼……怎麼就這樣死了？」

慕容復冷冷的道：「你對他果然是一往情深。」王語嫣哽咽道：「他好好相勸於你，聽不聽在你，又為甚麼要殺了他？」慕容復道：「這人是我大對頭，你沒聽他說，他要盡心竭力，阻我成事麼？那日少室山上，他令我喪盡臉面，難以在江湖立足，這人我自然容他不得。」王語嫣道：「少室山的事情，確是他不對，我早已怪責過他了，他已自認不是。」慕容復冷笑道：「哼，哼！自認不是！這麼輕描淡寫一句話，就想把這樑子揭過去了麼？我慕容復行走江湖，人人在背後指指點點，說我敗在他大理段氏的六脈神劍之下，你倒想想，我今後怎麼做人？」

王語嫣柔聲道：「表哥，一時勝敗，又何必常自掛懷在心？那日少室山鬥劍，姑父也已開導過你了，過去的事，再說作甚？」她不知段譽是否真的死了，探頭井口，又叫道：「段公子，段公子！」仍是不聞應聲。

慕容復道：「你這麼關心他，嫁了他也就是了，又何必假惺惺的跟著我？」

王語嫣胸口一酸，說道：「表哥，我對你一片真心，難道……難道你還不信麼？」

慕容復冷笑道：「你對我一片真心，嘿嘿！那日在太湖之畔的碾坊中，你赤身露體，和這姓段的一同躲在柴草堆中，卻在幹些甚麼？那是我親眼目睹，難道還有假的了？那時我要一刀殺死了這姓段的小子，你卻指點於他，和我為難，你的心到底是向著那一個？哈哈，哈哈！」說到後來，只是一片大笑之聲。

王語嫣驚得呆了，顫聲道：「太湖畔的碾坊中……那個……那個蒙面的……蒙面的西夏武士……」慕容復道：「不錯，那假扮西夏武士李延宗的，便是我了。」王語嫣低聲說道：「怪不得，我一直有些疑心。那日你曾說：『要是我一朝做了中原的皇帝』，那……那……原是你的口吻，我早該知道的。」慕容復冷笑道：「你雖早該知道，可是現下方知，卻也還沒太遲。」

王語嫣急道：「表哥，那日我中了西夏人所放的毒霧，承蒙段公子相救，中途遇雨，濕了衣衫，這才在碾坊中避雨，你……你……你可不能多疑。」

慕容復道：「好一個碾坊中避雨！可是我來到之後，你二人仍在鬼鬼祟祟，這姓段的伸手來摸你臉蛋，你毫不閃避。那時我說甚麼話了，你可記得麼？只怕你一心都貫注在這姓段的身上，我的話全沒聽進耳去。」

王語嫣心中一凜，回思那日碾坊中之事，那蒙面西夏武士「李延宗」的話清清楚楚在腦海中顯現了出來，她喃喃的道：「那時候……那時候……你也是這般嘿嘿冷笑，說甚麼了？

你說……你說……『我叫你去學了武功前來殺我，卻不是叫你二人……叫你二人……』」她心中記得，當日慕容復說的是：「卻不是叫你二人打情罵俏，動手動腳。」但這八個字卻無論如何說不出口。

慕容復道：「那日你又說道：倘若我殺了這姓段的小子，你便決意殺我為他報仇。王姑娘，我聽了你這句話，這才饒了他的性命，不料養虎貽患，教我在少室山眾家英雄之前，丟盡了臉面。」

王語嫣聽他忽然不叫自己作「表妹」，改口而叫「王姑娘」，心中更是一寒，顫聲道：「表哥，那日我倘若知道是你，自然不會說這種話。真的，表哥，我……我要是知道了，決計……決計不會說的。你知道我心中對你一向……一向很好。」慕容復道：「就算我戴了人皮面具，你認不出我的相貌，就算我故意裝作啞了嗓子，你認不出我的口音，可是難道我的武功你也認不出？嘿嘿，你於武學之道，淵博非凡，任誰使出一招一式，你便知道他的門派家數，可是我和這小子動手百餘招，你難道還認不出我？」王語嫣低聲道：「我確是有一點疑心，不過……表哥，咱們好久沒見面了，我對你的武功進境不大了然……」

慕容復心下更是不忿，王語嫣這幾句話，明明說自己武功進境太慢，不及她的意料，說道：「那日你道：『我初時看你刀法繁多，心中暗暗驚異，但看到五十招後，覺得也不過如此，說你一句黔驢技窮，似乎刻薄，但總而言之，你所知遠不如我。』王姑娘，我所知確是遠不如你，你……你又何必跟隨在我身旁？你心中瞧我不起，不錯，可是我慕容復堂堂丈夫，也用不著給姑娘們瞧得起。」

王語嫣走上幾步，柔聲說道：「表哥，那日我說錯了，這裏跟你陪不是啦。」說著躬身斂衽行禮，又道：「我實在不知道是你……你大人大量，千萬別放在心上。我從小敬重你，自小咱們一塊玩兒，你說甚麼我總是依甚麼，從來不會違拗於你。當日我胡言亂語，你總要念著昔日的情份，原諒我一次。」

那日王語嫣在碾坊中說這番話，慕容復自來心高氣傲，聽了自是耿耿於懷，大是不快，自此之後，兩人雖相聚時多，總是心中存了芥蒂，不免格格不入。這時聽她軟言相求，月光下見到這樣一個清麗絕俗的姑娘如此情致纏綿的對著自己，又深信她和段譽之間確無曖昧情事，當日言語衝撞，確也出於無心，想到自己和她青梅竹馬的情份，不禁動心，伸出手去，握住她的雙手，叫道：「表妹！」

王語嫣大喜，知道表哥原諒了自己，投身入懷，將頭靠在他肩上，低聲道：「表哥，你生我的氣，儘管打我罵我，可千萬別藏在心中不說出來。」慕容復抱著她溫軟的身子，聽得她低聲軟語的央求，不由得心神盪漾，伸手輕撫她頭髮，柔聲道：「我怎捨得打你罵你？以前生你的氣，現下也不生氣了。」王語嫣道：「表哥，你不去做西夏駙馬了罷？」

慕容復斗然間全身一震，心道：「糟糕，糟糕！慕容復，你兒女情長，英雄氣短，險些兒誤了大事。倘若連這一點點的私情也割捨不下，那裏還說得上幹『打天下』的大業？」當即伸手將她推開，硬起心腸，搖頭道：「表妹，你我緣份已經盡了。你知道，我向來很會記恨，你說過的話，做過的事，我總是難以忘記。」

王語嫣淒然道：「你剛才說不生我的氣了。」慕容復道：「我不生你的氣，可是……可是咱們這一生，終究不過是表兄妹的緣份。」王語嫣道：「那你是決計不肯原諒我了？」

慕容復心中「私情」和「大業」兩件事交戰，遲疑半刻，終於搖了搖頭。王語嫣萬念俱灰，仍問：「你定要去娶那西夏公主，從比不再理我？」慕容復硬起心腸，點了點頭。

王語嫣先前得知表哥要去娶西夏公主，還是由公冶乾婉言轉告，當時便萌死志，藉故落後，避開了鄧百川等人，跳崖自盡，卻給雲中鶴救起，此刻為意中人親口所拒，傷心欲狂，幾乎要吐出血來，突然心想：「段公子對我一片痴心，我卻從來不假以辭色，此番他更為我而死，實在對他不起。反正我也不想活了，這口深井，段公子摔入其中而死，想必下面有甚尖巖硬石。我不如和他死在一起，以報答他對我的一番深意。」當下慢慢走向井邊，轉頭道：「表哥，祝你得遂心願，娶了西夏公主，又做大燕皇帝。」

慕容復知她要去尋死，走上一步，伸手想拉住她手臂，口中想呼：「不可！」但心中知道，只要口中一出聲，伸手一拉，此後能否擺脫表妹這番柔情糾纏，那就難以逆料。表妹溫柔美貌，世所罕有，得妻如此，復有何憾？何況她自幼便對自己情根深種，倘若一個克制不住，結下了甚麼孽緣，興復燕國的大計便大受挫折了。他言念及此，嘴巴張開，卻無聲音發出，一隻手伸了出去，卻不去拉王語嫣。

王語嫣見此神情，猜到了他的心情，心想你就算棄我如遺，但我們是表兄妹至親，眼見我踏入死地，竟絲毫不加阻攔，連那窮兇極惡的雲中鶴尚自不如，此人竟然涼薄如此，當下更無別念，叫道：「段公子，我和你死在一起！」縱身一躍，向井中倒衝了下去。

慕容復「啊」的一聲，跨上一步，伸手想去拉她腳，憑他武功，要抓住她，原是輕而易舉，但終究打不定主意，便任由她跳了下去。他嘆了口氣，搖搖頭，說道：「表妹，你畢竟內心深愛段公子，你二人雖然生不能成為夫婦，但死而同穴，也總算得遂你的心願。」

忽聽得背後有人說道：「假惺惺，偽君子！」慕容復一驚：「怎地有人到了我身邊，竟沒知覺？」向後拍出一掌，這才轉過身來，月光之下，但見一個淡淡的影子隨掌飄開，身法輕靈，實所罕見。

慕容復飛身而前，不等他身子落下，又是一掌拍去，怒道：「甚麼人？這般戲弄你家公子！」那人在半空一掌擊落，與慕容復掌力一對，又向外飄開丈許，這才落下地來，卻原來是吐蕃國師鳩摩智。

只聽他說道：「明明是你逼王姑娘投井自盡，卻在說甚麼得遂她心願，慕容公子，這未免太過陰險毒辣了罷？」慕容復怒道：「這是我的私事，誰要你來多管閒事？」鳩摩智道：「你幹這傷天害理之事，和尚便要管上一管。何況你想做西夏駙馬，那便不是私事了。」

慕容復道：「遮莫你這和尚，也想做駙馬？」鳩摩智哈哈大笑，說道：「和尚做駙馬，焉有是理？」慕容復冷笑道：「我早知吐蕃國存心不良，那你是為你們小王子出頭了？」鳩摩智道：「甚麼叫做『存心不良』？倘若想娶西夏公主，便是存心不良，然則閣下之存心，良乎？不良乎？」慕容復道：「我要娶西夏公主，乃是憑自身所能，爭為駙馬，卻不是指使手下人來攪風攪雨，弄得靈州道上，英雄眉蹙，豪傑齒冷。」鳩摩智笑道：「咱們把許多不自量力的傢伙打發去，免得西夏京城，滿街盡是油頭粉臉的光棍，烏煙瘴氣，見之煩心。那是為閣下清道啊，有何不妥？」慕容復道：「如真如此，卻也甚佳，然則吐蕃國小王子，是要憑一己功夫和人爭勝了？」鳩摩智道：「正是！」

慕容復見他一副有恃無恐、勝券在握的模樣，不由得起疑，說道：「貴國小王子莫非武功高強，英雄無敵，已有必勝的成算？」鳩摩智道：「小王子殿下是我的徒兒，武功還算不錯，英雄無敵卻不見得，必勝的成算倒是有的。」慕容復更感奇怪，心想：「我若直言相問，他未必肯答，還是激他一激。」便道：「這可奇了，貴國小王子有必勝的成算，我卻也有必勝的成算，也不知到底是誰真的必勝。」

鳩摩智笑道：「我們小王子到底有甚麼必勝成算，你很想知道，是不是？不妨你先將你的法子說將出來，然後我說我們的。咱們一起參詳參詳，且瞧是誰的法子高明。」

慕容復所恃者不過武功高明，形貌俊雅，真的要說有甚麼必勝的成算，卻是沒有，便道：「你這人詭計多端，言而無信，我如跟你說了，你卻不說，豈不是上了你的當？」

鳩摩智哈哈一笑，說道：「慕容公子，我和令尊相交多年，互相欽佩。我僭妄一些，總算得上是你的長輩。你對我說這些話，不也過份麼？」

慕容復躬身行禮，道：「明王責備得是，還請恕罪則個。」

鳩摩智笑道：「公子聰明得緊，你既自認晚輩，我瞧在你爹爹的份上，可不能佔你的便宜了。吐蕃國小王子的必勝成算，說穿了不值半文錢。那一個想跟我們小王子爭做駙馬，我們便一個個將他料理了。既然沒人來爭，我們小王子豈有不中選之理？哈哈，哈哈。」

慕容復倏地變色，說道：「如此說來，我……」鳩摩智道：「我和令尊交情不淺，自然不能要了你的性命。我誠意奉勸公子，速離西夏，是為上策。」慕容復道：「我要是不肯走呢？」鳩摩智微笑道：「那也不會取你的性命，只須將公子剜去雙目，或是斫斷一手一足，成為殘廢之人。西夏公主自然不會下嫁一個五官不齊、手足不完的英雄好漢。」他說到最後「英雄好漢」四字時，聲音拖得長長的，大有嘲諷之意。

慕容復心下大怒，只是忌憚他武功了得，不敢貿然和他動手，低頭尋思，如何對付。月光下忽見腳邊有一物蠕蠕而動，凝神看去，卻是鳩摩智右手的影子，慕容復一驚，只道對方正自凝聚功力，轉瞬便欲出擊，當即暗暗運氣，以備抵禦。卻聽鳩摩智道：「公子，你逼得令表妹自盡，實在太傷陰德。你要是速離西夏，那麼你逼死王姑娘的事，我也便不加追究。」慕容復哼了一聲，道：「那是她自己投井殉情，跟我有甚麼相干？」口中說話，目不轉瞬的凝視地下的影子，只見鳩摩智雙手的影子都在不住顫動。

慕容復心下起疑：「他武功如此高強，若要出手傷人，何必這般不斷的蓄勢作態？難道是裝腔作勢，想將我嚇走麼？」再一凝神間，只見他褲管、衣角，也都不住的在微微擺動，顯似是不由自主的全身發抖。他一轉念間，驀地想起：「那日在少林寺藏經閣中，那無名老僧說鳩摩智練了少林派的七十二絕技之後，又去強練甚麼『易筋經』，又說他『次序顛倒，大難已在旦夕之間』，說道修練少林諸門絕技，倘若心中不存慈悲之念，戾氣所鍾，奇禍難測。這位老僧說到我爹爹和蕭遠山的疾患，靈驗無比，那麼他說鳩摩智的話，想來也不會虛假。」一想到此節，登時大喜：「嘿嘿，這和尚自己大禍臨頭，卻還在恐嚇於我，說甚麼剜去雙目，斬手斷足。」但究是不能確定，要試他一試，便道：「唉！次序顛倒，大難已在旦夕之間！這般修練上乘武功而走火入魔，最是厲害不過。」

鳩摩智突然縱身大叫，若狼嗥，若牛鳴，聲音可怖之極，伸手便向慕容復抓來，喝道：「你說甚麼？你……你在說誰？」

慕容復側身避開。鳩摩智跟著也轉過身來，月光照到他臉上，只見他雙目通紅，眉毛直豎，滿臉都是暴戾之色，但神氣雖然兇猛，卻也無法遮掩流露在臉上的惶怖。

慕容復更無懷疑，說道：「我有一句良言誠意相勸。明王即速離開西夏，回歸吐蕃，只須不運氣，不動怒，不出手，當能回歸故土，否則啊，那位少林神僧的話便要應驗了。」

鳩摩智荷荷呼喚，平素雍容自若的神情已蕩然無存，大叫：「你……你知道甚麼？你知道甚麼？」慕容復見他臉色猙獰，渾不似平日寶相莊嚴的聖僧模樣，不由得暗生懼意，當即退了一步。鳩摩智喝道：「你知道甚麼？快快說來！」慕容復強自鎮定，嘆了一口氣，道：「明王內息走入岔道，凶險無比，若不即刻回歸吐蕃，那麼到少林寺去求那神僧救治，也未始不是沒有指望。」

鳩摩智獰笑道：「你怎知我內息走入岔道？當真胡說八道。」說著左手一探，向慕容復面門抓來。

慕容復見他五指微顫，但這一抓法度謹嚴，沉穩老辣，絲毫沒有內力不足之象，心下暗驚：「莫非我猜錯了？」當下提起內力，凝神接戰，右手一擋，隨即反鉤他手腕。鳩摩智喝道：「瞧在你父親面上，十招之內，不使殺手，算是我一點故人的香火之情。」呼的一拳擊出，直取慕容復右肩。

慕容復飄身閃開，鳩摩智第二招已緊接而至，中間竟無絲毫空隙。慕容復雖擅「斗轉星移」的借力打力之法，但對方招數實在太過精妙，每一招都是只使半招，下半招倏生變化，慕容復要待借力，卻是無從借起，只得緊緊守住要害，俟敵之隙。但鳩摩智招數奇幻，的是生平從所未見，一拳打到半途，已化為指，手抓拿出，近身時卻變為掌。堪堪十招打完，鳩摩智喝道：「十招已完，你認命罷！」

慕容復眼前一花，但見四面八方都是鳩摩智的人影，左邊踢來一腳，右邊擊來一拳，前面拍來一掌，後面戳來一指，諸般招數一時齊至，不知如何招架才是，只得雙掌飛舞，凝運功力，只守不攻，自己打自己的拳法。

忽聽得鳩摩智不住喘氣，呼呼聲響，越喘越快，慕容復精神一振，心道：「這和尚內息已亂，快透不過氣來了。我只須努力支持，不給他擊倒，時刻一久，他當會倒地自斃。」可是鳩摩智喘氣雖急，招數卻也跟著加緊，驀地裏大喝一聲，慕容復只覺腰間「脊中穴」、腹部「商曲穴」同時一痛，已被點中穴道，手足麻軟，再也動彈不得了。

鳩摩智冷笑幾聲，不住喘息，說道：「我好好叫你滾蛋，你偏偏不滾，如今可怪不得我了。我……我……我怎生處置你才好？」撮唇大聲作哨。

過不多時，樹林中奔出四名吐蕃武士，躬身道：「明王有何法旨？」鳩摩智道：「將這小子拿去砍了！」四名武士道：「是！」

慕容復身不能動，耳中卻聽得清清楚楚，心中只是叫苦：「適才我若和表妹兩情相悅，答應她不去做甚麼西夏駙馬，如何會有此刻一刀之厄？我一死之後，還有甚麼興復大燕的指望？」他只想叫出聲來，願意離開靈州，不再和吐蕃王子爭做駙馬，苦在難以發聲，而鳩摩智的眼光卻向他望也不望，便想以眼色求饒，也是不能。

四名吐蕃武士接過慕容復，其中一人拔出彎刀，便要向他頸中砍去。

鳩摩智忽道：「且慢！我和這小子的父親昔日相識，且容他留個全屍。你們將他投入這口枯井之中，快去抬幾塊大石來，壓住井口，免得他衝開穴道，爬出井來！」

吐蕃武士應道：「是！」將慕容復投入了枯井，四下一望，不見有大巖石，當即快步奔向山後去尋覓大石。

鳩摩智站在井畔，不住喘氣，煩惡難當。

那日他以火燄刀暗算了段譽後，生怕眾高手向他羣起而攻，立即奔逃下山，還沒下少室山，已覺丹田中熱氣如焚，當即停步調息，卻覺內力運行艱難，不禁暗驚：「那老賊禿說我強練少林七十二絕技，戾氣所鍾，本已種下了禍胎，再練易筋經，本末倒置，大難便在旦夕之間。莫非……莫非這老賊禿的鬼話，當真應驗了？」當下找個山洞，靜坐休息，只須不運內功，體內熱燄便慢慢平伏，可是略一使勁，丹田中便即熱燄上騰，有如火焚。

挨到傍晚，聽得少林寺中無人追趕下來，這才緩緩南歸。途中和吐蕃傳遞訊息的探子接上了頭。得悉吐蕃國王已派遣小王子前往靈州求親，應聘駙馬。那探子言道，小王子此行帶同大批高手武士、金銀珠寶、珍異玩物、名馬寶刀。名馬寶刀進呈西夏皇帝；珍異玩物送給公主；金銀珠寶用以賄賂西夏國的后妃太監、大小臣工。

鳩摩智是吐蕃國師，與聞軍政大計，雖然身上有病，但求親成敗有關吐蕃國運，當即前赴西夏，主持全局，派遣高手武士對付各地前來競為駙馬的敵手。在八月初十前後，吐蕃國的武士已將數百名聞風前來的貴族少年、江湖豪客都逐了回去。來者雖眾，卻人人存了自私之心，臨敵之際，互相決不援手，自是敵不過吐蕃國眾武士的圍攻。

鳩摩智到了靈州，覓地靜養，體內如火之炙的煎熬漸漸平伏，但心情略一動盪，四肢百骸便不由自主的顫抖不已。得到後來，即令心定神閒，手指、眉毛、口角、肩頭仍是不住牽動，永無止息。他自不願旁人看到這等醜態，平日離羣索居，極少和人見面。

這一日得到手下武士稟報，說慕容復來到了靈州，他手下人又打死打傷了好幾個吐蕃武士。鳩摩智心想慕容復容貌英俊，文武雙全，實是當世武學少年中一等一的人才，若不將他打發走了，小王子定會給他比了下去，自忖手下諸武士無人是他之敵，非自己出馬不可；又想自己武功之高，慕容復早就深知，多半不用動手，便能將他嚇退，這才尋到賓館之中。

他趕到時，慕容復已擒住段譽離去。賓館四周有吐蕃武士埋伏監視，鳩摩智問明方向，追將下來。他趕到林中時，慕容復已將段譽投入井中，正和王語嫣說話，一場爭鬥，慕容復雖給他擒住，鳩摩智卻也是內息如潮，在各處經脈穴道中衝突盤旋，似是要突體而出，卻無一個宣洩的口子，當真是難過無比。

他伸手亂抓胸口，內息不住膨脹，似乎腦袋、胸膛、肚皮都在向外脹大，立時便要將全身炸得粉碎。他低頭察看胸腹，一如平時，絕無絲毫脹大，然而周身所覺，卻似身子已脹成了一個大皮球，內息還在源源湧出。鳩摩智驚惶之極，伸右手在左肩、左腿、右腿三處各戳一指，刺出三洞，要導引內息從三個洞孔中洩出，三個洞孔中血流如注，內息卻無法宣洩。

少林寺藏經閣中那老僧的話不斷在耳中鳴響，這時早知此言非虛，自己貪多務得，誤練少林派七十二絕技和易筋經，本末顛倒，大禍已然臨頭。他心下惶懼，但究竟多年修為，尤其於佛家的禪定功夫甚是深厚，當下神智卻不錯亂，驀地裏腦海中靈光一閃：「他……他自己為甚麼不一起都練？為甚麼只練數種，卻將七十二門絕技的秘訣都送了給我？我和他萍水相逢，就算言語投機，一見如故，卻又如何有這般大的交情？」

鳩摩智這時身遭危難，猛然間明白了慕容博以「少林七十二絕技秘訣」相贈的用意。當日慕容博以秘訣相贈，他原是疑竇叢生，猜想對方不懷好意，但展閱秘訣，每一門絕技都是精妙難言，以他見識之高，自是真假立判，再詳試秘笈，紙頁上並無任何毒藥，這才疑心盡去，自此刻苦修習，每練成一項，對慕容博便增一分感激之情。

直到此刻求生不得，求死不能，方始明白慕容博用心之惡毒：「他在少林寺中隱伏數十年，暗中定然曾聽到寺僧談起少林絕技不可盡練。那一日他與我邂逅相遇。他對我武功才略心存忌意，便將這些絕技秘訣送了給我。一來是要我試上一試，且看盡練之後有何禍患；二來是要我和少林寺結怨，挑撥吐蕃國和大宋相爭。他慕容氏便可混水摸魚，興復燕國。至於七十二項絕技的秘笈，他另行錄了副本，自不待言。」

他適才擒住慕容復，不免想到他父親相贈少林武學秘笈之德，是以明知他是心腹大患，卻也不將他立時斬首，只是投入枯井，讓他得留全屍。此刻一明白慕容博贈書的用意，心想自己苦受這般煎熬，全是此人所種的惡果，不由得怒發如狂，俯身井口，向下連擊三掌。

三掌擊下，井中聲息全無，顯然此井極深，掌力無法及底。鳩摩智狂怒之下，猛力又擊出一拳。這一拳打出，內息更是奔騰鼓盪，似乎要從全身十萬八千個毛孔中衝將出來，偏生處處碰壁，衝突不出。

正自又驚又怒，突然間胸口一動，衣襟中一物掉下，落入井中。鳩摩智伸手一抄，已自不及，急忙運起「擒龍手」凌空抓落，若在平時，定能將此物抓了回來，但這時內勁不受使喚，只是向外膨脹，卻運不到掌心之中，只聽得拍的一聲響，那物落入了井底。鳩摩智暗叫：「不好！」伸手懷中一探，落入井中的果然便是那本「易筋經」。

他知道自己內息運錯，全是從「易筋經」而起，解鈴還需繫鈴人，要解此禍患，自非從「易筋經」中鑽研不可。這是關涉他生死的要物，如何可以失落？當下更不思索，縱身便向井底跳了下去。

他生恐井底有甚尖石硬枝之類刺痛足掌，又恐慕容復自行解開穴道，伺伏偷襲，雙足未曾落地，右手便向下拍出兩掌，減低下落之勢，左掌使一招「迴風落葉」，護住周身要害。殊不知內息既生重大變化，招數雖精，力道使出來時卻散漫歪斜，全無準繩。這兩下掌擊非但沒減低落下時的衝力，反而將他身子一推，砰的一聲，腦袋重重撞上了井圈內緣的磚頭。以他本來功力，雖不能說已練成銅筋鐵骨之身，但腦袋這般撞上磚頭，自身決無損傷，磚頭必成粉碎，可是此刻百哀齊至，但覺眼前金星直冒，一陣天旋地轉，俯地跌在井底。

這口井廢置已久，落葉敗草，堆積腐爛，都化成了軟泥，數十年下來，井底軟泥高積。鳩摩智這一摔下，口鼻登時都埋在泥中，只覺身子慢慢沉落，要待掙扎著站起，手腳卻用不出半點力道。正驚惶間，忽聽得上面有人叫道：「國師，國師！」正是那四名吐蕃武士。

鳩摩智道：「我在這裏！」他一說話，爛泥立即湧入口中，那裏還發得出聲來？卻隱隱約約聽得井邊那四名吐蕃武士的話聲。一人道：「國師不在這裏，不知那裏去了？」另一人道：「想是國師不耐煩久等，他老人家吩咐咱們用大石壓住井口，那便遵命辦理好了。」又一人道：「正是！」

鳩摩智大叫：「我在這裏，快救我出來！」越是慌亂，爛泥入口越多，一個不留神，竟連吞了兩口，腐臭難當，那也不用說了。只聽得砰嘭、轟隆之聲大作，四名吐蕃武士將一塊塊大石壓上井口。這些人對鳩摩智敬若天神，國師有命，實不亞於國王的諭旨，揀石唯恐不巨，堆疊唯恐不實，片刻之間，將井口牢牢封死，百來斤的大石足足堆了十二三塊。

耳聽得那四名武士堆好了大石，呼嘯而去。鳩摩智心想數千斤的大石壓住了井口，別說此刻武功喪失，便在昔日，也不易在下面掀開大石出來，此身勢必畢命於這口枯井之中。他武功佛學，智計才略，莫不雄長西域，冠冕當時，怎知竟會葬身於汚泥之中。人孰無死？然如此死法，實在太不光采。佛家觀此身猶似臭皮囊，色無常，無常是苦，此身非我，須當厭離，這些最基本的佛學道理，鳩摩智登壇說法之時，自然妙慧明辯，說來頭頭是道，聽者無不歡喜讚嘆。但此刻身入枯井，頂壓巨巖，口含爛泥，與法壇上檀香高燒、舌燦蓮花的情境畢竟大不相同，甚麼涅槃後的常樂我淨、自在無礙，盡數拋到了受想行識之外，但覺五蘊皆實，心有掛礙，生大恐怖，揭諦揭諦，波羅僧揭諦，不得渡此泥井之苦厄矣。

想到悲傷之處，眼淚不禁奪眶而出。他滿身泥濘，早已髒得不成模樣，但習慣成自然，還是伸手去拭抹眼淚，左手一抬，忽在污泥中摸到一物，順手抓來，正是那本「易筋經」。霎時之間，不禁啼笑皆非，經書是找回了，可是此刻更有何用？

忽聽得一個女子聲音說道：「你聽，吐蕃武士用大石壓住了井口，咱們卻如何出去？」聽說話聲音，正是王語嫣。鳩摩智聽到人聲，精神一振，心想：「原來她沒有死，卻不知在跟誰說話？既有旁人，合數人之力，或可推開大石，得脫困境。」但聽得一個男人的聲音道：「只須得能和你廝守，不能出去，又有何妨？你既在我身旁，臭泥井便是眾香國。東方琉璃世界，西方極樂世界，甚麼兜率天、夜摩天的天堂樂土，也及不上此地了。」鳩摩智微微一驚：「這姓段的小子居然也沒死？此人受了我火燄刀之傷，和我仇恨極深。此刻我內力不能運使，他若乘機報復，那便如何是好？」

說話之人正是段譽。他被慕容復摔入井中時已昏暈過去，手足不動，雖入污泥，反不如鳩摩智那麼狼狽。井底狹隘，待得王語嫣躍入井中，偏生就有這麼巧，腦袋所落之處，正好是段譽胸口的「膻中穴」，一撞之下，段譽便醒了轉來。王語嫣跌入他的懷中，非但沒絲毫受傷，連污泥也沒濺上多少。

段譽陡覺懷中多了一人，奇怪之極，忽聽得慕容復在井口說道：「表妹，你畢竟內心深愛段公子，你二人雖然生不能成為夫婦，但死而同穴，也總算得遂了你的心願。」這幾句話清清楚楚的傳到井底，段譽一聽之下，不由得痴了，喃喃說道：「甚麼？不，不！我，我……我……我段譽那有這等福氣？」

突然間他懷中那人柔聲道：「段公子，我真是胡塗透頂，你一直待我這麼好，我……我卻……」段譽驚得呆了，問道：「你是王姑娘？」王語嫣道：「是啊！」

段譽對她素來十分尊敬，不敢稍存絲毫褻瀆之念，一聽到是她，驚喜之餘，急忙站起身來，要將她放開。可是井底地方既窄，又滿是污泥，段譽身子站直，兩腳便向泥中陷下，泥濘直升至胸口，覺得若將王語嫣放在泥中，實在大大不妥，只得將她身子橫抱，連連道歉：「得罪，得罪！王姑娘，咱們身處泥中，只得從權了。」

王語嫣嘆了口氣，心下感激。她兩度從生到死，又從死到生，對於慕容復的心腸，實已清清楚楚，此刻縱欲自欺，亦復不能，再加段譽對自己一片真誠，兩相比較，更顯得一個情深義重，一個自私涼薄。她從井口躍到井底，雖只一瞬之間，內心卻已起了大大變化，當時自傷身世，決意一死以報段譽，卻不料段譽與自己都沒有死，事出意外，當真是滿心歡喜。她向來嫻雅守禮，端莊自持，但此刻倏經巨變，激動之下，忍不住向段譽吐露心事，說道：「段公子，我只道你已經故世了，想到你對我的種種好處，實在又是傷心，又是後悔，幸好老天爺有眼，你安好無恙。我在上面說的那句話，你想必聽見了？」她說到這一句，不由得嬌羞無限，將臉藏在段譽頸邊。

段譽於霎時之間，只覺全身飄飄盪盪地，如升雲霧，如入夢境，這些時候來朝思暮想的願望，驀地裏化為真事，他大喜之下，雙足一軟，登時站立不住，背靠井欄，雙手仍是摟著王語嫣的身軀。不料王語嫣好幾根頭髮鑽進他的鼻孔，段譽「啊嚏，啊嚏！」接連打了幾個噴嚏。王語嫣道：「你……你怎麼啦？受傷了麼？」段譽道：「沒……沒有……啊嚏，啊噯……我沒有受傷，啊噯……也不是傷風，是開心得過了頭，王姑娘……啊噯……我歡喜得險些暈了過去。」

井中一片黑暗，相互間都瞧不見對方。王語嫣微笑不語，滿心也是浸在歡樂之中。她自幼痴戀表兄，始終得不到回報，直到此刻，方始領會到兩情相悅的滋味。

段譽結結巴巴的問道：「王姑娘，你剛才在上面說了句甚麼話？我可沒有聽見。」王語嫣微笑道：「我只道你是個至誠君子，卻原來也會使壞。你明明聽見了，又要我親口再說一遍。怪羞人的，我不說。」

段譽急道：「我……我確沒聽見，若叫我聽見了，老天爺罰我……」他正想罰個重誓，嘴巴上突覺一陣溫暖，王語嫣的手掌已按在他嘴上，只聽她說道：「不聽見就不聽見，又有甚麼大不了的事，卻值得罰甚麼誓？」段譽大喜，自從識得她以來，她從未對自己有這麼好過，便道：「那麼你在上面究竟說的是甚麼話？」王語嫣道：「我說……」突覺一陣靦腆，微笑道：「以後慢慢再說，日子長著呢，又何必急在一時？」

「日子長著呢，又何必急在一時？」這句話鑽入段譽的耳中，當真如聆仙樂，只怕西方極樂世界中伽陵鳥一齊鳴叫，也沒這麼好聽，她意思顯然是說，她此後將和他長此相守。段譽乍聞好音，兀自不信，問道：「你說，以後咱們能時時在一起麼？」

王語嫣伸臂摟著他的脖子，在他耳邊低聲說道：「段郎，只須你不嫌我，不惱我昔日對你冷漠無情，我願終身跟隨著你，再……再也不離開你了。」

段譽一顆心幾乎要從口中跳將出來，問道：「那你表哥怎麼樣？你一直……一直喜歡慕容公子的。」王語嫣道：「他卻從來沒將我放在心上。我直至此刻方才知道，這世界上是誰真的愛我、憐我，是誰把我看得比他自己性命還重。」段譽顫聲道：「你是說我？」

王語嫣垂淚說道：「對啦！我表哥一生之中，便是夢想要做大燕皇帝。本來呢，這也難怪，他慕容氏世世代代，做的便是這個夢。他祖宗幾十代做下來的夢，傳到他身上，怎又能盼望他醒覺？我表哥原不是壞人，只不過為了想做大燕皇帝，別的甚麼事都擱在一旁了。」

段譽聽她言語之中，大有為慕容復開脫分辯之意，心中又焦急起來，道：「王姑娘，倘若你表哥一旦悔悟，忽然又對你好了，那你……你……怎麼樣？」

王語嫣嘆道：「段郎，我雖是個愚蠢女子，卻決不是喪德敗行之人，今日我和你訂下三生之約，若再三心兩意，豈不有虧名節？又如何對得起你對我的深情厚意？」

段譽心花怒放，抱著她身子一躍而起，「啊哈」一聲，拍的一響，重又落入污泥之中，伸嘴過去，便要吻她櫻唇。王語嫣宛轉相就，四唇正欲相接，突然間頭頂呼呼風響，甚麼東西落將下來。

兩人吃了一驚，忙向井欄邊一靠，砰的一聲響，有人落入井中。

段譽問道：「是誰？」那人哼了一聲，道：「是我！」正是慕容復。

原來段譽醒轉之後，便得王語嫣柔聲相向，兩人全副心神都貫注在對方身上，當時就算天崩地裂，也是置若罔聞，鳩摩智和慕容復在上面呼喝惡鬥，自然更是充耳不聞。驀地裏慕容復摔入井來，二人都吃了一驚，都道他是前來干預。

王語嫣顫聲道：「表哥，你……你又來幹甚麼？我此身已屬段公子，你若要殺他，那就連我也殺了。」

段譽大喜，他倒也不擔心慕容復來加害自己，只怕王語嫣見了表哥之後，舊情復燃，又再回到表哥身畔，聽她這麼說，登時放心，又覺王語嫣伸手出來，握住了自己雙手，更加信心百倍，說道：「慕容公子，你去做你的西夏駙馬，我決計不再勸阻。你的表妹，卻是我的了，你再也奪不去了。語嫣，你說是不是？」

王語嫣道：「不錯，段郎，不論是生是死，我都跟隨著你。」

慕容復被鳩摩智點中了穴道，能聽能言，便是不能動彈，聽他二人這麼說，尋思：「他二人不知我大敗虧輸，已然受制於人，反而對我仍存忌憚之意，怕我出手加害。如此甚好，我且施個緩兵之計。」當下說道：「表妹，你嫁段公子後，咱們已成了一家人，段公子已成了我的表妹婿，我如何再會相害？」

段譽宅心忠厚，王語嫣天真爛漫，一般的不通世務，兩人一聽之下，都是大喜過望，一個道：「多謝慕容兄。」一個道：「多謝表哥！」

慕容復道：「段兄弟，咱們既成一家人，我要去做西夏駙馬，你便不再從中作梗了？」

段譽道：「這個自然。我但得與令表妹成為眷屬，更無第二個心願，便是做神仙，做羅漢，我也不願。」王語嫣輕輕倚在他身旁，喜樂無限。

慕容復暗自運氣，要衝開被鳩摩智點中的穴道，一時無法辦到，卻又不願求段譽相助，心下暗自恚怒：「人道女子水性楊花，果然不錯。若在平日，表妹早就奔到我身邊，扶我起身，這時卻睬也不睬。」

那井底圓徑不到一丈，三人相距甚近。王語嫣聽得慕容復躺在泥中，卻並不站起。她只須跨出一步，便到了慕容復身畔，扶他起來，但她既恐慕容復另有計謀加害段譽，又怕段譽多心，是以這一步卻終沒跨將出去。

慕容復心神一亂，穴道更加不易解開，好容易定下心來，運氣解開被封的穴道，手扶井欄站起身來，拍的一聲，有物從身旁落下，正是鳩摩智那部「易筋經」，黑暗中也不知是甚麼東西，慕容復自然而然的向旁一讓。幸好這麼一讓，鳩摩智躍下時才得不碰到他身上。

鳩摩智拾起經書，突然間哈哈大笑。那井極深極窄，笑聲在一個圓筒中迴旋盪漾，只振得段譽等三人耳鼓中嗡嗡作響，甚是難受。鳩摩智笑聲竟無法止歇，內息鼓盪，神智昏亂，便在污泥中拳打足踢，一拳一腳都打到井圈磚上，有時力大無窮，打得磚塊粉碎，有時卻又全無氣力。

王語嫣甚是害怕，緊緊靠在段譽身畔，低聲道：「他瘋了，他瘋了！」段譽道：「他當真瘋了！」慕容復施展壁虎遊牆功，貼著井圈向上爬起。

鳩摩智只是大笑，又不住喘息，拳腳卻越打越快。

王語嫣鼓起勇氣，勸道：「大師，你坐下來好好歇一歇，須得定一定神才是。」鳩摩智笑罵：「我……我定一定……我能定就好了！我定你個頭！」伸手便向她抓來。井圈之中，能有多少迴旋餘地？一抓便抓到了王語嫣肩頭。王語嫣一聲驚呼，急速避開。

段譽搶過去擋在她身前，叫道：「你躲在我後面。」便在這時，鳩摩智雙手已扣住他咽喉，用力收緊。段譽頓覺呼吸急促，說不出話來。王語嫣大驚，忙伸手去扳他手臂。這時鳩摩智瘋狂之餘，內息雖不能運用自如，氣力卻大得異乎尋常，王語嫣的手扳將下去，宛如蜻蜓撼石柱，實不能動搖其分毫。王語嫣驚惶之極，深恐鳩摩智將段譽扼死，急叫：「表哥，表哥，你快來幫手，這和尚……這和尚要扼死段公子啦！」

慕容復心想：「段譽這小子在少室山上打得我面目無光，令我從此在江湖上聲威掃地，他要死便死他的，我何必出手相救？何況這兇僧武功極強，我遠非其敵，且讓他二人鬥個兩敗俱傷，最好是同歸於盡。我此刻插手，殊為不智。」當下手指穿入磚縫，貼身井圈，默不作聲。王語嫣叫得聲嘶力竭，慕容復只作沒有聽見。

王語嫣握拳在鳩摩智頭上、背上亂打。鳩摩智又是氣喘，又是大笑，使力扼緊段譽的咽喉。

四十六

酒罷問君三語

鳩摩智說道：「這一本經書，公子他日有便，費神請代老衲還了給少林寺。」說著將那本易筋經交給段譽。

巴天石、朱丹臣等次晨起身，不見了段譽，到王語嫣房門口叫了幾聲，不聞答應，見房門虛掩，敲了幾下，便即推開，房中空空無人。巴朱二人連聲叫苦。朱丹臣道：「咱們這位小王子便和王爺一模一樣，到處留情，定然和王姑娘半夜裏偷偷溜掉，不知去向。」巴天石點頭道：「小王子風流瀟灑，是個不愛江山愛美人的人物。他鍾情於王姑娘，那是有目共睹之事，要他做西夏駙馬……唉，這位小王子不大聽話，當年皇上和王爺要他練武，他說甚麼也不練，逼得急了，就一走了之。」朱丹臣道：「咱們只有分頭去追，苦苦相勸。」巴天石雙手一攤，唯有苦笑。

朱丹臣又道：「巴兄，想當年王爺命小弟出來追趕小王子，好容易找到了，那知道小王子……」說到這裏，放低聲音道：「小王子迷上了這位木婉清姑娘，兩個人竟半夜裏偷偷溜將出去，總算小弟運氣不錯，早就守在前面道上，這才能交差。」巴天石一拍大腿，說道：「唉，朱賢弟，這就是你的不是了。你既曾有此經歷，怎地又來重蹈覆轍？咱哥兒倆該當輪班守夜，緊緊看住他才是啊。」朱丹臣嘆了口氣，說道：「我只道他瞧在蕭大俠與虛竹先生義氣的份上，總不會撇手便走，那知道……那知道他……」下面這「重色輕友」四個字的評語，一來以下犯上，不便出口，二來段譽和他交情甚好，卻也不忍出口。

兩人無法可施，只得去告知蕭峯和虛竹。各人分頭出去找尋，整整找了一天，半點頭緒也無。

傍晚時分，眾人聚在段譽的空房之中紛紛議論。正發愁間，西夏國禮部一位主事來到賓館，會見巴天石，說道次日八月十五晚上，皇上在西華宮設宴，款待各地前來求親的佳客，請大理國段王子務必光臨。巴天石有苦難言，只得唯唯稱是。

那主事受過巴天石的賄賂，神態間十分親熱，告辭之時，巴天石送到門口。那主事附耳悄悄說道：「巴司空，我透個消息給你。明兒晚皇上賜宴，席上便要審察各位佳客的才貌舉止，宴會之後，說不定還有甚麼射箭比武之類的玩意兒，讓各位佳客一比高下。到底誰做駙馬，得配我們的公主娘娘，這是一個大關鍵。段王子可須小心在意了。」巴天石作揖稱謝，從袖中又取出一大錠黃金，塞在他手裏。

巴天石回入賓館，將情由向眾人說了，嘆道：「鎮南王千叮萬囑，務必要小王子將公主娶了回去，咱兄弟倆有虧職守，實在是無面目去見王爺了。」

竹劍突然抿嘴一笑，說道：「巴老爺，小婢子說一句話成不成？」巴天石道：「姊姊請說。」竹劍笑道：「段公子的父王要他娶西夏公主，只不過是想結這頭親事，西夏、大理成為婚姻之國，互相有個照應，是不是？」巴天石道：「不錯。」菊劍道：「至於這位西夏公主是美如西施，還是醜勝無鹽，這位做公公的段王爺，卻也不放在心上了，是麼？」巴天石道：「人家公主之尊，就算沒有沉魚落雁之容，中人之姿總是有的。」梅劍道：「我們姊妹倒有一個主意，只要能把公主娶到大理，是否能及時找到段公子，倒也無關大局。」蘭劍笑道：「段公子和王姑娘在江湖上玩厭了，過得一年半載，兩年三年，終究會回大理去，那時再和公主洞房花燭，也自不遲。」

巴天石和朱丹臣又驚又喜，齊聲道：「小王子不在，怎麼又能把西夏公主娶回大理？四位姑娘有此妙計，願聞具詳。」

梅劍道：「這位木姑娘穿上了男裝，扮成一位俊書生，豈不比段公子美得多了？請她去赴明日之宴，席上便有千百位少年英雄，那一個有她這般英俊瀟灑？」蘭劍道：「木姑娘是段公子的親妹子，代哥哥去娶了個嫂子，替國家立下大功，討得爹爹的歡心，豈不是一舉數得？」竹劍道：「木姑娘挑上了駙馬，拜堂成親總還有若干時日，那時想來該可找到段公子了。」菊劍道：「就算那時段公子仍不現身，木姑娘代他拜堂，卻又如何？」說著伸手按住了嘴巴，四姊妹一齊吃吃笑了起來。

四人一般的心思，一般的口音，四人說話，實和一人說話沒有分別。

巴朱二人面面相覷，均覺這計策過於大膽，若說西夏國瞧破，親家結不成，反而成了冤家，西夏皇帝要是一怒發兵，這禍可就闖得大了。

梅劍猜中兩人心思，說道：「其實段公子有蕭大俠這位義兄，本來無須拉攏西夏，只不過鎮南王有命，不得不從罷了。當真萬一有甚麼變故，蕭大俠是大遼南院大王，手握雄兵數十萬，只須居間說幾句好話，便能阻止西夏向大理尋釁生事。」

蕭峯微微一笑，點了點頭。

巴天石是大理國司空，執掌政事，蕭峯能作為大理國的強援，此節他自早在算中，只是自己不便提出，見梅劍說了這番話後，蕭峯這麼一點頭，便知此事已穩若泰山，最多求親不成，於國家卻決無大患，尋思：「這四個小姑娘的計謀，似乎直如兒戲，但除此之外，卻也更無良策，只不知木姑娘是否肯冒這個險？」說道：「四位姑娘此議確是妙計，但行事之際實在太過凶險，萬一露出破綻，木姑娘有被擒之虞。何況天下才俊雲集，木姑娘人品自是一等一的了，但如較量武功，要技壓羣雄，卻是難有把握。」

眾人眼光都望向木婉清，要瞧她是作何主意。

木婉清道：「巴司空，你也不用激我，我這個哥哥，我這個哥哥……」說了兩句「我這個哥哥」，突然眼淚奪眶而出，想到段譽和王語嫣私下離去，便如當年和自己深夜攜手同行一般，倘若他不是自己兄長，料想他亦不會變心，如今他和旁人卿卿我我，快活猶似神仙，自己卻在這裏冷冷清清，大理國臣工反而要自己代他娶妻。她想到悲憤處，倏地一伸手，掀翻了面前的桌子，登時茶壺、茶杯，乒乒乓乓的碎成一地，一躍而起，出了房門。

眾人相顧愕然，都覺十分掃興。巴天石歉然道：「這是我的不是了，倘若善言以求，木姑娘最多不過不答允，可是我出言相激，這卻惹得她生氣了。」朱丹臣搖頭道：「木姑娘生氣，決不是為了巴兄這幾句話，那是另有原因的。唉，一言難盡！」

次日眾人又分頭去尋訪段譽，但見街市之上，服飾錦繡的少年子弟穿插來去，料想大半是要去赴皇宮中秋之宴的，偶而也見到有人相罵毆鬥，看來吐蕃國的眾武士還在盡力為小王子清除敵手。至於段譽和王語嫣，自然影蹤不見。

傍晚時分，眾人先後回到賓館。蕭峯道：「三弟既已離去，咱們大家也都走了罷，不管是誰做駙馬，都跟咱們毫不相干。」巴天石道：「蕭大俠說得是，咱們免得見到旁人做了駙馬，心中有氣。」

鍾靈忽道：「朱先生，你娶了妻子沒有？段公子不願做駙馬，你為甚麼不去做？你娶了西夏公主，不也有助於大理麼？」朱丹臣笑道：「姑娘取笑了，晚生早已有妻有妾，有兒有女。」鍾靈伸了伸舌頭。朱丹臣又道：「可惜姑娘的相貌太嬌，臉上又有酒窩，不像男子，否則由你出馬，替你哥哥去娶西夏公主……」鍾靈道：「甚麼？替我哥哥？」朱丹臣知道失言，心想：「你是鎮南王的私生女兒，此事未曾公開，不便亂說。」忙道：「我說是替小王子辦成了這件大事……」

忽聽得門外一人道：「巴司空，朱先生，咱們這就去了罷？」門簾一掀，進來一個英氣勃勃的俊雅少年，正是穿了書生衣巾的木婉清。

眾人又驚又喜，都道：「怎麼？木姑娘肯去了？」木婉清道：「在下姓段名譽，乃大理國鎮南王世子，諸位言語之間，可得檢點一二。」聲音清朗，雖然雌音難免，但少年人語音尖銳，亦不足為奇。眾人見她學得甚像，都哈哈大笑起來。

原來木婉清發了一陣脾氣，回到房中哭了一場，左思右想，覺得得罪了這許多人，很是過意不去，再覺冒充段譽去娶西夏公主，此事倒也好玩得緊，內心又隱隱覺得：「你想和王姑娘雙宿雙飛，過快活日子，我偏偏跟你娶一個公主娘娘來，鎮日價打打鬧鬧，教你多些煩惱。」又憶及初進大理城時，段譽的父母為了醋海興波，相見時異常尷尬，段譽若有一個明媒正娶的公主娘娘作正室，王語嫣便做不成他的夫人，自己不能嫁給段譽，那是無法可想，可也不能讓這個嬌滴滴的王姑娘快快活活的做他妻子。她越想越得意，便挺身而出，願去冒充段譽。

巴天石等精神一振，忙即籌備諸事。巴天石心想，那禮部侍郎來過賓館，曾見過段譽，於是取過三百兩黃金，要朱丹臣送去給陶侍郎。本來禮物已經送過，這是特別加贈，吩咐朱丹臣甚麼話都不必提，待會這陶侍郎倘若見到甚麼破綻，自會心照不宣，三百兩黃金買一個不開口，這叫做「悶聲大發財」。

木婉清道：「蕭大哥，虛竹二哥，你們兩位最好和我同去赴宴，那我便甚麼都不怕了。否則真要動起手來，我怎打得過人家？皇宮之中，亂發毒箭殺人，總也不成體統。」

蘭劍笑道：「對啦，段公子要是毒箭四射，西夏皇宮中積屍遍地，公主娘娘只怕也不肯嫁給你了。」蕭峯笑道：「我和二弟已受段伯父之託，自當盡力。」

當下眾人更衣打扮，齊去皇宮赴宴。蕭峯和虛竹都扮作了大理國鎮南王府的隨從。鍾靈和靈鷲宮四姝本想都穿了男裝，齊去瞧瞧熱鬧，但巴天石道：「木姑娘一人喬裝改扮，已怕給人瞧出破綻，再加上五位扮成男子的姑娘，定要露出機關。」鍾靈等只得罷了。

一行人將出賓館門口，巴天石忽然叫道：「啊喲，險些誤了大事！那慕容復也要去爭為駙馬，他是認得段公子的，這便如何是好？」蕭峯微微一笑，說道：「巴兄不必多慮，慕容公子和段三弟一模一樣，也已不別而行。適才我去探過，鄧百川、包不同他們正急得猶如熱鍋上螞蟻相似。」眾人大喜，都道：「這倒巧了。」

朱丹臣讚道：「蕭大俠思慮周全，竟去探查慕容公子的下落。」蕭峯微笑道：「我倒不是思慮周全，我想慕容公子人品俊雅，武藝高強，倒是木姑娘的勁敵，嘿嘿，嘿嘿！」巴天石笑道：「原來蕭大俠是想去勸他今晚不必赴宴了。」鍾靈睜大了眼睛，說道：「他千里迢迢的趕來，為的是要做駙馬，怎麼肯聽你勸告？蕭大俠，你和這位慕容公子交情很好麼？」巴天石笑道：「蕭大俠和這人交情也不怎麼樣，只不過蕭大俠拳腳上的口才很好，他是非聽不可的。」鍾靈這才明白，笑道：「出到拳腳去好言相勸，人家自須聽從了。」

當下木婉清、蕭峯、虛竹、巴天石、朱丹臣五人來到皇宮門外。巴天石遞入段譽的名帖，西夏國禮部尚書親自迎進宮去。

來到中和殿上，只見赴宴的少年已到了一百餘人，散坐各席。殿上居中一席，桌椅均鋪繡了金龍的黃緞，當是西夏皇帝的御座。東西兩席都鋪紫緞。東邊席上高坐一個濃眉大眼的少年，身材魁梧，身披大紅袍子，袍上繡有一頭張牙舞爪的老虎，形貌威武，身後站著八名武士。巴天石等一見，便知是吐蕃國的宗贊王子。

禮部尚書將木婉清讓到西首席上，不與旁人共座，蕭峯等站在她的身後。顯然這次前來應徵的諸少年中，以吐蕃國王子和大理國王子身分最尊，西夏皇帝也敬以殊禮。其餘的貴介子弟，便與一般民間俊彥散坐各席。眾人絡繹進來，紛紛就座。

各席坐滿後，兩名值殿將軍喝道：「嘉賓齊至，閉門。」鼓樂聲中，兩扇厚厚的殿門由四名執戟衛士緩緩推上。偏廊中兵甲鏘鏘，走出一羣手執長戟的金甲衛士，戟頭在燭火下閃耀生光。跟著鼓樂又響，兩隊內侍從內堂出來，手中都提著一隻白玉香爐，爐中青煙嬝嬝。眾人都知是皇帝要出來了，凝氣屏息，不作一聲。

最後四名內侍身穿錦袍，手中不持物件，分往御座兩旁一立。蕭峯見這四人太陽穴高高鼓起，心知是皇帝貼身侍衛，武功不低。一名內侍朗聲喝道：「萬歲到，迎駕！」眾人便都跪了下去。

但聽得履聲橐橐，一人自內而出，在御椅上坐下。那內侍又喝道：「平身！」眾人站起身來。蕭峯向那西夏皇帝瞧去，只見他身形並不甚高，臉上頗有英悍之氣，倒似是個草莽中的英雄人物。

那禮部尚書站在御座之旁，展開一個卷軸，朗聲誦道：「法天應道、廣聖神武、西夏皇帝敕曰：諸君應召遠來，朕甚嘉許，其賜旨酒，欽哉！」眾人又都跪下謝恩。那內侍喝道：「平身！」眾人站起。

那皇帝舉起杯來，在唇間作個模樣，便即離座，轉進內堂去了。一眾內侍跟隨在後，霎時之間走得乾乾淨淨。

眾人相顧愕然，沒料想皇帝一句話不說，一口酒不飲，竟便算赴過了酒宴。各人尋思：「我們相貌如何，他顯然一個也沒看清，這女婿卻又如何挑法？」

那禮部尚書道：「諸君請坐，請隨意飲酒用菜。」眾宮監將菜餚一碗碗捧將上來。西夏是西北苦寒之地，日常所食以牛羊為主，雖是皇宮御宴，也是大塊大塊的牛肉、羊肉。

木婉清見蕭峯等侍立在旁，心下過意不去，低聲道：「蕭大哥，虛竹二哥，你們一起坐下吃喝罷。」蕭峯和虛竹都笑著搖了搖頭。木婉清知道蕭峯好酒，心生一計，將手一擺，說道：「斟酒！」蕭峯依言斟了一碗。木婉清道：「你飲一碗罷！」蕭峯甚喜，兩口便將大碗酒喝完了。木婉清道：「再飲！」蕭峯又喝了一碗。

東首席上那吐蕃王子喝了幾口酒，抓起碗中一大塊牛肉便吃，咬了幾口，剩下一根大骨頭，隨手一擲，似有意，似無意，竟是向木婉清飛來，勢挾勁風，這一擲之力著實了得。

朱丹臣抽出摺扇，在牛骨上一撥，骨頭飛將回去，射向宗贊王子。一名吐蕃武士伸手抓住，罵了一聲，提起席上一隻大碗，便向朱丹臣擲來。巴天石揮掌拍出，掌風到處，那隻碗在半路上碎成數十片，碎瓷紛紛向一眾吐蕃人射去。另一名吐蕃武士急速解下外袍，一捲一裹，將數十片碎瓷都裹在長袍之中，手法甚是利落。

眾人來到皇宮赴宴之時，便都已想到，與宴之人個個是想做駙馬的，相見之下，豈有好意，只怕宴會之中將有爭鬥，卻不料說打便打，動手如此快法。但聽得碗碟乒乒乓乓，響成一片，眾人登時喧擾起來。

突然間鐘聲噹噹響起，內堂中走出兩排人來，有的勁裝結束，有的寬袍緩帶，大都拿著奇形怪狀的兵刃。一名身穿錦袍的西夏貴官朗聲喝道：「皇宮內院，諸君不得無禮。這些位都是敝國一品堂中人士，諸君有興，大可一一分別比試，亂打羣毆，卻萬萬不許。」

蕭峯等均知西夏國一品堂是招攬天下英雄好漢之所，搜羅的人才著實不少，當下巴天石等便即停手。吐蕃眾武士擲來的碗碟等物，巴天石、朱丹臣等接過放下，不再回擲。但吐蕃武士兀自不肯住手，連牛肉、羊肉都一塊塊對準了木婉清擲來。

那錦袍貴官向吐蕃王子道：「請殿下諭令罷手，免干未便。」宗贊王子見一品堂羣雄少說也有一百餘人，何況身在對方宮禁之中，當即左手一揮，止住了眾人。

西夏禮部尚書向那錦袍貴官拱手道：「赫連征東，不知公主娘娘有何吩咐？」

這錦袍貴官便是一品堂總管赫連鐵樹，官封征東大將軍，年前曾率領一品堂眾武士前赴中原，卻被慕容復假扮李延宗，以「悲酥清風」迷倒眾人。赫連鐵樹等都為丐幫羣丐擒獲，幸得段延慶相救脫險，鎩羽而歸。他曾見過阿朱所扮的假喬峯、段譽所扮的假慕容復，此刻殿上的真蕭峯和假段譽他卻沒見過。段延慶、南海鱷神等也算是一品堂的人物，他們自是另有打算，不受西夏朝廷的羈縻。

赫連鐵樹朗聲說道：「公主娘娘有諭，請諸位嘉賓用過酒飯之後，齊赴青鳳閣外書房用茶。」

眾人一聽，都是「哦」的一聲。銀川公主居於青鳳閣，許多人都是知道的，她請大夥兒過去喝茶，那自是要親見眾人，自行選婿。眾少年一聽，都是十分興奮，均想：「就算公主挑不中我，我總也親眼見到了她。西夏人都說他們公主千嬌百媚，容貌天下無雙，總須見上一見，也不枉了遠道跋涉一場。」

吐蕃王子伸袖一抹嘴巴，站起身來，說道：「甚麼時候不好喝酒吃肉？這時候不吃啦，咱們瞧瞧公主去！」隨從的八名武士齊聲應道：「是！」吐蕃王子向赫連鐵樹道：「你帶路罷！」赫連鐵樹道：「好，殿下請！」轉身向木婉清拱手道：「段殿下請！」木婉清粗聲粗氣道：「將軍請。」

一行人由赫連鐵樹引路，穿過一座大花園，轉了幾處迴廊，經過一排假山時，木婉清忽覺身旁多了一人，斜眼一看，不由得嚇了一跳，「啊」的一聲驚呼出來。那人錦袍玉帶，竟然便是段譽。

段譽低聲笑道：「段殿下，你受驚啦！」木婉清道：「你都知道了？」段譽笑道：「沒有都知道，但瞧這陣仗，也猜到了一二。段殿下，可真難為你啦。」

木婉清向左右一張，要看是否有西夏官員在側，卻見段譽身後有兩個青年公子。一個三十歲左右，雙眉斜飛，頗有高傲冷峭之態，另一個卻是容貌絕美。木婉清略加注視，便認出這美少年是王語嫣所扮，她登時怒從心起，道：「你倒好，不聲不響的和王姑娘走了，卻叫我來跟你揹這根木梢。」段譽道：「好妹子，你別生氣，這件事說來話長。我給人投在一口爛泥井裏，險些兒活活餓死在地底。」

木婉清聽他曾經遇險，關懷之情登時蓋過了氣惱，忙問：「你沒受傷麼？我瞧你臉色不大好。」

原來當時段譽在井底被鳩摩智扼住了咽喉，呼吸難通，漸欲暈去。慕容復貼身於井壁高處，幸災樂禍，暗暗欣喜，只盼鳩摩智就此將段譽扼死了。王語嫣拚命擊打鳩摩智，終難令他放手，情急之下，突然張口往鳩摩智右臂上咬去。

鳩摩智猛覺右臂「曲池穴」上一痛，體內奔騰鼓盪的內力驀然間一瀉千里，自手掌心送入段譽的頭頸。本來他內息膨脹，全身欲炸，忽然間有一個宣洩之所，登感舒暢，扼住段譽咽喉的手指漸漸鬆了。

他練功時根基紮得極穩，勁力凝聚，難以撼動，雖與段譽軀體相觸，但既沒碰到段譽拇指與手腕等穴道，段譽不會自運「北冥神功」，便無法吸動他的內力。此刻王語嫣在他「曲池穴」上咬了一口，鳩摩智一驚之下，息關大開，內力急瀉而出，源源不絕的注入段譽喉頭「廉泉穴」中。廉泉穴屬於任脈，經天突、璇璣、華蓋、紫宮、中庭數穴，便即通入氣海膻中。

鳩摩智本來神智迷糊，內息既有去路，便即清醒，心下大驚：「啊喲！我內力給他這般源源吸去，不多時便成廢人，那可如何是好？」當即運勁竭力抗拒，可是此刻已經遲了，他的內力本就不及段譽渾厚，其中小半進入對方體內後，此消彼長，雙方更是強弱懸殊，雖極力掙扎，始終無法凝聚，不令外流。

黑暗之中，王語嫣覺到自己一口咬下，鳩摩智便不再扼住段譽的喉嚨，心下大慰，但鳩摩智的手掌仍如釘在段譽頸上一般，任她如何出力拉扯，他手掌總是不肯離開。王語嫣熟知天下各家各派的武功，卻猜不出鳩摩智這一招是甚麼功夫，但想終究不是好事，定然與段譽有害，更加出力去拉。鳩摩智一心盼望她能拉開自己手掌。不料王語嫣猛然間打個寒噤，登覺內力不住外洩。原來段譽的「北冥神功」不分敵我，連王語嫣一些淺淺的內力也都吸了過去。過不多時，段譽、王語嫣與鳩摩智三人一齊暈去。

慕容復隔了半晌，聽下面三個人皆無聲息，叫了幾聲，不聽到回答，心想：「看來這三人已然同歸於盡。」心中先是一喜，但想到王語嫣和自己的情份，不禁又有些傷感，跟著又想：「啊喲，我們被大石封在井內，倘若他三人不死，四人合力，或能脫困而出，現下只剩我一人，那就難得很了。唉，你們要死，何不等大家到了外邊，再拚個你死我活？」伸手向上力撐，十餘塊大石重重疊疊的堆在井口，幾及萬斤，如何推得動分毫？

他心下沮喪，正待躍到井底，再加察看，忽聽得上面有說話之聲，語音嘈雜，似乎是西夏的鄉農。原來四人擾攘了大半夜，天色已明，城郊鄉農挑了菜蔬，到靈州城中去販賣，經過井邊。

慕容復尋思：「我若叫喚救援，眾鄉農未必搬得動這些每塊重達數百斤的大石，搬了幾下搬不動，不免逕自去了，須當動之以利。」於是大聲叫道：「這些金銀財寶都是我的，你們不得眼紅。要分三千兩銀子給你，倒也不妨。」跟著又逼尖嗓子叫道：「這裏許許多多金銀財寶，自然是見者有份，只要有誰見到了，每個人都要分一份的。」隨即裝作嘶啞之聲說道：「別讓別人聽見了，見者有份，黃金珠寶雖多，終究是分得薄了。」這些假裝的對答，都是以內力遠遠傳送出去。

眾鄉農聽得清楚，又驚又喜，一窩蜂的去搬抬大石。大石雖重，但眾人合力之下，終於一塊塊的搬了開來。慕容復不等大石全部搬開，一見露出的縫隙已足以通過身子，當即緣井壁而上，颼的一聲，竄了出去。

眾鄉農吃了一驚，眼見他一瞬即逝，隨即不知去向。眾人疑神疑鬼，雖然害怕，但終於為錢財所誘，辛辛苦苦的將十多塊大石都掀在一旁，連結綁縛柴菜的繩索，將一個最大膽的漢子縋入井中。

這人一到井底，伸手出去，立即碰到鳩摩智，一摸此人全不動彈，只當是具死屍，登時嚇得魂不附體，忙扯動繩子，旁人將他提了上來。各人仍不死心，商議了一番，點燃了幾根松柴，又到井底察看。但見三具「死屍」滾在污泥之中，一動不動，想已死去多時，卻那裏有甚麼金銀珠寶？眾鄉農心想人命關天，倘若驚動了官府，說不定大老爺要誣陷各人謀財害命，膽戰心驚，一鬨而散，回家之後，不免頭痛者有之，發燒者有之。不久便有種種傳說，愚夫愚婦，附會多端。說道每逢月明之夜，井邊便有四個滿身汙泥的鬼魂作祟，見者頭痛發燒，身染重病，須得時加祭祀。自此之後，這口枯井之旁，終年香煙不斷。

直到午牌時分，井底三人才先後醒轉。第一個醒的是王語嫣，她功力本淺，內力雖然全失，但原來並沒多少，受損也就無幾。她醒轉後自然立時便想到段譽，其時雖是天光白日，深井之中仍是目不見物，她伸手一摸，碰到了段譽，叫道：「段郎，段郎，你……你……你怎麼了？」不聽得段譽的應聲，只道他已被鳩摩智扼死，不禁撫「屍」痛哭，將他緊緊抱在胸前，哭道：「段郎，段郎，你對我這麼情深義重，我卻從沒一天有好言語、好顏色對你，我只盼日後絲蘿得託喬木，好好的補報於你，那知道……那知道……我倆竟恁地命苦，今日你命喪惡僧之手……」

忽聽得鳩摩智道：「姑娘說對了一半，老衲雖是惡僧，段公子卻並非命喪我手。」王語嫣驚道：「難道是……是我表哥下的毒手？他……他為甚麼這般狠心？」

便在這時，段譽內息順暢，醒了過來，聽得王語嫣的嬌聲便在耳邊，心中大喜，又覺得自己被她抱著，當下一動不敢動，唯恐被她察覺，她不免便即放手。

卻聽得鳩摩智道：「你的段郎非但沒有命喪惡僧之手，恰恰相反，惡僧險些兒命喪段郎之手。」王語嫣垂淚道：「在這當口，你還有心思說笑！你不知我心痛如絞，你還不如將我也扼死了，好讓我追隨段郎於黃泉之下。」段譽聽她這幾句話情深之極，當真是心花怒放，喜不自勝。

鳩摩智內力雖失，心思仍是十分縝密，識見當然亦是卓超不凡如舊，但聽得段譽細細的呼吸之聲，顯是在竭力抑制，已猜知他的用意，輕輕嘆了口氣，說道：「段公子，我錯學少林七十二絕技，走火入魔，凶險萬狀，若不是你吸去我的內力，老衲已然瘋狂而死。此刻老衲武功雖失，性命尚在，須得拜謝你的救命之恩才是。」

段譽是個謙謙君子，忽聽得他說要拜謝自己，忍不住道：「大師何必過謙？在下何德何能，敢說相救大師性命？」

王語嫣聽到段譽開口說話，大喜之下，又即一怔，當即明白他故意不動，好讓自己抱著他，不禁大羞，用力將他一推，啐了一聲，道：「你這人！」

段譽被她識破機關，也是滿臉通紅，忙站起身來，靠住對面井壁。

鳩摩智嘆道：「老衲雖在佛門，爭強好勝之心卻比常人猶盛，今日之果，實已種因於三十年前。唉，貪、嗔、痴三毒，無一得免，卻又自居為高僧，貢高自慢，無慚無愧，唉，命終之後身入無間地獄，萬劫不得超生。」

段譽心下正自惶恐，不知王語嫣是否生氣，聽了鳩摩智這幾句心灰意懶的說話，同情之心頓生，問道：「大師何出此言?大師適才身子不愉，此刻已大好了嗎?」

鳩摩智半晌不語，又暗一運氣，確知數十年的艱辛修為已然廢於一旦。他原是個大智大慧之人，佛學修為亦是十分睿深，只因練了武功，好勝之心日盛，向佛之心日淡，至有今日之事。他坐在污泥之中，猛地省起：「如來教導佛子，第一是要去貪、去愛、去取、去纏，方有解脫之望。我卻無一能去，名韁利鎖，將我緊緊繫住。今日武功盡失，焉知不是釋尊點化，叫我改邪歸正，得以清淨解脫？」他回顧數十年來的所作所為，額頭汗水涔涔而下，又是慚愧，又是傷心。

段譽聽他不答，問王語嫣道：「慕容公子呢？」王語嫣「啊」的一聲，道：「表哥呢？啊喲，我倒忘了。」段譽聽到她「我倒忘了」這四字，當真是如聞天樂，比甚麼都喜歡。本來王語嫣全心全意都放在慕容復身上，此刻隔了半天居然還沒想到他，可見她對自己的心意實是出於至誠，在她心中，自己已與慕容復易位了。

只聽鳩摩智道：「老衲過去諸多得罪，謹此謝過。」說著合什躬身。段譽雖見不到他行禮，忙即還禮，說道：「若不是大師將晚生攜來中原，晚生如何能與王姑娘相遇？晚生對大師實是感激不盡。」鳩摩智道：「那是公子自己所積的福報。老衲的惡行，倒成了助緣。公子宅心仁厚，後福無窮。老衲今日告辭，此後萬里相隔，只怕再難得見。這一本經書，公子他日有便，費神請代老衲還了給少林寺。恭祝兩位舉案齊眉，白頭偕老。」說著將那本沾滿了汚泥的「易筋經」交給段譽。

段譽道：「大師要回吐蕃國去麼？」鳩摩智道：「我是要回到所來之處，卻不一定是吐蕃國。」段譽道：「貴國王子向西夏公主求婚，大師不等此事有了分曉再回？」

鳩摩智微微笑道：「世外閒人，豈再為這等俗事縈懷？老衲今後行止無定，隨遇而安。心安樂處，便是身安樂處。」說著拉住眾鄉農留下的繩索，試了一試，知道上端是縛在一塊大石之上，便慢慢攀援著爬了上去。

這一來，鳩摩智大徹大悟，終於真正成了一代高僧，此後廣譯天竺佛家經論而為藏文，弘揚佛法，度人無數。其後天竺佛教衰微，經律論三藏俱散失湮沒，在西藏卻仍保全甚多，其間鳩摩智實有大功。

段譽和王語嫣面面相對，呼吸可聞，雖身處污泥，心中卻充滿了喜樂之情，誰也沒想到要爬出井去。兩人同時慢慢的伸手出來，四手相握，心意相通。

過了良久，王語嫣道：「段郎，只怕你咽喉處給他扼傷了，咱們上去瞧瞧。」段譽道：「我一點也不痛，卻也不忙上去。」王語嫣柔聲道：「你不喜歡上去，我便在這裏陪你。」千依百順，更無半點違拗。

段譽過意不去，笑道：「你這般浸在污泥之中，豈不把你浸壞了？」左手摟著她細腰，右手一拉繩索，竟然力大無窮，微一用力，兩人便上升數尺。段譽大奇，不知自己已吸了鳩摩智的畢生功力，還道是人逢喜事精神爽，又在井底睡了一覺，居然功力大增。

兩人出得井來，陽光下見對方滿身污泥，骯髒無比，料想自己面貌也必如此，忍不住相對大笑，當下找到一處小澗，跳下去沖洗良久，才將頭髮、口鼻、衣服、鞋襪等處的污泥沖洗乾淨。兩個人濕淋淋的從溪中出去，想起前晚段譽跌入池塘，情境相類，心情卻已大異，當真是恍如隔世。

王語嫣道：「咱們這麼一副樣子，如果教人撞見，當真羞也羞死了。」段譽道：「不如便在這裏晒乾，等天黑了再回去。」王語嫣點頭稱是，倚在山石邊上。

段譽仔細端相，但見佳人似玉，秀髮滴水，不由得大樂，卻將王語嫣瞧得嬌羞無限，把臉蛋側了過去。兩人絮絮煩煩，儘揀些沒要緊的事來說，不知時候過得真快，似乎只轉眼之間，太陽便下了山，而衣服鞋襪也都乾了。

段譽心中喜樂，驀地裏想到慕容復，說道：「嫣妹，我今日心願得償，神仙也不如，卻不知你表哥今日去向西夏公主求婚，成也不成。」

王語嫣本來一想到此事便即傷心欲絕，這時心情已變，對慕容復暗有歉疚之意，反而亟盼他能娶得西夏公主，說道：「是啊，咱們快瞧瞧去。」

兩人匆匆回迎賓館來，將到門外，忽聽得牆邊有人說道：「你們也來了？」正是慕容復的聲音。段譽和王語嫣齊聲喜道：「是啊，原來你在這裏。」

慕容復哼了一聲，說道：「剛才跟吐蕃國武士打了一架，殺了十來個人，躭擱了我不少時候。姓段的，你怎麼自己不去皇宮赴宴，卻教個姑娘冒充了你去？我……我可不容你使此狡計，非去拆穿不可。」

他從井中出來後，洗浴、洗衣，好好睡了一覺，醒來後卻遇上吐蕃武士，一場打鬥，雖然得勝，卻也費了不少力氣，趕回賓館時恰好見到木婉清、蕭峯、巴天石等一干人出來。他躲在牆角後審察動靜，正要去找鄧百川等計議，卻見到段譽和王語嫣並肩細語而來。

段譽奇道：「甚麼姑娘冒充我去？我可壓根兒不知。」王語嫣也道：「表哥，我們剛從井中出來……」隨即想起此言不盡不實，自己與段譽在山澗畔溫存纏綿了半天，不能說剛從井中出來，不由得臉上紅了。

好在暮色蒼茫之中，慕容復沒留神到她臉色忸怩，他急於要趕向皇宮，也不去注意她身上汚泥盡去，絕非初從井底出來的模樣。只聽王語嫣又道：「表哥，他……他……段公子……還有我，都很對你不住，盼望你得娶西夏公主為妻。」

慕容復精神一振，喜道：「此話當真，段兄真的不跟我爭做駙馬了麼？」心想：「看來這書獃子獃氣發作，果然不想去做西夏駙馬，只一心一意要娶我表妹，世界上竟有這等胡塗人，倒也可笑。他有蕭峯、虛竹相助，如不跟我相爭，我便去了一個最厲害的勁敵。」

段譽道：「我決不來跟你爭西夏公主，但你也決不可來跟我爭我的嫣妹。大丈夫一言既出，決無翻悔。」他一見到慕容復，總不免有些擔心。

慕容復喜道：「咱們須得趕赴皇宮。你叫那個姑娘不可冒充你而去做了駙馬。」當下匆匆將木婉清喬裝男子之事說了。段譽當即明白其中原由，定是自己失蹤，巴天石和朱丹臣為了向鎮南王交代，一力慫恿木婉清喬裝改扮，代兄求親。當下三人齊赴慕容復的寓所。

鄧百川等正自徬徨焦急，忽見公子歸來，都是喜出望外。眼見為時迫促，各人手忙腳亂的換了衣衫。段譽說甚麼也不肯和王語嫣分開，否則寧可不去皇宮。慕容復無奈，只得要王語嫣也改穿男裝，相偕入宮。

三人帶同鄧百川、公冶乾、包不同、風波惡等趕到皇宮時，宮門已閉。慕容復豈肯就此罷休，悄悄走到宮牆外的僻靜處，逾牆而入。風波惡躍上牆頭，伸手來拉段譽。段譽左手摟住王語嫣，用力一躍，右手去握風波惡的手。不料一躍之下，兩個人輕輕巧巧的從風波惡頭頂飛越而過，還高出了三四尺，跟著輕輕落下，如葉之墮，悄然無聲。牆內慕容復，牆頭風波惡，牆外鄧百川、公冶乾，都不約而同的低聲喝采：「好輕功！」只包不同道：「我看也稀鬆平常。」

七人潛入御花園中，尋覓宴客的所在，想設法混進大廳去與宴，豈知這場御宴片刻間便即散席，前來求婚的眾少年受銀川公主之邀，赴青鳳閣飲茶。段譽、慕容復、王語嫣三人在花園中遇到了木婉清。

蕭峯、巴天石等見段譽神出鬼沒的突然現身，都是驚喜交集。眾人悄悄商議，均說求婚者眾，西夏國官員未必弄得清楚，大夥兒混在一道，到了青鳳閣再說，段譽既到，便不怕揭露機關了。

一行數人穿過御花園，遠遠望見花木掩映中露出樓台一角，閣邊挑出兩盞宮燈，赫連鐵樹引導眾人來到閣前，朗聲說道：「四方佳客前來謁見公主。」

閣門開處，出來四名宮女，每人手提一盞輕紗燈籠，其後是一名身披紫衫的女官，說道：「眾位遠來辛苦，公主請諸位進青鳳閣奉茶。」

宗贊王子道：「很好，很好，我正口渴得緊了。為了要見公主，多走幾步路打甚麼緊？又有甚麼辛苦不辛苦的，哈哈，哈哈！」大笑聲中，昂然而前，從那女官身旁大踏步走進閣去。其餘眾人爭先恐後的擁進，都想搶個好座位，越近公主越好。

只見閣內好大一座廳堂，地下鋪著厚厚的羊毛地毯，地毯上織了五彩花朵，鮮艷奪目。一張張小茶几排列成行，几上放著青花蓋碗，每隻蓋碗旁一隻青花碟子，碟中裝了奶酪、糕餅等四色點心。廳堂盡處有個高出三四尺的平台，鋪了淡黃地毯，台上放著一張錦墊圓凳。眾人均想這定是公主的坐位，你推我擁的，都搶著靠近那平台而坐。只段譽和王語嫣手拉著手，坐在廳堂角落的一張小茶几旁低聲細語，眉花眼笑，自管說自己的事。

各人坐定後，那女官舉起一根小小銅錘，在一塊白玉雲板上玎玎玎的敲擊三下，廳堂中登時肅靜無聲，連段譽和王語嫣也都停了說話，靜候公主出來。

過得片刻，只聽得環珮丁東，內堂走出八個綠衫宮女，分往兩旁一站，又過片刻，一個身穿淡綠衣衫的少女腳步輕盈的走了出來。

眾人登時眼睛為之一亮，只見這少女身形苗條，舉止嫻雅，面貌更是十分秀美。眾人都暗暗喝一聲采：「人稱銀川公主麗色無雙，果然名不虛傳。」

慕容復更想：「我初時尚擔心銀川公主容貌不美，原來她雖比表妹似乎稍有不及，卻也是千中挑、萬中選的美女，先前的擔心，大是多餘。瞧她形貌端正，他日成為大燕國皇后，母儀天下。我和她生下孩兒，世世代代為大燕之主。」

那少女緩步走向平台，微微躬身，向眾人為禮。眾人當她進來之時早已站起，見她躬身行禮，都躬身還禮，有人見公主如此謙遜，沒半分驕矜，更嘖嘖連聲的讚了起來。那少女眼觀鼻、鼻觀心，目光始終不與眾人相接，顯得甚是靦腆。眾人大氣也不敢透一口，生怕驚動了她，均想：「公主金枝玉葉，深居禁中，突然見到這許多男子，自當如此，方合她尊貴的身分。」

過了好半晌，那少女臉上一紅，輕聲細氣的說道：「公主殿下諭示：諸位佳客遠來，青鳳閣愧無好茶美點待客，甚是簡慢，請諸位隨意用些。」

眾人都是一凜，面面相覷，忍不住暗叫：「慚愧，原來她不是公主，看來只不過是侍候公主的一個貼身宮女。」但隨即又想，一個宮女已是這般人才，公主自然更加非同小可，慚愧之餘，隨即又多了幾分歡喜。

宗贊王子道：「原來你不是公主，那麼請公主快些出來罷。我好酒好肉也不吃，那愛吃甚麼好茶美點？」那宮女道：「待諸位用過茶後，公主殿下另有諭示。」宗贊笑道：「很好，很好，公主殿下既然有命，還是遵從的好。」舉起蓋碗，揭開了蓋，瓷碗一側，將一碗茶連茶葉倒在口裏，骨嘟嘟一口吞下茶水，不住的咀嚼茶葉。吐蕃國人喝茶，在茶中加鹽，和以奶酪，連茶汁茶葉一古腦兒都吃下肚去。他還沒吞完茶葉，已抓起四色點心，飛快的塞在口中，含含糊糊的道：「好啦，我遵命吃完，可以請公主出來啦！」

那宮女悄聲道：「是。」卻不移動腳步。宗贊知她是要等旁人都吃完後才去通報，心下好不耐煩，不住口的催促：「喂，大夥兒快吃，加把勁兒！是茶葉麼，又有甚麼了不起？」好容易大多數人都喝了茶，吃了點心。宗贊王子道：「這行了嗎？」

那宮女臉上微微一紅，神色嬌羞，說道：「公主殿下有請眾位佳客，移步內書房，觀賞書畫。」宗贊「嘿」的一聲，說道：「書畫有甚麼好看？畫上的美女，又怎有真人好看？摸不著，聞不到，都是假的。」但還是站起身來。

慕容復心下暗喜：「這就好了，公主要我們到書房去，觀賞書畫為名，考驗文才是實，像宗贊王子這等粗野陋夫，懂得甚麼詩詞歌賦，書法圖畫？只怕三言兩語，便給公主逐出了書房。」又即尋思：「單是比試武功，我已可壓倒羣雄，現下公主更要考較文才，那我更是大佔上風了。」當下喜氣洋洋的站起身來。

那宮女道：「公主殿下有諭：凡是女扮男裝的姑娘們，四十歲以上、已逾不惑之年的先生們，都請留在這裏凝香堂中休息喝茶。其餘各位佳客，便請去內書房。」

木婉清、王語嫣都暗自心驚，均想：「原來我女扮男裝，早就給他們瞧出來了。」

卻聽得一人大聲道：「非也，非也！」

那宮女又是臉上一紅，她自幼入宮，數歲之後便只見過半男半女的太監，從未見過真正的男人，連皇帝和皇太子也未見過，陡然間見到這許多男人，自不免慌慌張張，儘自害羞，過了半晌，才道：「不知這位先生有何高見？」

包不同道：「高見是沒有的，低見倒有一些。」似包不同這般強顏舌辯之人，那宮女更是從未遇到過，不知如何應付才是。包不同接著說：「料想你定要問我：『不知這位先生有何低見？』我瞧你忸怩靦腆，不如免了你這一問，我自己說了出來，也就是了。」

那宮女微笑道：「多謝先生。」

包不同道：「我們萬里迢迢的來見公主，路途之上，千辛萬苦。有的葬身於風沙大漠，有的喪命於獅吻虎口，有的給吐蕃王子的手下武士殺了，到得靈州的，十停中也不過一二停而已。大家只不過想見一見公主的容顏，如今只因爹爹媽媽將我早生了幾年，以致在下年過四十，一番跋涉，全屬徒勞，早知如此，我就遲些出世了。」

那宮女抿嘴笑道：「先生說笑了，一個人早生遲生，豈有自己作得主的？」

宗贊聽包不同嘮叨不休，向他怒目而視，喝道：「公主殿下既然有此諭示，大家遵命便是，你囉唆些甚麼？」包不同冷冷的道：「王子殿下，我說這番話是為你好。你今年四十一歲，雖然也不算很老，總已年逾四旬，是不能去見公主的了。前天我給你算過命，你是丙寅年、庚子月、乙丑日、丁卯時的八字，算起來，那是足足四十一歲了。」

宗贊王子其實只有二十八歲，不過滿臉虬髯，到底多大年紀，甚難估計。那宮女連男人也是今日第一次見，自然更不能判定男人的年紀，也不知包不同所言是真是假，只見宗贊王子滿臉怒容，過去要揪打包不同，她心下害怕，忙道：「我說……我說呢，各人的生日總是自己記得最明白，過了四十歲，便留在這兒，不到四十歲的，請到內書房去。」

宗贊道：「很好，我連三十歲也沒到，自當去內書房。」說著大踏步走進內堂。包不同學著他聲音道：「很好，我連八十歲也沒到，自當去內書房。我雖年逾不惑，性格兒卻非不惑，簡直大惑而特惑。」一閃身便走了進去。那宮女想要攔阻，嬌怯怯的卻是不敢。

其餘眾人一鬨而進，別說過了四十的，便是五六十歲的也進去了不少。只有十幾位莊嚴穩重、行止端方的老人才留在廳中。

木婉清和王語嫣卻也留了下來。段譽原欲留下陪伴王語嫣，但王語嫣不住催促，要他務須進去相助慕容復，段譽這才戀戀不捨的入內，但一步三回首，便如作海國萬里之行，這一去之後，再隔三年五載也不能聚會一般。

一行人走過一條長長的甬道，心下都暗暗納罕：「這青鳳閣在外面瞧來，也不見得如何宏偉，豈知裏面竟然別有天地，是這麼大一片地方。」數十丈長的甬道走完，來到兩扇大石門前。

那宮女取出一塊金屬小片，在石門上錚錚錚的敲擊數下，石門軋軋打開。這些人見這石門厚逾一尺，堅固異常，更是暗自嘀咕：「我們進去之後，石門一關，豈不是給他們一網打盡？焉知西夏國不是以公主招親為名，引得天下英雄好漢齊來自投羅網？」但既來之，則安之，在這局面之下，誰也不肯示弱，重行折回。

眾人進門後，石門緩緩合上，門內又是一條長甬道，兩邊石壁上燃著油燈。走完甬道，又是一道石門，過了石門，又是甬道，接連過了三道大石門。這時連本來最漫不經心之人也有些惶惶然了。再轉了幾個彎，忽聽得水聲淙淙，來到一條深澗之旁。

在禁宮之中突然見到這樣一條深澗，實是匪夷所思。眾人面面相覷，有些脾氣暴躁的，幾乎便要發作。

那宮女道：「要去內書房，須得經過這道幽蘭澗，眾位請。」說著嬌軀一擺，便往深澗裏踏去。澗旁點著四個明晃晃的火把，眾人瞧得明白，她這一腳踏下，便摔入了澗中，不禁都驚呼起來。

豈知那宮女身形婀娜，娉娉婷婷的從澗上凌空走了過去。眾人詫異之下，均想澗上必有鐵索之類可資踏足，否則決無凌空步虛之理，凝目一看，果見有一條鋼絲從此岸通到彼岸，橫架澗上。只是鋼絲既細，又漆得黑黝黝地，黑夜中處於火光照射不到之所，還真難發見。眼見溪澗頗深，若是失足掉將下去，縱無性命之憂，也必狼狽萬分。但這些人前來西夏求親或是護行，個個武功頗具根柢，當即有人施展輕功，從鋼絲上踏向對岸。段譽武功不行，那「凌波微步」的輕功卻練得甚為純熟，巴天石攜住他手，輕輕一帶，兩人便即走了過去。

眾人一一走過，那宮女不知在甚麼巖石旁的機括上一按，只聽得颼的一聲，那鋼絲登時縮入了草叢之中，不知去向。眾人更是心驚，都想這深澗甚闊，難以飛越，莫非西夏國果然不懷好意？否則公主的深閨之中，何以會有這機關？各人暗自提防，卻都不加叫破。有的人暗暗懊悔：「怎地我這樣蠢，進宮時不帶兵刃暗器？」

那宮女說道：「請眾位到這裏來。」眾人隨著她穿過了一大片松林，來到一個山洞門之前，那宮女敲了幾下，山洞門打開。那宮女說道：「請！」當先走了進去。

朱丹臣悄聲問巴天石道：「怎樣？」巴天石也是拿揑不定，不知是否該勸段譽留下，不去冒這個大險，但如不進山洞，當然決無雀屏中選之望。兩人正躊躇間，段譽已和蕭峯並肩走了進去，巴朱二人雙手一握，當即跟進。

在山洞中又穿過一條甬道，眼前陡然一亮，眾人已身處一座大廳堂之中。這廳堂比之先前喝茶的凝香堂大了三倍有餘，顯然本是山峯中一個天然洞穴，再加上偌大人工修飾而成。廳壁打磨得十分光滑，到處掛滿了字畫。一般山洞都有濕氣水滴，這所在卻乾燥異常，字畫懸在壁間，全無受潮之象。堂側放著一張紫檀木的大書桌，桌上放了文房四寶，碑帖古玩，更有幾座書架，三四張石凳、石几。那宮女道：「這裏便是公主殿下的內書房，請眾位隨意觀賞書畫。」

眾人見這廳堂的模樣和陳設極是特異，空空盪盪，更無半分脂粉氣息，居然便是公主的書房，都大感驚奇。這些人九成是赳赳武夫，能識得幾個字的已屬不易，那懂甚麼字畫？但壁上掛的確是字畫，倒也識得。

蕭峯、虛竹武功雖高，於藝文一道卻均一竅不通，兩人並肩往地下一坐，留神觀看旁人動靜。蕭峯的見識經歷比虛竹高出百倍，他神色漠然，似對壁上掛著的書法圖畫感到索然無味，其實眼光始終不離那綠衫宮女的左右。他知這宮女是關鍵的所在，倘若西夏國暗中伏有奸計，定是由這嬌小靦腆的宮女發動。此時他便如一頭在暗處窺伺獵物的豹子，雖然全無動靜，實則耳目心靈，全神貫注，每一片筋肉都鼓足了勁，一見有變故之兆，立即便撲向那宮女，先行將她制住，決不容她使甚麼手腳。

段譽、朱丹臣、慕容復、公冶乾等人到壁前觀看字畫。鄧百川察看每具畫架，有無細孔可以放出毒氣，西夏的「悲酥清風」著實厲害，中原武林人物早聞其名。巴天石則假裝觀賞字畫，實則在細看牆壁、屋角，查察有無機關或出路。

只有包不同信口雌黃，對壁間字畫大加譏彈，不是說這幅畫布局欠佳，便說那幅書法筆力不足。西夏雖僻處邊陲，立國年淺，宮中所藏字畫不能與大宋、大遼相比，但帝皇之家，所藏精品畢竟也不在少。公主書房中頗有一些晉人北魏的書法，唐朝五代的繪畫，無不給包不同說得一錢不值。其時蘇黃法書流播天下，西夏皇宮中也有若干蘇東坡、黃山谷的字跡，在包不同的口中，不但顏柳蘇黃平平無奇，即令是鍾王張褚，也都不在他眼下。

那宮女聽他大言不慚的胡亂批評，不由得驚奇萬分，走將過去，輕聲說道：「包先生，這些字當真寫得不好麼？公主殿下卻說寫得極好呢！」包不同道：「公主殿下僻處西夏，沒見過我們中原真正大名士、大才子的書法，以後須當到中原走走，以見長聞。小妹子，你也當隨伴公主殿下去中原玩玩，才不致孤陋寡聞。」那宮女點頭稱是，微笑道：「要到中原走走，那可不容易了。」包不同道：「非也，非也。公主殿下嫁了中原英雄，不是便可去中原了嗎？」

段譽對牆上字畫一幅幅瞧將過去，突然見到一幅古裝仕女的舞劍圖，不由得大吃一驚，「咦」的一聲。圖中美女竟與王語嫣的容貌一模一樣，只衣飾全然不同，倒有點像無量山石洞中那個神仙姊姊。圖中美女右手持劍，左手揑了劍訣，正在湖畔山邊舞劍，神態飛逸，明艷嬌媚，莫可名狀。段譽霎時之間神魂飛蕩，一時似乎到了王語嫣身邊，一時又似到了無量山的石洞之中，出神良久，突然叫道：「二哥，你來瞧。」

虛竹應聲走近，一看之下，也是大為詫異，心想王姑娘的畫像在這裏又出現了一幅，與師父給我的那幅畫相像，圖中人物相貌無別，只是姿式不同。

段譽越看越奇，忍不住伸手去摸那幅圖畫，只覺圖後的牆壁之上，似乎凹凹凸凸的另有圖樣。他輕輕揭起圖像，果見壁上刻著許多陰陽線條，湊近一看，見壁上刻了無數人形，有的打坐，有的騰躍，姿勢千奇百怪。這些人形大都是圍在一個個圓圈之中，圈旁多半注著一些天干地支和數目字。

虛竹一眼便認了出來，這些圖形與靈鷲宮石室壁上所刻的圖形大同小異，只看得幾幅，心下便想：「這似乎是李秋水李師叔的武功。」跟著便即恍然：「李師叔是西夏的皇太妃，在宮中刻有這些圖形，那是絲毫不奇。」想到圖形在壁，李秋水卻已逝世，不禁黯然。他知這是逍遙派武功的上乘秘訣，倘若內力修為不到，看得著了迷，重則走火入魔，輕則昏迷不醒。那日梅蘭竹菊四妹，便因觀看石壁圖形而摔倒受傷。他怕段譽受損，忙道：「三弟，這種圖形看不得。」段譽道：「為甚麼？」虛竹低聲道：「這是極高深的武學，倘若習之不得其法，有損無益。」

段譽本對武功毫無興趣，但就算興趣極濃，他也必先看王語嫣的肖像而不看武功秘譜，當即放回圖畫，又去觀看那幅「湖畔舞劍圖」。他對王語嫣的身形容貌，再細微之處也是瞧得清清楚楚，牢記在心，再細看那圖時，便辨出畫中人和王語嫣之間的差異來。畫中人身形較為豐滿，眉目間略帶英爽之氣，不似王語嫣那麼溫文婉孌，年紀顯然也比王語嫣大了三四歲，說是無量山石洞中那位神仙姊姊，倒似了個十足十。

包不同口中兀自在胡說八道，對段譽和虛竹的一舉一動、一言一語卻毫不放過，聽虛竹說壁上圖形乃高深武學，當即嗤之以鼻，說道：「甚麼高深武學？小和尚又來騙人。」揭開圖畫，凝目便去看那圖形。段譽斜身側目，企起了足跟，仍是瞧那圖中美女。

那宮女道：「包先生，這些圖形看不得的。公主殿下說過，功夫倘若不到，觀之有損無益。」

包不同道：「功夫若是到了呢？那便有益無損了，是不是？我的功夫是已經到了的。」他本不過逞強好勝，倒也並無偷窺武學秘奧之心，不料只看了一個圓圈中人像的姿式，便覺千變萬化，捉摸不定，忍不住伸手抬足，跟著圖形學了起來。

片刻之間，便有旁人注意到了他的怪狀，跟著也發見壁上有圖。只聽得這邊有人說道：「咦，這裏有圖形。」那邊廂也有人說道：「這裏也有圖形。」各人紛紛揭開壁上的字畫，觀看刻在壁上的人形圖像，只瞧得一會，便都手舞足蹈起來。

虛竹暗暗心驚，忙奔到蕭峯身邊，說道：「大哥，這些圖形是看不得的，再看下去，只怕人人要受重傷，倘若有人顛狂，更要大亂。」

蕭峯心中一凜，大喝：「大家別看壁上的圖形，咱們身在險地，快快聚攏商議。」

他一喝之下，便有幾人回過頭來，聚到他身畔，可是壁上圖形實在誘力太強，每人任意看到一個圖形，略一思索，便覺圖中姿式，實可解答自己長期來苦思不得的許多武學難題，但這姿式到底如何，卻又朦朦朧朧，捉摸不定，忍不住要凝神思索。蕭峯突然間見到這許多人宛如痴迷著魔，也不禁暗自惶慄。

忽聽得有人「啊」的一聲呼叫，轉了幾個圈子，撲地摔倒。又有一人喉間發出低聲，撲向石壁亂抓亂爬，似是要將壁上的圖形挖將下來。蕭峯一凝思間，已有計較，伸手出去，一把抓住一張椅子之背，喀的一聲，拗下了一截，在雙掌間運勁搓磨，捏成了數十塊碎片，當即揚手擲出。但聽得嗤嗤嗤之聲不絕，每一下聲響過去，室中油燈或是蠟燭上便熄了一頭火光，數十下響聲過後，燈火盡熄，書房中一團漆黑。

黑暗之中，唯聞各人呼呼喘聲，有人低呼：「好險，好險！」有人卻叫：「快點燈燭，我可沒看清呢！」

蕭峯朗聲道：「眾位請在原地就坐，不可隨便走動，以免誤蹈屋中機關。壁上圖形惑人心神，更不可伸手去摸，自陷禍害。」他說這話之前，本有人正在伸手撫摸石壁上的圖形線刻，一聽之下，才強自收攝心神。

蕭峯低聲道：「得罪莫怪！快請開了石門，放大夥兒出去。」原來他在射熄燈燭之前，一個箭步竄出，已抓住了那宮女的右腕。那宮女一驚之下，左手反掌便打。蕭峯順手將她左手一併握住。那宮女又驚又羞，一動也不敢動，這時聽蕭峯這麼說，便道：「你……你別抓住我手。」蕭峯放開她手腕，雖在黑暗之中，料想聽聲辨形，也不怕她有甚麼花樣。

那宮女道：「我對包先生說過，這些圖形是看不得的，功夫倘若不到，觀之有損無益。他卻偏偏要看！」

包不同坐在地下，但覺頭痛甚劇，心神恍惚，胸間說不出的難過，似欲嘔吐，勉強提起精神，說道：「你叫我看，我就不看；你不叫我看，我偏偏要看。」

蕭峯尋思：「這宮女果曾勸人不可觀看壁上的圖形，倒不似有意加害。但西夏公主邀我們到這裏，到底是甚麼用意？」便在這時，忽然聞到一陣極幽雅、極清淡的香氣。蕭峯吃了一驚，急忙伸手按住鼻子，想起當年丐幫幫眾被西夏一品堂人物以「悲酥清風」迷倒之事，內息略一運轉，幸喜並無窒礙。

只聽得一個宮女聲音鶯鶯嚦嚦的說道：「公主殿下駕到。」眾人聽得公主到來，都是又驚又喜，只可惜黑暗之中，見不到公主的面貌。

只聽那少女嬌媚的聲音說道：「公主殿下有諭：書房壁上刻有武學圖形，別派人士不宜觀看，是以用字畫懸在壁上，以加遮掩，不料還是有人見到了。公主殿下說道：請各位千萬不可晃亮火摺，不可以火石打火，否則恐有凶險，諸多不便。公主殿下有些言語要向諸位佳客言明，黑暗之中，頗為失敬，還請各位原諒。」

只聽得軋軋聲響，石門打開。那少女又道：「各位倘若不願在此多留，可請先行退出，回到外邊凝香殿用茶休息，一路有人指引，不致迷失路途。」

眾人聽得公主已經到來，如何還肯退出？再聽那宮女聲調平和，絕無惡意，又已打開屋門，任人自由進出，驚懼之心當即大減，竟無一人離去。

隔了一會，那少女道：「各位遠來，公主殿下至感盛情。敝國招待不周，尚請諒鑒。公主謹將平時清賞的書法繪畫，每位各贈一件，聊酬雅意，這些都是名家真跡，請各位哂納。各位離去之時，便自行在壁上摘去罷。」

這些江湖豪客聽說公主有禮物相贈，卻只是些字畫，不由得納悶。有些多見世面之人，知道這些字畫拿到中原，均可賣得重價，勝於黃金珠寶，倒也暗暗欣喜。只有段譽一人最是開心，決意揀取那幅「湖畔舞劍圖」，俾與王語嫣並肩賞玩。

宗贊王子聽來聽去，都是那宮女代公主發言，好生焦躁，大聲道：「公主殿下，即然這裏不便點火，咱們換個地方見面可好？這裏黑濛濛的，你瞧不見我，我也瞧不見你。」

那宮女道：「眾位要見公主殿下，卻也不難。」

黑暗之中，百餘人齊聲叫了出來：「我們要見公主，我們要見公主！」另有不少人七張八嘴的叫嚷：「快掌燈罷，我們決不看壁上的圖形便是。」「只須公主身側點幾盞燈，也就夠了，我們只看到公主，看不到圖形。」「對，對！請公主殿下現身！」擾攘了好一會兒，聲音才漸漸靜下來。

那宮女緩緩說道：「公主殿下請眾位來到西夏，原是要會見佳客。公主現有三個問題，敬請各位挨次回答。若是合了公主心意，自當請見。」

眾人登時都興奮起來。有的道：「原來是出題目考試。」有的道：「俺只會使槍舞刀，要俺回答甚麼詩書題目，這可難死俺了！問的是武功招數嗎？」

那宮女道：「公主要問的題目，都已告知婢子。請那一位先生過來答題？」

眾人爭先恐後的擁前，都道：「讓我來！我先答！我先答！」那宮女嘻嘻一笑，說道：「眾位不必相爭。先回答的反而吃虧。」眾人一想都覺有理，越是遲上去，越可多聽旁人的對答，便可從旁人的應對和公主的可否之中，加以揣摩。這一來，便無人上去了。

忽聽得一人說道：「大家一擁而上，我便墮後；大家怕做先鋒吃虧，那我就身先士卒。在下包不同，有妻有兒，只盼一睹公主芳容，別無他意！」

那宮女道：「包先生倒也爽直得緊。公主殿下有三個問題請教。第一問：包先生一生之中，在甚麼地方最是快樂逍遙？」

包不同想了一會，說道：「是在一家瓷器店中。我小時候在這店中做學徒，老闆欺侮虐待，日日打罵。有一日我狂性大發，將瓷器店中的碗碟茶壺、花瓶人像，一古腦兒打得乒乒乓乓、稀巴粉碎。生平最痛快的便是此事。宮女姑娘，我答得中式麼？」

那宮女道：「是否中式，婢子不知，由公主殿下決定。第二問：包先生生平最愛之人，叫甚麼名字？」包不同毫不思索，說道：「叫包不靚。」

那宮女道：「第三問是：包先生最愛的這個人相貌如何？」包不同道：「此人年方六歲，眼睛一大一小，鼻孔朝天，耳朵招風，包某有何吩咐，此人決計不聽，叫她哭必笑，叫她笑必哭，哭起來兩個時辰不停，乃是我的寶貝女兒包不靚。」

那宮女噗哧一笑。眾豪客也都哈哈大笑起來。那宮女道：「包先生請在這邊休息，第二位請過來。」

段譽急於出去和王語嫣相聚，公主見與不見，毫不要緊，當即上前，黑暗中仍是深深一揖，說道：「在下大理段譽，謹向公主殿下致意問安。在下僻居南疆，今日得來上國觀光，多蒙厚待，實感盛情。」

那宮女道：「原來是大理國鎮南王世子，王子不須多謙，勞步遠來，實深簡慢，蝸居之地，不足以接貴客，還請多多擔待。」段譽道：「姊姊你太客氣了，公主今日若無閒暇，改日賜見，那也無妨。」

那宮女道：「王子既然到此，也請回答三問。第一問，王子一生之中，在何處最是快樂逍遙？」段譽脫口而出：「在一口枯井的爛泥之中。」眾人忍不住失笑。除了慕容復一人之外，誰也不知他為甚麼在枯井的爛泥之中最是快活逍遙。有人低聲譏諷：「難道是隻烏龜，在爛泥中最快活？」

那宮女抿嘴低笑，又問：「王子生平最愛之人，叫甚麼名字？」

段譽正要回答，突然覺得左邊衣袖、右邊衣襟，同時有人拉扯。巴天石在他左耳畔低聲道：「說是鎮南王。」朱丹臣在他右耳邊低聲道：「說是鎮南王妃。」兩人聽到段譽回答第一個問題大為失禮，只怕他第二答也如此貽笑於人。此來是向公主求婚，如果他說生平最愛之人是王語嫣或是木婉清，又或是另外一位姑娘，公主豈有答允下嫁之理？一個說道：該當最愛父親，忠臣孝父，那是朝中三公的想法。一個說道：須說最愛母親，孺慕慈母，那是文學之士的念頭。

段譽聽那宮女問到自己最愛之人的姓名，本來衝口而出，便欲說王語嫣的名字，但巴朱二人這麼一提，段譽登時想起，自己是大理國鎮南王世子，來到西夏，一言一動實繫本國觀瞻，自己丟臉不要緊，卻不能失了大理國的體面，便道：「我最愛的自然是爹爹、媽媽。」他口中一說到「爹爹、媽媽」四字，胸中自然而然的起了愛慕父母之意，覺得對父母之愛和王語嫣之愛並不相同，難分孰深孰淺，說自己在這世上最愛父母，可也決不是虛話。

那宮女又問：「令尊、令堂的相貌如何？是否與王子頗為相似？」段譽道：「我爹爹四方臉蛋，濃眉大眼，形貌甚是威武，其實他的性子倒很和善……」說到這裏，心中突然一凜：「原來我相貌只像我娘，不像爹爹。這一節我以前倒沒想到過。」那宮女聽他說了一半，不再說下去，心想他母親是王妃之尊，他自不願當眾述說母親的相貌，便道：「多謝王子，請王子這邊休息。」

宗贊聽那宮女對段譽言辭間十分客氣，相待甚是親厚，心中醋意登生，暗想：「你是王子，我也是王子。吐蕃國比你大理強大得多。莫非是你一張小白臉佔了便宜麼？」當下不再等待，踏步上前，說道：「吐蕃國王子宗贊，請公主會面。」

那宮女道：「王子光降，敝國上下齊感榮寵。敝國公主也有三事相詢。」

宗贊甚是爽快，笑道：「公主那三個問題，我早聽見了，也不用你一個個的來問，我一併回答了罷。我一生之中，最快樂逍遙的地方，乃是日後做了駙馬，與公主結為夫妻的洞房之中。我平生最愛的人兒，乃是銀川公主，她自然姓李，閨名我此刻當然不知，將來成為夫妻，她定會說與我知曉。至於公主的相貌，當然像神仙一般，天上少有，地下無雙。哈哈，你說我答得對不對？」

眾人之中，倒有一大半和宗贊王子存著同樣心思，要如此回答這三個問題，聽得他說了出來，不由得都暗暗懊悔：「我該當搶先一步如此回答才是，現下若再這般說法，倒似學他的樣一般。」

蕭峯聽那宮女一個個的問來，眾人對答時有的竭力諂諛，討好公主，有的則自高身價，大吹大擂，越聽越覺無聊，若不是要將此事看一個水落石出，早就先行離去了。

正納悶間，忽聽得慕容復的聲音說道：「在下姑蘇燕子塢慕容復，久仰公主芳名，特來拜會。」

那宮女道：「原來是『以彼之道，還施彼身』的姑蘇慕容公子，婢子雖在深宮之中，亦聞公子大名。」慕容復心中一喜：「這宮女知道我的名字，當然公主也知道了，說不定她們曾談起過我。」當下說道：「不敢，賤名有辱清聽。」那宮女又道：「我們西夏雖然僻處邊陲，卻也多聞『北喬峯、南慕容』的英名。聽說北喬峯喬大俠已改姓蕭，在大遼位居高官，不知此事是否屬實？」慕容復道：「正是！」他早見到蕭峯同赴青鳳閣來，卻不加點破。

那宮女問道：「公子與蕭大俠齊名，想必和他相熟。不知這位蕭大俠人品如何？武功與公子相比，卻是誰高誰下？」

慕容復一聽之下，登時面紅耳赤。他與蕭峯在少林寺前相鬥，給蕭峯一把抓起，重重摔在地下，武功大為不如，乃是人所共見，在眾人之前若加否認，不免為天下豪傑所笑。但要他直認不如蕭峯，卻又不願，忍不住怫然道：「姑娘所詢，可是公主要問的三個問題麼？」

那宮女忙道：「不是。公子莫怪。婢子這幾年聽人說起蕭大俠的英名，仰慕已久，不禁多問了幾句。」

慕容復道：「蕭君此刻便在姑娘身畔，姑娘有興，不妨自行問他便是。」此言一出，廳中登時一陣大譁。蕭峯威名遠播，武林人士聽了無不震動。

那宮女顯是心中激動，說話聲音也顫了，說道：「原來蕭大俠居然也紆尊降貴，來到敝邦，我們事先未曾知情，簡慢之極，蕭大俠當真要寬洪大量，原宥則個。」

蕭峯「哼」了一聲，並不回答。

慕容復聽那宮女的語氣，對蕭峯的敬重著實在自己之上，不禁暗驚：「蕭峯那廝也未娶妻，此人官居大遼南院大王，掌握兵權，豈是我一介白丁之可比？他武功又如此了得，我決計不能和他相爭。這……這……這便如何是好？」

那宮女道：「待婢子先問慕容公子，蕭大俠還請稍候，得罪，得罪。」接連說了許多抱歉的言語，才向慕容復問道：「請問公子，公子生平在甚麼地方最是快樂逍遙？」

這問題慕容復曾聽她問過四五十人，但問到自己之時，突然間張口結舌，答不上來。他一生營營役役，不斷為興復燕國而奔走，可說從未有過甚麼快樂之時。別人瞧他年少英俊，武功高強，名滿天下，江湖上對之無不敬畏，自必志得意滿，但他內心，實在是從來沒感到真正快樂過。他呆了一呆，說道：「要我覺得真正快樂，那是將來，不是過去。」

那宮女還道慕容復與宗贊王子等人是一般的說法，要等招為駙馬，與公主成親，那才真正的喜樂，卻不知慕容復所說的快樂，卻是將來身登大寶，成為大燕的中興之主。她微微一笑，又問：「公子生平最愛之人叫甚麼名字？」慕容復一怔，沉吟片刻，嘆了口氣，說道：「我沒甚麼最愛之人。」那宮女道：「如此說來，這第三問也不用了。」慕容復道：「我盼得見公主之後，能回答姊姊第二、第三個問題。」

那宮女道：「請慕容公子這邊休息。蕭大俠，你來到敝國，客從主便，婢子也要以這三個問題冒犯虎威，尚祈海涵，婢子這裏先謝過了。」但她連說幾遍，竟然無人答應。

虛竹道：「我大哥已經走啦，姑娘莫怪。」那宮女一驚，道：「蕭大俠走了？」虛竹道：「正是。」

蕭峯聽西夏公主命那宮女向眾人逐一詢問三個相同的問題，料想其中雖有深意，但顯無加害眾人之心，尋思這三個問題問到自己之時，該當如何回答？念及阿朱，胸口一痛，傷心欲絕，雅不願在旁人之前洩露自己心情，當即轉身出了石室。其時室門早開，他出去時腳步輕盈，旁人大都並未知覺。

那宮女道：「卻不知蕭大俠因何退去？是怪我們此舉無禮麼？」虛竹道：「我大哥並不是小氣之人，不會因此見怪。嗯，他定是酒癮發作，到外面喝酒去了。」那宮女笑道：「正是。素聞蕭大俠豪飲，酒量天下無雙，我們這裏沒有備酒，難留嘉賓，實在太過慢客。這位先生見到蕭大俠之時，還請轉告敝邦公主殿下的歉意。」這宮女能說會道，言語得體，比之在外廂款客的那個怕羞宮女口齒伶俐百倍。虛竹道：「我見到大哥時，跟他說便了。」

那宮女道：「先生尊姓大名？」虛竹道：「我麼……我麼……我道號虛竹子。我是……

出……出……那個……決不是來求親的，不過陪著我三弟來而已。」

那宮女問道：「先生平生在甚麼地方最是快樂？」

虛竹輕嘆一聲，說道：「在一個黑暗的冰窖之中。」

忽聽得一個女子聲音「啊」的一聲低呼，跟著嗆啷一聲響，一隻瓷杯掉到地下，打得粉碎。

那宮女又問：「先生生平最愛之人，叫甚麼名字？」

虛竹道：「唉！我……我不知道那位姑娘叫甚麼名字。」

眾人都哈哈大笑起來，均想此人是個大傻瓜，不知對方姓名，便傾心相愛。

那宮女道：「不知那位姑娘的姓名，那也不是奇事。當年孝子董永見到天上仙女下凡，並不知她的姓名底細，就愛上了她。虛竹子先生，這位姑娘的容貌定然是美麗非凡了？」

虛竹道：「她容貌如何，我也是從來沒看見過。」

霎時之間，石室中笑聲雷動，都覺真是天下奇聞，也有人以為虛竹是故意說笑。

眾人鬨笑聲中，忽聽得一個女子聲音低低問道：「你……你可是『夢郎』麼？」虛竹大吃一驚，顫聲道：「你……你……你可是『夢姑』麼？這可想死我了。」不由自主的向前跨了幾步，只聞到一陣馨香，一隻溫軟柔滑的手掌已握住了他手，一個熟悉的聲音在他耳邊悄聲道：「夢郎，我便是找你不到，這才請父皇貼下榜文，邀你到來。」虛竹更是驚訝，道：「你……你便是……」那少女道：「咱們到裏面說話去，夢郎，我日日夜夜，就盼有此時此刻……」一面細聲低語，一面握著他手，悄沒聲的穿過帷幕，踏著厚厚的地毯，走向內堂。

石室內眾人兀自喧笑不止。

那宮女仍是挨次將這三個問題向眾人一個個問將過去，直到盡數問完，這才說道：「請各位到外邊凝香殿喝茶休息，壁上書畫，便當送出來請各位揀取。公主殿下如願和那一位相見，自當遣人前來邀請。」

登時有許多人鼓譟起來：「我們要見公主！」「即刻就要見！」「把我們差來差去，那不是消遣人麼？」

那宮女道：「各位還是到外邊休息的好，又何必惹得公主殿下不快？」最後一句話其效如神，眾人來到靈州，為的就是要做駙馬，倘若不聽公主吩咐，她勢必不肯召見，見都見不到，還有甚麼駙馬不駙馬的？只怕要做駙牛、駙羊也難。當下眾人便即安靜，魚貫走出石室。室外明晃晃火把照路，眾人循舊路回到先前飲茶的凝香殿中。

段譽和王語嫣重會，說起公主所問的三個問題。王語嫣聽他說生平覺得最快樂之地是在枯井的爛泥之中，不禁吃吃而笑，暈紅雙頰，低聲道：「我也是一樣。」

眾人喝茶閒談，紛紛議論，猜測適才這許多人的對答，不知那一個的話最合公主心意。過了一會，內監捧出書畫卷軸來，請各人自擇一件。這些人心中七上八下，只是記著公主是否會召見自己，那有心思揀甚麼書畫。段譽輕輕易易的便取得了那幅「湖畔舞劍圖」，誰也不來跟他爭奪。

他和王語嫣並肩觀賞，王語嫣嘆道：「圖中這人，倒很像我媽媽。」想起和母親分別日久，甚是牽掛。

段譽驀地想起虛竹身邊也有一幅相似的圖畫，想請他取出作一比較，但遊目四顧，殿中竟不見虛竹的人影。他叫道：「二哥，二哥！」也不聽見人答應。段譽心道：「他和大哥一起走了！還是有甚凶險？」正感擔心，忽然一名宮女走到他的身邊，說道：「虛竹先生有張書箋交給段王子。」說著雙手捧上一張摺疊好的泥金詩箋。

段譽接過，便聞到一陣淡淡幽香，打了開來，只見箋上寫道：「我很好，極好，說不出的快活。要你空跑一趟，真是對你不起，對段老伯又失信了，不過沒有法子。字付三弟。」下面署著「二哥」二字。段譽情知這位和尚二哥讀書不多，文理頗不通順，但這封信卻實在沒頭沒腦，不知所云，拿在手裏怔怔的思索。

宗贊王子遠遠望見那宮女拿了一張書箋交給段譽，認定是公主邀請他相見，不由得醋意大發，心道：「好啊，果然是給你這小白臉佔了便宜，咱們可不能這麼便算。」喝道：「咱家須容不得你！」一個箭步，便向段譽撲了過來，左手將書箋一把搶過，右手重重一拳，打向段譽胸口。

段譽正在思索虛竹信中所言是何意思，宗贊王子這一拳打到，全然沒想到閃避，而以他武功，宗贊這一拳來得快如電閃，便想避也避不了。砰的一聲，正中前胸，段譽體內充盈鼓盪的內息立時生出反彈之力，但聽得呼的一聲，跟著幾下「劈啪、嗆啷、哎喲！」宗贊王子直飛出數步之外，摔上一張茶几，几上茶壺、茶杯打得片片粉碎。

宗贊「哎喲」一聲叫過，來不及站起，便去看那書箋，大聲唸道：「我很好，極好，說不出的快活！」

眾人明明見他給段譽彈出，重重摔了一交，怎麼說「我很好，極好，說不出的快活！」無不大為詫異。

王語嫣忙走到段譽身邊，問道：「他打痛了你麼？」段譽笑道：「不礙事。二哥給我一通書柬，這王子定是誤會了，只道是公主召我去相會。」

吐蕃眾武士見主公被人打倒，有的過去相扶，有的便氣勢洶洶的過來向段譽挑釁。段譽道：「這裏是非之地，多留無益，咱們回去罷。」巴天石忙道：「公子既然來了，何必急在一時？」朱丹臣也道：「西夏國皇宮內院，還怕吐蕃人動粗不成？說不定公主便會邀見，此刻走了，豈不是禮數有虧？」兩人不斷勸說，要段譽暫且留下。

果然一品堂中有人出來，喝令吐蕃眾武士不得無禮。宗贊王子爬將起來，見那書箋不是公主召段譽去相見，心中氣也平了。

正擾攘間，木婉清忽然向段譽招招手，左手舉起一張紙揚了揚。段譽點點頭，過去接了過來。

宗贊又見段譽展開那書箋來看，臉上神色不定，心道：「這封信定是公主見召了。」大聲喝道：「第一次你瞞過了我，第二次還想再瞞麼？」雙足一登，又撲將過去，挾手一把將那信箋搶了過來。

這一次他學了乖，不敢再伸拳打段譽胸膛，搶到信箋，右足一抬，便踢中段譽的小腹，那臍下丹田正是煉氣之士內息的根源，內勁不用運轉，反應立生，當真是有多快便這般快，但聽得呼的一聲，又是「劈啪、嗆啷、哎喲」一陣響，宗贊身子倒飛出去，越過數十人的頭頂，撞翻了七八張茶几，這才摔倒。

這王子皮粗肉厚，段譽又並非故意運氣傷他，摔得雖然狼狽，卻未受內傷。他身子一著地，便舉起搶來的那張信箋，大聲讀了出來：「有厲害人物要殺我的爸爸，也就是要殺你的爸爸，快快去救。」

眾人一聽，更加摸不著頭腦，怎麼宗贊王子說「我的爸爸，也就是你的爸爸」？

段譽和巴天石、朱丹臣等卻心下了然，這字條是木婉清所寫，所謂「我的爸爸，也就是你的爸爸」，自是指段正淳而言了，都圍在木婉清身邊，齊聲探問。

木婉清道：「你們進去不久，梅劍和蘭劍兩位姊姊便進宮來，有事要向虛竹先生稟報。虛竹子一直不出來，她們便跟我說了，說道接得訊息，有好幾個厲害人物設下陷阱，蓄意加害爹爹。這些陷阱已知布在蜀南一帶，正是爹爹回去大理的必經之地。她們靈鷲宮已派了玄天、朱天兩部，前去追趕爹爹，要他當心，同時派人西來報訊。」

段譽急道：「梅劍、蘭劍兩位姊姊呢？我怎麼沒瞧見？」木婉清道：「你眼中只有王姑娘一人，那裏還瞧得見別人？梅劍、蘭劍兩位姊姊本來是要跟你說的，招呼你幾次，也不知你故意不睬呢，還是真的沒有瞧見。」段譽臉上一紅，道：「我……我確是沒瞧見。」木婉清又冷冷的道：「她們急於去找虛竹二哥，不等你了。我想招呼你過來，你又不理我，我只好寫了這張字條，想遞給你。」

段譽心下歉然，知道自己心無旁騖，眼中所見，只是王語嫣的一喜一愁，耳中所聞，只是王語嫣的一語一笑，便是天塌下來，也是不理，木婉清遠遠的示意招呼，自然是視而不見了。若不是宗贊王子撲上來猛擊一拳，只怕還是不會抬起頭來見到木婉清招手，當下便向巴天石、朱丹臣道：「咱們連夜上道，去追趕爹爹。」巴朱二人道：「正是！」

各人均想鎮南王既有危難，那自是比甚麼都要緊，段譽做不做得成西夏駙馬，只好置之度外了。當下一行人立即起身出門。

段譽等趕回賓館與鍾靈會齊，收拾了行李，逕即動身。巴天石則去向西夏國禮部尚書告辭，說道鎮南王途中身染急病，世子須得趕去侍奉，不及向皇上叩辭。父親有病，做兒子的星夜前往侍候湯藥，乃是天經地義之事，那禮部尚書讚嘆一陣，說甚麼「王子孝心格天，段王爺定占勿藥」等語。巴天石辭行已畢，匆匆出靈州城南門，施展輕功趕上段譽等人之時，離靈州已有三十餘里了。

四十七

為誰開　茶花滿路

——

外面一陣風捲進，
成千成萬隻蜜蜂衝進屋來，
蜜蜂一進屋，便分向各人刺去。

段譽等一行人馬不停蹄，在道非止一日，自靈州而至臯蘭、秦州，東向漢中，經廣元、劍閣而至蜀北。一路上迭接靈鷲宮玄天、朱天兩部羣女的傳書，說道鎮南王正向南行。有一個訊息說，鎮南王攜同女眷二人，兩位夫人在梓潼惡鬥了一場，似乎不分勝負。段譽心知這兩位夫人一個是木婉清的母親秦紅棉，另一個則是阿朱、阿紫的母親阮星竹；論武功是秦紅棉較高，論智計則阮星竹佔了上風，有爹爹調和其間，諒來不至有甚麼大事發生。果然隔不了兩天，又有訊息傳來，兩位夫人已言歸於好，和鎮南王在一家酒樓中飲酒。玄天部已向鎮南王示警，告知他有厲害的對頭要在前途加害。

旅途之中，段譽和巴天石、朱丹臣等商議過幾次，都覺鎮南王的對頭除了四大惡人之首的段延慶外，更無別人。段延慶武功奇高，大理國除了保定帝本人外，無人能敵，如果他追上了鎮南王，確是大有可慮。眼前唯有加緊趕路，與鎮南王會齊，眾人合力，才可和段延慶一鬥。巴天石道：「咱們一見到段延慶，不管三七二十一，立即一擁而上，給他來個倚多為勝。決不能再蹈小鏡湖畔的覆轍，讓他和王爺單打獨鬥。」朱丹臣道：「正是。咱們這裏有段世子、木姑娘、鍾姑娘、王姑娘、你我二人、再加上王爺和二位夫人，以及華司徒、范司馬、古大哥他們這些人，又有靈鷲宮的姑娘們相助。人多勢眾，就算殺不死段延慶，總不能讓他欺侮了咱們。」段譽點頭道：「正是這個主意。」

眾人將到綿州時，只聽得前面馬蹄聲響，兩騎並馳而來。馬上兩個女子翻身下馬，叫道：「靈鷲宮屬下玄天部參見大理段公子。」段譽忙即下馬，叫道：「兩位辛苦了，可見到了家父麼？」右首那中年婦人說道：「啟稟公子，鎮南王接到我們示警後，已然改道東行，說要兜個大圈子再回大理，以免遇上了對頭。」

段譽一聽，登時便放了心，喜道：「如此甚好。爹爹金玉之體，何必去和兇徒廝拚？毒蟲惡獸，避之則吉，卻也不是怕了他。兩位可知對頭是誰？這訊息最初從何處得知？」

那婦人道：「最初是菊劍姑娘聽到另一位姑娘說的。那位姑娘名字叫作阿碧……」王語嫣喜道：「原來是阿碧。我可好久沒見到她了。」段譽接口道：「啊，是阿碧姑娘，我認得她。她本來是慕容公子的侍婢。」

那婦人道：「這就是了。菊劍姑娘說，阿碧姑娘和她年紀差不多，相貌美麗，很討人歡喜，就是一口江南口音，說話不大聽得懂。阿碧姑娘是我們主人的師姪康廣陵先生的弟子，說起來跟我們靈鷲宮都是一家人。菊劍姑娘說到主人陪公子到皇宮中去招親，阿碧姑娘要趕去西夏，和慕容公子相會。她說在途中聽到訊息，有個極厲害的人物要和鎮南王爺為難。她說段公子待她很好，要我們設法傳報訊息。」

段譽想起在姑蘇初遇阿碧時的情景，由於她和阿朱的牽引，這才得和王語嫣相見，這次又是她傳訊，心下感激，問道：「這位阿碧姑娘，這時在那裏？」

那中年婦人道：「屬下不知。段公子，聽梅劍姑娘的口氣，要和段王爺為難的那個對頭著實厲害。因此梅劍姑娘不等主人下令，便令玄天、朱天兩部出動，公子還須小心才好。」

段譽道：「多謝大嫂費心盡力，大嫂貴姓，日後在下見到二哥，也好提及。」那婦人甚喜，笑道：「我們玄天、朱天兩部大夥兒一般辦事，公子不須提及賤名。公子爺有此好心，小婦人多謝了！」說著和另一個女人斂衽行禮，和旁人略一招呼，上馬而去。

段譽問巴天石道：「巴叔叔，你以為如何？」巴天石道：「王爺既已繞道東行，咱們便逕自南下，想來在成都一帶，便可遇上王爺。」段譽點頭道：「甚是。」

一行人南下過了綿州，來到成都。錦宮城繁華富庶，甲於西南。段譽等在城中閒逛了幾日，不見段正淳到來。各人均想：「鎮南王有兩位夫人相伴，一路上遊山玩水，大享溫柔艷福，自然是緩緩行而遲遲歸。一回到大理，便沒這麼逍遙快樂了。」

一行人再向南行，眾人每行一步便近大理一步，心中也寬了一分。一路上繁花似錦，段譽與王語嫣按轡徐行，生怕木婉清、鍾靈著惱，也不敢太冷落了這兩個妹子。木婉清途中已告知鍾靈，段譽其實是自己兄長，又說鍾靈亦是段正淳所生，二女改口以姊妹相稱，雖見段譽和王語嫣言笑晏晏，神態親密，卻也無可奈何，亦只黯然惆悵而已。

這一日傍晚，將到楊柳場時，天色陡變，黃豆大的雨點猛灑下來。眾人忙催馬疾行，要找地方避雨。轉過一排柳樹，但見小河邊白牆黑瓦，聳立著七八間屋宇，眾人大喜，拍馬奔近。只見屋簷下站著一個老漢，背負隻手，正在觀看天邊越來越濃的烏雲。

朱丹臣翻身下馬，上前拱手說道：「老丈請了，在下一行行旅之人，途中遇雨，求在寶莊暫避，還請行個方便。」那老漢道：「好說，好說，卻又有誰帶著屋子出來趕路的？列位官人、姑娘請進。」朱丹臣聽他說話語音清亮，不是川南土音，雙目炯炯有神，不禁心中一凜，拱手道：「如此多謝了。」

眾人進得門內，朱丹臣指著段譽道：「這位是敝上余公子，剛到成都探親回來。這位是石老哥，在下姓陳。不敢請問老丈貴姓。」那老漢嘿嘿一笑，道：「老朽姓賈。余公子，石大哥，陳大哥，幾位姑娘，請到內堂喝杯清茶，瞧這雨勢，只怕還有得下呢。」段譽等聽朱丹臣報了假姓，便知事有蹊蹺，當下各人都留下了心。

賈老者引著眾人來到一間廂房之中。但見牆壁上掛著幾幅字畫，陳設頗為雅潔，不類鄉人之居，朱丹臣和巴天石相視以目，更加留神。段譽見所掛字畫均係出於俗手，不再多看。那賈老者道：「我去命人沖茶。」朱丹臣道：「不敢麻煩老丈。」賈老者笑道：「只怕待慢了貴人。」說著轉身出去，掩上了門。

房門一掩上，門後便露出一幅畫來，畫的是幾株極大的山茶花，一株銀紅，嬌艷欲滴，一株全白，幹已半枯，蒼勁可喜。

段譽一見，登時心生喜悅，但見畫旁題了一行字道：「大理茶花最甲海內，種類七十有一，大於牡丹，一望若火（　）雲（　），爍日蒸（　）。」其中空了幾個字。這一行字，乃是錄自「滇中茶花記」，段譽本就熟記於胸，茶花種類明明七十有二，題詞卻寫「七十有一」，一瞥眼，見桌上陳列著文房四寶，忍不住提筆蘸墨，在那「一」字上添了一橫，改為「二」字，又在火字下加一「齊」字，雲字下加一「錦」字，蒸字下加一「霞」字。

一加之後，便變成了：「大理茶花最甲海內，種類七十有二，大於牡丹，一望若火齊雲錦，爍日蒸霞。」原來題字寫的是褚遂良體，段譽也依這字體書寫，竟是了無增改痕跡。

鍾靈拍手笑道：「你這麼一填，一幅畫就完完全全，更無虧缺了。」

段譽放下筆不久，賈老者推門進來，又順手掩上了門，見到畫中缺字已然補上，當即滿臉堆歡，笑道：「貴客，貴客，小老兒這可失敬了。這幅畫是我一個老朋友畫的，他記心不好，題字時忘了幾個字，說要回家查書，下次來時補上。唉，不料他回家之後，一病不起，從此不能再補。想不到余公子博古通今，給老朽與我亡友完了一件心願，擺酒，快擺酒！」一路叫嚷著出去。

過不多時，賈老者換了件嶄新的繭綢長袍，來請段譽等到廳上飲酒。眾人向窗外瞧去，但見大雨如傾，滿地千百條小溪流東西衝瀉，一時確也難以行走，又見賈老者意誠，推辭不得，便同到廳上，只見席上鮮魚、臘肉、鷄鴨、蔬菜，擺了十餘碗。段譽等道謝入座。

賈老者斟酒入杯，笑道：「鄉下土釀，倒也不甚麼嗆口。余公子，小老兒本是江南人，年輕時也學過一點兒粗淺武功，和人爭鬥，失手殺了兩個仇家，在故鄉容身不易，這才逃來四川。唉，一住數十年，卻總記著家鄉，小老兒本鄉的酒比這大麴醇些，可沒這麼厲害。」一面說，一面給眾人斟酒。

各人聽他述說身世，雖不盡信，但聽他自稱身有武功，卻也大釋心中疑竇，又見他替客人斟酒後，說道：「先乾為敬！」一口將杯中的酒喝乾了，更是放心，便盡情吃喝起來。巴天石和朱丹臣飲酒既少，吃菜時也等賈老者先行下箸，這才挾菜。

酒飯罷，眼見大雨不止，賈老者又誠懇留客，段譽等當晚便在莊中借宿。

臨睡之時，巴天石悄悄跟木婉清道：「木姑娘，今晚警醒著些兒，我瞧這地方總是有些兒邪門。」木婉清點了點頭，當晚和衣躺在床上，袖中扣了毒箭，耳聽著窗外淅淅瀝瀝的雨聲，半睡半醒的直到天明，竟然毫無異狀。

眾人盥洗罷，見大雨已止，當即向賈老者告別。賈老者直送出門外數十丈，禮數甚是恭謹。眾人行遠之後，都是嘖嘖稱奇。巴天石道：「這賈老者到底是甚麼來歷，實在古怪，這次我可猜不透啦。」朱丹臣道：「巴兄，我猜這賈老兒本懷不良之意，待見到公子填好了畫中的缺字，突然間神態有變。公子，你想這幅畫和幾行題字，卻又有甚麼干係？」段譽搖頭道：「這兩株山茶嗎，那也平常得緊。一株粉侯，一株雪塔，雖說是名種，卻也不是甚麼罕見之物。」眾人猜不出來，也就不再理會。

鍾靈笑道：「最好一路之上，多遇到幾幅缺了字畫的畫圖，咱們段公子一一填將起來，大筆一揮，便騙得兩餐酒飯，一晚住宿，卻不花半文錢。」眾人都笑了起來。

說也奇怪，鍾靈說的是一句玩笑言語，不料旅途之中，當真接二連三的出現了圖畫。圖中所繪的必是山茶花，有的題詞有缺，有的寫錯了字，更有的是畫上有枝無花，或是有花無葉。段譽一見到，便提筆添上。一添之下，圖畫的主人總是出來殷勤相待，美酒美食，又不肯收受分文。

巴天石和朱丹臣幾次三番的設辭套問，對方的回答總是千篇一律，說道原來的畫師未曾畫得周全，或是題字有缺，多蒙段譽補足，實是好生感激。段譽和鍾靈是少年心性，只覺好玩，但盼缺筆的字畫越多越好。王語嫣見段譽開心，她也隨著歡喜。木婉清向來天不怕、地不怕，對方是好意也罷、歹意也罷，她都不放在心上。只有巴天石和朱丹臣卻越來越擔憂，見對方布置如此周密，其中定有重大圖謀，偏生全然瞧不出半點端倪。

巴朱二人每當對方殷勤相待之時，總是細心查察，看酒飯之中是否置有毒藥。有些慢性毒藥極難發覺，往往連服十餘次這才毒發。巴天石見多識廣，對方若是下毒，須瞞不過他的眼去，卻始終見酒飯一無異狀，而且主人總是先飲先食，以示無他。

漸行漸南，雖已十月上旬，天時卻也不冷，一路上山深林密，長草叢生，與北國西夏相較，又是另一番景象。

這一日傍晚，將近草海，一眼望出去無窮無盡都是青青野草，左首是一座大森林，眼看數十里內並無人居。巴天石道：「公子，此處地勢險惡，咱們乘早找個地方住宿才好。」段譽點頭道：「是啊，今日是走不出這大片草地了，只不知甚麼地方可以借宿。」朱丹臣道：「草海中毒蚊、毒蟲甚多，又多瘴氣。眼下桂花瘴剛過，芙蓉瘴初起，兩股瘴氣混在一起，毒性更烈。倘若找不到宿地，便在樹枝高處安身較好，瘴氣侵襲不到，毒蟲毒蚊也少。」

當下一行人折而向左，往樹林中走去。王語嫣聽朱丹臣將瘴氣說得這般厲害，問他桂花瘴、芙蓉瘴是甚麼東西。朱丹臣道：「瘴氣是山野沼澤間的毒氣，三月桃花瘴、五月榴花瘴最為厲害。其實瘴氣都是一般，時候不同，便按月令時花，給它取個名字。三五月間天候漸熱，毒蟲毒蚊萌生，是以為害最大。這時候已好得多了，只不過這一帶濕氣極重，草海中野草腐爛堆積，瘴氣必定兇猛。」王語嫣道：「嗯，那麼有茶花瘴沒有？」段譽、巴天石等都笑了起來。朱丹臣道：「我們大理人最喜茶花，可不將茶花和那討厭的瘴氣連在一起。」

說話之間已進了林子。馬蹄踏入爛泥，一陷一拔，行走甚是不便。巴天石道：「我瞧咱們不必再進去啦，今晚就學鳥兒，在高樹上作巢安身，等明日太陽出來，瘴氣漸清，再行趕路。」王語嫣道：「太陽出來後，瘴氣便不怎麼厲害了？」巴天石道：「正是。」

鍾靈突然指著東北角，失聲驚道：「啊喲，不好啦，那邊有瘴氣升起來了，那是甚麼瘴氣？」各人順著她手指瞧去，果見有股雲氣，嬝嬝在林間升起。

巴天石道：「姑娘，這是燒飯瘴。」鍾靈擔心道：「甚麼燒飯瘴？厲害不厲害？」巴天石笑道：「這不是瘴氣，是人家燒飯的炊煙。」果見那青煙中夾有黑氣，又有些白霧，乃是炊煙。眾人都笑了起來，精神為之一振，都說：「咱們找燒飯瘴去。」鍾靈給各人笑得不好意思，脹紅了臉。王語嫣安慰她道：「靈妹，幸好得你見到了這燒飯……燒飯的炊煙，免了大家在樹頂露宿。」

一行人朝著炊煙走去，來到近處，只見林中搭著七八間木屋，屋旁堆滿了木材，顯是伐木工人的住所。朱丹臣縱馬上前，大聲道：「木場的大哥，行道之人，想在貴處借宿一晚，成不成？」隔了半晌，屋內並無應聲，朱丹臣又說了一遍，仍無人答應。屋頂煙囪中的炊煙卻仍不斷冒出，屋中定然有人。

朱丹臣從懷中摸出可作兵刃的鐵骨扇，拿在手中，輕輕推開了門，走進屋去。只見屋內一個人影也無，卻聽到必剝必剝的木柴著火之聲。朱丹臣走向後堂，進入廚房，只見灶下有個老婦正在燒火。朱丹臣道：「老婆婆，這裏還有旁人麼？」那老婦茫然瞧著他，似乎聽而不聞。朱丹臣道：「便只你一個在這裏麼？」那老婦指指自己耳朵，又指指嘴巴，啊啊啊的叫了幾聲，表示是個聾子，又是啞巴。

朱丹臣回到堂中，段譽、木婉清等已在其餘幾間屋中查看一遍，七八間木屋之中，除了那老婦外更無旁人。每間木屋都有板床，床上卻無被褥，看來這時候伐木工人並未開工。巴天石奔到木屋之外繞了兩圈，察見並無異狀。

朱丹臣道：「這老婆婆又聾又啞，沒法跟她說話。王姑娘最有耐心，還是請你跟她打個交道罷。」王語嫣笑著點頭，道：「好，我去試試。」她走進廚房，跟那婆婆指手劃腳，取了一錠銀子給她，居然大致弄了個明白。眾人待那婆婆煮好飯後，向她討了些米作飯，木屋中無酒無肉，大夥兒吃些乾菜，也就抵過了肚飢。

巴天石道：「咱們就都在這間屋中睡，別分散了。」當下男的睡在東邊屋，女的睡在西邊。那老婆婆在中間房桌上點了一盞油燈。

各人剛睡下，忽聽得中間房塔塔幾聲，有人用火刀火石打火，但打來打去打不著。巴天石開門出去，見桌上油燈已熄，黑暗中但聽得塔塔聲響，那老婆婆不停的打火。巴天石取出懷中火刀火石，塔的一聲，便打著了火，湊過去點了燈盞。那老婆婆微露笑容，向他打個手勢，要借火刀火石，指指廚房，示意要去點火。巴天石交了給她，入房安睡。

過不多時，卻聽得中間房塔塔之聲又起，段譽等閉眼剛要入睡，給打火聲吵得睜大眼來，見壁縫中沒火光透過來，原來那油燈又熄了。朱丹臣笑道：「這老婆婆可老得背了。」本待不去理她，但塔塔之聲始終不絕，似乎倘若一晚打不著火，她便要打一晚似的。朱丹臣聽得不耐煩起來，走到中間房中，黑暗裏朦朦朧朧的見那老婆婆手臂一起一落，塔塔的打火。朱丹臣取出自己的火刀火石，塔的一聲打著火，點亮了油燈。那老婆婆笑了笑，打了幾個手勢，向他借火刀火石，要到廚房中使用。朱丹臣借了給她，自行入房。

豈知過不多久，中間房的塔塔塔聲音又響了起來。巴天石和朱丹臣都大為光火，罵道：「這老婆子不知在搗甚麼鬼！」可是塔塔塔、塔塔塔的聲音始終不停。巴天石跳了出去，搶過她的火刀火石來打，塔塔塔幾下，竟一點火星也無，摸上去也不是自己的打火之具，大聲問道：「我的火刀、火石呢？」這句話一出口，隨即啞然失笑：「我怎麼向一個聾啞的老婆子發脾氣？」

這時木婉清也出來了，取出火刀火石，道：「巴叔叔，你要打火麼？」巴天石道：「這老婆婆真是古怪，一盞燈點了又熄，熄了又點，直搞了半夜。」接過火刀火石，塔的一聲，打出火來，點著了燈盞。那老婆婆似甚滿意，笑了一笑，瞧著燈盞的火光。巴天石向木婉清道：「姑娘，路上累了，早些安歇罷。」便即回入房中。

豈知過不到一盞茶時分，那塔塔塔、塔塔塔的打火之聲又響了起來。巴天石和朱丹臣同時從床上躍起，都想搶將出去，突然之間，兩人同時醒覺：「世上豈有這等古怪的老太婆？其中定有詭計。」

兩人輕輕一握手，悄悄出房，分從左右掩到那老婆婆身旁，正要一撲而上，突然鼻中聞到一陣淡淡的香氣，原來在燈盞旁打火的卻是木婉清。兩人立時收勢，巴天石道：「姑娘，是你？」木婉清道：「是啊，我覺得這地方有點兒不對勁，想點燈瞧瞧。」

巴天石道：「我來打火。」豈知塔塔塔、塔塔塔幾聲，半點火星也打不出來。巴天石一驚，叫道：「這火石不對，給那老婆子掉過了。」朱丹臣道：「快去找那老婆子，別給她走了。」木婉清奔向廚房，巴朱二人追出木屋，但便在這頃刻之間，那老婆子已然不知去向。

巴天石道：「別追遠了，保護公子要緊。」

兩人回進木屋，段譽、王語嫣、鍾靈也都已聞聲而起。

巴天石道：「誰有火刀火石？先點著了燈再說。」只聽兩個人不約而同的說道：「我的火刀火石給那老婆婆借去了。」卻是王語嫣和鍾靈。巴天石和朱丹臣暗暗叫苦：「咱們步步提防，想不到還是在這裏中了敵人詭計。」段譽從懷裏取出火刀火石，塔塔塔的打了幾下，卻那裏打得著火？朱丹臣道：「公子，那老婆子曾向你借來用過？」段譽道：「是，那是在吃飯之前。她打了之後便即還我。」朱丹臣道：「火石給掉過了。」

一時之間，各人默不作聲，黑暗中但聽得秋蟲唧唧。這一晚正當月盡夜，星月無光。六人聚在屋中，只朦朦朧朧的看到旁人的影子，心中隱隱都感到周遭情景甚是凶險。自從段譽在畫中填字、賈老者殷勤相待以來，六人就如給人蒙上了眼，身不由主的走入一個茫無所知的境地，明知敵人必是在暗中有所算計，但用的是甚麼陰險毒計，卻半點端倪也瞧不出來。各人均想：「敵人如果一擁而出，倒也痛快，卻這般鬼鬼祟祟，令人全然無從提防。」

木婉清道：「那老婆婆取了咱們的火石去，用意是叫咱們不能點燈，他們便可在黑暗中施行詭計。」鍾靈突然尖聲驚叫，說道：「我最怕他們在黑暗裏放蜈蚣、毒蟻來咬我！」巴天石心中一凜，說道：「黑暗中若有細小毒物來襲，確是防不勝防。」段譽道：「咱們還是出去，躲在樹上。」朱丹臣道：「只怕樹上已先放了毒物。」鍾靈又是「啊」的一聲，捉住了木婉清的手臂。巴天石道：「姑娘別怕，咱們點起火來再說。」鍾靈道：「沒了火石，怎麼點火？」巴天石道：「敵人是何用意，現下難知。但他們既要咱們沒火，咱們偏偏生起火來，想來總是不錯。」

他說著轉身走入廚房，取過兩塊木柴，出來交給朱丹臣，道：「朱兄弟，把木柴弄成木屑，越細越好。」朱丹臣一聽，當即會意，道：「不錯，咱們豈能束手待攻？」從懷中取出匕首，將木柴一片片的削了下來。段譽、木婉清、王語嫣、鍾靈一起動手，各取匕首小刀，把木片切的切，斬的斬，輾的輾，弄成極細的木屑。段譽嘆道：「可惜我沒天龍寺枯榮師祖的神功，否則內力到處，木屑立時起火，便是那鳩摩智，也有這等本事。」其實這時他體內所積蓄的內力，已遠在枯榮大師和鳩摩智之上，只不會運用而已。

幾人不停手的將木粒輾成細粉，心中都惴惴不安，誰也不說話，只留神傾聽外邊動靜，均想：「這老婆婆騙了咱們的火石去，決不會停留多久，只怕立時就會發動。」

巴天石摸到木屑已有飯碗般大一堆，當即撥成一堆，拿幾張火媒紙放在其中，將自己單刀執在左手，借過鍾靈的單刀，右手執住了，突然間雙手一合，錚的一響，雙刀刀背相碰，火星四濺，火花濺到木屑之中，便燒了起來，只可惜一燒即滅，未能燒著紙媒，眾人嘆息聲中，巴天石雙刀連碰，錚錚之聲不絕，撞到十餘下時，紙媒終於燒了起來。

段譽等大聲歡呼，將紙媒拿去點著了油燈。朱丹臣怕一盞燈被風吹熄，將廚房和兩邊廂房中的油燈都取了出來點著了。火燄微弱，照得各人臉上綠油油地，而且煙氣極重，聞在鼻中很不舒服。但好不容易點著了火，各人精神都為之一振，似是打了個勝仗。

木屋甚是簡陋，門縫之中不斷有風吹進。六人你看看我，我看看你，手中各按兵刃，側耳傾聽。但聽得清風動樹，蟲聲應和，此外更無異狀。

巴天石見良久並無動靜，在木屋各處仔細查察，見幾條柱子上都包了草席，外面用草繩綁住了，依稀記得初進木屋時並非如此，當即扯斷草繩，草席跌落。段譽見兩條柱子上彫刻著一副對聯，上聯是：「春溝水動茶花（　）」，下聯是：「夏谷（　）生荔枝紅」。每一句聯語中都缺了一字。轉過身來，見朱丹臣已扯下另外兩條柱上所包的草席，露出柱上刻著的一副對聯：「青裙玉（　）如相識，九（　）茶花滿路開。」

段譽道：「我一路填字到此，是福是禍，那也不去說他。他們在柱上包了草席，顯是不想讓我見到對聯，咱們總之是反其道而行，且看對方到底有何計較。」當即伸手出去，但聽得嗤嗤聲響，已在對聯的「花」字下寫了個「白」字，在「谷」字下寫了個「雲」字，變成「春溝水動茶花白，夏谷雲生荔枝紅」一副完全的對聯。他內力深厚，指力到處，木屑紛紛而落。鍾靈拍手笑道：「早知如此，你用手指在木頭上劃幾劃，就有了木屑，卻不用咱們忙了這一陣子啦。」

只見他又在那邊填上了缺字，口中低吟：「青裙玉面如相識，九月茶花滿路開。」一面搖頭擺腦的吟詩，一面斜眼瞧著王語嫣。王語嫣俏臉生霞，將頭轉了開去。

鍾靈道：「這些木材是甚麼樹上來的，可香得緊！」各人嗅了幾下，都覺從段譽手指劃破的刻痕之中，透出極馥郁的花香，似桂花不是桂花，似玫瑰又不是玫瑰。段譽也道：「好香！」只覺那香氣越來越濃，聞後心意舒服，精神為之一爽。

朱丹臣倏地變色，說道：「不對，這香氣只怕有毒，大家塞住鼻孔。」眾人給他一言提醒，急忙或取手帕，或以衣袖，按住了口鼻，但這時早已將香氣吸入了不少，如是毒氣，該當頭暈目眩，心頭煩惡，然而全無不舒之感。

過了半晌，各人氣息不暢，忍不住張口呼吸，卻仍全無異狀。各人慢慢放開了按住口鼻的手，紛紛議論，猜不透敵人的半分用意。

又過好一會，忽然間聽到一陣嗡嗡聲音。木婉清一驚，叫道：「啊喲！毒發了，我耳朵中有怪聲。」鍾靈道：「我也有。」巴天石卻道：「這不是耳中怪聲，好像是有一大羣蜜蜂飛來。」果然嗡嗡之聲越來越響，似有千千萬萬蜜蜂從四面八方飛來。

蜜蜂本來並不可怕，但如此巨大的聲響卻從來沒聽到過，也不知是不是蜜蜂。霎時間各人都呆住了，不知如何才好。但聽嗡嗡之聲漸響漸近，就像是無數妖魔鬼怪嘯聲大作、飛舞前來噬人一般。鍾靈抓住木婉清的手臂，王語嫣緊緊握住段譽的手。各人心中怦怦大跳，雖然早知暗中必有敵人隱伏，但萬萬料不到敵人來攻之前，竟會發出如此可怖的嘯聲。

突然間拍的一聲，一件細小的東西撞上了木屋外的板壁，跟著拍拍拍的響聲不絕，不知有多少東西撞將上來。木婉清和鍾靈齊聲叫道：「是蜜蜂！」巴天石搶過去關窗，忽聽得屋外馬匹長聲悲嘶，狂叫亂跳。鍾靈叫道：「蜜蜂刺馬！」朱丹臣道：「我去割斷韁繩！」撕下長袍衣襟，裹在頭上，左手剛拉開板門，外面一陣風捲進，成千成萬隻蜜蜂衝進屋來。鍾靈和王語嫣齊聲尖叫。

巴天石將朱丹臣拉入屋中，膝蓋一頂，撞上了板門，但滿屋已都是蜜蜂。這些蜜蜂一進屋，便分向各人刺去，一剎那間，每個人頭上、手上、臉上，都給蜜蜂刺了七八下、十來下不等。朱丹臣張開摺扇亂撥。巴天石撕下衣襟，猛力撲打。段譽、木婉清、王語嫣、鍾靈四人也都忍痛撲打。

巴天石、朱丹臣、段譽、木婉清四人出手之際，都是運足了功力，過不多時，屋內蜜蜂只賸下了二三十隻，但說也奇怪，這些蜜蜂竟如是飛蛾撲火一般，仍是奮不顧身的向各人亂撲亂刺，又過半晌，各人才將屋內蜜蜂盡數打死。鍾靈和王語嫣都痛得眼淚汪汪。耳聽得拍拍之聲密如聚雨，不知有幾千萬頭蜜蜂在向木屋衝擊。各人都駭然變色，一時也不及理會身上疼痛，急忙撕下衣襟、衣袖，將木屋的各處空隙塞好。

六人身上、臉上都是紅一塊，腫一塊，模樣狼狽之極。段譽道：「幸好這裏有木屋可以容身，倘若是在曠野之地，這千千萬萬野蜂齊來叮人，那只有死給他們看了。」木婉清道：「這些野蜂是敵人驅來的，他們豈能就此罷休？難道不會打破木屋？」鍾靈驚呼一聲，道：「姊姊，你……你說他們會打破這木屋？」

木婉清尚未回答，只聽得頭頂砰的一聲巨響，一塊大石落在屋頂。屋頂椽子格格的響了幾下，幸好沒破。但格格之聲方過，兩塊大石穿破屋頂，落了下來。屋中油燈熄滅。

段譽忙將王語嫣抱在懷裏，護住她頭臉。但聽得嗡嗡之聲震耳欲聾，各人均知再行撲打也是枉然，只有將衣襟翻起，蓋住了臉孔。霎時間手上、腳上、臂上、腿上萬針攢刺，過得一會，六人一齊暈倒，人事不知。

段譽食過莽牯朱蛤，本來百毒不侵，但這蜜蜂係人飼養，尾針上除蜂毒外尚有麻藥，給幾百頭蜜蜂刺過之後，還是給迷倒了。不過他畢竟內力深厚，六人中第一個醒來。一恢復知覺，便即伸手去攬王語嫣，但手臂固然動彈不得，同時也察覺王語嫣已不在懷中。他睜開眼來，漆黑一團。原來雙手雙腳已被牢牢縛住，眼睛也給用黑布蒙住，口中給塞了個大麻核，呼吸都甚不便，更別提說話了，只覺周身肌膚上有無數小點疼痛異常，自是給蜜蜂刺過之處，又察覺是坐在地下，到底身在何處，距暈去已有多少時候，卻全然不知。

正茫然無措之際，忽聽得一個女子厲聲說道：「我花了這麼多心思，要捉拿大理姓段的老狗，你怎麼捉了這隻小狗來？」段譽只覺這聲音好熟，一時卻記不起是誰。

一個蒼老的婦人聲音說道：「婢子一切遵依小姐吩咐辦事，沒出半點差池。」那女子道：「哼，我瞧這中間定有古怪。那老狗從西夏南下，沿大路經西川而來，為甚麼突然折而向東？咱們在途中安排的那些藥酒，卻都教這小狗吃了。」

段譽心知她所說的「老狗」，是指自己父親段正淳，所謂「小狗」，那也不必客氣，當然便是段譽區區在下了。這女子和老婦說話之聲，似是隔了一重板壁，當是在鄰室之中。

那老婦道：「段王爺這次來到中原，逗留時日已經不少，中途折而向東……」那女子怒道：「你還叫他段王爺？」那老婦道：「是，從前……小姐要我叫他段公子，他現下年紀大了……」那女子喝道：「不許你再說。」那老婦道：「是。」那女子輕輕嘆了口氣，黯然道：「他……他現下年紀大了……」聲音中不勝淒楚惆悵之情。

段譽登時大為寬心，尋思：「我道是誰？原來又是爹爹的一位舊相好。她來找爹爹的晦氣，只不過是爭風吃醋。是了，她安排下毒蜂之計，本來是想擒住爹爹的，卻教我誤打誤撞的鬧了個以子代父。既然如此，對我們也決計不會痛下毒手。但這位阿姨是誰呢？我一定聽過她說話的。」

只聽那女子又道：「咱們在各處客店、山莊中所懸字畫的缺字缺筆，你說這小狗全都填對了？我可不信，怎麼那老狗唸熟的字句，小狗也都記熟在胸？當真便有這麼巧？」那老婦道：「老子唸熟的詩句，兒子記在心裏，也沒甚麼希奇？」那女子怒道：「刀白鳳這賤婢是個蠻夷女子，她會生這樣聰明的兒子？我說甚麼也不信。」

段譽聽她辱及自己母親，不禁大怒，忍不住便要出聲指斥，但口唇一動，便碰到了嘴裏的麻核，卻那裏發得出聲音？

只聽那老婦勸道：「小姐，事情過去這麼久了，你何必還老是放在心上？何況對不起你的是段公子，又不是他兒子？你……你……還是饒了這年輕人罷。咱們『醉人蜂』給他吃了這麼大苦頭，也夠他受的了。」那女子尖聲道：「你說我叫饒了這姓段的小子？哼哼，我把他千刀萬剮之後，才饒了他。」

段譽心想：「爹爹得罪了你，又不是我得罪你，為甚麼你這般恨我？那些蜜蜂原來叫作『醉人蜂』，不知她從何處找得這許多蜜蜂，只是追著我們叮？這女子到底是誰？她不是鍾夫人，兩人的口音全然不同。」

忽聽得一個男子的聲音叫道：「舅媽，甥兒叩見。」

段譽大吃一驚，但心中一個疑團立時解開，說話的男子是慕容復。他稱之為舅媽，自然是姑蘇曼陀山莊的王夫人，便是王語嫣的母親，自己的未來岳母了。霎時之間，段譽心中便如十五隻吊桶打水，七上八下，亂成一片，當時曼陀山莊中的情景，一幕幕的湧上心頭：

茶花又名曼陀羅花，天下以大理所產最為著名。姑蘇茶花並不甚佳，曼陀山莊種了不少茶花，不但名種甚少，而且種植不得其法，不是花朵極小，便是枯萎凋謝。但她這座莊子為甚麼偏偏取名為「曼陀山莊」？莊中除了山茶之外，不種別的花卉，又是甚麼緣故？

曼陀山莊的規矩，凡是有男子擅自進莊，便須砍去雙足。那王夫人更道：「只要是大理人，或者是姓段的，撞到了我便得活埋。」那個無量劍的弟子給王夫人擒住了，他不是大理人，只因家鄉離大理不過四百餘里，便也將之活埋。

那王夫人捉到了一個少年公子，命他回去即刻殺了家中結髮妻子，把外面私下結識的姑娘娶來為妻。那公子不答允，王夫人就要殺他，非要他答允不可。

段譽記得當時王夫人吩咐手下婢女：「你押送他回姑蘇城裏，親眼瞧著他殺了自己的妻子，和苗姑娘成親，這才回來。」那公子求道：「拙荊和你無怨無恨，你又不識得苗姑娘，何以如此幫她，逼我殺妻另娶？」那時王夫人答道：「你既有了妻子，就不該再去糾纏別的閨女，既是花言巧語將人家騙上了，那就非得娶她為妻不可。」據她言道，單是婢女小翠一人，便曾在常熟、丹陽、無錫、嘉興等地辦過七起同樣的案子。

段譽是大理人，姓段，只因懂得種植茶花，王夫人才不將他處死，反而在雲錦樓設宴款待。可是段譽和她談論山茶的品種之時，提及有一種茶花，白瓣而有一條紅絲，叫做「抓破美人臉」。當時他道：「白瓣茶花而紅絲甚多，那便不是『抓破美人臉』了，那叫做『倚欄嬌』。夫人請想，凡是美人，自當嫻靜溫雅，臉上偶爾抓破一條血絲，那還不妨，倘若滿臉都抓破了，這美人老是和人打架，還有何美可言？」這句話大觸王夫人之怒，罵他：「你聽了誰的言語，揑造了這種種鬼話前來辱我？說一個女子學會了武功，就會不美？嫻靜溫雅，又有甚麼好了？」由此而將他掀下席去，險些就此殺了他。

這種種事件，當時只覺這位夫人行事大乖人情，除了「豈有此理」四字之外，更無別般言詞可以形容。但既知鄰室這女子便是王夫人，一切便盡皆恍然：「原來她也是爹爹的舊情人，無怪她對山茶愛若性命，而對大理姓段的又這般恨之入骨。王夫人喜愛茶花，定是當年爹爹與她定情之時，與茶花有甚麼關連。她一捉到大理人或是姓段之人便要將之活埋，當然為了爹爹姓段，是大理人，將她遺棄，她懷恨在心，遷怒於其他大理人和姓段之人。她逼迫在外結識私情的男子殺妻另娶，是流露了她心中隱伏的願望，盼望爹爹殺了正室，娶她為妻。自己無意中說一個女子老是與人打架，便為不美，令她登時大怒，想必當年她曾與爹爹為了私情之事，打過一架，至於爹爹當時儘量忍讓，那也是理所當然。」

段譽想明白了許多懷疑之事，但心中全無如釋重負之感，反而越來越如有一塊大石壓在胸口。為了甚麼緣由，一時卻說不出來，總覺得王語嫣的母親與自己父親昔年曾有私情，此事十分不妥，內心深處，突然間感到了極大的恐懼，但又不敢清清楚楚的去想這件最可怕的事，只是說不出的煩躁惶恐。

只聽得王夫人道：「是復官啊，好得很啊，你快做大燕國皇帝了，這就要登基了罷？」語氣之中，大具譏嘲之意。

慕容復卻莊言以對：「這是祖宗的遺志，甥兒無能，奔波江湖，至今仍是沒半點頭緒，正要請舅母多加指點。」

王夫人冷笑道：「我有甚麼好指點？我王家是王家，你慕容家是慕容家，我們姓王的，跟你慕容家的皇帝夢有甚麼干係？我不許你上曼陀山莊，不許語嫣跟你相見，就是為了怕跟你慕容家牽扯不清。語嫣呢，你帶她到那裏去啦？」

「語嫣呢？」這三個字，像雷震一般撞在段譽的耳裏，他心中一直在掛念著這件事。當毒蜂來襲時，王語嫣是在他懷抱之中，此刻卻到了何處？聽王夫人的語氣，似乎是真的不知。

只聽慕容復道：「表妹到了那裏，我怎知道？她一直和大理段公子在一起，說不定兩個人已拜了天地，成了夫妻啦！」

王夫人顫聲道：「你……你放甚麼屁！」砰的一聲，在桌上重重擊了一下，怒道：「你怎麼不照顧她？讓她一個年輕姑娘在江湖上胡亂行走？你竟不念半點表兄妹的情份？」

慕容復道：「舅母又為甚麼生這麼大的氣？你怕我娶了表妹，怕她成了慕容家的媳婦，跟著我發皇帝夢。現下好啦，她嫁了大理段公子，將來堂堂正正的做大理國皇后，那豈不是天大的美事？」

王夫人又伸掌在桌上砰的一拍，喝道：「胡說！甚麼天大的美事？萬萬不許！」

段譽在隔室本已憂心忡忡，聽到「萬萬不許」四個字，更是連珠價的叫苦：「苦也，苦也！我和語嫣終究是好事多磨，她母親竟說『萬萬不許』！」

卻聽得窗外有人說道：「非也，非也，王姑娘和段公子乃是天生一對，地成一雙，夫人說萬萬不許，那可錯了。」王夫人怒道：「包不同，誰叫你沒規矩的跟我頂嘴？你不聽話，我即刻叫人殺了你的女兒。」包不同原是個天不怕、地不怕之人，可是一聽到王夫人厲聲斥責，竟然立即噤若寒蟬，再也不敢多說一句。

段譽心中只道：「包三哥，包三叔，包三爺，包三太爺，求求你快跟夫人頂撞下去。她的話全然沒有道理，只有你是英雄好漢，敢和她據理力爭。」那知窗外鴉雀無聲，包不同再也不作聲了。原來倒不是包不同怕王夫人去殺他女兒包不靚，只因包不同數代跟隨慕容氏，是他家忠心耿耿的部曲，王夫人是慕容家至親長輩，說來也是他的主人，真的發起脾氣來，他倒也不敢抹了這上下之分。

王夫人聽包不同住了口，怒氣稍降，問慕容復道：「復官，你來找我，又安了甚麼心眼兒啦？又想來算計我甚麼東西了？」

慕容復笑道：「舅母，甥兒是你至親，心中惦記著你，難道來瞧瞧你也不成麼？怎麼一定是來算計你甚麼東西？」

王夫人道：「嘿嘿，你倒還真有良心，惦記著舅媽。要是你早惦著我些，舅媽也不會落得今日這般淒涼了。」慕容復笑道：「舅媽有甚麼不痛快的事，儘管和甥兒說，甥兒包你稱心如意。」王夫人道：「呸，呸，呸！幾年不見，卻在那裏學了這許多油腔滑調！」慕容復道：「怎麼油腔滑調啦？別人的心事，我還真難猜，可是舅媽心中所想的事，甥兒猜不到十成，也猜得到八成。要舅媽稱心如意，不是甥兒誇口，倒還真有七八分把握。」王夫人道：「那你倒猜猜看，若是胡說八道，瞧我不老大耳刮子打你。」

慕容復拖長了聲音，吟道：「青裙玉面如相識，九月茶花滿路開！」

王夫人吃了一驚，顫聲道：「你……你怎麼知道？你到過了草海的木屋？」慕容復道：

「舅媽不用問我怎麼知道，只須跟甥兒說，要不要見見這個人？」王夫人道：「見……見那一個人？」語音立時便軟了下來，顯然頗有求懇之意，與先前威嚴冷峻的語調大不相同。慕容復道：「甥兒所說的那個人，便是舅媽心中所想的那個人。春溝水動茶花白，夏谷雲生荔枝紅！」

王夫人顫聲道：「你說我怎麼能見得到他？」慕容復道：「舅媽花了不少心血，要擒住此人，不料還是棋差一著，給他躲了過去。甥兒心想，見到他雖然不難，卻也沒甚麼用處。終須將他擒住，要他服服貼貼的聽舅媽吩咐，那才是道理。舅媽要他東，他不敢西；舅媽要他畫眉毛，他不敢給你搽胭脂。」最後兩句話已大有輕薄之意，但王夫人心情激盪，絲毫不以為忤，嘆了口氣，道：「我這圈套策劃得如此周密，還是給他躲過了。我可再也想不出更好的法子來啦。」

慕容復道：「甥兒卻知道此人的所在，舅媽如信得過我，將那圈套的詳情跟甥兒說說，說不定我有點兒計較。」

王夫人道：「咱們說甚麼總是一家人，有甚麼信不過的？這一次我所使的，是個『醉人蜂』之計。我在曼陀山莊養了幾百窩蜜蜂，莊上除了茶花之外，更無別種花卉。山莊遠離陸地，島上的蜜蜂也不會飛到別地去採蜜。」慕容復道：「是了，這些醉人蜂除了茶花之外，不喜其他花卉的香氣。」王夫人道：「調養這窩蜜蜂，可費了我十幾年心血。我在蜂兒所食的蜜蜂之中，逐步加入麻藥，再加入另一種藥物，這醉人蜂刺了人之後，便會將人麻倒，令人四五日不省人事。」

段譽心下一驚：「難道我已暈倒了四五日？」

慕容復道：「舅媽的神計妙算，當真是人所難及，卻又如何令蜜蜂去刺人？」

王夫人道：「這須得在那人的食物之中，加入一種藥物。這藥物並無毒性，無色無臭，卻略帶苦味，因此不能一次給人大量服食。你想這人自己固是鬼靈精，他手下的奴才又多聰明才智之輩，要用迷藥、毒藥甚麼對付他，那是萬萬辦不到的。因此我定下計較，派人沿路供他酒飯，暗中摻入這些藥物。」

段譽登時省悟：「原來一路上這許多字畫均有缺筆缺字，是王夫人引我爹爹去填寫的，他填得不錯，王夫人埋伏下的人便知他是大理段王爺，將摻入藥物的酒飯送將上來。」

王夫人道：「不料陰錯陽差，那個人去了別處，這人的兒子卻闖了來。這小鬼頭將老子的詩詞歌賦都熟記在心，當然也是個風流好色、放蕩無行的浪子了。這小鬼一路上將字畫中的缺筆都填對了，大吃大喝，替他老子把摻藥酒飯喝了個飽，到了草海的木屋之中。木屋裏燈盞的燈油，都是預先放了藥料的，在木柱之中我又藏了藥料，待那小鬼弄破柱子，幾種藥料的香氣一摻合，便引得醉人蜂進去了。唉，我的策劃一點兒也沒錯，來的人卻錯了。這小鬼壞了我的大事！哼，我不將他斬成十七八塊，難洩我心頭之恨。」

段譽聽她語氣如此怨毒，不禁怵然生懼，又想：「她的圈套部署得也當真周密，竟在柱中暗藏藥粉，引得我去填寫對聯中的缺字，刺破柱子，藥粉便散了出來。唉，段譽啊段譽！你一步步踏入人家的圈套之中，居然瞧不出半點端倪，當真是胡塗透頂了。」但轉念又想：「我一路上填寫字畫中的缺筆缺字，王夫人的爪牙便將我當作了爹爹，全副精神貫注在我身上，爹爹竟因此脫險。我代爹爹擔當大禍，又有甚麼可怨的？那正是求之不得的事。」言念及此，頗覺坦然，但不禁又想：「王夫人擒住了我，要將我斬成十七八塊，倘若擒住的是我爹爹，反會千依百順的侍候他。我父子二人的遭際，可大大不同了。」

只聽得王夫人恨恨連聲，說道：「我要這婢子裝成個聾啞老婦，主持大局，她又不是不認得那人，到頭來居然鬧出這大笑話來。」

那老婦辯道：「小姐，婢子早向你稟告過了。我見來人中並無段公子在內，便將他們火刀火石都騙了來，好讓他們點不著油燈，婢子又用草席將柱子上的對聯都遮住了，使得不致引醉人蜂進屋。誰知這些人硬要自討苦吃，終於還是升著了火，見到了對聯。」

王夫人哼了一聲，說道：「總而言之，是你不中用。」

段譽心道：「這老婆婆騙去我們的火刀火石，用草席包住柱子，原來倒是為了我們好，真正料想不到。」

慕容復道：「舅媽，這些醉人蜂刺過人後，便不能再用了麼？」王夫人道：「蜂子刺過人之後，過不多久便死。可是我養的蜂子成千成萬，少了幾百隻又有甚麼干係？」慕容復拍手道：「那就行啊。先拿了小的，再拿老的，又有何妨？甥兒心想，倘若將那小子身上的衣冠佩玉，或是兵刃用物甚麼的，拿去給舅媽那個……那……那個人瞧瞧，要引他到那草海的木屋之中，只怕倒也不難。」

王夫人「啊」的一聲，站起身來，說道：「好甥兒，畢竟你是年輕人腦子靈。舅媽一個計策沒成功，心下懊喪不已，就沒去想下一步棋子。對對，他父子情深，知道兒子落入了我手裏，定然會趕來相救，那時再使醉人蜂之計，也還不遲。」

慕容復笑道：「到了那時候，就算沒蜜蜂兒，只怕也不打緊。舅媽在酒中放上些迷藥，要他喝上三杯，還怕他推三阻四？其實，只要他見到了舅媽的花容月貌，又用得著甚麼醉人蜂、甚麼迷暈藥？他那裏還有不大醉大暈的？」

王夫人呸的一聲，罵道：「渾小子，跟舅媽沒上沒下的胡說！」但想到和段正淳相見、勸他喝酒的情景，不由得眉花眼笑，心魂皆酥，甜膩膩的道：「對，不錯，咱們便是這個主意。」

慕容復道：「舅媽，你外甥出的這個主意還不錯罷？」王夫人笑道：「倘若這件事不出岔子，舅媽自然忘不了你的好處。咱們第一步，須得查明白這沒良心的現下到了那裏。」慕容復道：「甥兒倒也聽到了些風聲，不過這件事中間，卻還有個老大難處。」王夫人皺眉道：「有甚麼難處？你便愛吞吞吐吐的賣關子。」慕容復道：「這個人刻下被人擒住了，性命已在旦夕之間。」

嗆啷一聲，王夫人衣袖帶動茶碗，掉在地下摔得粉碎。

段譽也是大吃一驚，若不是口中給塞了麻核，已然叫出聲來。

王夫人顫聲道：「是……是給誰擒住了？你怎不早說？咱們好歹得想個法兒去救他出來。」慕容復搖頭道：「舅媽，對頭的武功極強，甥兒萬萬不是他的敵手。咱們只可智取，不可力敵。」王夫人聽他語氣，似乎並非時機緊迫，凶險萬分，又稍寬心，連問：「怎樣智取？又怎生智取法？」

慕容復道：「舅媽的醉人蜂之計，還是可以再使一次。只須換幾條木柱，將柱上的字刻過幾個，比如說，刻上『大理國當今天子保定帝段正明』的字樣，那人一見之下，必定心中大怒，伸指將『保定帝段正明』的字樣抹去，藥氣便又從柱中散出來了。」

王夫人道：「你說擒住他的，是那個和段正明爭大理國皇位、叫甚麼段延慶的。」

慕容復道：「正是！」

王夫人驚道：「他……他……他落入了段延慶之手，定然凶多吉少。段延慶時時刻刻在想害死他，說不定……說不定這時候已經將他……將他處死了。」

慕容復道：「舅媽不須過慮，這其中有個重大關節，你還沒想到。」王夫人道：「甚麼重大關節？」慕容復道：「現下大理國的皇帝是段正明。你那位段公子早就封為皇太弟，大理國臣民眾所周知。段正明輕徭薄賦，勤政愛民，百姓都說他是聖明天子，鎮南王人緣也很不錯，這皇位是極難搖動的。段延慶要殺他固是一舉手之勞，但一刀下去，大理勢必大亂，這大理國皇帝的寶座，段延慶卻未必能坐得上去。」

王夫人道：「這倒也有點道理，你卻又怎麼知道？」慕容復道：「有些是甥兒聽來的，有些是推想出來的。」王夫人道：「你一生一世便在想做皇帝，這中間的關節，自然揣摩得清清楚楚了。」

慕容復道：「舅媽過獎了。但甥兒料想這段延慶擒住了鎮南王，決不會立即將他殺死，定要設法讓他先行登基為帝，然後再禪位給他段延慶。這樣便名正言順，大理國羣臣軍民，就都沒有異言。」王夫人問道：「怎樣名正言順？」慕容復道：「段延慶的父親原是大理國皇帝，只因奸臣篡位，段延慶在混亂中不知去向，段正明才做上了皇帝。段延慶是貨真價實的『延慶太子』，在大理國是人人都知道的。鎮南王登基為帝，他又沒有後嗣，將段延慶立為皇太弟，可說是順理成章，名正言順。」

王夫人奇道：「他……他……他明明有個兒子，怎麼說沒有後嗣？」慕容復笑道：「舅媽說過的話，自己轉眼便忘了，你不是說要將這姓段的小子斬成十七八塊麼？世上總不會有個十七八塊的皇太子罷？」王夫人喜道：「對！對！這是刀白鳳那賤婢生的野雜種，留在世上，教我想起了便生氣。」

段譽只想：「今番當真是凶多吉少了。語嫣又不知到了何處？否則王夫人瞧在女兒面上，說不定能饒我一命。」

王夫人道：「既然他眼下並無性命之憂，我就放心了。我可不許他去做甚麼大理國的勞甚子皇帝。我要他隨我去曼陀山莊。」慕容復道：「鎮南王禪位之後，當然要跟舅媽去曼陀山莊，那時候便要他留在大理，他固然沒趣，段延慶也必容他不得，豈肯留下這個禍胎？不過鎮南王嘛，這皇帝的寶座總是要坐一坐的，十天也好，半月也好，總得過一過橋，再抽了他的板。否則段延慶也不答應。」王夫人道：「呸！他答不答應，關我甚麼事？咱們拿住了段延慶，救出段公子後，先把段延慶一刀砍了，又去管他甚麼答應不答應？」

慕容復嘆了口氣，道：「舅媽，你忘了一件事，咱們可還沒將段延慶拿住，這中間還差了這麼老大一截。」王夫人道：「他在那裏，你當然是知道的了。好甥兒，你的脾氣，舅媽難道還有不明白的？你幫我做成這件事，到底要甚麼酬謝？咱們先小人後君子，你爽爽快快的先說出來罷。」慕容復道：「咱們是親骨肉，甥兒給舅媽出點力氣，那裏還能計甚麼酬謝的？甥兒是盡力而為，甚麼酬謝都不要。」

王夫人道：「你現下不說，事後再提，那時我若不答允，你可別來抱怨。」

慕容復笑道：「甥兒說過不要酬謝，便是不要酬謝。那時候如果你心中歡喜，賞我幾萬兩黃金，或者瑯嬛閣中的幾部武學秘典，也就成了。」

王夫人哼了一聲，說道：「你要黃金使費，只要向我來取，我又怎會不給？你要看瑯嬛閣中的武經秘要，那更是歡迎之不暇，我只愁你不務正業，不求上進。真不知你這小子心中到底打的是甚麼主意？好罷！咱們怎生去擒段延慶，怎生救人，你的主意怎樣？」

慕容復道：「第一步，是要段延慶帶了鎮南王到草海木屋中去，是不是？」王夫人道：「是啊，你有甚麼法子，能將段延慶引到草海木屋中去？」慕容復道：「這件事很容易。段延慶想做大理國皇帝，必須辦妥兩件事。第一，擒住段正淳，逼他答允禪位；第二，殺了段譽，要段正淳『不孝有三，無後為大』。段延慶第一件事已辦妥了，已擒住了段正淳。段譽那小子可還活在世上。咱們拿段譽的隨身物事去給段正淳瞧瞧，段正淳當然想救兒子，段延慶便帶著他來了。所以啊，舅媽擒住這段小子，半點也沒擒錯了，那是應有之著，叫做不裝香餌，釣不著金鰲。」

王夫人笑道：「你說這段小子是香餌？」慕容復笑道：「我瞧他有一半兒香，有一半兒臭。」王夫人道：「卻是如何？」慕容復道：「鎮南王生的一半，是香的。鎮南王妃那賤人生的一半，定然是臭的。」

王夫人哈哈大笑，說道：「你這小子油嘴滑舌，便會討舅媽的歡喜。」

慕容復笑道：「甥兒索性快馬加鞭，早一日辦成此事，好讓舅媽早一日歡喜。舅媽，你把那小子叫出來罷。」王夫人道：「他給醉人蜂刺了後，至少再過三日，方能醒轉。這小子便在隔壁，要不然咱們這麼大聲說話，都教他給聽去了。我還有一件事問你。這……這鎮南王雖然沒良心，卻算得是一條硬漢，段延慶怎能逼得他答允禪位？莫非加以酷刑，讓他……讓他吃了不少苦頭嗎？」說到這裏，語氣中充滿了關切之情。

慕容復嘆了口氣，說道：「舅媽，這件事嘛，你也就不必問了，甥兒說了，你聽了只有生氣。」王夫人急道：「快說，快說，賣甚麼關子？」慕容復嘆道：「我說大理姓段的沒良心，這話確是不錯的。舅媽這般的容貌，文武雙全，便打著燈籠找遍了天下，卻又那裏找得著第二個了？這姓段的前生不知修了甚麼福，居然得到舅媽垂青，那就該當專心不二的侍候你啦，豈知……唉，天下便有這等不知好歹的胡塗蟲，有福不會享，不愛月裏嫦娥，卻去愛在爛泥裏打滾的母豬……」

王夫人怒道：「你說他……他……這沒良心的，又和旁的女子混在一起啦？是誰？是誰？」慕容復道：「這種低三下四的賤女子，便跟舅媽提鞋兒也不配，左右不過是張三的老婆，李四的閨女，舅媽沒的失了身分，犯不著為這種女子生氣。」

王夫人大怒，將桌拍得砰砰大響，大聲道：「快說！這小子，他丟下了我，回大理去做他的王爺，我並不怪他。他家中有妻子，我也不怪他，誰叫我識得他之時，他已是有婦之夫呢？可是他……可是他……你說他又和別的女人在一起，那是誰？那是誰？」

段譽在鄰室聽得她如此大發雷霆，不由得膽戰心驚，心想：「語嫣多麼溫柔和順，她媽媽卻怎地這般厲害？爹爹能跟她相好，倒是不易。」轉念又想：「爹爹那些舊情人個個脾氣古怪。秦阿姨叫女兒來殺我媽媽。阮阿姨生下這樣一個阿紫妹妹，她自己的脾氣多半也好不了。甘阿姨明明嫁了鍾萬仇，卻又跟我爹爹藕斷絲連的。丐幫馬副幫主的老婆更是乖乖不得了。就說我媽媽罷，她不肯和爹爹同住，要到城外道觀中去出家做道姑，連皇伯父、皇伯母苦勸也是無用。唉，怎地我連媽媽也編排上了？」

慕容復道：「舅媽，你又何必生這麼大的氣？你歇一歇，甥兒慢慢說給你聽。」

王夫人道：「你不說我也猜得到了，段延慶捉住了這段小子的一個賤女人，逼他答允做了皇帝後禪位，若不答允，便要為難這賤女人，是不是？這姓段的小子的臭脾氣，我還有不明白的？別人硬逼他答允甚麼，便鋼刀架在脖子上，他也是寧死不屈，可是一碰到他心愛的女人啊，他就甚麼都答允了，連自己性命也不要了。哼，這賤女人模樣兒生得怎樣？這狐媚子，不知用甚麼手段將他迷上了。快說，這賤女人是誰？」

慕容復道：「舅媽，我說便說了，你別生氣，賤女人可不止一個。」王夫人又驚又怒，砰的一聲，在桌上重重拍了一下，道：「甚麼？難道有兩個？」慕容復嘆了口氣，悠悠的道：「也不止兩個！」

王夫人驚怒愈甚，道：「甚麼？他在旅途之中，還是這般拈花惹草，一個已不足，還攜帶了兩個、三個？」

慕容復搖搖頭，道：「眼下一共有四個女人陪伴著他。舅媽，你又何必生氣？日後他做了皇帝，三宮六院要多少有多少。就算大理是小國，不能和大宋、大遼相比，後宮佳麗沒有三千，三百總是有的。」

王夫人罵道：「呸，呸！我就因此不許他做皇帝。你說，那四個賤女人是誰？」

段譽也覺奇怪，他只知秦紅棉、阮星竹兩人陪著父親，怎地又多了兩個女子出來？只聽慕容復道：「一個姓秦，一個姓阮……」王夫人道：「哼，秦紅棉和阮星竹，這兩隻狐狸精又跟他纏在一起了。」慕容復道：「還有一個卻是有夫之婦，我聽得他們叫她做鍾夫人，好像是出來尋找女兒的。這位鍾夫人倒是規規矩矩的，對鎮南王始終不假絲毫詞色，鎮南王對她也是以禮相待，不過老是眉花眼笑的叫她：『寶寶，寶寶！』叫得好不親熱。」王夫人怒道：「是甘寶寶這賤人，甚麼『以禮相待』？假撇清，做戲罷啦，要是真的規規矩矩，該當離得遠遠的才是，怎麼又混在一塊兒？第四個賤女人是誰？」

慕容復道：「這第四個卻不是賤女子，她是鎮南王的元配正室，鎮南王妃。」

段譽和王夫人都是大吃一驚。段譽心道：「怎麼媽媽也來了？」王夫人「啊」的一聲，顯得大出意料之外。

慕容復笑道：「舅媽覺得奇怪麼？其實你再想一想，一點也不奇怪了。鎮南王離大理後年餘不歸，中原艷女如花，既有你舅媽這般美人兒，更有秦紅棉、阮星竹那些騷狐狸，鎮南王妃豈能放得了心？」

王夫人「呸」了一聲，道：「你拿我去跟那些騷狐狸相提並論！這四個女人，現下仍是跟他在一起？」

慕容復笑道：「舅媽放心，雙鳳驛邊紅沙灘上一場惡鬥，鎮南王全軍覆沒，給段延慶一網打盡，男男女女，都教他給點中了穴道，盡數擒獲。段延慶只顧對付鎮南王一行，卻沒留神到我躲在一旁，瞧了個清清楚楚。甥兒快馬加鞭，趕在他們頭裏一百餘里。舅媽，事不宜遲，咱們一面去布置醉人蜂和迷藥，一面派人去引段延慶……」

這「慶」字剛說出口，突然遠處有個極尖銳、極難聽的聲音傳了過來：「我早就來啦，引我倒也不必，醉人蜂和迷藥卻須好好布置才是。」

四十八

王孫落魄　怎生消得　楊枝玉露

—

林間草叢，白霧瀰漫，
那白衣女子長髮披肩，
好像足不沾地般行來，
便像觀音菩薩一般的端正美麗。

這聲音少說也在十餘丈外，但傳入王夫人和慕容復的耳鼓，卻是近如咫尺一般。兩人臉色陡變，只聽得屋外風波惡、包不同齊聲呼喝，向聲音來處衝去。慕容復閃到門口。月光下青影晃動，跟著一條灰影、一條黃影從旁搶了過去，正是鄧百川和公冶乾分從左右夾擊。

段延慶左杖拄地，右杖橫掠而出，分點鄧百川和公冶乾二人，嗤嗤嗤幾聲，霎時間遞出了七下殺手。鄧百川勉力對付，公冶乾支持不住，倒退了兩步。包不同和風波惡二人回身殺轉。段延慶以一敵四，仍是游刃有餘，大佔上風。

慕容復抽出腰間長劍，冷森森幻起一團青光，向段延慶刺去。段延慶受五人圍攻，慕容復更是一流高手，但他杖影飄飄，出招仍是凌厲之極。

當年王夫人和段正淳熱戀之際，花前月下，除了山盟海誓之外，不免也談及武功，段正淳曾將一陽指、段氏劍法等等武功一一試演。此刻王夫人見段延慶所使招數宛如段郎當年，怎不傷心？她想段郎為此人所擒，多半便在附近，何不乘機去將段郎救了出來？她正要向屋外山後尋去，陡然間聽得風波惡一聲大叫。

只見風波惡臥在地下，段延慶右手鋼杖在他身外一尺處劃來劃去，卻不擊他要害。慕容復、鄧百川等兵刃遞向段延慶，均被他鋼杖撥開。這情勢甚是明顯，段延慶如要取風波惡性命，自是易如反掌，只是暫且手下留情而已。

慕容復倏地向後跳開，叫道：「且住！」鄧百川、公冶乾、包不同三人同時躍開。慕容復道：「段先生，多謝你手下容情。你我本來並無仇怨，自今而後，姑蘇慕容氏對你甘拜下風。」

風波惡叫道：「姓風的學藝不精，一條性命打甚麼緊？公子爺，你千萬不可為了姓風的而認輸。」段延慶喉間咕咕一笑，說道：「姓風的倒是條好漢子！」撤開鋼杖。

風波惡一個「鯉魚打挺」，呼的一聲躍起，單刀向段延慶頭頂猛劈下來，叫道：「吃我一刀！」段延慶鋼杖上舉，往他單刀上一黏。風波惡只覺一股極大的力道震向手掌，單刀登時脫手，跟著腰間一痛，已被對方攔腰一杖，挑出十餘丈外。段延慶右手微斜，內力自鋼杖傳上單刀，只聽得叮叮噹噹一陣響聲過去，單刀已被震成十餘截，相互撞擊，四散飛開。慕容復、王夫人等分別縱高伏低閃避，心下均各駭然。

慕容復拱手道：「段先生神功蓋世，佩服，佩服。咱們就此化敵為友如何？」段延慶道：「適才你說要布置醉人蜂來害我，此刻比拚不敵，卻又要出甚麼主意了？」

慕容復道：「你我二人倘能攜手共謀，實有大大的好處。延慶太子，你是大理國嫡系儲君，皇帝的寶座給人家奪了去，怎地不想法子去搶回來？」段延慶怪目斜睨，陰惻惻的道：「這跟你有甚麼干係？」慕容復道：「你要做大理國皇帝，非得我相助不可。」段延慶一聲冷笑，說道：「我不信你肯助我。只怕你恨不得一劍將我殺了。」

慕容復道：「我要助你做大理國皇帝，乃是為自己打算。第一，我恨死段譽那小子。他在少室山逼得我險些自刎，令慕容氏在武林中幾無立足之地。我定要制段譽這小子的死命，助你奪得皇位，以洩我惡氣。第二，你做了大理國皇帝後，我另行有事盼你相助。」

段延慶明知慕容復機警多智，對己不懷好意，但聽他如此說，倒也信了七八分。當日段譽在少室山上以六脈神劍逼得慕容復狼狽不堪，段延慶親眼目睹。他憶及此事，登時心下極是不安。他雖將段正淳擒住，但自忖決非段譽六脈神劍的對手，倘若狹路相逢，動起手來，非喪命於段譽的無形劍氣之下不可，唯一對付之策，只是以段正淳夫婦的性命作為要脅，再設法制服段譽，可是也無多大把握，於是問道：「閣下並非段譽對手，卻以何法制他？」

慕容復臉上微微一紅，說道：「不能力敵，便當智取。總而言之，段譽那小子由在下擒到，交給閣下處置便是。」

段延慶大喜，他一直最放心不下的，便是段譽武功太強，自己敵他不過，慕容復能將之擒獲，自是去了自己最大的禍患，但想只怕慕容復大言欺騙，別輕易上了他當，說道：「你說能擒到段譽，豈不知空想無益、空言無憑？」

慕容復微微一笑，說道：「這位王夫人，是在下的舅母，段譽這小子已為我舅母所擒。她正想用這小子來和閣下換一個人，咱們所以要引閣下到來，其意便在於此。」

這時王夫人遊目四顧，正在尋找段正淳的所在，聽到慕容復的說話，便即回過身來。段延慶喉腹之間嘰嘰咕咕的說道：「不知夫人要換那一個人？」

王夫人臉上微微一紅，她心中日思夜想、念茲在茲的便是段正淳一人，可是她以孀居之身，公然向旁人吐露心意，究屬不便，一時甚覺難以對答。

慕容復道：「段譽這小子的父親段正淳，當年得罪了我舅母，委實仇深似海。我舅母要閣下答允一句話，待閣下受禪大理國皇位之後，須將段正淳交與我舅母，那時是殺是剮、油煎火焚，一憑我舅母處置。」

段延慶哈哈一笑，心道：「他禪位之後，我原要將他處死，你代我動手，那是再好也沒有了。」但覺此事來得太過容易，只恐其中有詐，又問：「慕容公子，你說待我登基之後，有事求我相助，卻不知是否在下力所能及，請你言明在先，以免在下日後無法辦到，成為無信的小人。」

慕容復道：「段殿下既出此言，在下便一萬個信得過你了。咱們既要做成這件大交易，在下心中之事，自也不必瞞你。姑蘇慕容氏乃當年大燕皇裔，我慕容氏列祖列宗遺訓，務以興復大燕為業。在下力量單薄，難成大事。等殿下正位為大理國君之後，慕容復要向大理國主借兵一萬、糧餉稱足，以為興復大燕之用。」

慕容復是大燕皇裔一事，當慕容博在少室山上阻止慕容復自刎之時，段延慶冷眼旁觀，已猜中了十之七八，再聽慕容復居然將這麼一個大秘密向自己吐露，足見其意甚誠，尋思：「他要興復燕國，勢必同時與大宋、大遼為敵。我大理小國寡民，自保尚嫌不足，如何可向大國啟釁？何況我初為國君，人心未定，更不可擅興戰禍。也罷，此刻我假意答允，到那時將他除去便是，豈不知量小非君子，無毒不丈夫？」便道：「大理國小民貧，一萬兵員倉卒難以畢集，五千之數，自當供足下驅使。但願大功告成，大燕、大理永為兄弟婚姻之國。」

慕容復深深下拜，垂涕說道：「慕容復若得恢復祖宗基業，世世代代為大理屏藩，決不敢忘了陛下的大恩大德。」

段延慶聽他居然改口稱自己為「陛下」，不禁大喜，又聽他說到後來，語帶嗚咽，實是感極而泣，忙伸手扶起，說道：「公子不須多禮。不知段譽那小子卻在何處？」

慕容復尚未回答，王夫人搶上兩步，問道：「段正淳那廝，卻又在何處？」慕容復道：

「陛下，請你帶同隨從，到我舅母寓所暫歇。段譽已然縛定，當即奉上。」

段延慶喜道：「如此甚好。」突然之間，一陣尖嘯聲從他腹中發出。

王夫人一驚，只聽得遠處蹄聲隱隱，車聲隆隆，幾輛騾車向這邊馳來。過不多時，便見四人乘著馬，押著三輛大車自大道上奔至。王夫人身形一晃，便即搶了上去，心中只道段正淳必在車中，再也忍耐不住，掠過兩匹馬，伸手去揭第一輛大車的車帷。

突然之間，眼前多了一個闊嘴細眼、大耳禿頂的人頭。那人頭嘶聲喝道：「幹甚麼？」王夫人大吃一驚，縱身躍開，這才看清，這醜臉人手拿鞭子，卻是趕車的車夫。

段延慶道：「三弟，這位是王夫人，咱們同到她莊上歇歇。車中那些客人，也都帶了進去罷！」那車夫正是南海鱷神。

大車的車帷揭開，顫巍巍的走下一人。

王夫人見這人容色憔悴，穿著一件滿是皺紋的綢袍，正是她無日不思的段郎。她胸口一酸，眼淚奪眶而出，搶上前去，叫道：「段……段……你……你好！」

段正淳聽到聲音，心下已是大驚，回過頭來見到王夫人，更是臉色大變。他在各處欠下不少風流債，眾債主之中，以王夫人最是難纏。秦紅棉、阮星竹等人不過要他陪伴在側，便已心滿意足，這王夫人卻死皮賴活、出拳動刀，定要逼他去殺了元配刀白鳳，再娶她為妻。這件事段正淳如何能允？鬧得不可開交之時，只好來個不告而別，溜之大吉，萬沒想到自己正當處境最是窘迫之際，偏偏又遇上了她。

段正淳雖然用情不專，但對每一個情人卻也都真誠相待，一凜之下，立時便為王夫人著想，叫道：「阿蘿，快走！這青袍老者是個大惡人，別落在他手中。」身子微側，擋在王夫人與段延慶之間，連聲催促：「快走！快走！」其實他早被段延慶點了重穴，舉步也已艱難之極，那裏還有甚麼力量來保護王夫人？

這聲「阿蘿」一叫，而關懷愛護之情確又出於至誠，王夫人滿腔怨憤，霎時之間化為萬縷柔情，只是在段延慶與甥兒跟前，無論如何不能流露，當下冷哼一聲，說道：「泥菩薩過江，自身難保。他是大惡人，難道你是大好人麼？」轉面向段延慶道：「殿下，請！」

段延慶素知段正淳的性子，此刻見到他的舉動神色，顯是對王夫人有愛無恨，而王夫人對他即使有所怨懟，也多半是情多於仇，尋思：「這二人之間關係大非尋常，可別上了他們的當。」他藝高人膽大，卻也絲毫不懼，凜然走進了屋中。

那是王夫人特地為了擒拿段正淳而購置的一座莊子，建構著實不小，進莊門後便是一座大院子，種滿了茶花，月光下花影婆娑，甚為雅潔。

段正淳見了茶花布置的情狀，宛然便是當年和王夫人在姑蘇雙宿雙飛的花園一模一樣，胸口一酸，低聲道：「原來……原來是你的住所。」王夫人冷笑道：「你認出來了麼？」段正淳低聲道：「認出來了。我恨不得當年便和你雙雙終老於姑蘇曼陀山莊……」

南海鱷神和雲中鶴將後面二輛大車中的俘虜也都引了進來。一輛車中是刀白鳳、鍾夫人甘寶寶、秦紅棉、阮星竹四個女子，另一輛車中是范驊等三個大理臣工和崔百泉、過彥之兩個客卿。九人也均被段延慶點了重穴。

原來段正淳派遣巴天石和朱丹臣護送段譽赴西夏求親，不久便接到保定帝御使送來的諭旨，命他剋日回歸大理，登基接位，保定帝自己要赴天龍寺出家。大理國皇室崇信佛法，歷代君主到晚年避位為僧者甚眾，是以段正淳奉到諭旨之時雖心中傷感，卻不以為奇，當即攜同秦紅棉、阮星竹緩緩南歸，想將二女在大理城中秘為安置，不令王妃刀白鳳知曉。豈知刀白鳳和甘寶寶竟先後趕到。跟著得到靈鷲宮諸女傳警，說道有厲害對頭沿路布置陷阱，請段正淳加意提防。段正淳和范驊等人一商議，均想所謂「厲害對頭」，必是段延慶無疑，此人當真難鬥，避之則吉，當即改道向東。他那知這訊息是阿碧自王夫人的使婢處得來，阿碧只知其一，不知其二，陷阱確然是有的，王夫人卻並無加害段正淳之意。

段正淳這一改道，王夫人所預伏的種種布置，便都應在段譽身上，而段正淳反撞在段延慶手中。雙鳳驛邊紅沙灘一戰，段正淳全軍覆沒，古篤誠被南海鱷神打入江中，屍骨無存，其餘各人都給段延慶點了穴道，擒之南來。

慕容復命鄧百川等四人在屋外守望，自己儼然以主人自居，呼婢喝僕，款待客人。

王夫人目不轉瞬的凝視刀白鳳、甘寶寶、秦紅棉、阮星竹等四個女子，只覺每人各有各的嫵媚，各有各的俏麗，雖不自慚形穢，但若以「騷狐狸」、「賤女人」相稱，心中也覺不妥，一股「我見猶憐，何況老奴」之意，不禁油然而生。

段譽在隔室聽到父親和母親同時到來，卻又俱落在大對頭之手，不由得又是喜歡，又是擔憂。只聽段延慶道：「王夫人，待我大事一了，這段正淳自當交於你手，任憑處置便是。段譽那小子卻又在何處？」

王夫人擊掌三下，兩名侍婢走到門口，躬身候命。王夫人道：「帶那段小子來！」段延慶坐在椅上，左手搭在段正淳右肩。他對段譽的六脈神劍大是忌憚，既怕王夫人和慕容復使詭，要段譽出來對付他，又怕就算王夫人和慕容復確具誠意，但段譽如此武功，只須脫困而出，那就不可復制，是以他手按段正淳之肩，叫段譽為了顧念父親，不敢猖獗。

只聽得腳步聲響，四名侍婢橫抬著段譽身子，走進堂來。他雙手雙腳都以牛筋綑綁，口中塞了麻核，眼睛以黑布蒙住，旁人瞧來，也不知他是死是活。

鎮南王妃刀白鳳失聲叫道：「譽兒！」便要撲將過去搶奪。王夫人伸手在她肩頭一推，喝道：「給我好好坐著！」刀白鳳被點重穴後，力氣全失，給她一推之下，立即跌回椅中，再也無法動彈。

王夫人道：「這小子是給我使蒙藥蒙住的，他沒死，知覺卻沒恢復。延慶太子，你不妨驗明正身，可沒拿錯人罷？」段延慶點了點頭，道：「沒錯。」王夫人只知她這犟醉人蜂毒刺上的藥力厲害，卻不知段譽服食莽牯朱蛤後，一時昏迷，不多時便即回復知覺，只是身處縲絏之下，和神智昏迷的情狀亦無多大分別而已。

段正淳苦笑道：「阿蘿，你拿了我譽兒幹甚麼？他又沒得罪你。」

王夫人哼了一聲不答，她不願在人前流露對段正淳的依戀之情，卻也不忍惡言相報。

慕容復生怕王夫人舊情重熾，壞了他大事，便道：「怎麼沒得罪我舅母？他……他勾引我表妹語嫣，玷汙了她的清白，舅母，這小子死有餘辜，也不用等他醒轉……」一番話未說完，段正淳和王夫人同聲驚呼：「甚麼？他……他和……」

段正淳臉色慘白，轉向王夫人，低聲問道：「是個女孩，叫做語嫣？」

王夫人的脾氣本來暴躁已極，此番忍耐了這麼久，已是生平從所未有之事，這時實在無法再忍，哇的一聲哭了出來，叫道：「都是你這沒良心的薄倖漢子，害了我不算，還害了你的親生女兒。語嫣，語嫣……她……她可是你的親骨肉。」轉過身來，伸足便向段譽身上亂踢，罵道：「你這禽獸不如的色鬼，喪失天良的浪子，連自己親妹子也不放過，我……我恨不得將你這禽獸千刀萬剮，斬成肉醬。」

她這麼又踢又叫，堂上眾人無不駭異。刀白鳳、秦紅棉、甘寶寶、阮星竹四個女子深知段正淳的性子，立時了然，知道他和王夫人結下私情，生了個女兒叫做甚麼「語嫣」的，那知段譽卻和她有了私情。秦紅棉立時想到自己女兒木婉清，甘寶寶想到了自己女兒鍾靈，都是又感尷尬，又覺羞慚。其餘段延慶、慕容復等稍一思索，也都心下雪亮。

秦紅棉叫道：「你這賤婢！那日我和我女兒到姑蘇來殺你，卻給你這狐狸精躲過了，儘派些蝦兵蟹將來跟我們糾纏。只恨當日沒殺了你，你又來踢人幹甚麼？」

王夫人全不理睬，只是亂踢段譽。

南海鱷神眼見地下躺著的正是師父，當下伸手在王夫人肩頭一推，喝道：「喂，他是我的師父。你踢我師父，等如是踢我。你罵我師父是禽獸，豈不是我也成了禽獸？你這潑婦，我喀喇一聲，扭斷了你雪白粉嫩的脖子。」

段延慶道：「岳老三，不得對王夫人無禮！這個姓段的小子是個無恥之徒，花言巧語，騙得你叫他師父，今日正好將之除去，免得你在江湖上沒面目見人。」

南海鱷神道：「他是我師父，那是貨真價實之事，又不是騙我的，怎麼可以傷他？」說著便伸手去解段譽的綑縛。段延慶道：「老三，你聽我說，快取鱷嘴剪出來，將這小子的頭剪去了。」南海鱷神連連搖頭，說道：「不成！老大，今日岳老三可不聽你的話了，我非救師父不可。」說著用力一扯，登時將綁縛段譽的牛筋扯斷了一根。

段延慶大吃一驚，心想段譽倘若脫縛，他這六脈神劍使將出來，又有誰能夠抵擋得住，別說大事不成，自己且有性命之憂，情急之下，呼的一杖刺出，直指南海鱷神的後背，內力到處，鋼杖貫胸而出。

南海鱷神只覺後背和前胸一陣劇痛，一根鋼杖已從胸口突了出來。他一時愕然難明，回過頭後瞧著段延慶，眼光中滿是疑問之色，不懂何以段老大竟會向自己忽施殺手。段延慶一來生性兇悍，既是「四大惡人」之首，自然出手毒辣；二來對段譽的六脈神劍忌憚異常，深恐南海鱷神解脫了他的束縛，是以雖無殺南海鱷神之心，還是一杖刺中了他的要害。段延慶見到他的眼色，心頭霎時間閃過一陣悔意，一陣歉仄，但這自咎之情一晃即泯，右手一抖，將鋼杖從他身中抽出，喝道：「老四，將他去葬了。這是不聽老大之言的榜樣。」

南海鱷神大叫一聲，倒在地下，胸背兩處傷口中鮮血泉湧，一雙眼珠睜得圓圓地，當真是死不瞑目。雲中鶴抓住他屍身，拖了出去。他與南海鱷神雖然同列「四大惡人」，但兩人素來不睦，南海鱷神曾幾次三番阻他好事，只因武功不及，被迫忍讓，這時見南海鱷神為老大所殺，心下大快。

眾人均知南海鱷神是段延慶的死黨，但一言不合，便即取了他性命，兇殘狠辣，當真是世所罕見，眼看到這般情狀，無不惴惴。

段譽覺到南海鱷神傷口中的熱血流在自己臉上、頸中，想起做了他這麼多時的師父，從來沒給過他甚麼好處，他卻數次來相救自己，今日更為己喪命，心下甚是傷痛。

段延慶冷笑道：「順我者昌，逆我者亡！」提起鋼杖，便向段譽胸口戳了下去。

忽聽得一個女子的聲音說道：「天龍寺外，菩提樹下，化子邋遢，觀音長髮！」

段延慶聽到「天龍寺外」四字時，鋼杖凝在半空不動，待聽完這四句話，那鋼杖竟不住顫動，慢慢縮了回來。他一回頭，與刀白鳳的目光相對，只見她眼色中似有千言萬語欲待吐露。段延慶心頭大震，顫聲道：「觀……觀世音菩薩……」

刀白鳳點了點頭，低聲道：「你……你可知這孩子是誰？」

段延慶腦子中一陣暈眩，瞧出來一片模糊，似乎是回到了二十多年前的一個月圓之夜。

那一天他終於從東海趕回大理，來到天龍寺外。

段延慶在湖廣道上遇到強仇圍攻，雖然盡殲諸敵，自己卻也身受重傷，雙腿折斷，面目毀損，喉頭被敵人橫砍一刀，聲音也發不出了。他簡直已不像一個人，全身污穢惡臭，傷口中都是蛆蟲，幾十隻蒼蠅圍著他嗡嗡亂飛。

但他是大理國的皇太子。當年父皇為奸臣所弒，他在混亂中逃出大理，終於學成了武功回來。現在大理國的國君段正明是他堂兄，可是真正的皇帝應當是他而不是段正明。他知道段正明寬仁愛民，很得人心，所有文武百官，士卒百姓，個個擁戴當今皇帝，誰也不會再來記得前朝這個皇太子。如果他貿然在大理現身，勢必有性命之憂，誰都會討好當今皇帝，立時便會將他殺了。他本來武藝高強，足為萬人之敵，可是這時候身受重傷，連一個尋常的兵士也敵不過。

他掙扎著一路行來，來到天龍寺外，唯一的指望，是要請枯榮大師主持公道。

枯榮大師是他父親的親兄弟，是他親叔父，是保定帝段正明的堂叔父。枯榮大師是有道高僧，天龍寺是大理國段氏皇朝的屏障，歷代皇帝避位為僧時的退隱之所。他不敢在大理城現身，便先去求見枯榮大師。可是天龍寺的知客僧說，枯榮大師正在坐枯禪，已入定五天，再隔十天半月，也不知是否出定，就算出定之後，也決計不見外人。他問段延慶有甚麼事，可以留言下來，或者由他去稟明方丈。對待這樣一個人不像人、鬼不像鬼的臭叫化，知客僧這麼說話，已可算得十分客氣了。

但段延慶怎敢吐露自己的身分？他用手肘撐地，爬到寺旁的一株菩提樹下，等候枯榮大師出定，但心中只想：「這和尚說枯榮大師就算出定之後，也決計不見外人。我在大理多逗留一刻，便多一分危險，只要有人認出了我……我是不是該當立刻逃走？」他全身高燒，各處創傷又是疼痛，又是麻癢，實是難忍難熬，心想：「我受此折磨苦楚，這日子又怎過得下去？我不如就此死了，就此自盡了罷。」

他只想站起身來，在菩提樹上一頭撞死了，但全身乏力，又飢又渴，躺在地下說甚麼也不願動，沒了活下去的勇氣，也沒求死的勇氣。

當月亮升到中天的時候，他忽然看見一個白衣女子從迷霧中冉冉走近……

林間草叢，白霧瀰漫，這白衣女子長髮披肩，好像足不沾地般行來。她的臉背著月光，五官朦朦朧朧的瞧不清楚，但段延慶於她的清麗秀美仍是驚詫無已。他只覺得這女子像觀音菩薩一般的端正美麗，心想，「一定是菩薩下凡，來搭救我這落難的皇帝。聖天子有百靈呵護。觀世音菩薩救苦救難，你保祐我重登皇位，我一定給你塑像立廟，世世供奉不絕。」

那女人緩緩走近，轉過身去。段延慶見到了她的側面，臉上白得沒半分血色。忽然聽得她輕輕的、喃喃的說起話來：「我這麼全心全意的待你，你……卻全不把我放在心上。你有了一個女人，又有一個女人，把我們跪在菩薩面前立下的盟誓全都拋到了腦後。我原諒了你一次又一次，我可不能再原諒你了。你對我不起，我也要對你不起。你背著我去找別人，我也要去找別人。你們漢人男子不將我們擺夷女子當人，欺負我，待我如貓如狗、如豬如牛，我……我一定要報復，我們擺夷女子也不將你們漢人男子當人。」

她的話說得很輕，全是自言自語，但語氣之中，卻是充滿了深深的怒意。

段延慶心中登時涼了下來：「她不是觀世音菩薩。原來只是個擺夷女子，受了漢人的欺負。」擺夷是大理國的一大種族，族中女子大都頗為美貌，皮膚白嫩，遠過漢人，只是男子文弱，人數又少，常受漢人的欺凌。眼見那女子漸漸走遠，段延慶突然又想：「不對，擺夷女子雖是出名的美貌，終究不會如這般神仙似的體態，何況她身上白衣有如冰綃，擺夷女子那裏有這等精雅的服飾，這定然是菩薩化身，我……我可千萬不能錯過。」

他此刻身處生死邊緣，只有菩薩現身打救，才能解脫他的困境，走投無路之際，不自禁的便往這條路上想去，眼見菩薩漸漸走遠，他拚命爬動，想要叫喚：「菩薩救我！」可是咽喉間只能發出幾下嘶啞的聲音。

那白衣女子聽到菩提樹下有響聲發出，回過身來，只見塵土中有一團人不像人、獸不像獸的東西在爬動，仔細看時，發覺是一個遍身血污、骯髒不堪的化子。她走近幾步，凝目瞧去，但見這化子臉上、身上、手上，到處都是傷口，每處傷口中都在流血，都有蛆蟲爬動，都在發出惡臭。

那女子這時心下惱恨已達到極點，既決意報復丈夫的負心薄倖，又自暴自棄的要極力作賤自己。她見到這化子的形狀如此可怖，初時吃了一驚，轉身便要逃開，但隨即心想：「我要找一個天下最醜陋、最污穢、最卑賤的男人來和他相好。你是王爺，是大將軍，我偏偏去和一個臭叫化相好。」

她一言不發，慢慢解去了身上的羅衫，走到段延慶身前，投身在他懷裏，伸出像白山茶花花瓣般的手臂，摟住他的脖子……

淡淡的微雲飄過來，掩住了月亮，似乎是月亮招手叫微雲過來遮住它的眼睛，它不願見到這樣詫異的情景：這樣高貴的一位夫人，竟會將她像白山茶花花瓣那樣雪白嬌艷的身子，去交給這樣一個滿身膿血的乞丐。

那白衣女子離去之後良久，段延慶兀自如在夢中，這是真的還是假的？是自己神智胡塗了，還是真的菩薩下凡？鼻中還能聞到她身上那淡淡的香氣，一側頭，見到了自己適才用指頭在泥地上劃的七個字：「你是觀世音菩薩」？

他寫了這七個字問她。那位女菩薩點了點頭。突然間，幾粒水珠落在字旁的塵土之中，是她的眼淚，還是觀音菩薩楊枝灑的甘露？段延慶聽人說過，觀世音菩薩曾化為女身，普渡沉溺在慾海中的眾生，那是最慈悲的菩薩。「一定是觀世音菩薩的化身。觀音菩薩是來點化我，叫我不可灰心氣餒。我不是凡夫俗子，我是真命天子。否則的話，那怎麼會？」

段延慶在求生不能，求死不得之際，突然得到這位長髮白衣觀音捨身相就，登時精神大振，深信天命攸歸，日後必登大寶，那麼眼前的危難自不致成為大患。他信念一堅，只覺眼前一片光明。次日清晨，也不再問枯榮大師已否出定，跪在菩提樹下深深叩謝觀音菩薩的恩德，折下兩根菩提樹枝以作拐杖，挾在脅下，飄然而去。

他不敢在大理境內逗留，遠至南部蠻荒窮鄉僻壤之處，養好傷後，苦練家傳武功。最初五年習練以杖代足，再將「一陽指」功夫化在鋼杖之上；又練五年後，前赴兩湖，將所有仇敵一家家殺得鷄犬不留，手段之兇狠毒辣，實是駭人聽聞，因而博得了「天下第一大惡人」的名頭，其後又將葉二娘、南海鱷神、雲中鶴三人收羅以為羽翼。他曾數次潛回大理，圖謀復位，但每次都發覺段正明的根基牢不可拔，只得廢然而退。最近這一次與黃眉僧下棋比拚內力，眼見已操勝算，不料段譽這小子半途裏殺將出來，令他功敗垂成。

此刻他正欲伸杖將段譽戳死，以絕段正明、段正淳的後嗣，突然間段夫人吟了那四句話出來：「天龍寺外，菩提樹下，化子邋遢，觀音長髮。」

這十六個字說來甚輕，但在段延慶聽來，直如晴天霹靂一般。他更看到了段夫人臉上的神色，心中只是說：「難道……難道……她就是那位觀音菩薩……」

只見段夫人緩緩舉起手來，解開了髮髻，萬縷青絲披將下來，垂在肩頭，掛在臉前，正便是那晚天龍寺外、菩提樹下那位觀音菩薩的形相。段延慶更無懷疑：「我只當是菩薩，卻原來是鎮南王妃。」

其實當年他過得數日，傷勢略痊，發燒消退，神智清醒下來，便知那晚捨身相就的白衣女人是人，決不是菩薩，只不過他實不願這個幻想化為泡影，不住的對自己說：「那是白衣觀音，那是白衣觀音！」

這時候他明白了真相，心中卻立時生出一個絕大的疑竇：「為甚麼她要這樣？為甚麼她看中了我這麼一個滿身膿血的邋遢化子？」他低頭尋思，忽然間，幾滴水珠落在地下塵土之中，就像那天晚上一樣，是淚水？還是楊枝甘露？

他抬起頭來，遇到了段夫人淚水盈盈的眼波，驀地裏他剛硬的心腸軟了，嘶啞著問道：「你要我饒了你兒子的性命？」段夫人搖了搖頭，低聲道：「他……他頸中有一塊小金牌，刻著他的生辰八字。」段延慶大奇：「你不要我饒你兒子的性命，卻叫我去看他甚麼勞什子的金牌，那是甚麼意思？」

自從他明白了當年「天龍寺外、菩提樹下」這回事的真相之後，對段夫人自然而然的生出一股敬畏感激之情，伸過杖去，先解開了她身上被封的重穴，然後俯身去看段譽的頭頸，見他頸中有條極細的金鍊，拉出金鍊，果見鍊端懸著一塊長方的小金牌，一面刻著「長命百歲」四字，翻將過來，只見刻著一行小字：「大理保定二年癸亥十一月廿三日生」。

段延慶看到「保定二年」這幾個字，心中一凜：「保定二年？我就在這一年的二月間被人圍攻，身受重傷，來到天龍寺外。啊喲，他……他是十一月的生日，剛剛相距十個月，難道十月懷胎，他……他……他竟然便是我的兒子？」

他臉上受過幾處沉重刀傷，筋絡已斷，種種驚駭詫異之情，均無所現，但一瞬之間竟變得沒半分血色，心中說不出的激動，回頭去瞧段夫人時，只見她緩緩點了點頭，低聲說道：「冤孽，冤孽！」

段延慶一生從未有過男女之情，室家之樂，驀地裏竟知道世上有一個自己的親生兒子，喜悅滿懷，實是難以形容，只覺世上甚麼名利尊榮，帝王基業，都萬萬不及有一個兒子的可貴，當真是驚喜交集，只想大叫大跳一番，噹的一聲，手中鋼杖掉在地下。

跟著腦海中覺得一陣暈眩，左手無力，又是噹的一響，左手鋼杖也掉在地下，胸中有一個極響亮的聲音要叫了出來：「我有一個兒子！」一瞥眼見到段正淳，只見他臉現迷惘之色，顯然對他夫人這幾句話全然不解。

段延慶瞧瞧段正淳，又瞧瞧段譽，但見一個臉方，一個臉尖，相貌全然不像，而段譽俊秀的形貌，和自己年輕之時倒有七八分相似，心下更無半分懷疑，只覺說不出的驕傲：「你就算做了大理國皇帝而我做不成，那又有甚麼希罕？我有兒子，你卻沒有。」這時候腦海中又是一暈，眼前微微一黑，心道：「我實是歡喜得過了份。」

忽聽得咕咚一聲，一個人倒在門邊，正是雲中鶴。段延慶吃了一驚，暗叫：「不好！」左掌凌空一抓，欲運虛勁將鋼杖拿回手中，不料一抓之下，內力運發不出，地下的鋼杖絲毫不動。段延慶吃驚更甚，當下不動聲色，右掌又是運勁一抓，那鋼杖仍是不動，一提氣時，內息也已提不上來，知道在不知不覺之中，已著了旁人的道兒。

只聽得慕容復說道：「段殿下，那邊室中，還有一個你急欲一見之人，便請移駕過去一觀。」段延慶道：「卻是誰人？慕容公子不妨帶他出來。」慕容復道：「他無法行走，還得請殿下勞步。」

聽了這幾句話後，段延慶心下已然雪亮，暗中使了迷藥的自是慕容復無疑，他忌憚自己武功厲害，生怕藥力不足，不敢貿然破臉，要自己走動一下，且看勁力是否尚存，自忖進屋後時刻留神，既沒吃過他一口茶水，亦未聞到任何特異氣息，怎會中他毒計？尋思：「定是我聽了段夫人的話後，喜極忘形，沒再提防周遭的異動，以至被他做下了手腳。」淡淡的道：「慕容公子，我大理段氏不善用毒，你該當以『一陽指』對付我才是。」

慕容復微笑道：「段殿下一代英傑，豈同泛泛之輩？在下這『悲酥清風』，當年乃是取之西夏，只是略加添補，使之少了一種刺目流淚的氣息。段殿下曾隸籍西夏一品堂麾下，在下以『悲酥清風』相饗，卻也不失姑蘇慕容氏『以彼之道，還施彼身』的家風。」

段延慶暗暗吃驚，那一年西夏一品堂高手以「悲酥清風」迷倒丐幫幫眾無數，盡數將之擒去，後來西夏眾武士連同赫連鐵樹將軍、南海鱷神、雲中鶴等反中此毒，為丐幫所擒，幸得自己奪到解藥，救出眾人。當時牆壁之上，確然題有「以彼之道，還施彼身」的字樣，書明施毒者是姑蘇慕容，慕容復手中自然有此毒藥，事隔多時，早已不放在心上。他心下自責忒也粗心大意，當下閉目不語，暗暗運息，想將毒氣逼出體外。

慕容復笑道：「要解這『悲酥清風』之毒，運功凝氣都是無用……」一句話未說完，王夫人喝道：「你怎麼把舅母也毒倒了，快取解藥來！」慕容復道：「舅媽，甥兒得罪，少停自當首先給舅媽解藥。」王夫人怒道：「甚麼少停不少停的？快，快拿解藥來。」慕容復道：「真是對不住舅媽了，解藥不在甥兒身邊。」

段夫人刀白鳳被點中的重穴原已解開，但不旋踵間又給「悲酥清風」迷倒。廳堂上諸人之中，只有慕容復事先聞了解藥，段譽百毒不侵，這才沒有中毒。

但段譽卻也正在大受煎熬，心中說不出的痛苦難當。他聽王夫人說道：「都是你這沒良心的薄倖漢子，害了我不算，還害了你的親生女兒。語嫣……語嫣……她……她……可是你的親生骨肉。」那時他胸口氣息一塞，險些便暈了過去。當他在鄰室聽到王夫人和慕容復說話，提到她和他父親之間的私情時，他內心便已隱隱不安，極怕王語嫣又和木婉清一般，竟然又是自己的妹子。待得王夫人親口當眾說出，那裏還容他有懷疑的餘地？剎那間只覺得天旋地轉，若不是手足被縛，口中塞物，便要亂衝亂撞，大叫大嚷。他心中悲苦，只覺一團氣塞在胸間，已無法運轉，手足冰冷，漸漸僵硬，心下大驚：「啊喲，這多半便是伯父所說的走火入魔，內功越是越厚，來勢越兇險。我……我怎會走火入魔？」

只覺冰冷之氣，片刻間便及於手肘膝彎，段譽先是心中害怕，但隨即轉念：「語嫣既是我同父妹子，我這場相思，到頭來終究歸於泡影，我活在世上又有甚麼滋味？還不如走火入魔，隨即化身為塵為灰，無知無識，也免了終身的無盡煩惱。」

段延慶連運三次內息，非但全無效應，反而胸口更增煩惡，當即不言不動，閉目而坐。

慕容復道：「段殿下，在下雖將你迷倒，卻絕無害你之意，只須殿下答允我一件事，在下不但雙手奉上解藥，還向殿下磕頭陪罪。」說得甚是謙恭。

段延慶冷冷一笑，說道：「姓段的活了這麼一大把的年紀，大風大浪經過無數，豈能在人家挾制要脅之下，答允甚麼事。」

慕容復道：「在下如何敢對殿下挾制要脅？這裏眾人在此都可作為見證，在下先向殿下陪罪，再恭恭敬敬的向殿下求懇一事。」說著雙膝一曲，便即跪倒，咚咚咚咚，磕了四個響頭，意態甚是恭順。

眾人見慕容復突然行此大禮，無不大為詫異。他此刻控縱全局，人人的生死都操於他一人之手，就算他講江湖義氣，對段延慶這位前輩高手不肯失了禮數，那麼深深一揖，也已足夠，卻又何以卑躬屈膝的向他磕頭。

段延慶也是大惑不解，但見他對自己這般恭敬，心中的氣惱也不由得消了幾分，說道：「常言道：禮下於人，必有所求。公子行此大禮，在下甚不敢當，卻不知公子有何吩咐。」言語之中，也客氣起來。

慕容復道：「在下的心願，殿下早已知曉。但想興復大燕，絕非一朝一夕之功。今日我先扶保殿下登了大理國的皇位。殿下並無子息，懇請殿下收我為義子。我二人同心共濟，以成大事，豈不兩全其美？」

段延慶聽他說到「殿下並無子息」這六個字時，情不自禁的向段夫人瞧去，四目交投，剎那間交談了千言萬語。段延慶嘿嘿一笑，並不置答，心想：「這句話若在片刻之前說來，確是兩全其美。可是此刻我已知自己有子，怎能再將皇位傳之於你？」

只聽慕容復又道：「大宋江山，得自後周柴氏。當年周太祖郭威無後，以柴榮為子。柴世宗雄才大略，整軍經武，為後周大樹聲威。郭氏血食，多延年月，後世傳為美談。事例不遠，願殿下垂鑒。」段延慶道：「你當真要我將你收為義子？」慕容復道：「正是。」

段延慶心道：「此刻我身中毒藥，唯有勉強答允，毒性一解，立時便將他殺了。」便淡淡的道：「如此你卻須改姓為段了？你做了大理國的皇帝，興復燕國的念頭更須收起。慕容氏從此無後。你可都做得到麼？」他明知慕容復定然另有打算，只要他做了大理國君，數年間以親信遍布要津，大誅異己和段氏忠臣後，便會復姓「慕容」，甚至將大理國的國號改為「大燕」，亦不足為奇。此刻所以要連問他三件為難之事，那是以進為退，令他深信不疑，如答允得太過爽快，便顯得其意不誠、存心不良了。

慕容復沉吟片刻，躊躇道：「這個……」其實他早已想到日後做了大理皇帝的種種措施，與段延慶的猜測不遠，他也想到倘若答允得太過爽快，便顯得其意不誠、存心不良，是以沉吟半晌，才道：「在下雖非忘本不孝之人，但成大事者不顧小節，既拜殿下為父，自當忠於段氏，一心不二。」

段延慶哈哈大笑，說道：「妙極，妙極！老夫浪蕩江湖，無妻無子，不料竟於晚年得一佳兒，大慰平生。你這孩兒年少英俊，我當真老懷大暢。我一生最喜歡之事，無過於此。觀世音菩薩在上，弟子感激涕零，縱然粉身碎骨，亦不足以報答你白衣觀世音菩薩的恩德於萬一。」心中激動，兩行淚水從頰上流下，低下頭來，雙手合什，正好對著段夫人。

段夫人極緩極緩的點頭，目光始終瞧著躺在地下的兒子。

段延慶這幾句話，說的乃是他真正的兒子段譽，除了段夫人之外，誰也不明他的言外之意，都道他已答允慕容復，收他為義子，將來傳位於他，而他言辭中的真摯誠懇，確是無人能有絲毫懷疑，「天下第一大惡人」居然能當眾流淚，那更是從所未聞之事。

慕容復喜道：「殿下是武林中的前輩英俠，自必一言九鼎，決無反悔。義父在上，孩兒磕頭。」雙膝一屈，又跪了下去。

忽聽得門外有人大聲說道：「非也，非也！此舉萬萬不可！」門帷一掀，一人大踏步走進屋來，正是包不同。

慕容復當即站起，臉色微變，轉過頭來，說道：「包三哥有何話說？」

包不同道：「公子爺是大燕國慕容氏堂堂皇裔，豈可改姓段氏？興復燕國的大業雖然艱難萬分，但咱們鞠躬盡瘁，竭力以赴。能成大事固然最好，若不成功，終究是世上堂堂正正的好漢子。公子爺要是拜這個人不像人、鬼不像鬼的傢伙做義父，就算將來做得成皇帝，也不光采，何況一個姓慕容的要去當大理皇帝，當真是難上加難。」

慕容復聽他言語無禮，心下大怒，但包不同是他親信心腹，用人之際，不願直言斥責，淡淡的道：「包三哥，有許多事情，你一時未能明白，以後我自當慢慢分說。」

包不同搖頭道：「非也，非也！公子爺，包不同雖蠢，你的用意卻能猜到一二。你只不過想學韓信，暫忍一時胯下之辱，以備他日的飛黃騰達。你是想今日改姓段氏，日後掌到大權，再復姓慕容，甚至於將大理國的國號改為大燕；又或是發兵征宋伐遼，恢復大燕的舊疆故土。公子爺，你用心雖善，可是這麼一來，卻成了不忠、不孝、不仁、不義之徒，不免於心有愧，為舉世所不齒。我說這皇帝嘛，不做也罷。」

慕容復心下怒極，大聲道：「包三哥言重了，我又如何不忠、不孝、不仁、不義了？」

包不同道：「你投靠大理，日後再行反叛，那是不忠；你拜段延慶為父，孝於段氏，於慕容氏為不孝，孝於慕容，於段氏為不孝；你日後殘殺大理羣臣，是為不仁，你……」

一句話尚未說完，突然間波的一聲響，他背心正中已重重的中了一掌，只聽得慕容復冷冷的道：「我賣友求榮，是為不義。」他這一掌使足陰柔內勁，打在包不同靈台、至陽兩處大穴之上，正是致命的掌力。包不同萬沒料到這個自己從小扶持長大的公子爺竟會忽施毒手，哇的一口鮮血噴出，倒地而死。

當包不同挺撞慕容復之時，鄧百川、公冶乾、風波惡三人站在門口傾聽，均覺包不同的言語雖略嫌過份，道理卻是甚正，忽見慕容復掌擊包不同，三人大吃一驚，一齊衝進。

風波惡抱住包不同身子，叫道：「三哥，三哥，你怎麼了？」只見包不同兩行清淚，從頰邊流將下來，一探他的鼻息，卻已停了呼吸，知他臨死之時，傷心已達到極點。風波惡大聲道：「三哥，你雖沒有了氣息，想必仍要問一問公子爺：『為甚麼下毒手殺我？』」說著轉過頭來，凝視慕容復，眼光中充滿了敵意。

鄧百川朗聲道：「公子爺，包三哥說話向喜頂撞別人，你從小便知。縱是他對公子爺言語無禮，失了上下之份，公子略加責備，也就是了，何以竟致取他性命？」

其實慕容復所惱恨者，倒不是包不同對他言語無禮，而是恨他直言無忌，竟然將自己心中的圖謀說了出來。這麼一來，段延慶多半便不肯收自己為義子，不肯傳位，就算立了自己為皇太子，也必布置部署，令自己與復大燕的圖謀難以得逞，情急之下，不得不下毒手，否則那頂唾手可得的皇冠，又要隨風飛去了。他聽了風鄧二人的說話，心想：「今日之事，勢在兩難，只能得罪風鄧二人，不能令延慶太子心頭起疑。」便道：「包不同對我言語無禮，那有甚麼干係？他跟隨我多年，豈能為了幾句頂撞我的言語，便即傷他性命？可是我一片至誠，拜段殿下為父，他卻來挑撥離間我父子的情誼，這如何容得？」

風波惡大聲道：「在公子爺心中，十餘年來跟著你出死入生的包不同，便萬萬及不上一個段延慶了？」慕容復道：「風四哥不必生氣。我改投大理段氏，卻是全心全意，決無半分他念。包三哥以小人之心，度君子之腹，我這才不得不下重手。」公冶乾冷冷的道：「公子爺心意已決，再難挽回了？」慕容復道：「不錯。」

鄧百川、公冶乾、風波惡三人你瞧瞧我，我瞧瞧你，心念相通，一齊點了點頭。

鄧百川朗聲道：「公子爺，我兄弟四人雖非結義兄弟，卻是誓同生死，情若骨肉，公子爺是素來知道的。」慕容復長眉一挑，森然道：「鄧大哥是要為包三哥報仇麼？三位便是齊上，慕容復何懼？」鄧百川長嘆一聲，說道：「我們向來是慕容氏的家臣，如何敢冒犯公子爺？古人言道：合則留，不合則去。我們三人是不能再侍候公子了。君子絕交，不出惡聲，但願公子爺好自為之。」

慕容復眼見三人便要離己而去，心想此後得到大理，再無一名心腹，行事大大不方便，非挽留不可，便道：「鄧大哥，公冶二哥，風四哥，你們深知我的為人，並不疑我將來會背叛段氏，我對你們三人實無絲毫芥蒂，卻又何必分手？當年家父待三位不錯，三位亦曾答允家父，盡心竭力的輔我，這麼撤手一去，豈不是違背了三位昔日的諾言麼？」

鄧百川面色鐵青，說道：「公子不提老先生的名字，倒也罷了；提起老先生來，這等認他人為父、改姓叛國的行徑，又如何對得起老先生？我們確曾向老先生立誓，此生決意盡心竭力，輔佐公子興復大燕、光大慕容氏之名，卻決不是輔佐公子去興旺大理、光大段氏的名頭。」這番話只說得慕容復臉上青一陣，白一陣，無言可答。

鄧百川、公冶乾、風波惡三人同時一揖到地，說道：「拜別公子！」風波惡將包不同的屍身抗在肩上。三人出門大步而去，再不回頭。

慕容復乾笑數聲，向段延慶道：「義父明鑒，這四人是孩兒的家臣，隨我多年，但孩兒為了忠於大理段氏，不惜親手殺其一人，逐其三人。孩兒孤身而入大理，足見忠心不貳，絕無異志。」

段延慶點頭道：「好，好！甚妙。」

慕容復道：「孩兒這就替義父解毒。」伸手入懷，取了個小瓷瓶出來，正要遞將過去，心中一動：「我將他身上『悲酥清風』之毒一解，從此再也不能要脅於他了。今後只有多向他討好，不能跟他勾心鬥角。他最恨的是段譽那小子，我便將這小子先行殺了。」當下刷的一聲，長劍出鞘，說道：「義父，孩子第一件功勞，便是將段譽這小子先行殺了，以絕段正淳的後嗣，教他非將皇位傳於義父不可。」

段譽心想：「語嫣又變成了我的妹子，我早就不想活了，你一劍將我殺死，那是再好也沒有。」一來只求速死，二來內息岔了，便欲抗拒，也是無力，只有引頸就戮。

段正淳等見慕容復提劍轉向段譽，盡皆失色。段夫人「啊」的一聲慘呼。

段延慶道：「孩兒，你孝心殊為可嘉。但這小子太過可惡，多次得罪為父。他伯父、父親奪我皇位，害得我全身殘廢，形體不完，為父定要親手殺了這小賊，方洩我心頭之恨。」

慕容復道：「是。」轉身要將長劍遞給段延慶，說道：「啊喲，孩兒胡塗了，該當先替義父解毒才是。」當即還劍入鞘，又取出那個小瓷瓶來，一瞥之下，卻見段延慶眼中微孕得意之色，似在向旁邊一人使眼色。慕容復順著他眼光瞧去，只見段夫人微微點頭，臉上流露出感激和喜悅的神情。

慕容復一見之下，疑心登起，但他做夢也想不到段譽乃段延慶與段夫人所生，段延慶寧可捨卻自己性命，也決不肯讓旁人傷及他這個寶貝兒子，至於皇位甚麼的，更是身外之物。慕容復首先想到的是：「莫非段延慶和段正淳暗中有甚勾結？他們究竟是大理段氏一家，又是堂兄弟，常言道疏不間親，段家兄弟怎能將我這素無瓜葛的外人放在心上？」跟著又想：「為今之計，唯有替段延慶立下幾件大功，以堅其信。」當下轉頭向段正淳道：「鎮南王，你回到大理之後，有多久可接任皇位，做了皇帝之後，又隔多久再傳位於我義父？」

段正淳十分鄙薄其為人，冷冷的道：「我皇兄內功深湛，精力充沛，少說也要再做三十年皇帝。他傳位給我之後，我總得好好的幹一下，為民造福，少說也得做他三十年。六十年之後，我兒段譽也八十歲了，就算他只做二十年皇帝，那是在八十年之後……」

慕容復斥道：「胡說八道，那能等得這麼久？限你一個月內登基為君，再過一個月，便禪位於延慶太子。」

段正淳於眼前情勢早已十分明白，段延慶與慕容復想把自己當作踏上大理皇位的梯階，只有自己將皇位傳了給段延慶之後，他們才會殺害自己，此刻卻碰也不敢碰，若有敵人前來加害自己，他們還會極力保護，但段譽卻危險之極。他哈哈一笑，說道：「我的皇位只能傳給我兒段譽，要我提早傳位，倒是不妨，但要傳給旁人，卻是萬萬不能。」

慕容復怒道：「好罷，我先將段譽這小子一劍殺了，你傳位給他的鬼魂罷！」說著刷的一聲，又將長劍抽了出來。

段正淳哈哈大笑，說道：「你當我段正淳是甚麼人？你殺了我兒子，難道我還甘心受你擺布？你要殺儘管殺，不妨將我們一夥人一起都殺了。」

慕容復一時躊躇難決，此刻要殺段譽，原只一舉手之勞，但怕段正淳為了殺子之恨，當真豁出了性命不要，那時連段延慶的皇帝也做不成了。段延慶做不成皇帝，自己當然更與大理國的皇位沾不上半點邊。他手提長劍，劍鋒上青光幽幽，只映得他雪白的臉龐泛出一片慘綠之色，側頭向段延慶望去，要聽他示下。

段延慶道：「這人性子倔強，倘若他就此自盡，咱們的大計便歸泡影。好罷，段譽這小子暫且不殺，既在咱們父子的掌中，便不怕他飛上天去。你將解藥給我再說。」

慕容復道：「是！」但想：「延慶太子適才向段夫人使這眼色，到底是甚麼用意？這個疑團不解，便不該貿然給他解藥。可是若再拖延，定然惹他大大生氣，那便如何是好？」

恰好這時王夫人叫了起來：「慕容復，你說第一個給舅媽解毒，怎麼新拜了個爹爹，便一心一意的去討好這醜八怪？可莫怪我把好聽的話罵出來，他人不像人……」

慕容復一聽，正中下懷，向段延慶陪笑道：「義父，我舅母性子剛強，要是言語中得罪了你老人家，還請擔待一二。免得她又再出言不遜，孩兒這就先給舅母解毒，然後立即給義父化解。」說著便將瓷瓶遞到王夫人鼻端。

王夫人只聞到一股惡臭，沖鼻欲嘔，正欲喝罵，卻覺四肢勁力漸復，當下眼光不住在段正淳、段夫人、以及秦阮甘三女臉上轉來轉去，突然間醋意不可抑制，大聲道：「復兒，快把這四個賊女人都給我殺了。」

慕容復心念一動：「舅母曾說，段正淳性子剛強，決不屈服於人威脅之下，但對他的妻子情婦，卻瞧得比自己性命還重。我何不便以此要脅？」當即提劍走到阮星竹身前，轉頭向段正淳道：「鎮南王，我舅母叫我殺了她，你意下如何？」

段正淳心中萬分焦急，卻實是無計可施，只得向王夫人道：「阿蘿，以後你要我如何，我便即如何，一切聽你吩咐便了。難道你我之間，定要結下終身不解的仇怨？你叫人殺了我的女人，難道我以後還有好心對你？」

王夫人雖然醋心甚重，但想段正淳的話倒也不錯，過去十多年來於他的負心薄倖，恨之入骨，以致見到了大理人或是姓段之人都要殺之而後快，但此刻一見到了他面，重修舊好之心便與時俱增，說道：「好甥兒，且慢動手，待我想一想再說。」

慕容復道：「鎮南王，只須你答允傳位於延慶太子，你所有的王妃側妃，我一概替你保全，決不讓人傷害她們一根寒毛。」段正淳嘿嘿冷笑，不予理睬。

慕容復尋思：「此人風流之名，天下知聞，顯然是個不愛江山愛美人之徒。要他答允傳位，也只有從他的女人身上著手。」提起長劍，劍尖指著阮星竹的胸口，說道：「鎮南王，咱們男子漢大丈夫，行事一言而決。只消你點頭答允，我立時替大夥兒解開迷藥，在下設宴陪罪，化敵為友，豈非大大的美事？倘若你真的不允，我這一劍只好刺下去了。」

段正淳向阮星竹望去，只見她那雙本來嫵媚靈動的妙目中流露出恐懼之色，心下甚是憐惜，但想：「我答允一句本來也不打緊，大理皇位，又怎及得上竹妹？但這奸賊為了討好延慶太子，立時便會將我譽兒殺了。」他不忍再看，側過頭去。

慕容復叫道：「我數一、二、三，你再不點頭，莫怪慕容復手下無情。」拖長了聲音叫道：「一——二——」段正淳回過頭來，向阮星竹望去，臉上萬般柔情，卻實是無可奈何。慕容復叫道：「三——，鎮南王，你當真不答允？」段正淳心中，只是想著當年和阮星竹初會時的旖旎情景，突聽「啊」的一聲慘呼，慕容復的長劍已刺入了她胸中。

王夫人見段正淳臉上肌肉扭動，似是身受劇痛，顯然這一劍比刺入他自己的身體還更難過，叫道：「快，快救活她，我又沒叫你真的殺她，只不過要嚇嚇這沒良心的傢伙而已。」

慕容復搖搖頭，心想：「反正已結下深仇，多殺一人，少殺一人，又有甚麼分別？」劍尖指住秦紅棉胸口，喝道：「鎮南王，枉為江湖上說你多情多義，你卻不肯說一句話來救你情人的性命！一、二、三！」這「三」字一出口，嗤的一聲，又將秦紅棉殺了。

這時甘寶寶已嚇得面無人色，但強自鎮定，朗聲道：「你要殺便殺，可不能要脅鎮南王甚麼。我是鍾萬仇的妻子，跟鎮南王又有甚麼干係？沒的玷辱了我萬劫谷鍾家的聲名。」

慕容復冷笑一聲，說道：「誰不知段正淳兼收並蓄，是閨女也好，孀婦也好，有夫之婦也好，一般的來者不拒。」幾聲喝問，又將甘寶寶殺了。

王夫人心中暗暗叫苦，她平素雖然殺人不眨眼，但見慕容復在頃刻之間，連殺段正淳的三個情人，不由得一顆心突突亂跳，那裏還敢和段正淳的目光相觸，實想像不出此刻他臉色已是何等模樣。

卻聽得段正淳柔聲道：「阿蘿，你跟我相好一場，畢竟還是不明白我的心思。天下這許多女人之中，我便只愛你一個，我雖拈花惹草，都只逢場作戲而已，那些女子又怎真的放在我心上？你外甥殺了我三個相好，那有甚麼打緊，只須他不來傷你，我便放心了。」他這幾句話說得十分溫柔，但王夫人聽在耳裏，卻是害怕無比，知道段正淳恨極了她，要挑撥慕容復來殺她，叫道：「好甥兒，你可莫信他的話。」

慕容復將信將疑，長劍劍尖卻自然而然的指向王夫人胸口，劍尖上鮮血一滴滴的落上她衣襟下襬。

王夫人素知這外甥心狠手辣，為了遂其登基為君的大願，那裏顧得甚麼舅母不舅母？只要段正淳繼續故意顯得對自己十分愛惜，那麼慕容復定然會以自己的性命相脅，不禁顫聲道：「段郎，段郎！難道你真的恨我入骨，想害死我嗎？」

段正淳見到她目中懼色、臉上戚容，想到昔年和她的一番恩情，登時心腸軟了，破口罵道：「你這賊虔婆，豬油蒙了心，卻去喝那陳年舊醋，害得我三個心愛的女人都死於非命，我手足若得了自由，非將你千刀萬剮不可。慕容復，快一劍刺過去啊，為甚麼不將這臭婆娘殺了？」他知道罵得越厲害，慕容復越是不會殺他舅母。

王夫人心中明白，段正淳先前假意對自己傾心相愛，是要引慕容復來殺了自己，為阮星竹、秦紅棉、甘寶寶三人報仇，現下改口斥罵，已是原恕了自己。可是她十餘年來對段正淳朝思暮想，突然與情郎重會，心神早已大亂，眼見三個女子屍橫就地，一柄血淋淋的長劍對著自己胸口，突然間腦中一片茫然。但聽得段正淳破口斥罵，甚麼「賊虔婆」、「臭婆娘」都罵了出來，比之往日的山盟海誓，輕憐密愛，實是霄壤之別，忍不住珠淚滾滾而下，說道：「段郎，你從前對我說過甚麼話，莫非都忘記了？你怎麼半點也不將我放在心上了？段郎，我可仍是一片痴心對你。咱倆分別了這許多年，好容易盼得重見，你……你怎麼一句好話也不對我說？我給你生的女兒語嫣，你見過她沒有？你喜歡不喜歡她？」

段正淳暗暗心驚：「阿蘿這可有點神智不清啦，我倘若吐露了半句重念舊情的言語，你還有性命麼？」當即厲聲喝道：「你害死了我三個心愛的女子，我恨你入骨。十幾年前，咱們早就已一刀兩段，情斷義絕，現下我更恨不得重重踢你幾腳，方消心頭之氣。」

王夫人泣道：「段郎，段郎！」突然向前一撲，往身前的劍尖撞了過去。

慕容復一時拿不定主意，想將長劍撤回，又不想撤，微一遲疑間，長劍已刺入王夫人胸膛。慕容復縮手拔劍，鮮血從王夫人胸口直噴出來。

王夫人顫聲道：「段郎，你真的這般恨我麼？」

段正淳眼見這劍深中要害，她再難活命，忍不住兩道眼淚流下面頰，哽咽道：「阿蘿，我這般罵你，是為了想救你性命。今日重會，我真是說不出的歡喜。我怎會恨你？我對你的心意，永如當年送你一朵曼陀花之日。」

王夫人嘴角邊露出微笑，低聲道：「那就好了，我原……原知在你心中，永遠有我這個人，永遠撇不下我。我也是一樣，永遠撇不下你……你曾答允我，咱倆將來要到大理無量山中，我小時候跟媽媽一起住過的石洞裏去，你和我從此在洞裏雙宿雙飛，再也不出來。你還記得嗎？」段正淳道：「阿蘿，我自然記得，咱們明兒就去，去瞧瞧你媽媽的玉像。」王夫人滿臉喜色，低聲道：「那……那真好……那塊石壁上，有一把寶劍的影子，紅紅綠綠的，真好看，你瞧，你瞧，你見到了嗎……」聲音漸說漸低，頭一側，就此死去。

慕容復冷冷的道：「鎮南王，你心愛的女子，一個個都為你而死，難道最後連你的原配王妃，你也要害死麼？」說著將劍尖慢慢指向段夫人胸口。

段譽躺在地下，耳聽阮星竹、秦紅棉、甘寶寶、王夫人一個個命喪慕容復劍底，王夫人說到無量山石洞、玉像、石壁劍影甚麼的，雖然聽在耳裏，全沒餘暇去細想，只聽慕容復又以母親的性命威脅父親，教他如何不心急如焚？忍不住大叫：「不可傷我媽媽！不可傷我媽媽！」但他口中塞了麻核，半點聲音也發不出來，只有用力掙扎，但全身內息壅塞，連分毫位置也無法移動。

只聽得慕容復厲聲道：「鎮南王，我再數一、二、三，你如仍然不允將皇位傳給延慶太子，你的王妃可就給你害死了。」段譽大叫：「休得傷我媽媽！」隱隱又聽得段延慶道：「且慢動手，此事須得從長計議。」慕容復道：「義父，此事干係重大，鎮南王如不允傳位於你，咱們全盤大計，盡數落空。——」

段正淳道：「你要我答允，須得依我一件事。」慕容復道：「答允便答允，不答允便不答允，我可不中你緩兵之計，二——，怎麼樣？」段正淳長嘆一聲，說道：「我一生作孽多端，大夥兒死在一起，倒也是死得其所。」慕容復道：「那你是不答允了？三——」

慕容復這「三」字一出口，只見段正淳轉過了頭，不加理睬，正要挺劍向段夫人胸口刺去，只聽得段延慶喝道：「且慢！」

慕容復微一遲疑，轉頭向段延慶瞧去，突然見段譽從地下彈了起來，舉頭向自己小腹撞來。慕容復側身避開，驚詫交集：「這小子既受『醉人蜂』之刺，又受『悲酥清風』之毒，雙重迷毒之下，怎地會跳將起來？」

原來段譽初時想到王語嫣又是自己的妹子，心中愁苦，內息岔了經脈，待得聽到慕容復要殺他母親，登時將王語嫣之事拋在一旁，也不去念及自己是否走火入魔，內息便自然而然的歸入正道。凡人修習內功，乃是心中存想，令內息循著經脈巡行，走火入魔之後，拚命想將入了歧路的內息拉回，心念所注，自不免始終是岔路上的經脈，越是焦急，內息在歧路中走得越遠。待得他心中所關注的只是母親的安危，內息不受意念干擾，立時便循著人身原來的途徑運行。他聽到慕容復呼出「三」字，早忘了自身是在綑縛之中，急躍而起，循聲向慕容復撞去，居然身子得能活動。段譽一撞不中，肩頭重重撞上桌緣，雙手使力一掙，綑縛在手上的牛筋立時崩斷。

他雙手脫縛，只聽慕容復罵道：「好小子！」當即一指點出，使出六脈神劍中的「商陽劍」，向慕容復刺去。慕容復側身避開，還劍刺去。段譽眼上蓋了黑布，口中塞了麻核，說不出話倒也罷了，卻瞧不見慕容復身在何處，忙亂之中，也想不起伸手撕去眼上黑布，雙手亂揮亂舞，生恐慕容復迫近去危害母親。

慕容復心想：「此人脫縛，非同小可，須得乘他雙眼未能見物之前殺了他。」當即一招「大江東去」，長劍平平向段譽胸口刺去。

段譽雙手正自亂刺亂指，待聽得金刃破風之聲，急忙閃避，撲的一聲，長劍劍尖已刺入他肩頭。段譽吃痛，縱身躍起，他在枯井中又吸取了鳩摩智的深厚內力，輕輕一縱，便高達丈許，砰的一聲，腦袋重重在屋樑一撞。他身在半空，尋思：「我眼睛不能見物，只有他能殺我，我卻不能殺他，那便如何是好？他殺了我不打緊，我可不能相救媽媽和爹爹了。」雙腳用力一掙，拍的一聲響，綑在足踝上的牛筋也即寸斷。

段譽心中一喜：「妙極！那日在磨坊之中，他假扮西夏國的甚麼李將軍，我用『凌波微步』閃避，他就沒能殺到我。」左足一著地，便即斜跨半步，身子微側，已避過慕容復刺來的一劍，其間相去只是數寸。段延慶、段正淳、段王妃三人但見青光閃閃的長劍劍鋒在他肚子外平平掠過，凶險無比，盡皆嚇得呆了，又見他這一避身法的巧妙實是難以形容。這也真是湊巧，況若他眼能見物，不使「凌波微步」，以他一竅不通的武功，絕難避過慕容復如此凌厲毒辣的一劍。

慕容復一劍快似一劍，卻始終刺不到段譽身上，他既感焦躁，復又羞慚，見段譽始終不將眼上所蒙的黑布取下，不知段譽情急之下心中胡塗，還道他是有意賣弄，不將自己放在眼內，心想：「我連一個包住了眼睛的瞎子也打不過，還有甚麼顏面偷生於人世之間？」他雙眼如要冒將出火來，青光閃閃，一柄長劍使得猶似一個大青球，在廳堂上滾來滾去，霎時間將段譽裹在劍圈之中，每一招都是致命的殺著。

段延慶、段正淳、段夫人、范驊、華赫艮、崔百泉等人為劍光所逼，只覺寒氣襲人，頭上臉上毛髮簌簌而落，衣袖衣襟也紛紛化為碎片。

段譽在劍圈中左上右落、東歪西斜，卻如庭院閒步一般，慕容復鋒利的長劍竟連衣帶也沒削下他一片。可是段譽步履雖舒，心中卻是十分焦急：「我只守不攻，眼睛又瞧不見，倘若他一劍向我媽媽爹爹刺去，那便如何是好？」

慕容復情知只有段譽才是真正的心腹大患，倒不在乎是否能殺得了段夫人，眼見百餘劍刺出，始終無法傷到對方，心想：「這小子善於『暗器聲風』之術，聽聲閃避，我改使『柳絮劍法』，輕飄飄的沒有聲響，諒來這小子便避不了。」陡地劍法一變，一劍緩緩刺出。殊不知段譽這「凌波微步」乃是自己走自己的，渾不理會敵手如何出招，對方劍招聲帶隆隆風雷也好，悄沒聲息也好，於他全不相干。

以段延慶這般高明的見識，本可看破其中訣竅，但關心則亂，見慕容復劍招施緩，隱去了兵刃上的刺風之聲，心下吃了一驚，嘶啞著嗓子道：「孩兒，你快快將段譽這小子殺了。若是他將眼上的黑布拉去，只怕你我都要死在他的手下。」

慕容復一怔，心道：「你好胡塗，這不是提醒他麼？」

果然是一言驚醒夢中人，段譽一呆之下，隨即伸手扯開眼上黑布，突然間眼前一亮，耀眼生花，一柄冷森森的長劍刺向自己面門。他既不會武功，更乏應變之能，一驚之下，登時亂了腳步，嗤的一聲響，左腿中劍，摔倒在地。

慕容復大喜，挺劍刺落。段譽側臥於地，還了一劍「少澤劍」。慕容復忙後躍避開。段譽腿上雖鮮血泉湧，六脈神劍卻使得氣勢縱橫，頃刻間慕容復左支右絀，狼狽萬狀。

當日在少室山上，慕容復便已不是段譽敵手，此時段譽得了鳩摩智的深厚內功，六脈神劍使將出來更加威力難當。數招之間，便聽得錚的一聲輕響，慕容復長劍脫手，那劍直飛上去，插入屋樑。跟著波的一聲，慕容復肩頭為劍氣所傷。他知道再逗留片刻，立將為段譽所殺，大叫一聲，從窗子中跳了出去，飛奔而逃。

段譽扶著椅子站了起來，叫道：「媽，爹爹，沒受傷罷？」段夫人道：「快撕下衣襟，裹住傷口。」段譽道：「不要緊。」從王夫人屍體的手中取過小瓷瓶，先給父親與母親聞了，解開迷毒。又依父親指點，以內力解開父母身上被封的重穴。段夫人當即替段譽包紮傷口。

段正淳縱起身來，拔下了樑上的長劍。這劍鋒上沾染著阮星竹、秦紅棉、甘寶寶、王夫人四個女子的鮮血，每一個都曾和他有過白頭之約，肌膚之親。段正淳雖然秉性風流，用情不專，但當和每一個女子熱戀之際，卻也是一片至誠，恨不得將自己的心掏出來，將肉割下來給了對方。眼看四個女子屍橫就地，王夫人的頭擱在秦紅棉的腿上，甘寶寶的身子橫架在阮星竹的小腹，四個女子生前個個曾為自己嘗盡相思之苦，心傷腸斷，歡少憂多，到頭來又為自己而死於非命。當阮星竹為慕容復所殺之時，段正淳已決心殉情，此刻更無他念，心想譽兒已長大成人，文武雙全，大理國不愁無英主明君，我更有甚麼放不下心的？回頭向段夫人道：「夫人，我對不起你。在我心中，這些女子和你一樣，個個是我心肝寶貝，我愛她們是真，愛你也是一樣的真誠！」

段夫人叫道：「淳哥，你……你不可……」和身向他撲將過去。

段譽適才為了救母，一鼓氣的和慕容復相鬥，待得慕容復跳窗逃走，他驚魂略定，突然想起：「我剛剛走火入魔，怎麼忽然好了？」一凜之下，全身癱軟，慢慢的縮成一團，一時間再也站不起來。

但聽得段夫人一聲慘呼，段正淳已將劍尖插入自己胸膛。段夫人忙伸手拔出長劍，左手按住他的傷口，哭道：「淳哥，淳哥，你便有一千個、一萬個女人，我也是一般愛你。我有時心中想不開，生你的氣，可是……那是從前的事了……那也正是為了愛你……」但段正淳這一劍對準了自己心臟刺入，劍到氣絕，已聽不見她的話了。

段夫人回過長劍，待要刺入自己胸膛，只聽得段譽叫道：「媽，媽！」一來劍刃太長，二來分了心，劍尖略偏，竟然刺入了小腹。

段譽見父親母親同時挺劍自盡，只嚇得魂飛天外，兩條腿猶似灌滿了醋，又酸又麻，再也無力行走，雙手著地，爬將過去，叫道：「媽媽，爹爹，你……你們……」段夫人道：「孩兒，爹和媽都去了，你……你好好照料自己……」段譽哭道：「媽，媽，你不能死，不能死，爹爹呢？他……他怎麼了？」伸手摟住了母親的頭頸，想要替她拔出長劍，深恐一拔之下反而害她死得快些，卻又不敢。段夫人道：「你要學你伯父，做一個好皇帝……」

忽聽得段延慶說道：「快拿解藥給我聞，我來救你母親。」段譽大怒，喝道：「都是你這奸賊，捉了我爹爹來，害得他死於非命。我跟你有不共戴天之仇！」霍的站起，搶起地下一根鋼杖，便要向段延慶頭上劈落。段夫人尖聲叫道：「不可！」

段譽一怔，回頭道：「媽，這人是咱們大對頭，孩兒要為你和爹爹報仇。」段夫人仍是尖聲叫道：「不可！你……你不能犯這大罪！」段譽滿腹疑團，問道：「我……我不能……犯這大罪？」他咬一咬牙，喝道：「非殺了這奸賊不可。」又舉起了鋼杖。段夫人道：「你俯下頭來，我跟你說。」

段譽低頭將耳湊到她的唇邊，只聽得母親輕輕說道：「孩兒，這個段延慶，才是你真正的父親。你爹爹對不起我，我在惱怒之下，也做了一件對不起他的事。後來便生了你。你爹爹不知道，一直以為你是他的兒子，其實不是的。你爹爹並不是你真的爹爹，這個人才是，你千萬不能傷害他，否則……否則便是犯了殺父的大罪。我從來沒喜歡過這個人，但是……但是不能累你犯罪，害你將來死了之後，墮入阿鼻地獄，到不得西方極樂世界。我……我本來不想跟你說，以免壞了你爹爹的名頭，可是沒有法子，不得不說……」

在短短不到一個時辰之間，大出意料之外的事紛至沓來，正如霹靂般一個接著一個，只將段譽驚得目瞪口呆。他抱著母親的身子，叫道：「媽，媽，這不是真的，不是真的！」

段延慶道：「快給我解藥，好救你媽。」段譽眼見母親吐氣越來越是微弱，當下更無餘暇多想，拾起地下的小瓷瓶，去給段延慶解毒。

段延慶勁力一復，立即拾起鋼杖，嗤嗤嗤嗤數響，點了段夫人傷口處四周的穴道。段夫人搖了搖頭，道：「你不能再碰一碰我的身子。」對段譽道：「孩兒，我還有話跟你說。」段譽又俯身過去。

段夫人輕聲道：「這個人和你爹爹雖是同姓同輩，卻算不得是甚麼兄弟。你爹爹的那些女兒，甚麼木姑娘哪、王姑娘哪、鍾姑娘哪，你愛那一個，便可娶那個……他們大宋或許不行，甚麼同姓不婚。咱們大理可不管這麼一套，只要不是親兄妹便是了。這許多姑娘，你便一起都娶了，那也好得很。你……你喜歡不喜歡？」

段譽淚水滾滾而下，那裏還想得喜歡或是不喜歡。

段夫人嘆了口氣，說道：「乖孩子，可惜我沒能親眼見到你身穿龍袍，坐在皇帝的寶座上，做一個乖乖的……乖乖的小皇帝，不過我知道，你一定會很乖的……」突然伸手在劍柄上一按，劍刃透體而過。

段譽大叫：「媽媽！」撲在她身上，但見母親緩緩閉上了眼睛，嘴角邊兀自帶著微笑。

段譽叫道：「媽媽……」突覺背上微微一麻，跟著腰間、腿上、肩膀幾處大穴都給人點中了。一個細細的聲音傳入耳中：「我是你的父親段延慶，為了顧全鎮南王的顏面，我此刻是以『傳音入密』之術與你說話。你母親的話，你都聽見了？」段夫人向兒子所說的最後兩段話，聲音雖輕，但其時段延慶身上迷毒已解，內勁恢復，已一一聽在耳中，知道段夫人已向兒子洩露了他出身的秘密。

段譽叫道：「我沒聽見，我沒聽見！我只要我自己的爹爹、媽媽。」他說我只要自己的

「爹爹、媽媽」，其實便是承認已聽到了母親的話。

段延慶大怒，說道：「難道你不認我？」段譽叫道：「不認，不認！我不相信，我不相信！」段延慶低聲道：「此刻你性命在我手中，要殺你易如反掌。何況你確是我的兒子，你不認生身之父，豈非大大的不孝？」

段譽無言可答，明知母親的說話不假，但二十餘年來叫段正淳為爹爹，他對自己一直慈愛有加，怎忍去認一個毫不相干的人為父？何況父母之死，可說是為段延慶所害，要自己認仇為父，更是萬萬不可。他咬牙道：「你要殺便殺，我可永遠不會認你。」

段延慶又是氣惱，又是失望，心想：「我雖有兒子，但兒子不認我為父，等如是沒有兒子。」霎時間兇性大發，提起鋼杖，便向段譽背上戳將下去，杖端剛要碰到他背心衣衫，不由得心中一軟，一聲長嘆，心道：「我吃了一輩子苦，在這世上更無親人，好容易有了個兒子，怎麼又忍心親手將他殺了？他認我也罷，不認我也罷，終究是我的兒子。」轉念又想：「段正淳已死，我也已無法跟段正明再爭了。可是大理國的皇位，卻終於又回入我兒子的手中。我雖不做皇帝，卻也如做皇帝一般，一番心願總算是得償了。」

段譽叫道：「你要殺我，為甚麼不快快下手？」

段延慶拍開了他被封的穴道，仍以「傳音入密」之術說道：「我不殺我自己的兒子！你既不認我，大可用六脈神劍來殺我，為段正淳和你母親報仇。」說著挺起了胸膛，靜候段譽下手。這時他心中又滿是自傷自憐之情，自從當年身受重傷，這心情便充滿胸臆，一直以多為惡行來加以發洩，此刻但覺自己一生一無所成，索性死在自己兒子手下，倒也一了百了。

段譽伸左手拭了拭眼淚，心下一片茫然，想要以六脈神劍殺了眼前這個元兇巨惡，為父母報仇，但母親言之鑿鑿，說這個人竟是自己的生身父親，卻又如何能夠下手？

段延慶等了半晌，見段譽舉起了手又放下，放下了又舉起，始終打不定主意，森然道：「男子漢大丈夫，要出手便出手，又有何懼？」

段譽一咬牙，縮回了手，說道：「媽媽不會騙我，我不殺你。」

段延慶大喜，哈哈大笑，知道兒子終於是認了自己為父，不由得心花怒放，雙杖點地，飄然而去，對暈倒在地的雲中鶴竟不加一瞥。

段譽心中存著萬一之念，又去搭父親和母親的脈搏，探他二人的鼻息，終於知道確已沒有回生之望，撲倒在地，痛哭起來。

哭了良久，忽聽得身後一個女子的聲音說道：「段公子節哀。我們救應來遲，當真是罪該萬死。」段譽轉過身來，只見門口站了七八個女子，為首兩個一般的相貌，認得是虛竹手下靈鷲四女中的兩個，卻不知她們是梅蘭竹菊中的那兩姝。他臉上淚水縱橫，兀自嗚咽，哭道：「我爹爹、媽媽，都給人害死啦！」

靈鷲二女中到來的是竹劍、菊劍。竹劍說道：「段公子，我主人得悉公子的尊大人途中將有危難，命婢子率領人手，趕來赴援，不幸還是慢了一步。」菊劍道：「王語嫣姑娘等人被囚在地牢之中，已然救出，安好無恙，請公子放心。」

忽聽得遠遠傳來一陣噓噓的哨子之聲，竹劍道：「梅姊和蘭姊也都來啦！」過不多時，馬蹄聲響，十餘人騎馬奔到屋前，當先二人正是梅劍、蘭劍。二女快步衝進屋來，見滿地都是屍骸，不住頓足，連叫：「啊喲！啊喲！」

梅劍向段譽行下禮去，說道：「我家主人多多拜上段公子，說道有一件事，當真是萬分對不起公子，卻也是無可奈何。我主人食言而肥，愧見公子，只有請公子原諒。」

段譽也不知她說的是甚麼事，哽咽道：「咱們是金蘭兄弟，那還分甚麼彼此？我爹爹、媽媽都死了，我還去管甚麼閒事？」

這時范驊、華赫艮、傅思歸、崔百泉、過彥之五人已聞了解藥，身上被點的穴道也已解開。華赫艮見雲中鶴兀自躺在地下，怒從心起，一刀砍下，「窮兇極惡」雲中鶴登時身首分離。范、華等五人向段正淳夫婦的遺體下拜，大放悲聲。

次日清晨，范驊等分別出外採購棺木。到得午間，靈鷲宮朱天部諸女陪同王語嫣、巴天石、朱丹臣、木婉清、鍾靈等到來。他們中了醉人蜂的毒刺之後，昏昏沉沉，迄未甦醒。

當下段譽、范驊等將死者分別入殮。該處已是大理國國境，范驊向鄰近州縣傳下號令。州官、縣官聽得皇太弟鎮南王夫婦居然在自己轄境中「暴病身亡」，只嚇得目瞪口呆，險些暈去，心想至少「荒怠政務，侍奉不周」的罪名是逃不去的了，幸好范司馬倒也沒如何斥責，當下手忙腳亂的糾集人伕，運送鎮南王夫婦等人的靈柩。靈鷲諸女唯恐途中再有變卦，直將段譽送到大理國京城。王語嫣、巴天石等在途中方始醒轉。

鎮南王薨於道路、世子扶靈歸國的訊息，早已傳入大理京城。鎮南王有功於國，甚得民心，眾官百姓迎出十餘里外，城內城外，悲聲不絕。段譽、華驊、華赫艮、巴天石等當即入宮，向皇上稟報鎮南王的死因。王語嫣、梅劍等一行人，由朱丹臣招待在賓館居住。

段譽來到宮中，只見段正明兩眼已哭得紅腫，正待拜倒，段正明叫道：「孩子，怎……怎會如此？」張臂抱住了他。伯姪二人，摟在一起。

段譽毫不隱瞞，將途中經歷一一稟明，連段夫人的言語也無半句遺漏，說罷又拜，泣道：「倘若爹爹真不是孩兒的生身之父，孩兒便是孽種，再也不能……不能在大理住了。」

段正明心驚之餘，連嘆：「冤孽，冤孽！」伸手扶起段譽，說道：「孩兒，此中緣由，世上唯你和段延慶二人得知，你原本不須向我稟明。但你竟然直言無隱，足見坦誠。我和你爹爹均無子嗣，別說你本就姓段，就算不是姓段，我也決意立你為嗣。我這皇位，本來是延慶太子的，我竊居其位數十年，心中常自慚愧，上天如此安排，當真再好也沒有。」說著伸手除下頭上黃緞便帽，頭上已剃光了頭髮，頂門上燒著十二點香疤。

段譽吃了一驚，叫道：「伯父，你……」段正明道：「那日在天龍寺抵禦鳩摩智，師父便已為我剃度傳戒，此事你所親見。」段譽道：「是。」段正明說道：「我身入佛門，便當傳位於你父。只因其時你父身在中原，國不可一日無君，我才不得不秉承師父之命，暫攝帝位。你父不幸身亡於道路之間，今日我便傳位於你。」

段譽驚訝更甚，說道：「孩兒年輕識淺，如何能當大位？何況孩兒身世難明，孩兒……我……還是遁跡山林……」

段正明喝道：「身世之事，從今再也休提。你父、你母待你如何？」

段譽嗚咽道：「親恩深重，如海如山。」

段正明道：「這就是了，你若想報答親恩，便當保全他們的令名。做皇帝嗎，你只須牢記兩件事，第一是愛民，第二是納諫。你天性仁厚，對百姓是不會暴虐的。只是將來年紀漸老之時，千萬不可自恃聰明，於國事妄作更張，更不可對鄰國擅動刀兵。」

四十九

敝屣榮華　浮雲生死　此身何懼

——

耶律洪基連珠箭發，嗤嗤嗤嗤幾聲過去，射倒了六名南人，羽箭貫胸，釘在地下。

大理皇宮之中，段正明將帝位傳給姪兒段譽，誡以愛民、納諫二事，叮囑於國事不可妄作更張，不可擅動刀兵。就在這時候，數千里外北方大宋京城汴梁皇宮之中，崇慶殿後閣，太皇太后高氏病勢轉劇，正在叮囑孫子趙煦（按：後來歷史上稱為哲宗）：「孩兒，祖宗創業艱難，天幸祖澤深厚，得有今日太平。但你爹爹秉政時舉國鼎沸，險些釀成巨變，至今百姓想來猶有餘怖，你道是甚麼緣故？」

趙煦道：「孩兒常聽奶奶說，父皇聽信王安石的話，更改舊法，以致害得民不聊生。」

太皇太后乾枯的臉微微一動，嘆道：「王安石有學問，有才幹，原本不是壞人，用心自然也是為國為民，可是……唉……可是你爹爹，一來性子急躁，只盼快快成功，殊不知天下事情往往欲速則不達，手忙腳亂，反而弄糟了。」她說到這裏，喘息半晌，接下去道：「二來……二來他聽不得一句逆耳之言，旁人只有歌功頌德，說他是聖明天子，他才喜歡，倘若說他舉措不當，勸諫幾句，他便要大發脾氣，罷官的罷官，放逐的放逐，這樣一來，還有誰敢向他直言進諫呢？」

趙煦道：「奶奶，只可惜父皇的遺志沒能完成，他的良法美意，都讓小人給敗壞了。」

太皇太后吃了一驚，顫聲問道：「甚……甚麼良法美意？甚……甚麼小人？」

趙煦道：「父皇手創的青苗法、保馬法、保甲法等等，豈不都是富國強兵的良法？只恨司馬光、呂公著、蘇軾這些腐儒壞了大事。」

太皇太后臉上變色，撐持著要坐起身來，可是衰弱已極，要將身子抬起一二寸，也是難能，只不住的咳嗽。趙煦道：「奶奶，你別氣惱，多歇著點兒，身子要緊。」他雖是勸慰，語調中卻殊無親厚關切之情。

太皇太后咳嗽了一陣，漸漸平靜下來，說道：「孩兒，你算是做了九年皇帝，可是這九年……這九年之中，真正的皇帝卻是你奶奶，你甚麼事都要聽奶奶吩咐著辦，你……你心中一定十分氣惱，十分恨你奶奶，是不是？」

趙煦道：「奶奶替我做皇帝，那是疼我啊，生怕我累壞了。用人是奶奶用的，聖旨是奶奶下的，孩兒清閒得緊，那有甚麼不好？怎麼敢怪奶奶了？」

太皇太后嘆了口氣，輕輕的道：「你十足像你爹爹，自以為聰明能幹，總想做一番大事業出來，你心中一直在恨我，我……我難道不知道嗎？」

趙煦微微一笑，說道：「奶奶自然知道的了，宮中御林軍指揮是奶奶的親信，內侍太監頭兒是奶奶的心腹，朝中文武大臣都是奶奶委派的，孩兒除了乖乖的聽奶奶吩咐之外，還敢隨便幹一件事，隨口說一句話嗎？」

太皇太后雙眼直視帳頂，道：「你天天在指望今日，只盼我一旦病重死去，你……你便可以大顯身手了。」趙煦道：「孩兒一切都是奶奶所賜，當年若不是奶奶一力主持，父皇崩駕之時，朝中大臣不立雍王，也立曹王了。奶奶的深恩，孩兒又如何敢忘記？只不過……只不過……」太皇太后道：「只不過怎樣？你想說甚麼，儘管說出來，又何必吞吞吐吐？」

趙煦道：「孩兒曾聽人說，奶奶所以要立孩兒，只不過貪圖孩兒年幼，奶奶自己可以親理朝政。」他大膽說了這幾句話，心中怦怦而跳，向殿門望了幾眼，見把守在門口的太監仍都是自己那些心腹，守衛嚴密，這才稍覺放心。

太皇太后緩緩點了點頭，道：「你的話不錯。我確是要自己來治理國家。這九年來，我管得怎樣？」

趙煦從懷中取出一捲紙來，說道：「奶奶，朝野文士歌功頌德的話，這九年中已不知說了多少，只怕奶奶也聽得膩煩了。今日北面有人來，說道遼國宰相有一封奏章進呈遼帝，提到奶奶的施政。這是敵國大臣之論，奶奶可要聽聽？」

太皇太后嘆道：「德被天下也好，謗滿天下也好，老……老身是活不過今晚了。我……我不知是不是還能看到明天早晨的日頭？遼國宰相……他……他怎麼說我？」

趙煦展開紙卷，說道：「那宰相在奏章中說太皇太后：『自垂簾以來，召用名臣，罷廢新法苛政，臨政九年，朝廷清明，華夏綏安。杜絕內降僥倖，裁抑外家私恩，文思院奉上之物，無問巨細，終身不取其一……』」他讀到這裏，頓了一頓，見太皇太后本已沒半點光采的眸子之中，又射出了幾絲興奮的光芒，接下去讀道：「……『人以為女中堯舜！』」

太皇太后喃喃的道：「人以為女中堯舜，人以為女中堯舜！就算真是堯舜罷，終於也是難免一死。」突然之間，她那正在越來越模糊遲鈍的腦中閃過一絲靈光，問道：「遼國的宰相為甚麼提到我？孩兒，你……你可得小心在意，他們知道我快死了，想欺侮你。」

趙煦年輕的臉上登時露出了驕傲的神色，說道：「想欺侮我，哼，話是不錯，可也沒這麼容易。契丹人有細作在東京，知道奶奶病重，可是難道咱們就沒細作在上京？他們宰相的奏章，咱們還不是都抄了來？契丹君臣商量，說道等奶奶……奶奶千秋萬歲之後，倘若文武大臣一無更改，不行新法，保境安民，那就罷了。要是孩兒有甚麼……哼哼，有甚麼輕舉妄動……輕舉妄動，他們便也來輕舉妄動一番。」

太皇太后失聲道：「果真如此，他們便要出兵南下？」

趙煦道：「不錯！」他轉過身來走到窗邊，只見北斗七星閃耀天空，他眼光順著斗杓，凝視北極星，喃喃說道：「我大宋兵精糧足，人丁眾多，何懼契丹？他便不南下，我倒要北上去和他較量一番呢！」

太皇太后耳音不靈，問道：「你說甚麼？甚麼較量一番？」趙煦走到病榻之前，說道：「奶奶，咱們大宋人丁比遼國多上十倍，糧草多上三十倍，是不是？以十敵一，難道還打他們不過？」太皇太后顫聲道：「你說要和遼國開戰？當年真宗皇帝如此英武，御駕親征，才結成澶淵之盟，你……你如何敢擅動刀兵？」

趙煦氣忿忿的道：「奶奶總是瞧不起孩兒，只當孩兒仍是乳臭未乾、甚麼事情也不懂的嬰兒。孩兒就算及不上太祖、太宗，卻未必及不上真宗皇帝。」太皇太后低聲說道：「便是太宋皇帝，當年也是兵敗北國，重傷而歸，傷瘡難愈，終於因此崩駕。」趙煦道：「天下之事，豈能一概而論。當年咱們打不過契丹人，未必永遠打不過。」

太皇太后有滿腔言語要說，但覺精力一點一滴的離身而去，眼前一團團白霧晃來晃去，腦中茫茫然的一片，說話也是艱難之極，然而在她心底深處，有一個堅強而清晰的聲音在不斷響著：「兵凶戰危，生靈塗炭，可千萬不能輕舉妄動。」

過了一會，她深深吸口氣，緩緩的道：「孩兒，這九年來我大權一把抓，沒好好跟你分說剖析，那是奶奶錯了。我總以為自己還有許多年好活，等你年紀大些，再來開導你，你更容易領會明白，那知道……那知道……」她乾咳了幾聲，又道：「咱們人多糧足，那是不錯的，但大宋人文弱，不及契丹人勇悍。何況一打上仗，軍民肝腦塗地，不知要死多少人，要燒毀多少房屋，天下不知有多少人家要家破人亡，妻離子散。為君者胸中時時刻刻要存著一個『仁』字，別說勝敗之數難料，就算真有必勝把握，這仗嘛，也還是不打的好。」

趙煦道：「咱們燕雲十六州給遼人佔了去，每年還要向他進貢金帛，既像藩屬，又似臣邦，孩子身為大宋天子，這口氣如何嚥得下去？難道咱們永遠受遼人欺壓不成？」他聲音越說越響：「當年王安石變法，創行保甲、保馬之法，還不是為了要國家富強，洗雪歷年祖宗之恥。為子孫者，能為祖宗雪恨，方為大孝。父皇一生勵精圖治，還不是為此？孩子定當繼承爹爹遺志。此志不遂，有如此椅。」突然從腰間拔出佩劍，將身旁一張椅子劈為兩截。

皇帝除了大操閱兵，素來不佩刀帶劍，太皇太后見這個小孩子突然拔劍斬椅，不由得吃了一驚，模模糊糊的想道：「他為甚麼要帶劍？是要來殺我麼？是不許我垂簾聽政麼？這孩子膽大妄為，我廢了他。」她雖秉性慈愛，但掌權既久，一遇到大權受脅，立時便想到排除敵人，縱然是至親骨肉，亦毫不寬貸，剎那之間，她忘了自己已然油盡燈枯，轉眼間便要永離人世。

趙煦滿心想的卻是如何破陣殺敵、收復燕雲十六州，幻想自己坐上高頭大馬，統率百萬雄兵，攻破上京，遼主耶律洪基肉袒出降。他高舉佩劍，昂然說道：「國家大事，都誤在一般膽小怕事的腐儒手中。他們自稱君子，其實都是貪生怕死、自私自利的小人，我……我非將他們重重懲辦不可。」

太皇太后驀地清醒過來，心道：「這孩子是當今皇帝，他有他自己的主意，我再也不能叫他聽我話了。我是個快要死的老太婆，他是年富力壯的皇帝，他是皇帝，他是皇帝。」她盡力提高聲音，說道：「孩兒，你有這番志氣，奶奶很是高興。」趙煦一喜，還劍入鞘，說道：「奶奶，我說的很對，是不是？」太皇太后道：「你可知甚麼是萬全之策，必勝之算？」

趙煦皺起眉頭，說道：「選將練兵，秣馬貯糧，與遼人在疆場上一決雌雄，有可勝之道，卻無必勝之理。」太皇太后道：「你也知道角鬥疆場，並無必勝之理。但咱們大宋卻能不戰而屈人之兵。」趙煦道：「與民休息，頒行仁政，即能不戰而屈人之兵，是不是？奶奶，這是司馬光他們的書生迂腐之見，濟得甚麼大事？」

太皇太后嘆了口氣，緩緩的道：「司馬相公識見卓越，你怎麼說是書生迂腐之見？你是一國之主，須當時時披讀司馬相公所著的『資治通鑑』。千餘年來，每一朝之所以興、所以衰、所以敗、所以亡，那部書中都記得明明白白。咱們大宋土地富庶，人丁眾多，遠勝遼國十倍，只要沒有征戰，再過十年、二十年，咱們更加富足。遼人悍勇好鬥，只須咱們嚴守邊境，他部落之內必定會自相殘殺，一次又一次的打下來，自能元氣大傷。前年楚王之亂，遼國精兵銳卒，死傷不少……」

趙煦一拍大腿，說道：「是啊！其時孩兒就想該當揮軍北上，給他一個內外夾攻，遼人方有內憂，定然難以應付。唉，只可惜錯過了千載一時的良機。」

太皇太后厲聲道：「你念念不忘與遼國開仗，你……你……你……」突然坐起身來，右手伸出食指，指著趙煦。

在太皇太后積威之下，趙煦只嚇得連退三步，腳步踉蹌，險些摔倒，手按劍柄，心中突突亂跳，叫道：「快，你們快來。」

眾太監聽得皇上呼召，當即搶進殿來。趙煦顫聲道：「她……她……你們瞧瞧她，卻是怎麼了？」他適才滿口雄心壯志，要和契丹人決一死戰，但一個病骨支離的老太婆一發威，他登時便駭得魂不附體，手足無措。一名太監走上幾步，向太皇太后凝視片刻，大著膽子，伸出手去一搭脈息，說過：「啟奏皇上，太皇太后龍馭賓天了。」

趙煦大喜，哈哈大笑，叫道：「好極，好極！我是皇帝了，我是皇帝了！」

他其實已做了九年皇帝，只不過九年來這皇帝有名無實，大權全在太皇太后之手，直到此刻，他才是真正的皇帝。

趙煦親理政務，第一件事便是將禮部尚書蘇軾貶去做定州知府。蘇軾文名滿天下，負當時重望。他是王安石的死對頭，向來反對新法。元祐年間太皇太后垂簾聽政，重用司馬光和蘇軾、蘇轍兄弟。現下太皇太后一死，皇帝便貶逐蘇軾，自朝廷以至民間，人人心頭都罩上一層暗影：「皇帝又要行新政了，又要苦害百姓了！」當然，也有人暗中竊喜，皇帝再行新政，他們便有了升官發財的機會。

這時朝中執政，都是太皇太后任用的舊臣。翰林學士范祖禹上奏，說道：「先太皇太后以大公至正為心，罷王安石、呂惠卿新法而行祖宗舊政，故社稷危而復安，人心離而復合。及至遼主亦與宰相議曰：『南朝遵行仁宗政事，可敕燕京留守，使邊吏約束，無生事。』陛下觀敵國之情如此，則中國人心可知。今陛下親萬機，小人必欲有所動搖，而懷利者亦皆觀望。臣願陛下念祖宗之艱難，先太皇太后之勤勞，痛心疾首，以聽用小人為刻骨之戒，守天祐之政，當堅如金石，重如山岳，使中外一心，歸於至正，則天下幸甚！」

趙煦越看越怒，把奏章往案上一拋，說道：「『痛心疾首，以聽用小人為刻骨之戒』，這兩句話說得不錯。但不知誰是君子，誰是小人？」說著雙目炯炯，凝視范祖禹。

范祖禹磕頭道：「陛下明察。太皇太后聽政之初，中外臣民上書者以萬數，都說政令不便，苦害百姓。太皇太后順依天下民心，遂改其法，作法之人既有罪當逐，陛下與太皇太后亦順民心而逐之。這些被逐的臣子，便是小人了。」

趙煦冷笑一聲，大聲道：「那是太皇太后斥逐的，跟我又有甚麼干係？」拂袖退朝。

趙煦厭見羣臣，但親政之初，又不便將一羣大臣盡數斥逐，當即親下敕書，升內侍樂士宣、劉惟簡、梁從政等人的官，獎賞他們親附自己之功，連日托病不朝。

太監送進一封奏章，字跡肥腴挺拔，署名蘇軾。趙煦道：「蘇大鬍子倒寫得一手好字，卻不知胡說些甚麼。」見疏上寫道：「臣日侍帷幄，方當戍邊，顧不得一見而行；況疏遠小臣，欲求自通，難矣。」趙煦道：「我就不愛瞧你這大鬍子，永世都不要再見你。」接著瞧下去：「然臣不敢以不得對之故不效愚忠。古之聖人將有為也，必先處晦而觀明，處靜而觀動，則萬物之物畢陳於前。陛下聖智絕人，春秋鼎盛……」趙煦微微一笑，心道：「這大鬍子挺滑頭，倒會拍馬屁，說我『聖智絕人』。不過他又說我『春秋鼎盛』，那是說我年輕，年輕就不懂事。」接下去又看：「臣願虛心循理，一切未有所為，默觀庶事之利害與羣臣之邪正，以三年為期，俟得其實，然後應而作，使既作之後，天下無恨，陛下亦無悔。由是觀之，陛下之有為，惟憂太早，不患稍遲，亦已明矣。臣恐急進好利之臣，輒勸陛下輕有改變，故進此說，敢望陛下留神，社稷宗廟之福，天下幸甚。」

趙煦閱罷奏章，尋思：「人人都說蘇大鬍子是個聰明絕頂的才子，果然名不虛傳。他情知我決意紹述先帝，復行新法，便不來阻梗，只是勸我延緩三年。哼，甚麼『使既作之後，天下無恨，陛下亦無悔』。他話是說得婉轉，意思還不是一樣？說我倘若急功近利，躁進大幹，不但天下有恨，我自己亦當有悔。」一怒之下，登時將奏章撕得粉碎。

數日後視朝，范祖禹又上奏章：「煦寧之初，王安石、呂惠卿造立三新法，悉變祖宗之政，多引小人以誤國。勛舊之臣屏棄不用，忠正之士相繼遠引。又用兵開邊，結怨外夷，天下愁苦，百姓流徙。」趙煦看到這裏，怒氣漸盛，心道：「你罵的是王安石、呂惠卿，其實還不是在罵我父皇？」又看下去：「蔡確連起大獄，王韶創取熙河，章惇開五溪，沈起擾交管，沈括等興造西事，兵民死傷者不下二十萬。先帝臨朝悼悔，謂朝廷不得不任其咎……」趙煦越看越怒，跳過了幾行，見下面是：「……民皆愁痛，比屋思亂，賴陛下與太皇太后起而救之，天下之民，如解倒懸……」趙煦看到此處，再也難以忍耐，一拍龍案，站起身來。

趙煦那時年方一十八歲，以皇帝之尊再加一股少年的銳氣，在朝廷上突然大發脾氣，羣臣無不失色，只聽他厲聲說道：「范祖禹，你這奏章如此說，那不是惡言誹謗先帝麼？」范祖禹連連磕頭，說道：「陛下明鑒，微臣萬萬不敢。」

趙煦初操大權，見羣臣駭怖，心下甚是得意，怒氣便消，臉上卻仍是裝著一副兇相，大聲道：「先帝以天縱之才，行大有為之志，正要削平蠻夷，混一天下，不幸盛年崩駕，朕紹述先帝遺志，有何不妥？你們卻嘮嘮叨叨的唁噪不休，反來說先帝變法的不是！」

羣臣班中閃出一名大臣，貌相清癯，凜然有威，正是宰相蘇轍。趙煦心下不喜，心道：「這人是蘇大鬍子的弟弟，兩兄弟狼狽為奸，狗嘴裏定然吐不出象牙。」只聽蘇轍說道：「陛下明察，先帝有眾多設施，遠超前人。例如先帝在位十二年，終身不受尊號。臣下上章歌頌功德，先帝總是謙而不受。至於政事有所失當，卻是那一朝沒有錯失？父作之於前，子救之於後，此前人之孝也。」

趙煦哼了一聲，冷冷的道：「甚麼叫做『父作之於前，子救之於後』？」蘇轍道：「比方說漢武帝罷。漢武帝外事四夷，內興宮室，財用匱竭，於是修鹽鐵、榷酤、均輸之政。搶奪百姓的利源財物，民不堪命，幾至大亂。武帝崩駕後，昭帝接位，委任霍光，罷去煩苛，漢室乃定。」趙煦又哼了一聲，心道：「你以漢武帝來比我父皇！」

蘇轍眼見皇帝臉色不善，事情甚是凶險，尋思：「我若再說下去，皇上一怒之下，說不定我有性命之憂，但我若順從其意，天下又復擾攘，千千萬萬生靈啼飢號寒，流離失所，我為當國大臣，心有何忍？今日正是我以一條微命報答太皇太后深恩之時。」又道：「後漢時明帝察察為明，以讖決事，相信妄誕不經的邪理怪說，查察臣僚言行，無微不至，當時上下恐懼，人懷不安。章帝接位，深鑒其失，代之以寬厚愷悌之政，人心喜悅，天下大治，這都是子匡父失，聖人的大孝。」蘇轍猜知趙煦於十歲即位，九年來事事聽命於太皇太后，心中必定暗自惱恨，決意要毀太皇太后的政治而回復神宗時的變法，以示對父親的孝心，因而特意舉出「聖人之大孝」的話來向皇帝規勸。

趙煦大聲道：「漢明帝尊崇儒術，也沒有甚麼不好。你以漢武帝來比擬先帝，那是甚麼用心？這不是公然訕謗麼？漢武帝窮兵黷武，末年下哀痛之詔，深自詰責，他行為荒謬，為天下後世所笑，怎能與先帝相比？」越說越響，聲色俱厲。

蘇轍連連磕頭，下殿來到庭中，跪下待罪，不敢再多說一句。

許多大臣心中都道：「先帝變法，害得天下百姓朝不保夕，漢武帝可比他好得多了。」但那一個敢說這些話？又有誰敢為蘇轍辯解？

一個白鬚飄然的大臣越眾而出，卻是范純仁，從容說道：「陛下休怒。蘇轍言語或有失當，卻是一片忠君愛國的美意。陛下親政之初，對待大臣當有禮貌，不可如訶斥奴僕。何況漢武帝末年痛悔前失，知過能改，也不是壞皇帝。」趙煦道：「人人都說『秦皇、漢武』，漢武帝和暴虐害民的秦始皇並稱，那還不是無道之極麼？」范純仁道：「蘇轍所論，是時勢與事情，也不是論人。」

趙煦聽范純仁反覆辯解，怒氣方息，喝道：「蘇轍回來！」蘇轍自庭中回到殿上，不敢再站原班，跪在羣臣之末，道：「微臣得罪陛下，乞賜屏逐。」

次日詔書下來，降蘇轍為端明殿學士，為汝州知州，派宰相去做一個小小的州官。

南朝君臣動靜，早有細作報到上京。遼主耶律洪基得悉南朝太皇太后崩駕，少年皇帝趙煦斥逐持重大臣，顯是要再行新政，不禁大喜，說道：「擺駕即赴南京，與蕭大王議事。」

耶律洪基又道：「南朝在上京派有不少細作，若知我前去南京，便會戒備。咱們輕騎簡從，迅速前往，卻也不須知會南院大王。」當下率領三千甲兵，逕向南行，鑒於上次楚王作亂之失，留守上京的官兵由蕭后親自統領。另有十萬護駕兵馬，隨後分批南來。

不一日，御駕來到南京城外。這日蕭峯正帶了二十餘衛兵在北郊射獵，聽說遼主突然到來，飛馬向北迎駕，遠遠望見白旄黃蓋，當即下馬，搶步上前，拜伏在地。

耶律洪基哈哈大笑，縱下馬來，說道：「兄弟，你我名為君臣，實乃骨肉，何必行此大禮？」當即扶起，笑問：「野獸可多麼？」蕭峯道：「連日嚴寒，野獸都避到南邊去了，打了半日，也只打到些青狼、獐子，沒甚麼大的。」耶律洪基也極喜射獵，道：「咱們到南郊去找找。」蕭峯道：「南郊與南朝接壤，臣怕失了兩國和氣，嚴禁下屬出獵。」耶律洪基眉頭微微一皺，問道：「那麼也不打草穀了麼？」蕭峯道：「臣已禁絕了。」耶律洪基道：「今日咱兄弟聚會，破一破例，又有何妨？」蕭峯道：「是！」

號角聲響，耶律洪基與蕭峯雙騎並馳，繞過南京城牆，直向南去。三千甲兵隨後跟來。馳出二十餘里後，眾甲兵齊聲吆喝，分從東西散開，像扇子般遠遠圍了開去，但聽得馬嘶犬吠，響成一團，四下裏慢慢合圍，草叢中趕起一些狐兔之屬。

耶律洪基不願射殺這些小獸，等了半天，始終不見有熊虎等巨獸出現，正自掃興，忽聽得叫聲響起，東南角上十餘名漢子飛奔過來，瞧裝束是南朝的樵夫獵戶之類。遼兵趕不到野獸，知道皇上不喜，恰好圍中圍上了這十幾名南人，當即吆喝驅趕，逼到皇帝馬前。

耶律洪基笑道：「來得好！」拉開鑲金嵌玉的鐵胎弓，搭上鵰翎狼牙箭，連珠箭發，嗤嗤嗤幾聲過去，箭無虛發，霎時間射倒了六名南人。其餘的南人嚇得魂飛天外，轉身便逃，卻又給眾遼兵用長矛攢刺，逐了回來。

蕭峯看得甚是不忍，叫道：「陛下！」耶律洪基笑道：「餘下的留給你，我來看兄弟神箭！」蕭峯搖搖頭，道：「這些人並無罪過，饒了他們罷。」耶律洪基笑道：「南人太多，總得殺光了，天下方得太平。他們投錯胎去做南人，便是罪過。」說著連珠箭發，又是一箭一個，一壺箭射不到一半，十餘名漢人無一倖免，有的立時斃命，有的射中肚腹，一時未能氣絕，倒在地下呻吟。眾遼兵大聲喝采，齊呼：「萬歲！」

蕭峯當時若要出手阻止，自能打落遼帝的羽箭，但在眾軍眼前公然削了皇帝的面子，可說大逆不道，但臉上一股不以為然的神色，已不由自主的流露了出來。

耶律洪基笑道：「怎樣？」正要收弓，忽見一騎馬突過獵圍，疾馳而至。耶律洪基見馬上之人作漢人裝束，更不多問，彎弓搭箭，颼的一箭，便向那人射了過去。那人一伸手，豎起兩根手指，便將羽箭挾住。此時耶律洪基第二箭又到，那人左手伸起，又將第二箭挾住，胯下坐騎絲毫不停，逕向遼主衝來。耶律洪基箭發連珠，後箭接前箭，幾乎是首尾相連。但他發得快，對方接得也快，頃刻之間，一個發了七枝箭，一個接了七枝箭。

遼兵親衛大聲吆喝，各挺長矛，擋在遼主之前，生怕來人驚駕。

其時兩人相距已不甚遠，蕭峯看清楚來人面目，大吃一驚，叫道：「阿紫，是你？不得對皇上無禮。」

馬上乘者格格一笑，將接住的七枝狼牙箭擲給衛兵，跳下馬來，向耶律洪基跪下行禮，說道：「皇上，我接你的箭，可別見怪。」耶律洪基笑道：「好身手，好本事！」

阿紫站起身來，叫道：「姊夫，你是來迎接我麼？」雙足一登，飛身躍到蕭峯馬前。

蕭峯見她一雙眼睛已變得炯炯有神，又驚又喜，叫道：「阿紫，怎地你的眼睛好了？」

阿紫笑道：「是你二弟給我治的，你說好不好？」蕭峯又向她瞧了一眼，突然之間，心頭一凜，只覺她眼色之中似乎有一股難以形容的酸苦傷心，照說她雙眼復明，又和自己重會，該當十分歡喜才是，何以眼色中所流露出來的心情竟如此淒楚？可是她的笑聲之中，卻又充滿了愉悅之意。蕭峯心道：「想必小阿紫在途中受了甚麼委屈。」

阿紫突然一聲尖叫，向前躍出。蕭峯同時也感到有人在自己身後突施暗算，立即轉身，只見一柄三股獵叉當胸飛來。阿紫探出左手抓住，順手一擲，那獵叉插入橫臥在地一人的胸膛。那人是名漢人獵戶，被耶律洪基射倒，一時未死，拚著全身之力，將手中獵叉向蕭峯背心擲來。他見蕭峯身穿遼國高官服色，只盼殺得了他，稍雪無辜被害之恨。

阿紫指著那氣息已絕的獵戶罵道：「你這不自量力的豬狗，居然想來暗算我姊夫！」

耶律洪基見阿紫一叉擲死那個獵戶，心下甚喜，說道：「好姑娘，你身手矯捷，果然了得。剛才這一叉自然傷不了咱們的南院大王，但萬一他因此而受了一點輕傷，不免誤了朕的大事。好姑娘，該當如何賞你一下才是？」

阿紫道：「皇上，你封我姊夫做大官，我也要做個官兒玩玩。不用像姊夫那樣大，可也不能太小，教人家瞧我不起。」耶律洪基笑道：「咱們大遼國只有女人管事，卻沒女人做官的。這樣罷，你本來已是郡主了，我升你一級，封你做公主，叫做甚麼公主呢？是了，叫做

『平南公主』！」阿紫嘟起了小嘴，道：「做公主可不幹！」洪基奇道：「為甚麼不做？」阿紫道：「你跟我姊夫是結義兄弟，我若受封為公主，跟你女兒一樣，豈不是矮了一輩？」

耶律洪基見阿紫對蕭峯神情親熱，而蕭峯雖居高位，卻不近女色，照著遼人的常習，這樣的大官，別說三妻四妾，連三十妻四十妾也娶了，想來對阿紫也頗具情意，多半為了她年紀尚小，不便成親，當下笑道：「你這公主是長公主，和我妹子同輩，不是和我女兒同輩。我不但封你為『平南公主』，連你的一件心願，也一併替你完償了如何？」

阿紫俏臉一紅，道：「我有甚麼心願？陛下怎麼又知道了？你做皇帝的人，卻也這麼信口開河。」她向來天不怕、地不怕，對耶律洪基說話，也不拘甚麼君臣之禮。

遼國禮法本甚粗疏，蕭峯又是耶律洪基極寵信的貴人，阿紫這麼說，耶律洪基只是嘻嘻一笑，道：「這平南公主你若是不做，我便不封了。一、二、三，你做不做？」

阿紫盈盈下拜，低聲道：「阿紫謝恩。」蕭峯也躬身行禮，道：「謝陛下恩典。」他待阿紫猶如自己親妹，她既受遼帝恩封，蕭峯自也道謝。

耶律洪基卻道自己所料不錯，心道：「我讓他風風光光的完婚，然後命他征宋，他自是更效死力。」蕭峯心中卻在盤算：「皇上此番南來，有甚麼用意？他為甚麼將阿紫的公主封號稱為『平南』？平南，平南，難道他想向南朝用兵嗎？」

耶律洪基握住蕭峯的右手，說道：「兄弟，咱二人多日不見，過去說一會兒話。」

二人並騎南馳，駿足坦途，片刻間已馳出十餘里外。平野上田疇荒蕪，麥田中都長滿了荊棘雜草。蕭峯尋思：「宋人怕我們出來打草穀，以致將數十萬畝良田都拋荒了。」

耶律洪基縱馬上了一座小丘，立馬丘頂，顧盼自豪。蕭峯跟了上去，隨著他目光向南望去，但見峯巒起伏，大地無有盡處。

耶律洪基以鞭梢指著南方，說道：「兄弟，記得三十餘年之前，父皇曾攜我來此，向南指點大宋的錦繡山河。」蕭峯道：「是。」

耶律洪基道：「你自幼長於南蠻之地，多識南方的山川人物，到底在南方住，是不是比咱們北國苦寒之地舒適得多？」蕭峯道：「地方到處都是一般。說到『舒適』二字，只要過得舒齊安適，心中便快活了。北人不慣在南方住，南人也不慣在北方住。老天爺既作了這般安排，倘若強要調換，不免自尋煩惱。」耶律洪基道：「你以北人而去住在南方，等到住慣了，卻又移來北地，豈不心下煩惱？」蕭峯道：「臣是浪蕩江湖之人，四海為家，不比尋常的農夫牧人。臣得蒙陛下賜以棲身之所，高官厚祿，深感恩德，更有甚麼煩惱？」

耶律洪基回過頭來，向他臉上凝視。蕭峯不便和他四目相視，微笑著將目光移了開去。

耶律洪基緩緩說道：「兄弟，你我雖有君臣之分，卻是結義兄弟，多日不見，卻如何生分了？」蕭峯道：「當年微臣不知陛下是我大遼國天子，以致多有冒瀆，妄自高攀，既知之後，豈敢仍以結義兄弟自居？」耶律洪基嘆道：「做皇帝的人，反而不能結交幾個推心置腹、義氣深重的漢子。兄弟，我若隨你行走江湖。無拘無束，只怕反而更為快活。」

蕭峯喜道：「陛下喜愛朋友，那也不難。臣在中原有兩個結義兄弟，一是靈鷲宮的虛竹子，一是大理段譽，都是肝膽照人的熱血漢子。陛下如果願見，臣可請他們來遼國一遊。」

他自回南京後，每日但與遼國的臣僚將士為伍，言語性子，格格不入，對虛竹、段譽二人好生想念，甚盼邀他們來遼國聚會盤桓。

耶律洪基喜道：「既是兄弟的結義兄弟，那也是我的兄弟了。你可遣急足分送書信，邀請他們到遼國來，朕自可各封他們二人大大的官職。」蕭峯微笑道：「請他們來玩玩倒是不妨，這兩位兄弟，做官是做不來的。」

耶律洪基沉默片刻，說道：「兄弟，我觀你神情言語，心中常有鬱鬱不足之意。我富有天下，君臨四海，何事不能為你辦到？卻何以不對做哥哥的說？」

蕭峯心下感動，說道：「不瞞陛下說，此事是我生平恨事，鑄成大錯，再難挽回。」當下將如何錯殺阿朱之事大略說了。

耶律洪基左手一拍大腿，大聲道：「難怪兄弟三十多歲年紀，卻不娶妻，原來是難忘舊人。兄弟，你所以鑄成這個大錯，推尋罪魁禍首，都是那些漢人南蠻不好，尤其是丐幫一干叫化子，更是忘恩負義。你也休得煩惱，我剋日興兵，討伐南蠻，把中原武林、丐幫眾人，一古腦兒的都殺了，以洩你雁門關外殺母之仇，聚賢莊中受困之恨。你既喜歡南蠻的美貌女子，我挑一千個、二千個來服待你，卻又何難？」

蕭峯臉上露出一絲苦笑，心道：「我既誤殺阿朱，此生終不再娶。阿朱就是阿朱，四海列國，千秋萬載，就只一個阿朱。豈是一千個、一萬個漢人美女所能代替得了的？皇上看慣了後宮千百名宮娥妃子，那懂得『情』之一字？」說道：「多謝陛下厚恩，只是臣與中原武人之間的仇怨，已然一筆勾銷。微臣手底已殺了不少中原武人，怨怨相報，實是無窮無盡。

戰釁一啟，兵連禍結，更是非同小可。」

耶律洪基哈哈大笑，說道：「宋人文弱，只會大言炎炎，戰陣之上，實是不堪一擊。兄弟英雄無敵，統兵南征，南蠻指日可定，那有甚麼兵連禍結？兄弟，哥哥此次南來，你可知為的是甚麼事？」蕭峯道：「正要陛下示知。」

耶律洪基笑道：「第一件事，是要與賢弟暢聚別來之情。賢弟此番西行，西夏國的形勢險易，兵馬強弱，想必都已了然於胸。以賢弟之見，西夏是否可取？」

蕭峯吃了一驚，尋思：「皇上的圖謀著實不小，既要南佔大宋，又想西取西夏。」便道：「臣子此番西去，只想瞧瞧西夏公主招親的熱鬧，全沒想到戰陣攻伐之事。陛下明鑒，臣子歷險江湖，近戰搏擊，差有一日之長，但行軍布陣，臣子實在一竅不通。」耶律洪基笑道：「賢弟不必過謙。西夏國王這番大張旗鼓的招駙馬，卻鬧了個虎頭蛇尾，無疾而終，當真好笑。其實當日賢弟帶得十萬兵去，將西夏公主娶回南京，倒也甚好。」蕭峯微微一笑，心想：「皇上只道有強兵在手，要甚麼便有甚麼。」

耶律洪基說道：「做哥哥的此番南來，第二件事為的是替兄弟增爵升官。賢弟聽封。」蕭峯道：「微臣受恩已深，不敢再望……」耶律洪基朗聲道：「南院大王蕭峯聽封！」蕭峯只得翻身下鞍，拜伏在地。

耶律洪基說道：「南院大王蕭峯公忠體國，為朕股肱，茲進爵為宋王，以平南大元帥統率三軍，欽此。」

蕭峯心下遲疑，不知如何是好，說道：「微臣無功，實不敢受此重恩。」耶律洪基森然道：「怎麼？你拒不受命麼？」蕭峯聽他口氣嚴峻，知道無可推辭，只得叩頭道：「臣蕭峯謝恩。」洪基哈哈大笑，道：「這樣才是我的好兄弟呢。」雙手扶起，說道：「兄弟，我這次南來，卻不是以南京為止，御駕要到汴梁。」

蕭峯又是一驚，顫聲道：「陛下要到汴梁，那……那怎麼……」耶律洪基笑道：「兄弟以平南大元帥統率三軍，為我先行，咱們直驅汴梁。日後兄弟的宋王府，便設在汴梁趙煦小子的皇宮之中。」蕭峯道：「陛下是說咱們要和南朝開仗？」

洪基道：「不是我要和南朝開仗，而是南蠻要和我較量。南朝太皇太后這老婆子主政之時，一切總算井井有條，我雖有心南征，卻也沒十足把握。現下老太婆死了，趙煦這小子乳臭未乾，居然派人整飭北防、訓練三軍，又要募兵養馬，籌辦糧秣，嘿嘿，這小子不是為了對付我，卻又對付誰？」

蕭峯道：「南朝訓練士卒，那也不必去理他。這幾年來宋遼互不交兵，兩國都很太平。趙煦若來侵犯，咱們自是打他個落花流水。他若畏懼陛下聲威，不敢輕舉妄動，咱們也不必去跟這小子一般見識。」

耶律洪基道：「兄弟有所不知，南朝地廣人稠，物產殷富，如果出了個英主，真要和大遼為敵，咱們是鬥他們不過的。天幸趙煦這小子胡作非為，斥逐忠臣，連蘇大鬍子也給他貶斥了。此刻君臣不協，人心不附，當真是千載難逢的良機。此時不舉，更待何時？」

蕭峯舉目向南望去，眼前似是出現一片幻景：成千成萬遼兵向南衝去，房舍起火，烈燄衝天，無數男女老幼在馬蹄下輾轉呻吟，羽箭蔽空，宋兵遼兵互相斫殺，紛紛墮於馬下，鮮血與河水一般奔流，骸骨遍野……

耶律洪基大聲道：「我契丹列祖列宗均想將南朝收列版圖，好幾次都是功敗垂成。今日天命攸歸，大功要成於我手。好兄弟，他日我和你君臣名垂青史，那是何等的美事？」

蕭峯雙膝跪下，連連磕頭，道：「陛下，微臣有一事求懇。」耶律洪基微微一驚，道：「你要甚麼？做哥哥的只須力之所及，無有不允。」蕭峯道：「請陛下為宋遼兩國千萬生靈著想，收回南征的聖意。咱們契丹人向來遊牧為生，縱得南朝土地，亦是無用。何況兵凶戰危，難期必勝，假如小有挫折，反而損了陛下的威名。」

耶律洪基聽蕭峯的言語，自始至終不願南征，心想自來契丹的王公貴人、將帥大臣，一聽到「南征」二字，無不鼓舞踴躍，何以蕭峯卻一再勸阻？斜睨蕭峯，只見他雙眉緊蹙，若有重憂，尋思：「我封他為宋王、平南大元帥，那是我大遼一人之下、萬人之上的高官，他為甚麼反而不喜？是了，他雖是遼人，但自幼為南蠻撫養長大，可說一大半是南蠻子。大宋於他乃是父母之邦，聽我說要發兵去伐南蠻，他便竭力勸阻。以此看來，縱然我勉強他統兵南行，只怕他也不肯盡力。」便道：「我南征之意已決，兄弟不必多言。」

蕭峯道：「征戰乃國家大事，務請三思。倘若陛下一意南征，還是請陛下另委賢能的為是。以臣統兵，只怕誤了陛下大事。」

耶律洪基此番興興頭頭的南來，封賞蕭峯重爵，命他統率雄兵南征，原是顧念結義兄弟的情義，給他一個大大的恩典，料想他定然喜出望外，那知他先是當頭大潑冷水，又不肯就任平南大元帥之職，不由大為不快，冷冷的道：「在你心目中，南朝是比遼國更為要緊了？

你是寧可忠於南朝，不肯忠於我大遼？」

蕭峯拜伏於地，說道：「陛下明鑒。蕭峯是契丹人，自是忠於大遼。大遼若有危難，蕭峯赴湯蹈火，盡忠報國，萬死不辭。」

耶律洪基道：「趙煦這小子已萌覬覦我大遼國土之意。常言道得好：先下手為強，後下手遭殃。咱們如不先發制人，說不定便有亡國滅種的大禍。你說甚麼盡忠報國，萬死不辭，可是我要你為國統兵，你卻不奉命？」

蕭峯道：「臣平生殺人多了，實不願雙手再沾血腥，求陛下許臣辭官，隱居山林。」

耶律洪基聽他說要辭官，更是憤怒，心中立時生出殺意，手按刀柄，便要拔刀向他頸中斫將下去，但隨即轉念：「此人武功厲害，我一刀斫他不死，勢必為他所害。何況昔日他於我有平亂大功，又和我有結義之情，今日一言不合，便殺功臣，究竟於恩義有虧。」當下長嘆一聲，手離刀柄，說道：「你我所見不同，一時也難以勉強，你回去好好的想想，望你能回心轉意，拜命南征。」

蕭峯雖拜伏於地，但身側之人便揚一揚眉毛、舉一舉指頭，他也能立時警覺，何況耶律洪基手按刀柄、心起殺人之念？他知若再和耶律洪基多說下去，越說越僵，難免翻臉，當即說道：「遵旨！」站起身來，牽過耶律洪基的坐騎。

耶律洪基一言不發，一躍上馬，疾馳而去。先前君臣並騎南行，北歸時卻是一先一後，相距里許。蕭峯知道耶律洪基對己已生疑忌，倘若跟隨太近，既令他心中不安，而他提及南征之事，又不能不答，索性遠遠墮後。

回到南京城中，蕭峯請遼帝駐蹕南院大王王府。耶律洪基笑道：「我不來打擾你啦，你清靜下來，細想這中間的禍福利害。我自回御營下榻。」當下蕭峯恭送耶律洪基回御營。耶律洪基從上京攜來大批寶刀利劍、駿馬美女，賞賜於他。蕭峯謝恩，領回王府。

蕭峯甚少親理政務，文物書籍，更是不喜，因此王府中也沒甚麼書房，平時便在大廳中和諸將坐地，傳酒而飲，割肉而食，不失當年與羣丐縱飲的豪習。契丹諸將在大漠氈帳中本來也是這般，見大王隨和豪邁，遇下親厚，盡皆歡喜。

此刻蕭峯從御營歸來，天時已晚，踏進大廳，只見牛油大燭火光搖曳之下，虎皮上伏著一個紫衫少女，正是阿紫。

她聽得腳步聲響，一躍而起，撲過去摟著蕭峯的脖子，瞧著他眼睛，問道：「我來了，你不高興麼？為甚麼一臉都是不開心的樣子？」蕭峯搖了搖頭，道：「我是為了別的事。阿紫，你來了，我很高興。在這世界上，我就只掛念你一個人，怕你遭到甚麼危難。你回到了我身邊，眼睛又治好了，我就甚麼也沒牽掛了。」

阿紫笑道：「姊夫，我不但眼睛好了，皇帝還封了我做公主，你很開心麼？」蕭峯道：「封不封公主，小阿紫還是小阿紫。皇上剛才又陞我的官，唉！」說著一聲長嘆，提過一隻牛皮袋子，拔去塞子，喝了兩大口酒。大廳四周放滿了盛酒的皮袋，蕭峯興到即喝，也不須人侍候。阿紫笑道：「恭喜姊夫，你又陞了官啦！」

蕭峯搖了搖頭，說道：「皇上封我為宋王、平南大元帥，要我統兵去攻打南朝。你想，這征戰一起，要殺多少官兵百姓？我不肯拜命，皇上為此著惱。」

阿紫道：「姊夫，你又來古怪啦。我聽人說，你在聚賢莊上曾殺了無數中原武林中的豪傑，也不見你嘆一口氣，中原武林那些蠻子欺侮得你這等厲害，今日好容易皇上讓你吐氣揚眉，叫你率領大軍，將這些傢伙盡數殺了，你怎麼反而不喜歡啦？」

蕭峯舉起皮袋喝了一大口酒，又是一聲長嘆，說道：「當日我和你姊姊二人受人圍攻，若不奮戰，便被人亂刀分屍，那是出於無奈。當日給我殺死的人中，有不少是我的好朋友，事後想來，心中難過得很。」

阿紫道：「啊。我知道啦，當年你是為了阿朱，這才殺人。那麼現下我請你為我去殺那些南朝蠻子，好不好呢？」

蕭峯瞪了她一眼，佛然道：「人命大事，在你口中說來，卻如是宰牛殺羊一般。你爹爹雖是大理國人，媽媽卻是南朝宋人。」

阿紫嘟起了嘴，轉過了身，道：「我早知在你心中，一千個我也及不上一個她，一萬個活著的阿紫，也及不上一個不在人世的阿朱。看來只有我快快死了，你才會念著我一點兒。早知如此……我……我也不用這麼遠路來探望你。你……你幾時又把人家放在心上了？」

蕭峯聽她話中大有幽怨之意，不由得怦然心驚，想起她當年發射毒針暗算自己，便是為要自己長陪在她身邊，說道：「阿紫，你年紀小，就只頑皮淘氣，不懂大人的事……」阿紫搶著道：「甚麼大人小孩的，我早就不是小孩啦。你答應姊姊照顧我，你……你只照顧我有飯吃，有衣穿，可是……可是你幾時照顧到我的心事了？你從來就不理會我心中想甚麼。」

蕭峯越聽越驚，不敢接口。

阿紫轉背了身子，續道：「那時候我眼睛瞎了，知道你決不會喜歡我，我也不來跟你親近。現下我眼睛好了，你仍不來睬我。我……我甚麼地方不及阿朱了？相貌沒她好看麼？人沒她聰明麼？只不過她已經死了，你就時時刻刻惦念著她。我……我恨不得那日就給你一掌打死了，你也就會像想念阿朱一般的念著我……」

她說到傷心處，突然一轉身，撲在蕭峯懷裏，大哭起來。蕭峯一時手足無措，不知說甚麼才好。

阿紫嗚咽一陣，又道：「我怎麼是小孩子？在那小橋邊的大雷雨之夜，我見到你打死我姊姊，哭得這麼傷心，我心中就非常非常喜歡你。我心中說：『你不用這麼難受。你沒了阿朱，我也會像阿朱這樣，真心真意的待你好。』我打定了主意，我一輩子要跟著你。可是你又偏偏不許，於是我心中說：『好罷，你不許我跟著你，那麼我便將你弄得殘廢了，由我擺布，叫你一輩子跟著我。』」

蕭峯搖了搖頭，說道：「這些舊事，那也不用提了。」

阿紫叫道：「怎麼是舊事？在我心裏，就永遠和今天的事一樣新鮮。我又不是沒跟你說過，你就從來不把我放在心上。」

蕭峯輕輕撫摩阿紫的秀髮，低聲道：「阿紫，我年紀大了你一倍有餘，只能像叔叔、哥哥這般的照顧你。我這一生只喜歡過一個女子，那就是你的姊姊。永遠不會有第二個女子能代替阿朱，我也決計不會再去喜歡那一個女子。皇上賜給我一百多名美女，我從來正眼也不去瞧上一眼。我關懷你，全是為了阿朱。」

阿紫又氣又惱，突然伸起手來，拍的一聲，重重打了他一記巴掌。蕭峯若要閃避，這一掌如何能擊到他臉上？只是見阿紫氣得臉色慘白，全身發顫，目光中流露出淒苦之色，看了好生難受，終於不忍避開她這一掌。

阿紫一掌打過，好生後悔，叫道：「姊夫，是我不好，你……你打還我，打還我！」

蕭峯道：「這不是孩子氣麼？阿紫，世上沒甚麼大不了的事，用不著這麼傷心！你的眼色為甚麼這樣悲傷？姊夫是個粗魯漢子，你老是陪伴著我，叫你心裏不痛快！」

阿紫道：「我眼光中老是現出悲傷難過的神氣，是不是？唉，都是那醜八怪累了我。」蕭峯問道：「甚麼那醜八怪累了你？」阿紫道：「我這對眼睛，是那個醜八怪、鐵頭人給我的。」蕭峯一時未能明白，問道：「醜八怪？鐵頭人？」阿紫道：「那個丐幫幫主莊聚賢，你道是誰？說出來當真教人笑破了肚皮，竟然便是那個給我套了一個鐵面具的游坦之。就是那聚賢莊二莊主游駒的兒子，曾用石灰撒過你眼睛的。也不知他從甚麼地方學來了一些古怪武功，一直跟在我身旁，拚命討我歡心。我可給他騙得苦了。那時我眼睛瞎了，又沒旁人依靠，只好莊公子長、莊公子短的叫他。現下想來，真是羞愧得要命。」

蕭峯奇道：「原來那丐幫的莊幫主，便是受你作弄的鐵丑，難怪他臉上傷痕纍纍，想是揭去鐵套時弄傷了臉皮。這鐵丑便是游坦之嗎？唉，你可真也太胡鬧了，欺侮得人家這個樣子。這人不念舊惡，好好待你，也算難得。」

阿紫冷笑道：「哼，甚麼難得？他那裏安好心了？只想哄得我嫁了給他。」

蕭峯想起當日在少室山上的情景，游坦之凝視阿紫的目光之中，依稀是孕育深情，只是當時沒加留心，便道：「你得知真相，一怒之下便將他殺了？挖了他的眼睛？」阿紫搖頭道：「不是，我沒殺他，這對眼睛是他自願給我的。」蕭峯更加不懂了，問道：「他為甚麼肯將自己的眼珠挖出來給你？」

阿紫道：「這人傻裏傻氣的。我和他到了縹緲峯靈鷲宮裏，尋到了你的把弟虛竹子，請他給我治眼。虛竹子找了醫書來看了半天，說道必須用新鮮的活人眼睛換上才成。靈鷲宮中個個是虛竹子的下屬，我既求他換眼，便不能挖那些女人的眼睛。我叫游坦之到山下去擄一個人來。這傢伙卻哭了起來，說道我治好眼睛，看到了他真面目，便不會再理他了。我說不會不理他，他總是不信。那知道他竟拿了尖刀，去找虛竹子，願意把自己的眼睛換給我。虛竹子說甚麼不肯答允。那鐵頭人便用刀子在他自己身上、臉上劃了幾刀，說道虛竹子倘若不肯，他立即自殺。虛竹子無奈，只好將他的眼睛給我換上。」

她這般輕描淡寫的說來，似是一件稀鬆尋常之事，但蕭峯聽入耳中，只覺其中的可畏可怖，較之生平種種驚心動魄的兇殺鬥毆，實尤有過之。他雙手發顫，拍的一聲，擲去了手中酒袋，說道：「阿紫，是游坦之心甘情願的將眼睛換了給你？」阿紫道：「是啊。」蕭峯道：「你……你這人當真是鐵石心腸，人家將眼睛給你，你便受了？」

阿紫聽他語氣嚴峻，雙眼一眨一眨的，又要哭了出來，突然說道：「姊夫，你的眼睛倘若盲了，我也心甘情願將我的好眼睛換給你。」

蕭峯聽她這兩句話說得情辭懇摯，確非虛言，不由得心中感動，柔聲道：「阿紫，這位游君對你如此情深一往，你在福中不知福，除他之外，世上那裏再去找第二位有情郎君去？他現下是在何處？」

阿紫道：「多半還是在靈鷲宮。他沒了眼睛，這險峻之極的縹緲峯如何下來？」

蕭峯道：「啊，說不定二弟又能找到那一個死囚的眼睛再給他換上。」阿紫道：「不成的，那小和尚……不，虛竹子說道，我的眼睛只是給丁春秋那老賊毒壞了眼膜，筋脈未斷，因此能換。鐵丑的眼睛挖出時，筋脈都斷，卻不能再換了。」蕭峯道：「你快去陪他，從此永遠不再離開他。」阿紫搖頭道：「我不去，我只跟著你，那個醜得像妖怪的人，我多瞧一眼便要作嘔了，怎能陪著他一輩子？」蕭峯怒道：「人家面貌雖醜，心地可比你美上百倍！我不要你陪，不要再見你！」阿紫頓足哭道：「我……我……」

只聽得門外腳步聲響，兩名衛士齊聲說道：「聖旨到！」跟著廳門打開。蕭峯和阿紫一齊轉身，只見一名皇帝的使者走進廳來。

遼國朝廷禮儀，遠不如宋朝的繁複，臣子見到皇帝使者，只是肅立聽旨便是，用不著甚麼換朝服，擺香案，跪下接旨。那使者朗聲說道：「皇上宣平南公主見駕。」

阿紫道：「是！」拭了眼淚，跟著那使者去了。

蕭峯瞧著阿紫的背影，心想：「這游坦之對她鍾情之深，當真古今少有。只因阿紫情竇初開之時，恰和我朝夕相處，她重傷之際，我又不避男女之嫌，盡心照料，以致惹得她對我生出一片滿是孩子氣的痴心。我務須叫她回到游君身邊。人家如此對她，她如背棄這雙眼已盲之人，老天爺也是不容。」耳聽得那使者和阿紫的腳步聲漸漸遠去，終於不再聽聞，又想到耶律洪基命他伐宋的旨意。

「皇上叫阿紫去幹甚麼？定是要她勸我聽命伐宋。我如堅不奉詔，國法存何？適才在南郊爭執，皇上手按刀柄，已啟殺機，想他是顧念君臣之情，兄弟之義，這才強自克制。我如奉命伐宋，帶兵去屠殺千千萬萬宋人，於心卻又何忍？何況爹爹此刻在少林寺出家，若聽到我率軍南下，定然大大不喜。唉，我抗拒君命乃是不忠，不顧金蘭之情乃是不義，但若南下攻戰，殘殺百姓是為不仁，違父之志是為不孝。忠孝難全，仁義無法兼顧，卻又如何是好？罷，罷，罷！這南院大王是不能做了，我掛印封庫，給皇上來個不別而行，卻又到那裏去？莽莽乾坤，竟無我蕭峯的容身之所。」

他提起牛皮酒袋，又喝了兩口酒，尋思：「且等阿紫回來，和她同上縹緲峯去，一來送她和游君相聚，二來我在二弟處盤桓些時，再作計較。」

阿紫隨著使者來到御營，見到耶律洪基，衝口便道：「皇上，這平南公主還給你，我不做啦！」

耶律洪基宣阿紫來，不出蕭峯所料，原是要她去勸蕭峯奉旨南征，聽她劈頭便這麼說，不禁皺起了眉頭，佛然道：「朝廷封賞，是國家大事，又不是小孩兒的玩意，豈能任你要便要，不要便不要？」他一向因蕭峯之故，愛屋及烏，對阿紫總是和顏悅色，此刻言語卻說得重了。阿紫哇的一聲，放聲哭了出來。耶律洪基一頓足，說道：「亂七八糟，亂七八糟，真不成話！」

忽聽得帳後一個嬌媚的女子聲音說道：「皇上，為甚麼著惱？怎麼把人家小姑娘嚇唬哭了？」說著環珮玎璫，一個貴婦人走了出來。

這婦人眼波如流，掠髮淺笑，阿紫認得她是皇帝最寵幸的穆貴妃，便抽抽噎噎的說道：「穆貴妃，你倒來說句公道話，我說不做平南公主，皇上便罵我呢。」

穆貴妃見她哭得楚楚可憐，多時不見，阿紫身材已高了些，容色也更見秀麗，向耶律洪基橫了一眼，抿嘴笑道：「皇上，她不做平南公主，你便封她為平南貴妃罷。」

耶律洪基一拍大腿，道：「胡鬧，胡鬧！我封這孩子，是為了蕭峯兄弟，一個平南大元帥，一個平南公主，好讓他們風風光光的成婚。那知蕭峯不肯做平南大元帥，這姑娘也不肯做平南公主。是了，你是南蠻子，不願意我們去平南，是不是？」語氣中已隱含威脅之意。

阿紫道：「我才不理你們平不平南呢？你平東也好，平西也好，我全不放在心上。可是我姊夫……姊夫卻要我嫁給一個瞎了雙眼的醜八怪。」洪基和穆貴妃聽了大奇，齊問：「為甚麼？」阿紫不願詳說其中根由，只道：「我姊夫不喜歡我，逼我去嫁給旁人。」

便在這時，帳外有人輕叫：「皇上！」耶律洪基走到帳外，見是派給蕭峯去當衛士的親信。那人低聲道：「啟稟皇上：蕭大王在庫門上貼了封條，把金印用黃布包了，掛在樑上，瞧這模樣，他……他……他是要不別而行。」

耶律洪基一聽，不由得勃然大怒，叫道：「反了，反了！他還當我是皇帝麼？」略一思索，道：「喚御營都指揮來！」片刻間御營都指揮來到身前。耶律洪基道：「你率領兵馬，將南院大王府四下圍住了。」又下旨：「傳令緊閉城門，任誰也不許出入。」他生恐蕭峯要率部反叛，不住口的頒發號令，將南院大王部下的大將一個個傳來。

穆貴妃在御帳中聽得外面號角之聲不絕，馬蹄雜沓，顯是起了變故。契丹人於男女之間的界限看得甚輕，她便走到帳外，輕聲問耶律洪基道：「陛下，出了甚麼事？幹麼這等怒氣衝天的？」耶律洪基怒道：「蕭峯這廝不識好歹，居然想叛我而去。這廝心向南朝，定是要向南蠻報訊。他多知我大遼的軍國秘密，到了宋朝，便成我的心腹大患。」穆貴妃沉吟道：「常聽陛下說道，這廝武功好生了得，倘若拿他不住，給他衝出重圍，倒是一個禍胎。」耶律洪基道：「是啊！」吩咐衛士：「傳令飛龍營、飛虎營、飛豹營，火速往南院大王府外增援。」御營衛士應命，傳令下去。

穆貴妃道：「陛下，我有個計較。」在他耳邊低聲說了一陣。耶律洪基點頭道：「卻也使得。此事若成，朕重重有賞。」穆貴妃微笑道：「但教討得陛下歡心，便是重賞了。陛下這般待我，我還貪圖甚麼？」

御營外調動兵馬，阿紫坐在帳中，卻毫不理會。契丹人大呼小叫的來馳奔去，她昔日見得多了，往往出去打一場獵，也是這麼亂上一陣，渾沒想到耶律洪基調動兵馬，竟然是要去捉拿蕭峯。她坐在一隻駱駝鞍子上，心亂如麻：「我對姊夫的心事，他又不是不知道，可是他……他竟半點也沒將我放在心上，要我去陪伴那個醜八怪。我……我寧死也不去，不去，不去，偏偏不去！」心中這般想著，右足尖不住踢著地氈上織的老虎頭。

忽然間一隻手輕輕按上了她肩頭，阿紫微微一驚，抬起頭來，遇到的是穆貴妃溫柔和藹的眼光，只聽她笑問：「小妹妹，你在出甚麼神？在想你姊夫，是不是？」

阿紫聽她說到自己心底的私情，不禁暈紅了雙頰，低頭不語。穆貴妃和她並排而坐，拉過她一隻手，輕輕撫摸，柔聲道：「小妹妹，男人家都是粗魯暴躁的脾氣，尤其像咱們皇上哪、南院大王哪，那是當世的英雄好漢，要想收服他們的心，可著實不容易。」阿紫點了點頭，覺得她這幾句話甚是有理。穆貴妃又道：「我們宮裏女人成百成千，比我長得美麗的，比我更會討皇上歡心的，可也不知有多少。皇上卻最寵愛我，一半雖是緣份，一半也是上京聖德寺那位老和尚的眷顧。小妹子，你姊夫現下的心不在你身上，你也不用發愁。待我跟皇上回上京之時，你同我們一起去，到聖德寺去求求那位高僧，他會有法子的。」

阿紫奇道：「那老和尚有甚麼法子？」穆貴妃道：「此事我便跟你說了，你可千萬不能跟第二個人說。你得發個誓，決不能洩漏秘密。」阿紫便道：「我若將穆貴妃跟我說的秘密洩漏出去，亂刀分屍，不得好死。」穆貴妃沉吟道：「不是我信不過你，只是這件事牽涉太也重大，你再發一個重些的誓。」阿紫道：「好！我要是洩漏了你告知我的秘密，叫我……叫我給我姊夫親手一掌打死。」說到這裏，心中有些淒苦，也有些甜蜜。

穆貴妃點頭道：「給自己心愛的男人一掌打死，那確是比給人亂刀分屍還慘上百倍。這我就信你了。好妹子，那位高僧佛法無邊，神通廣大，我向他跪求之後，他便給我兩小瓶聖水，叫我通誠暗祝，悄悄給我心愛的男人喝下一瓶。那男人便永遠只愛我一人，到死也不變心。我已給皇上喝了一瓶，這還剩下一瓶。」說著從懷中取出一個醉紅色的小瓷瓶來，緊緊握在手中，唯恐跌落。其實地下鋪著厚厚的地氈，便掉在地下，也不打緊。

阿紫既驚且喜，求道：「好姊姊，給我瞧瞧。」她自幼便在星宿派門下，對這類蠱惑人心的法門向來信之不疑。穆貴妃道：「瞧瞧是可以，卻不能打翻了。」雙手捧了瓷瓶，鄭而重之的遞過去。阿紫接了過來，拔去瓶塞，在鼻邊一嗅，覺有一股淡淡的香氣。穆貴妃伸手將瓷瓶取過，塞上木塞，用力揿了幾下，只怕藥氣走失，說道：「本來嘛，我分一些給你也是不妨。可是我怕萬一皇上日後變心，這聖水還用得著。」

阿紫道：「你說皇上喝了一瓶之後，便對你永不變心了？」穆貴妃微笑道：「話是這麼說，可不知聖水的效果是不是真有這麼久。否則那聖僧幹麼要給我兩瓶？我更擔心這聖水落入了別的嬪妃手中，她們也去悄悄給皇上喝了，皇上就算對我不變心，卻也要分心……」

正說到這裏，只聽得耶律洪基在帳外叫道：「阿穆，你出來，我有話對你說。」穆貴妃笑道：「來啦！」匆匆奔去。嗒的一聲輕響，那小瓷瓶從懷中落了出來，竟然沒有察覺。

阿紫又驚又喜，待她一踏出帳外，立即縱身而前，拾起瓷瓶，揣入懷中，心道：「我快拿去給姊夫喝了，另外灌些清水進去，再還給穆貴妃，反正皇上已對她萬分寵幸，這聖水於她也無甚用處。」當即揭開後帳，輕輕爬了出去，一溜煙的奔向南院大王王府。

但見王府外兵卒眾多，似是南院大王在調動兵馬。阿紫走進大廳，只見蕭峯背負雙手，正在滴水簷前走來走去，似是老大的不耐煩。

他一見阿紫，登時大喜，道：「阿紫，你回來就好，我只怕你給皇上扣住了，不得脫身呢。咱們這就動身，遲了可來不及啦。」阿紫奇道：「到那裏去？為甚麼遲了就來不及？皇上又為甚麼要扣住我？」

蕭峯道：「你聽聽！」兩人靜了下來，只聽王府四周馬蹄之聲不絕，夾雜著鐵甲鏘鏘，兵刃交鳴，東南西北都是如此。阿紫道：「幹甚麼？你要帶兵去打仗麼？」

蕭峯苦笑道：「這些兵都不歸我帶了。皇上起了疑我之意，要來拿我。」阿紫道：「好啊，咱們好久沒打架了，我和你便衝殺出去。」蕭峯搖頭道：「皇上待我恩德不小，封我為南院大王，此番又親自前來，給我加官晉爵。此時所以疑我，不過因我決意不肯南征之故。我若傷他部屬，有虧兄弟之義，不免惹得天下英雄恥笑，說我蕭峯忘恩負義，對不起人。阿紫，咱們這就走罷，悄悄的不別而行，讓他拿我不到，也就是了。」

阿紫道：「嗯，咱們便走。姊夫，卻到那裏去？」蕭峯道：「去縹緲峯靈鷲宮。」阿紫的臉色登時沉了下來，道：「我不去見那醜八怪。」蕭峯道：「事在緊急，去不去縹緲峯，待離了險地之後再說。」

阿紫心道：「你要送我去縹緲峯，顯是全沒將我放在心上，還是乘早將聖水給你喝了，只要你對我傾心，自會聽我的話。若有遷延，只怕穆貴妃趕來奪還。」當下說道：「也好！我去拿幾件替換衣服。」

匆匆走到後堂，取過一隻碗來，將瓷瓶中聖水倒入碗內，又倒入大半碗酒，心中默禱：「菩薩有靈，保祐蕭峯飲此聖水之後，全心全意的愛我阿紫，娶我為妻，永不再想念阿朱姊姊！」回到廳上，說道：「姊夫，你喝了這碗酒提提神。這一去，咱們再也不回來了。」

蕭峯接過酒碗，燭光下見阿紫雙手發顫，目光中現出異樣的神采，臉色又是興奮，又是溫柔，不由得心中一動：「當年阿朱對我十分傾心之時，臉上也是這般的神氣！唉，看來阿紫果真對我也是一片痴心！」當即將大半碗酒喝了，問道：「你取了衣服沒有？」

阿紫見他喝了聖水，心中大喜，道：「不用拿衣服了，咱們走罷！」

蕭峯將一個包裹負在背上，包中裝著幾件衣服，幾塊金銀，低聲道：「他們定是防我南奔，我偏偏便向北行。」攜著阿紫的手，輕輕開了邊門，張眼往外一探，只見兩名衛士並肩巡視過來。蕭峯藏身門後，一聲咳嗽，兩名衛士一齊過來查看。蕭峯伸指點出，早將二人點倒，拖入樹蔭之下，低聲道：「快換上這兩人的盔甲。」阿紫喜道：「妙極！」兩人剝下衛士盔甲，穿戴在自己的身上，手中各持一柄長矛，並肩巡查過去。阿紫將頭盔戴得低低的壓住了眉毛，偷眼看蕭峯時，見他縮身彎腰而行，不禁心下暗笑。兩人走得二十幾步，便見一名帥營親兵的十夫長帶著十名親兵，巡查過來。蕭峯和阿紫站立一旁，舉矛致敬。

那十夫長點了點頭，便即行過，火把照耀之下，見阿紫一身衣甲直拖到地，不大稱身，不由得向她多瞧一眼，又見她腰刀的刀鞘也拖在地下，心中有氣，揮拳便向她肩頭打去，喝道：「你穿的甚麼衣服？」阿紫只道事洩，反手一勾，勾住他手腕，左足向他腰眼裏踢去。那十夫長叫聲「啊喲」，直跌了出去。

蕭峯道：「快走！」拉著她手腕，即前搶出。那十名親兵大聲叫了起來：「有奸細！有刺客！」還不知這二人乃是蕭峯和阿紫。兩人衝得一程，只見迎面十餘騎馳來，蕭峯舉起長矛，橫掃過去，將馬上乘者紛紛打落，右手一提，將阿紫送上馬背，自己飛身上了一匹馬，拉轉馬頭，直向北門衝去。

這時南院大王王府四周的將卒已得到訊息，四面八方圍將上來。蕭峯縱馬疾馳，果然不出他所料，遼兵十分之八布於南路，防他逃向南朝，北門一帶稀稀落落的沒多少人。這些將士一見蕭峯，心下先自怯了，雖是迫於軍令，上前攔阻，但給蕭峯一喝一衝，不由得紛紛讓路，遠遠的在後吶喊追趕。待御營都指揮增調人馬趕來，蕭峯和阿紫已自去得遠了。

蕭峯縱馬來到北門，見城門已然緊閉，城門前密密麻麻的排著一百餘人，各挺長矛，擋住去路。蕭峯倘若衝殺過去，這百餘名遼兵須攔他不住，但他只求脫身，實不願多傷本國軍士，左手一伸，將阿紫從馬背上抱了過來，右足在鐙上一點，雙足已站上了馬背，跟著提了一口氣，飛身便往城頭撲去。這一撲原不能躍上城頭，但他早已有備，待身子向下沉落，右手長矛已向城牆插去，一借力間，飛身上了城頭。

向城外一望，只見黑黝黝地並無燈火，顯是無人料他會逾城向北，竟無一兵一卒把守。蕭峯一聲長嘯，向城內朗聲叫道：「你們去稟告皇上，說道蕭峯得罪了皇上，不敢面辭。皇上大恩大德，蕭峯永不敢忘。」

他攬住阿紫的腰，轉過身來，只要一跳下城頭，那就海闊從魚躍，天空任鳥飛，再也無拘無束了。

心下微微一喜，正要縱身下躍，突然之間，小腹中感到一陣劇痛，跟著雙臂酸麻，攬在阿紫腰間的左臂不由自主的鬆開，接著雙膝一軟，坐倒在地，肚中猶似數千把小刀亂剜亂刺般劇痛，忍不住「哼」了一聲。阿紫大驚，叫道：「姊夫，你怎麼了？」蕭峯全身痙攣，牙關相擊，說道：「我……我……中了……中了劇……劇毒……等一等……我運氣……運氣逼毒……」當即氣運丹田，要將腹中的毒物逼將出來。那知不運氣倒也罷了，一提氣間，登時四肢百骸到處劇痛，丹田中內息只提起數寸，又沉了下去。蕭峯耳聽得馬蹄聲奔騰，數千騎自南向北馳來，又提一口氣，卻覺四肢已全無知覺，知道所中之毒厲害無比，不能以內力逼出，便道：「阿紫，你快快去罷，我……我不能陪你走了。」

阿紫一轉念間，已恍然大悟，自己是中了穆貴妃的詭計，她騙得自己拿聖水去給蕭峯服下，這那裏是聖水，其實是毒藥。她又驚又悔，摟住蕭峯的頭頸，哭道：「姊夫……是我害了你，這毒藥是我給你喝的。」蕭峯心頭一凜，不明所以，問道：「你為甚麼要害死我？」阿紫哭道：「不，不！穆貴妃給了我一瓶水，她騙我說，如給你喝了，你就永遠永遠的喜歡我，會……會娶我為妻。我實在傻得厲害，姊夫，我跟你一起死，咱們再也不會分開。」說著抽出腰刀，便要往自己頸中抹去。

蕭峯道：「且……且慢！」他全身如受烈火烤炙，又如鋼刀削割，身內身外同時劇痛，難以思索，過了好一會，才明白阿紫言中之意，說道：「我不會死，你不用尋死。」

只聽得兩扇厚重的城門軋軋的開了。數百名騎兵衝出北門，吶喊布陣。一隊隊兵馬自南而來，絡繹出城。蕭峯坐在城頭，向北望去，見火把照耀數里，幾條火龍還在蜿蜒北延，回頭南望，小半個城中都是火把，心想：「皇上將御營的兵馬盡數調了出來，來拿我一人。」只聽得城內城外的將卒齊聲大叫：「反賊蕭峯，速速投降。」

蕭峯腹中又是一陣劇痛，低聲道：「阿紫，你快快設法逃命去罷。」阿紫道：「我親手下毒害死了你，我怎能獨活？我……我……我跟你死在一起。」蕭峯苦笑道：「這不是殺人的毒藥，只是令我身受重傷，無法動手而已。」

阿紫喜道：「當真？」轉身將蕭峯拉著伏到自己背上。可是她身形纖小，蕭峯卻是特別魁偉，阿紫負著他站起身來，蕭峯仍是雙足著地。便在這時，十餘名契丹武士已爬上城來，一手執刀，一手高舉火把，卻都畏懼蕭峯，不敢迫近。

蕭峯道：「抗拒無益，讓他們來拿罷！」阿紫哭道：「不，不！誰敢動你一根寒毛，我便將他殺了。」蕭峯道：「不可為我殺人。假如我肯殺人，奉旨領兵南征便是，又何必鬧到這個田地？」提高嗓子道：「如此畏畏縮縮，算得甚麼契丹男兒？同我一起去見皇上。」

眾武士一怔，一齊躬身，恭恭敬敬的道：「是！咱們奉旨差遣，對大王無禮，尚請大王莫怪！」蕭峯為南院大王雖時日不多，但厚待部屬，威望著於北地，契丹將士十分敬服。在人羣之中，大家隨聲附和，大叫「反賊蕭峯」，一到和他面面相對，自然生出敬畏之心，不敢稍有無禮了。

蕭峯扶著阿紫的肩頭，掙扎著站起身來，五臟六腑，卻痛得猶如互在扭打咬嚙一般，眾兵士站在丈許之外，還刀入鞘，眼看他一步步從石級走下城頭。眾將士一見蕭峯下來，不由自主的都翻身下馬，城內城外將士逾萬，霎時間鴉雀無聲。

蕭峯在火光下見到這些誠樸而恭謹的臉色，胸口驀地感到一絲溫暖：「我若南征，這裏萬餘將士，只怕未必有半數能回歸北國。倘若我真能救得這許許多多生靈，皇上縱然將我處死，那也是死而無恨。就只怕皇上殺了我後，又另派別人領軍南征。」一想到這裏，胸口又是一陣劇痛，身子搖搖欲墜。

一名將軍牽過自己的坐騎，扶著蕭峯上馬。阿紫也乘了匹馬，跟隨在後。一行人前呼後擁，南歸王府。眾將士雖然拿到蕭峯，算是立了大功，卻殊無歡忭之意。但聽得鐵甲鏘鏘，數萬隻鐵蹄擊在石板街上，響成一片，卻無半句歡呼之聲。

一行人經行北門大街，來到白馬橋邊，蕭峯縱馬上橋。阿紫突然飛身而起，雙足在鞍上一登，嗤的一聲輕響，沒入了河中。蕭峯見此意外，不由得一驚，但隨即心下喜歡，想起最初與這頑皮姑娘相見之時，她沉在小鏡湖底詐死，水性之佳，實是少見，連她父母都被瞞過了，這時她從水中遁走，那再好也沒有了，只是從此只怕再無相見之日，心頭卻又悵悵，大聲道：「阿紫，你何苦自尋短見？皇上又不會難為你，何必投河自盡？」

眾將士聽蕭峯如此說，又見阿紫沉入水中之後不再冒起，只道她真是尋了短見。皇帝下旨只拿蕭峯一人，阿紫是尋死也好，逃走也好，大家也不放在心上，在橋頭稍立片刻，見河中全無動靜，又都隨著蕭峯前行。

五十

教單于折箭　六軍辟易　奮英雄怒

——

耶律洪基從箭壺中抽出一枝鵰翎狼牙箭，雙手一彎，折為兩段，投在地下，說道：「答允你了。」

到得王府，耶律洪基不和蕭峯相見，下令御營都指揮使扣押。那都指揮使心想蕭大王天生神力，尋常監牢如何監他得住？當下心生一計，命人取過最大最重的鐵鍊鐵銬，鎖了他手腳，再將他囚在一隻大鐵籠中。這隻大鐵籠，便是當年阿紫玩獅時囚禁猛獅之用，籠子的每根鋼條都是粗如兒臂。

鐵籠之外，又派一百名御營親兵，各執長矛，一層層的圍了四圈，蕭峯在鐵籠中如有異動，眾親兵便能將長矛刺入籠中，任他氣力再大，也無法在刹那之間崩脫鐵鎖鐵銬，破籠而出。王府之外，更有一隊親兵嚴密守衛。耶律洪基將原來駐守南京的將士都調出了南京城，以防他們忠於蕭峯，作亂圖救。

蕭峯靠在鐵籠的欄干上，咬牙忍受腹中劇痛，也無餘暇多想。直過了十二個時辰，到第二日晚間，毒藥的藥性慢慢消失，劇痛才減。蕭峯力氣漸復，但處此情境，卻又如何能夠脫困？他心想煩惱也是無益，這一生再凶險的危難也經歷過不少，難道我蕭峯一世豪傑，就真會困死於這鐵籠之中？好在眾親兵敬他英雄，看守雖絕不鬆懈，但好酒好飯管待，禮數不缺。蕭峯放懷痛飲，數日後鐵籠旁酒罎堆積。

耶律洪基始終不來瞧他，卻派了幾名能言善辯之士來好言相勸，說道皇上寬洪大度，顧念昔日的情義，不忍加刑，要蕭峯悔罪求饒。蕭峯對這些說客正眼也不瞧上一眼，自管自的斟酒而飲。

如此過了月餘，那四名說客竟毫不厭煩，每日裏只是搬弄陳腔濫調，翻來覆去的說個不停，說甚麼「皇上待蕭大王恩德如山，你只有聽皇上的話，才有生路」，甚麼「皇上神武，明見萬里之外，遠矚百代之後，聖天子宸斷是萬萬不會錯的，你務須遵照皇上所指的路走」等等，等等。這些說客顯然明知決計勸不轉蕭峯，卻仍是無窮無盡的喋喋不休。

一日蕭峯猛地起疑：「皇上又不是胡塗人，怎會如此婆婆媽媽的派人前來勸我？其中定有蹊蹺！」沉思半晌，突然想起：「是了，皇上早已調兵遣將，大舉南征，卻派了些不相干的人將我穩住在這裏。我明明已無反抗之力，他隨時可以殺我，又何必費這般心思？」

蕭峯再一思索，已明其理：「皇上自逞英雄，定要我口服心服，他親自提兵南下，取了大宋的江山，然後到我面前來誇耀一番。他生恐我性子剛強，一怒之下，絕食自盡，是以派了這些猥瑣小人來對我胡說八道。」

他早將一己的生死安危置之度外，既困於籠中，無計可以脫身，也就沒放在心上。他雖不願督軍南征，卻也不是以天下之憂而憂的仁人志士，想到耶律洪基既已發兵，大劫無可挽回，除了長嘆一聲、痛飲十碗之外，也就不去多想了。

只聽那四名說客兀自絮絮不已，蕭峯突然問道：「咱們契丹大軍，已渡過黃河了罷？」四名說客愕然相顧，默然半晌。一名說客道：「蕭大王此言甚是，咱們大軍剋日便發，黃河雖未渡過，卻也是指顧間的事。」蕭峯點頭道：「原來大軍尚未出發，不知那一天是黃道吉日？」四名說客互使眼色。一個道：「咱們是小吏下僚，不得與聞軍情。」另一個道：「只須蕭大王回心轉意，皇上便會親自來與大王商議軍國大事。」

蕭峯哼了一聲，便不再問，心想：「皇上倘若勢如破竹，取了大宋，便會解我去汴梁相見。但如敗軍而歸，沒面目見我，第一個要殺的人便是我。到底我盼他取了大宋呢，還是盼他敗陣？嘿嘿，蕭峯啊蕭峯，只怕你自己也是不易回答罷！」

次日黃昏時分，四名說客又搖搖擺擺的進來。看守蕭峯的眾親兵老是聽著他們的陳腔濫調，早就膩了，一見四人來到，不禁皺了眉頭，走開幾步。一個多月來蕭峯全無掙扎脫逃之意，監視他的官兵已遠不如先前那般戒慎提防。

第一名說客咳嗽一聲，說道：「蕭大王，皇上有旨，要你接旨，你若拒不奉命，那便罪大惡極。」這些話蕭峯也不知聽過幾百遍了，可是這一次聽得這人說話的聲音有些古怪，似是害了喉病，不禁向他瞧了一眼，一看之下，登時大奇。

只見這說客擠眉弄眼，臉上作出種種怪様，蕭峯定睛一看，見此人相貌與先前不同，再凝神瞧時，不由得又驚又喜，只見這人稀稀落落的鬍子都是黏上去的，臉上搽了一片淡墨，黑黝黝的甚是難看，但焦黃鬍子下透出來的，卻是櫻口端鼻的俏麗之態，正是阿紫。只聽她壓低嗓子，含含糊糊的道：「皇上的話，那永遠是不會錯的，你只須遵照皇上的話做，定有你的好處。喏，這是咱們大遼皇帝的聖諭，你恭恭敬敬的讀上幾遍罷。」說著從大袖中取出一張紙來，對著蕭峯。

其時天色已漸昏暗，幾名親兵正在點亮大廳四周的燈籠燭光。蕭峯借著燭光，向那紙上瞧去，只見上面寫著八個細字：「大援已到，今晚脫險。」蕭峯哼的一聲，搖了搖頭。阿紫說道：「咱們這次發兵，軍馬可真不少，士強馬壯，自然是旗開得勝，馬到成功，你休得擔憂。」蕭峯道：「我就是為了不願多傷生靈，皇上才將我囚禁。」阿紫道：「要打勝仗，靠的是神機妙算，豈在多所殺傷。」

蕭峯向另外三名說客瞧去時，見那三人或搖摺扇，或舉大袖，遮遮掩掩的，不以面目示人，自然是阿紫約來的幫手了。蕭峯嘆了口氣，道：「你們一番好意，我也甚是感激，不過敵人防守嚴密，攻城掠地，殊無把握……」

說猶未了，忽聽得幾名親兵叫了起來：「毒蛇！毒蛇！那裏來的這許多蛇！」只見廳門、窗格之中，無數毒蛇湧了進來，昂首吐舌，蜿蜒而進，廳中登時大亂。蕭峯心中一動：「瞧這些毒蛇的陣勢，倒似是我丐幫兄弟親在指揮一般！」

眾親兵提起長矛、腰刀，紛紛拍打。親兵的管帶叫道：「伺候蕭大王的眾親兵不得移動一步，違令者斬！」這管帶極是機警，見羣蛇來得怪異，只怕一亂之下，蕭峯乘機脫逃。圍在鐵籠外的眾親兵果然屹立不動，以長矛矛尖對準了籠內的蕭峯，但各人的目光卻不免斜過去瞧那些毒蛇，蛇兒遊得近了，自是提起長矛拍打。

正亂間，忽聽得王府後面一陣喧譁：「走水啦，快救火啊，快來救火！」那管帶喝道：「凱虎兒，去稟報指揮使大人，是否將蕭大人移走！」凱虎兒是名百夫長，應聲轉身，正要奔出，忽聽有人在廳口厲聲喝道：「莫中了奸細的調虎離山之計，若有人劫獄，先將蕭峯一矛刺死。」正是御營都指揮使。他手提長刀，威風凜凜的站在廳口。

突然間青影一閃，有人將一條青色小蛇擲向他的面門。那指揮使舉刀去格，卻聽得嗤嗤之聲不絕，有人射出暗器，大廳中燭火全滅，登時漆黑一團。那指揮使「啊」的一聲大叫，身中暗器，向後便倒。

阿紫從袖中取出寶刀，伸進鐵籠，喀喀喀幾聲，砍斷了蕭峯鐵鐐上的鐵鍊。蕭峯心想：

「這獸籠的鋼欄極粗極堅，只怕再鋒利的寶刀一時也是難以砍斬。」便在此時，忽覺腳下的土地突然陷了下去。阿紫在鐵籠外低聲道：「從地道逃走！」跟著蕭峯雙足被地底下伸上來的一雙手握住，向下一拉，身子已被扯了下去，卻原來大理國的鑽地能手華赫艮到了。他以十餘日的功夫，打了一條地道，通到蕭峯的鐵籠之下。

華赫艮拉著蕭峯，從地道內倒爬出來，爬行之速，真如在地面行走一般，頃刻間爬出百餘丈，扶著蕭峯站起身來，從洞中鑽了出去。只見洞口三個人滿臉喜色的爬將上來，竟是段譽、范驊和巴天石。段譽叫道：「大哥！」撲上抱住蕭峯。

蕭峯哈哈一笑，道：「久聞華司徒神技，今日親試，佩服佩服。」

華赫艮喜道：「得蒙蕭大王金口一讚，實是小人生平第一榮華！」

此處離南院大王府未遠，四下裏都是遼兵喧譁叫喊之聲。但聽得有人吹著號角，騎馬從屋外馳過，大聲叫道：「敵人攻打東門，御營親兵駐守原地，不得擅離！」范驊道：「蕭大王，咱們從西門衝出去！」蕭峯點頭道：「好！阿紫他們脫險沒有？」

范驊尚未回答，阿紫的聲音從地洞口傳了過來：「姊夫，你居然還惦記著我。」聲音中充滿了喜悅之情。喀喇一響，便從地洞中鑽了上來，頦下兀自黏著鬍子，滿頭滿臉都是泥土灰塵，污穢之極。但在蕭峯眼中瞧來，自從識得她以來，實以此刻最美。她拔出寶刀，要替蕭峯削去銬鐐。但那銬鐐貼肉鎖住，刀鋒稍歪，便會傷到皮肉，甚是不易切削，她將寶刀交給段譽道：「哥哥，你來削。」段譽接過寶刀，內力到處，切鐵銬如切敗木。

這時地洞中又鑽上來三人，一是鍾靈，一是木婉清，第三個是丐幫的一名八袋弟子，乃是弄蛇的能手，適才大廳上羣蛇亂竄，便是他鬧的玄虛。這人見蕭峯安然無恙，喜極流涕，道：「幫主，你老人家……」

蕭峯久已沒聽到有人稱他為「幫主」，見到這丐幫弟子的神情，心下也自傷感，說道：「這可難為你了。」他一言嘉獎，那八袋弟子又是感激，又覺榮耀，淚水直落下來。

范驊道：「大理國人馬已在東門動手，咱們乘亂走罷！蕭大王最好別出手，以免被人認了出來。」蕭峯道：「甚是！」九人從大門中衝出去。蕭峯回頭一望，原來那是一座殘敗的瓦屋，外觀半點也不起眼。阿紫以契丹話大叫：「走水啦！走水啦！」范驊、華赫艮等學著她的聲音，跟著大叫。范驊、巴天石等眼見街道上沒有遼兵，便到處縱火，霎時間燒起了七八個火頭。

九人逕向西奔。段譽等早已換上契丹人的裝束，這時城中已亂成一團，倒也無人加以注目，有時聽到大隊契丹騎兵追來，九人便在陰暗的屋角一躲。奔出十餘條街，只聽得北方號角響起，人聲喧譁，大叫：「不好了，敵兵攻破北門，皇上給敵人擄了去啦！」

蕭峯吃了一驚，停步道：「遼帝被擒麼？三弟，遼帝是我結義兄長，他雖對我不仁，我卻不能對他不義，萬萬不可傷他……」阿紫笑道：「姊夫放心，這是靈鷲宮屬下三十六洞洞主、七十二島島主，我教了他們這幾句契丹話，叫他們背得熟了，這時候來大叫大嚷，大放謠言，擾亂人心。南京城中駐有重兵，皇帝又有萬餘親兵保護，怎生擒得了他？」蕭峯又驚又喜，道：「二弟的屬下也都來了麼？」

阿紫道：「豈但小和尚的屬下而已，小和尚自己來了，連小和尚的老婆也來了。」蕭峯問道：「甚麼小和尚的老婆？」阿紫笑道：「姊夫你不知道，虛竹子的老婆，便是西夏國公主，只不過她的臉始終用面幕遮著，除了小和尚一人之外，誰也不給瞧。我問小和尚：『你老婆美不美？』小和尚總是笑而不言。」

蕭峯在外奔逃之際，忽然聞此奇事，不禁頗為虛竹慶幸，向段譽瞧了一眼。段譽笑道：「大哥不須多慮，小弟毫不介懷，二哥也不算失信。這件事說來話長，咱們慢慢再談。」說話之間，眾人又奔了一段路，只見前面廣場上一座高台大火燒得甚旺，台前旗桿上兩面大旗也都著火焚燒。蕭峯知道這廣場是南京城中的大校場，乃遼兵操練之用，不知何時搭了這座高台，自己卻是不知。

巴天石對段譽道：「陛下，燒了遼帝的點將台、帥字旗，於遼軍大大不吉，耶律洪基伐宋之行，只怕要另打主意了。」段譽點頭道：「正是。」

蕭峯聽他口稱「陛下」，而段譽點了點頭，心中又是一奇，道：「三弟，你……你做了皇帝嗎？」段譽黯然道：「先父不幸中道崩殂，皇伯父避位為僧，在天龍寺出家，命小弟接位。小弟無德無能，居此大位，實在慚愧得緊。」

蕭峯驚道：「啊喲，伯父去世了？三弟！你是大理國一國之主，如何可以身入險地，為了我而干冒奇險？若有絲毫損傷，我……我……如何對得起大理全國軍民？」

段譽嘻嘻一笑，說道：「大理乃僻處南疆的一個小國，這『皇帝』二字，更是僭號。小弟胡裏胡塗，望之不似人君，那裏有半點皇帝的味道？給人叫一聲『陛下』，實在是慚愧得緊。咱倆情逾骨肉，豈有大哥遭厄，小弟不來與大哥同處患難之理？」

范驊道：「蕭大王這次苦諫遼帝，勸止伐宋。敝國上下，無不同感大德。遼帝倘若取得大宋，第二步自然來取大理。敝國兵微將弱，如何擋得住契丹的精兵？蕭大王救大宋便是救大理，大理縱然以傾國之力為大王效力，也是理所當然。」

蕭峯道：「我是個一勇之夫，不忍兩國攻戰，多傷人命，豈敢自居甚麼功勞？」

正說之間，忽見南城火光衝天而起，一羣羣百姓拖男帶女，挾在兵馬間湧了過來，都道：「南朝少林寺的和尚連同無數好漢，攻破南門。」又有人道：「南院大王蕭峯作亂，降了宋朝，已將大遼的皇帝殺了。」更有幾名契丹人咬牙切齒的道：「這蕭峯叛國投敵，咱們恨不得咬他的肉來吞入肚裏。」一人慌慌張張的問道：「萬歲爺真給蕭峯這奸賊害死了麼？」另一人道：「怎麼不真？我親眼見到蕭峯騎了匹白馬，衝到萬歲爺身前，一槍便在萬歲爺胸口刺了個窟窿。」另一個老者道：「蕭峯這狗賊為甚麼恁地沒良心？他到底是咱們契丹人，還是漢人？」一個漢子道：「聽說他是假扮契丹人的南朝蠻子，這狗賊奸惡得緊，真連禽獸也不如！」

阿紫聽得這些人辱罵蕭峯，怒從心起，舉起馬鞭，便向身旁那契丹人抽去。蕭峯舉手一擋，格開鞭子，搖了搖頭，低聲道：「且由得他們說去。」又問：「真的有少林寺眾高僧到來麼？」

那八袋弟子道：「好教幫主得知：段姑娘從南京出來，便遇到本幫吳長老，說起幫主為了大宋江山與千萬百姓，力諫遼帝侵宋，以致為遼國所囚。吳長老不信，說幫主既是遼人，豈有心向大宋之理？當下潛入南京，親自打聽，才知段姑娘所言果然不虛。吳長老當即傳出本幫『青竹令』，將幫主的大仁大義，遍告中原各路英雄。中原武林為幫主的仁義所感，由少林眾高僧帶頭，一起援救幫主來了。」

蕭峯想起當日在聚賢莊上與中原羣雄為敵，殺了不少英雄好漢，今日中原羣雄卻來相救自己，心下又是難過，又是感激。

阿紫道：「丐幫眾化子四下送信，消息傳得還不快嗎？啊喲，不好，可惜，可惜！」段譽問道：「可惜甚麼？」阿紫道：「我那座神木王鼎，在大廳中點了香引蛇，匆匆忙忙的忘了帶出來。」段譽笑道：「這種旁門左道的東西，忘了就忘了，帶在身邊幹麼？」阿紫道：「哼，甚麼旁門左道？沒有這件寶貝，那許多毒蛇便不會進來得這麼快，我姊夫也沒這麼容易脫身啦。」

說話間，只聽得乒乒乓乓，兵刃相交之聲不絕，火光中見無數遼兵正在互相格鬥。蕭峯奇道：「咦，怎麼自己人……」段譽道：「大哥，頭頸中縛了塊白巾的是咱們的人。」阿紫取過一塊白布，遞給蕭峯，道：「你繫上罷！」

蕭峯一瞥間，見眾遼兵難分敵我，不知去殺誰好。亂砍亂殺之際，往往成了真遼兵自相殘殺的局面。那些頸縛白巾的假遼兵，卻是一刀一槍都招呼在遼國的兵將身上。蕭峯眼見遼人一個個血肉橫飛，屍橫就地，拿著白布，不禁雙手發顫，心中有個聲音在大嚷：「我是契丹人，不是漢人！我是契丹人，不是漢人！」這塊白布說甚麼也繫不到自己頸中。

便在此時，軋軋聲響，兩扇厚重的城門緩緩開了，段譽和范驊擁著蕭峯，一衝而出。城門外火把照耀，無數丐幫幫眾牽了馬匹等候，眼見蕭峯衝出，登時歡聲如雷：「喬幫主！喬幫主！」火光燭天，呼聲動地。

只見兩條火龍分向左右移動，一乘馬在其間直馳而前，馬上一個老丐雙手高舉頭頂，端著那根丐幫幫主的信物打狗棒，正是吳長老。他馳到蕭峯身前，滾鞍下馬，跪在地上，說道：「吳長風受眾兄弟之託，將本幫打狗棒歸還幫主。我們實在胡塗該死，豬油蒙了心，冤枉好人，累得幫主吃了無窮的苦。大夥兒豬狗不如，只盼幫主大人不記小人過，念著我們是一羣沒爹沒娘的孤兒，重來做本幫之主。大夥兒受了奸人煽惑，說幫主是契丹胡狗，真是該死之極，大夥兒已將那奸徒全冠清亂刀分屍，為幫主出氣。」說著將打狗棒遞向蕭峯。

蕭峯心中一酸，說道：「吳長老，在下確是契丹人。多承各位重義，在下感激不盡，幫主之位，卻是萬萬不能當的。」說著伸手扶起吳長風。

吳長風臉色迷惘，抓頭搔耳，說道：「你……你又說是契丹人？你……你定是不肯做幫主？喬幫主，你瞧開些罷，別再見怪了！」

但聽得城內鼓聲響起，有大隊遼兵便要衝出。段譽叫道：「吳長老，咱們快走！遼兵勢大，一結成了陣勢，那可抵擋不住。」

蕭峯也知丐幫和中原羣雄所以一時佔得上風，只不過攻了對方個措手不及，倘若真和遼兵硬鬥，千百名江湖漢子，如何能是數萬遼國精銳之師的敵手？何況這一仗打起來，雙方死傷均重，大違自己本願，便道：「吳長老，幫主之事，慢慢再說不遲。你快傳令，命眾兄弟向西退走。」

吳長老道：「是！」傳下號令，丐幫幫眾後隊作前隊，向西疾馳。不久虛竹子率領著靈鷲宮屬下諸女，以及三十六洞、七十二島的異士，殺將過來與眾人會合。奔出數里後，大理國的眾武士在傅思歸、朱丹臣等人率領之下也趕到了。但少林羣僧和中原羣豪卻始終未到。隱隱聽得南京城中殺聲大起。

蕭峯道：「少林派和中原豪傑在城中給截住了，咱們稍待片刻。」過了半晌，城中喊殺聲越來越響。段譽道：「大哥在此稍待，我去接應他們出來。」領著大理眾武士，回向南京城去。

其時天色漸明，蕭峯心下憂慮，不知中原羣豪都否脫險，但聽得殺聲大振，大理國眾武士回衝，過了良久，始終不見羣豪脫險來聚。

丐幫一名探子飛馬來報：「數千名鐵甲遼兵堵住了西門，大理國武士衝不進去，中原羣豪也衝不出來。」虛竹右手一招，叫道：「咱們靈鷲宮去打個接應。」領著二千餘名三山五嶽的好漢、靈鷲九部諸女，衝回來路。

蕭峯騎在馬上，遙向東望，但見南京城中濃煙處處，東一個火頭，西一個火頭，不知已亂成怎麼一副樣子。等了半個時辰，又有一名探子來報：「大理段皇爺、靈鷲宮虛竹子先生殺開一條血路，已衝入城中去了。」

以往遇有戰鬥，蕭峯總是身先士卒，這一次他卻遠離戰陣，空自焦急關心，甚為不耐，說道：「我去瞧瞧！」阿紫、木婉清、鍾靈三女齊勸：「遼人只欲得你而甘心，千萬不可去冒險。」蕭峯道：「不妨！」縱馬而前，丐幫幫眾隨後跟來。

到得南京城西門外，只見城牆下、城牆頭、護城河兩岸伏著數百名死屍，有些是遼國兵將，也有不少是段譽和虛竹二人的下屬。城門將閉未閉，兩名島主手揮大刀，守在城門邊，正在猛砍衝過來的遼兵，不許關閉城門。

忽聽得南首、北首蹄聲大作，蕭峯驚道：「不好，大隊遼兵分從南北包抄，咱們可別困在這裏。」搶過一柄鐵槍折斷了，飛身躍起，槍頭在城牆上一戳，借力再躍，槍頭又在城牆上一戳，幾下縱躍，上了城頭，向城內望去時，只見西城方圓數里之間，東一堆，西一堆，中原豪傑被無數遼兵分開了圍攻，幾乎已成各自為戰之局。羣豪武功雖強，但每一人要抵擋七八人至十餘人，鬥得久了，總不免寡不敵眾。

蕭峯站在城頭，望望城內，又望望城外，如何抉擇，實是為難萬分：羣豪為搭救自己而來，總不能眼睜睜瞧著他們一個個死於遼兵刀下，但若躍下去相救，那便公然和遼國為敵，成了叛國助敵的遼奸，不但對不起自己祖宗，那也是千秋萬世永為本國同胞所唾罵。逃出南京，那是去國避難，旁人不過說一聲「蕭峯不忠」，可是反戈攻遼，卻變成極大的罪人了。

蕭峯行事向來乾脆爽淨，決斷極快，這時卻當真進退維谷，一瞥眼間，只見城牆邊七八名契丹武士圍住了兩名少林老僧狠鬥。一名少林僧手舞戒刀，口中噴血，顯是身受重傷，蕭峯凝神去看，認得他是玄鳴；另一名少林僧揮動禪杖拚命掩護，卻是玄石。兩名遼兵揮動長刀，砍向玄鳴。玄鳴重傷之下，無力擋架。玄石倒持禪杖，杖尾反彈上來，將兩柄長刀撞了回去。猛聽得玄鳴「啊」的一聲大叫，左肩中刀。玄石橫杖過去，將那遼兵打得筋折骨裂，但這一來胸口門戶大開，一名契丹武士舉矛直進，刺入玄石小腹。玄石禪杖壓將下來，那契丹武士登時頭骨粉碎，竟還比他先死片刻。玄鳴戒刀亂舞，已是不成招數，眼淚直流，大叫：「師弟，師弟！」

蕭峯只瞧得熱血沸騰，再也無法忍耐，大叫一聲：「蕭峯在此，要殺便來殺我，休得濫傷無辜！」從城頭一躍而下，雙腿起處，人未著地，已將兩名契丹武士踢飛，左足一著地，隨即拉過玄鳴，右手接過玄石的禪杖，叫道：「在下援救來遲，實是罪孽深重。」揮禪杖將兩名契丹武士震開數丈。

玄石苦笑道：「我們誣指居士是契丹人，罪孽更大，善哉，善哉！如今水落石……」下面這「出」字沒吐出口，頭一側，氣絕而死。

蕭峯護著玄鳴，向左側受人圍攻的幾個大理武士衝去。遼國兵將見南院大王突然神威凜凜的現身，都不由得膽怯。蕭峯舞動禪杖，遠挑近打，雖不傷人性命，但遇上者無不受傷。眾遼兵紛紛退開，蕭峯左衝右突，頃刻間已將二百餘人聚在一起。他朗聲叫道：「眾位千萬不可分開。」率領了這二百餘人四下遊走，一見有人被圍，便即迎上，將被圍者接出，猶似滾雪球一般，越滾越大，到得千人以上時，遼兵已無法阻攔。當下蕭峯和虛竹、段譽，以及少林寺玄渡大師所率的中原羣豪聚在一起，衝向城門。

蕭峯手持禪杖，站在城門邊上，讓大理國，靈鷲宮、中原羣豪三路人馬一一出城。遼國兵將遠遠站著吶喊，竟無人膽敢上前衝殺。

蕭峯直待眾人退盡，這才最後出城，出城門時回頭一望，但見屍骸重疊，這一戰不知已殺傷了多少性命，眼見兩名靈鷲宮的女將倒在血泊中呻吟滾動，蕭峯回進城門，抓著二女的背心，提將出來。

猛聽得鼓聲如雷，兩隊騎兵從南北殺將過來。蕭峯一顆心登時沉了下去，這兩隊騎兵每一隊都在萬人以上，己方久戰之後，不是受傷，便已疲累，如何抵敵？叫道：「丐幫眾兄弟斷後！將坐騎讓給受了傷的朋友們先退！」丐幫幫眾大聲應諾，紛紛下馬。蕭峯又叫：「結成打狗大陣！」羣丐口唱「蓮花落」，排成一列列人牆。蕭峯叫道：「玄渡大師、二弟、三弟，快率領大部朋友向西退卻，讓丐幫斷後！」

日光初升，只照得遼兵的矛尖刀鋒，閃閃生輝，數萬隻鐵蹄踐在地上，直是地搖山動。虛竹和段譽見了遼兵的兵勢，情知丐幫的「打狗大陣」無論如何阻攔不住，二人分站蕭峯左右，說道：「大哥，咱們結義兄弟，有難同當，生死與共！」蕭峯道：「那你快叫本部人馬退去！」

虛竹、段譽分別傳令。豈知靈鷲宮的部屬固不肯捨主人而去，大理國的將士也決不肯讓皇帝身居險地，自行退卻。眼見遼兵越衝越近，射來弩箭已落在蕭峯等人十餘丈外，玄渡本已率領中原羣豪先行退開，這時羣豪見情勢凶險，竟有數十人奔了回來助戰。

蕭峯暗暗叫苦，心想：「這些人一個個武功雖高，聚在一起，卻是一羣烏合之眾，不諳兵法部署，如何與遼兵相抗？我一死不打緊，大夥兒都被遼兵聚殲於南京城外，那可……那可……」

正沒做理會處，突然間遼軍陣中鑼聲急響，竟然鳴金退兵，正自疾衝而來的遼兵一聽到鑼聲，當即帶轉馬頭，後隊變前隊，分向南北退了下去。蕭峯大奇，不明所以，卻聽得遼軍陣後喊聲大振，又見塵沙飛揚，竟是另有軍馬襲擊遼軍背後，蕭峯更是奇怪：「怎麼遼軍後又有軍馬，難道有甚麼人作亂？皇上腹背受敵，只怕情勢不妙。」他一見遼軍遭困，不由自主的又關心起耶律洪基來。

蕭峯躍上馬背，向遼軍陣後瞧去，只見一面面白旗飄揚，箭如驟雨，遼兵紛紛落馬。蕭峯恍然大悟：「啊，是我的女真部族朋友到了，不知他們如何竟會得知訊息？」

女真獵人箭法了得，勇悍之極，每一百人為一小隊，跨上劣馬，荷荷呼喊，狂奔急衝，霎時間便衝亂了遼兵陣勢。女真部族人數不多，但驍勇善戰，更攻了個遼兵出其不意。遼軍統帥眼見情勢不利，又恐蕭峯統率人馬上前夾攻，急忙收兵入城。

范驊是大理國司馬，精通兵法，眼見有機可乘，忙向蕭峯道：「蕭大王，咱們快衝殺過去，這時正是破敵的良機。」蕭峯搖了搖頭。范驊道：「此處離雁門關甚遠，若不乘機擊破遼兵，大有後患。敵眾我寡，咱們未必能全身而退。」蕭峯又搖了搖頭。范驊大惑不解，心想：「蕭大王不肯趕盡殺絕，莫非還想留下他日與遼帝修好的餘地？」

煙塵之中，一羣羣女真人或赤裸上身、或身披獸皮，乘馬衝殺而來，弩箭嗤嗤射出，當者披靡。遼軍後隊千餘人未及退入城中，都被女真人射死在城牆之下。女真蠻人剃光了前邊頭皮，腦後拖著一條辮子，個個面目猙獰，滿身濺滿鮮血，射死敵人之後，隨即揮刀割下首級，掛在腰間，有些人腰間纍纍的竟掛了十餘個首級，羣豪在江湖上見過的凶殺著實不少，但如此兇悍殘忍的蠻人卻是第一次見到，無不駭然。

一名高大的獵人站在馬背之上，大聲呼叫：「蕭大哥，蕭大哥，完顏阿骨打幫你打架來了！」

蕭峯縱騎而出，兩人四手相握。阿骨打喜道：「蕭大哥，那日你不別而行，兄弟每日記掛，後來聽探子說你在遼國做了大官，倒也罷了，但想遼人奸猾，你這官只怕做不長久。果然日前探子報道：你被那狗娘養的皇帝關在牢裏，兄弟急忙帶人來救，幸好哥哥沒死沒傷，兄弟甚是歡喜。」蕭峯道：「多謝兄弟搭救！」一言未畢，城頭上弩箭紛紛射將下來，兩人距離城牆尚遠，弩箭射他們不著。

阿骨打怒喝：「契丹狗子！我自和哥哥說話，卻來打擾！」拉開長弓，嗤嗤嗤三箭，自城下射了上去，只聽得三聲慘呼，三名遼兵中箭，自城頭翻將下來。遼兵射他不到，他的強弓硬弩卻能及遠，三發三中。城頭上眾遼兵齊聲發喊，紛紛收弦，豎起盾牌。但聽得城中鼓聲鼕鼕，遼軍又在聚兵點將。

阿骨打大聲道：「眾兒郎聽者，契丹狗子又要鑽出狗洞來啦，咱們再來殺一個痛快。」女真人大聲鼓噪，有若萬獸齊吼。

蕭峯心想這一仗若是打上了，雙方死傷必重，忙道：「兄弟，你前來救我，此刻我已脫險，何必再和人廝打？你我多時不見，且到個安靜所在，兄弟們飲個大醉。」完顏阿骨打道：「也說得是，咱們走罷！」

卻見城門大開，一隊鐵甲遼兵騎馬急衝出來。阿骨打罵道：「殺不完的契丹狗子！」彎弓搭箭，一箭颼的射出，正中當先那人臉孔，登時倒撞下馬。其餘女真人也紛紛放箭，都是射向遼兵臉面，這些人箭法既精，箭頭上又餵了劇毒，中者哼也沒哼一聲，立時便即斃命。片刻間城門口倒斃了數百人，人馬甲冑，堆成個小丘，將城門堵塞住了。其餘遼兵只嚇得心膽俱裂，緊閉城門，再也不敢出來。

完顏阿骨打率領族人，在城下耀武揚威，高聲叫罵。蕭峯道：「兄弟，咱們去罷！」阿骨打道：「是！」戟指城頭，高聲說道：「契丹狗子聽了，幸好你們沒傷到我蕭大哥的一根寒毛，今日便饒了你們性命。否則我把城牆拆了，將你們契丹狗子一個個都射死了！」

當下與蕭峯並騎向西，馳出十餘里，到了一個山丘之上。阿骨打跳下了馬，從馬旁取下皮袋，遞給蕭峯，道：「哥哥，喝酒。」蕭峯接了過來，骨嘟嘟的喝了半袋，還給阿骨打。阿骨打將餘下的半袋都喝了，說道：「哥哥，不如便和兄弟共去長白山邊，打獵喝酒，逍遙快活。」

蕭峯深知耶律洪基的性情，他今日在南京城下被完顏阿骨打打敗，又給他狠狠的辱罵了一番，大失顏面，定然不肯就此罷休，非提兵再來相鬥不可。女真人雖然勇悍，究竟人少，勝敗實未可料，終究以避戰為上，須得幫他們出些主意，又想起在長白山下的那些日子，除了替阿紫治傷外，再無他慮，更沒爭名爭利之事，此後在女真部中安身，倒也免卻了無數煩惱，便道：「兄弟，這些中原來的英雄豪傑，都是為救我而來，我將他們送到雁門關後，再來和兄弟相聚。」

阿骨打大喜，說過：「中原蠻子囉裏囉唆，多半不是好人，我也不願和他們相見。」說著率領著族人，向北而去。

中原羣豪見這羣番人來去如風，剽悍絕倫，均想：「這羣番人比遼狗還要厲害，幸虧他們是喬幫主的朋友，否則可真不好惹！」

各路人馬漸漸聚在一起，七張八嘴，紛紛談論適才南京城下的這場惡戰。

蕭峯躬身到地，說道：「多謝各位大仁大義，不念蕭某的舊惡，千里迢迢的趕來相救，此恩此德，蕭某永難相報。」

玄渡道：「喬幫主說那裏話來？以前種種，皆因誤會而生，武林同道，患難相助，理所當然。何況喬幫主為了中原的百萬生靈，不顧生死安危，捨卻榮華富貴，仁德澤被天下，大家都要感謝喬幫主才是。」

范驊朗聲道：「眾位英雄，在下觀看遼兵之勢，恐怕輸得不甘，還會前來追擊，不知眾位有何高見？」羣雄大聲叫了起來：「這便跟遼兵決一死戰，難道還怕了他們不成！」范驊道：「敵眾我寡，平陽交鋒，於咱們不利。依在下之見，還是向西退卻，一來和宋兵距得近了，好歹有個接應；二來敵兵追得越遠，人數越少，咱們便可乘機反擊。」

羣豪齊聲稱是。當下虛竹率領靈鷲宮下屬為第一路，段譽率領大理國兵馬為第二路，玄渡率領中原羣豪為第三路，蕭峯率領丐幫幫眾斷後。四路人馬，每一路之間相隔不過數里，探子騎著快馬來回傳遞消息，若有敵警，便可互相應援。迤邐行了一日。當晚在山間野宿，整晚並無遼兵來攻，眾人漸感放心。

次晨一早又行，蕭峯問阿紫道：「那位游君還在靈鷲宮中麼？」阿紫小嘴一撇，說道：「誰知道呢？多半是罷，他瞎著雙眼，又怎能下山？」語意中對他沒半分關懷之情。

這一日行到五台山下的白樂堡埋鍋造飯。范驊沿途伏下一批批豪士，扼守險要的所在，斷橋阻路，以延緩遼兵的追擊。

到第三日上，忽見東邊狼煙衝天而起，那正是遼兵追來的訊號。羣豪都是心頭一凜，有些少年豪傑便欲回頭，相助留下伏擊的小隊，卻為玄渡、范驊等喝住。

這日晚間，羣豪在一座山坡上歇宿。睡到午夜，忽然有人大聲驚呼。羣豪一驚而醒，只見北方燒紅了半邊天。蕭峯和范驊對瞧一眼，心下均隱隱感到不吉。范驊低聲道：「蕭大王，你瞧是不是遼兵繞道前來夾攻？」蕭峯點了點頭。范驊道：「這一場大火，不知燒了多少民居，唉！」蕭峯不願說耶律洪基的壞話，卻知他在女真人手下吃了個敗仗，心下極是不忿，一口怒氣，全發洩在無辜百姓身上，這一路領軍西來，定是見人殺人，見屋燒屋。

大火直燒到天明，兀自未熄。到得下午，只見南邊也燒起了火頭。烈日下不見火燄，濃煙卻直衝霄漢。

玄渡本來領人在前，見到南邊燒起了大火，勒馬候在道旁，等蕭峯來到，問道：「喬幫主，遼軍分三路來攻，你說這雁門關是否守得住？我已派人不斷向雁門關報訊，但關上統帥懦弱，兵威不振，只怕難抗契丹的鐵騎。」蕭峯無言以對。玄渡又道：「看來女真人倒能對付得了遼兵，將來大宋如和女真人聯手，南北夾攻，或許能令契丹鐵騎不敢南下。」

蕭峯知他之意，是要自己設法和女真人的首領完顏阿骨打聯繫，但想自己實是契丹人，如何能勾結外敵來攻打本國，突然問道：「玄渡大師，我爹爹在寶剎可好？」玄渡一怔，道：「令尊皈依三寶，在少林後院清修，咱們這次來到南京，也沒知會令尊，以免引動他的塵心。」蕭峯道：「我真想見見爹爹，問他一句話。」玄渡嗯的一聲。

蕭峯道：「我想請問他老人家：倘若遼兵前來攻打少林寺，他卻怎生處置？」玄渡道：「那自是奮起殺敵，護寺護法，更有何疑？」蕭峯道：「然而我爹爹是契丹人，如何要他為了漢人，去殺契丹人？」玄渡沉吟道：「原來幫主果然是契丹人。棄暗投明，可敬可佩！」

蕭峯道：「大師是漢人，只道漢為明，契丹為暗。我契丹人卻說大遼為明，大宋為暗。想我契丹祖先為羯人所殘殺，為鮮卑人所脅迫，東逃西竄，苦不堪言。大唐之時，你們漢人武功極盛，不知殺了我契丹多少勇士，擄了我契丹多少婦女，現今你們漢人武功不行了，我契丹反過來攻殺你們。如此殺來殺去，不知何日方了？」

玄渡默然，隔了半晌，唸道：「阿彌陀佛，阿彌陀佛。」

段譽策馬走近，聽到二人下半截的說話，喟然吟道：「烽火燃不息，征戰無已時。野戰格鬥死，敗馬號鳴向天悲。烏鳶啄人腸，銜飛上掛枯枝樹。士卒塗草莽，將軍空爾為。乃知兵者是凶器，聖人不得已而用之。」蕭峯讚道：「『乃知兵者是凶器，聖人不得已而用之。』賢弟，你作得好詩。」段譽道：「這不是我作的，是唐朝大詩人李白的詩篇。」

蕭峯道：「我在此地之時，常聽族人唱一首歌。」當即高聲而唱：「亡我祈連山，使我六畜不蕃息。亡我焉支山，使我婦女無顏色。」他中氣充沛，歌聲遠遠傳了出去，但歌中充滿了哀傷淒涼之意。

段譽點頭道：「這是匈奴人的歌。當年漢武帝大伐匈奴，搶奪了大片地方，匈奴人慘傷困苦，想不到這歌直傳到今日。」蕭峯道：「我契丹祖先，和當時匈奴人一般苦楚。」

玄渡嘆了口氣，說道：「只有普天下的帝王將軍們都信奉佛法，以慈悲為懷，那時才不會再有征戰殺伐的慘事。」蕭峯道：「可不知何年何月，才有這等太平世界。」
一行人續向西行，眼見東南北三方都有火光，晝夜不息，遼軍一路燒殺而來。羣雄心下均感憤怒，不住叫罵，要和遼軍決一死戰。
范驊道：「遼軍越追越近，咱們終於將退無可退，依兄弟之見，咱們不如四下分散，教遼軍不知向那裏去追才是。」
吳長風大聲道：「那不是認輸了嗎？范司馬，你別長他人志氣，滅自己威風，勝也好，敗也好，咱們總得與遼狗拚個你死我活。」
正說之間，突然颼的一聲，一枝羽箭從東南角上射將過來，一名丐幫弟子中箭倒地。跟著山後一隊遼兵大聲吶喊，撲了出來。原來這隊遼兵馬不停蹄的從間道來攻，越過了斷後的羣豪。這一支突擊的遼兵約有五百餘人。吳長風大叫：「殺啊！」當先衝了過去。羣雄蓄憤已久，無不奮勇爭先。羣雄人數既較這小隊遼軍為多，武藝又遠為高強，大呼酣戰聲中，砍瓜切菜般圍殺遼兵，只小半個時辰，將五百餘名遼兵殺得乾乾淨淨。有十餘名契丹武士攀山越嶺逃走，也都被中原羣豪中輕功高明之士，追上去一一殺死。
羣豪打了一個勝仗，歡呼吶喊，人心大振。范驊卻悄悄對玄渡、虛竹、段譽等人說道：「咱們所殲的只是遼軍一小隊，這一仗既接上了，第二批遼軍跟著便來。咱們快向西退！」
話聲未了，只聽得東邊轟隆隆、轟隆隆之聲大作。羣豪一齊轉頭向東望去，但見塵土飛起，如烏雲般遮住了半邊天。霎時之間，羣豪面面相覷，默不作聲，但聽得轟隆隆、轟隆隆悶雷般的聲音遠遠響著，顯是大隊遼軍奔馳而來，從這聲音中聽來，不知有多少萬人馬。江湖上的兇殺鬥毆，羣豪見得多了，但如此大軍馳驅，卻是聞所未聞，比之南京城外的接戰，這一次遼軍的規模又不知強大了多少倍。各人雖然都是膽氣豪壯之輩，陡然間遇到這般天地為之變色的軍威，卻也忍不住心驚肉跳，滿手冷汗。

范驊叫道：「眾位兄弟，敵人勢大，枉死無益。留得青山在，不怕沒柴燒，咱們今日暫且避讓，乘機再行反擊。」當下羣豪紛紛上馬，向西急馳，但聽得那轟隆隆的聲音，在身後老是響個不停。

這一晚各人不再歇宿，眼見離雁門關漸漸近了。羣豪催騎而行，知道只要一進雁門關，扼險而守，敵軍雖眾，破關便極不容易。一路上馬匹紛紛倒斃，有的展開輕功步行，有的便兩人一騎。行到天明，離雁門關已不過十餘里地，眾人都放下了心，下馬牽韁，緩緩而行，好讓牲口回力。但身後轟隆隆、轟隆隆的萬馬奔騰之聲，卻也更加響了。

蕭峯走下嶺來，來到山側，猛然間看到一塊大巖，心中一凜：「當年玄慈方丈、汪幫主等率領中原豪傑，伏擊我爹爹，殺死了我母親和不少契丹武士，便是在此。」一側頭，只見一片山壁上斧鑿的印痕宛然可見，正是玄慈將蕭遠山所留字跡削去之處。

蕭峯緩緩回頭，見到石壁旁一株花樹，耳中似乎聽到了阿朱當年躲在樹後的聲音：「喬大爺，你再打下去，這座山峯也要給你擊倒了。」

他一呆，阿朱情致殷殷的幾句話，清清楚楚的在他腦海中響起：「我在這裏已等了你五日五夜，我只怕你不能來。你……你果然來了，謝謝老天爺保祐，你終於安然無恙。」

蕭峯熱淚盈眶，走到樹旁，伸手摩挲樹幹，見那樹比之當日與阿朱相會時已高了不少。一時間傷心欲絕，渾忘了身外之事。

忽聽得一個尖銳的聲音叫道：「姊夫，快退！快退！」阿紫奔近身來，拉住蕭峯衣袖。

蕭峯一抬頭，遠遠望出去，只見東面、北面、南面三方，遼軍長矛的矛頭猶如樹林般刺向天空，竟然已經合圍。蕭峯點了點頭，道：「好，咱們退入雁門關再說。」

這時羣豪都已聚在雁門關前。蕭峯和阿紫並騎來到關口，關門卻兀自緊閉。關門上一名宋軍軍官站在城頭，朗聲說道：「奉鎮守雁門關指揮使張將軍將令：爾等既是中原百姓，原可入關，但不知是否勾結遼軍的奸細，因此各人拋下軍器，待我軍一一搜檢。身上如不藏軍器者，張將軍開恩，放爾等進關。」

此言一出，羣豪登時大譁。有的說：「我等千里奔馳，奮力抵抗遼兵，怎可懷疑我等是奸細？」有的道：「我們攜帶軍器，是為了相助將軍抗遼，倘若失去了趁手兵器，如何和遼軍打仗？」更有性子粗暴之人叫罵起來：「他媽的，不放我們進關麼？大夥兒攻進去！」

玄渡急忙制止，向那軍官道：「相煩稟報張將軍知道：我們都是忠義為國的大宋百姓，敵軍轉眼即至，再要搜檢甚麼的，躭誤了時刻，那時再開關，便危險了。」

那軍官已聽了人叢中的叫罵之聲，又見許多人穿著奇形怪狀的衣飾，不類中土人士，說道：「老和尚，你說你們都是中土良民，我瞧有許多不是中國人罷？好！我就網開一面，大宋良民可以進關，不是大宋子民，可不得進關。」

羣豪面面相覷，無不憤怒。段譽的部屬是大理國臣民，虛竹的部屬更是各族人氏都有，或西域、或西夏、或吐蕃、或高麗，倘若只有大宋臣民方得進關，那麼大理國、靈鷲宮兩路人馬，大部分都不能進去了。

玄渡說道：「將軍明鑒：我們這裏有許多同伴，有的是大理人，有的是西夏人，都跟我們聯手，和遼兵為敵，都是朋友，何分是宋人不宋人？」這次段譽率部北上，嚴守秘密，決不洩漏是一國之主的身分，以防宋朝大臣起心加害，或擄之作為人質，兼之大理與遼國相隔雖遠，卻也不願公然與之為敵，是以玄渡並不提及關下有大理國極重要的人物。

那軍官怫然道：「雁門關乃大宋北門鎖鑰，是何等要緊的所在？遼兵大隊人馬轉眼就即攻到，我若隨便開關，給遼兵乘機衝了進來，這天大的禍事，有誰能夠擔當？」

吳長風再也忍耐不住，大聲喝道：「你少囉嗦幾句，早些開了關，豈不是甚麼事也沒有了？」那軍官怒道：「你這老叫化，本官面前，那有你說話的餘地？」他右手一揚，城垛上登時出現了千餘名弓箭手，彎弓搭箭，對準了城下。那軍官喝道：「快快退開，若再在這裏妖言惑眾，擾亂軍心，我可要放箭了。」玄渡長嘆一聲，不知如何是好。

雁門關兩側雙峯夾峙，高聳入雲，這關所以名為「雁門」，意思說鴻雁南飛之時，也須從雙峯之間通過，以喻地勢之險。羣豪中雖不乏輕功高強之士，儘可翻山越嶺逃走，但其餘人眾難逾天險，不免要被遼軍聚殲於關下了。

只見遼軍限於山勢，東西兩路漸漸收縮，都從正面壓境而來，但除了馬蹄聲、鐵甲聲、大風吹旗聲外，卻無半點人聲喧譁，的是軍紀嚴整的精銳之師。一隊隊遼軍逼關為陣，馳到弩箭將及之處，便即停住。一眼望去，東西北三方旌旗招展，實不知有多少人馬。

蕭峯朗聲道：「眾位請各在原地稍候，不可移動，待在下與遼帝分說。」不等段譽、阿紫等勸止，已單騎縱馬而出。他雙手高舉過頂，示意手中並無兵刃弓箭，大聲叫道：「大遼國皇帝陛下，蕭峯有幾句話跟你說，請你出來。」說這幾句話時，鼓足了內力，聲音遠遠傳了出去。遼軍十餘萬將士沒一個不聽得清清楚楚，不由得人人變色。

過得半晌，猛聽得遼軍陣中鼓角聲大作，千軍萬馬如波浪般向兩側分開，八面金黃色大旗迎風招展，八名騎士執著馳出陣來。八面黃旗之後，一隊隊長矛手、刀斧手、弓箭手、盾牌手疾奔而前，分列兩旁，接著是十名錦袍鐵甲的大將簇擁著耶律洪基出陣。

遼軍大呼：「萬歲，萬歲，萬萬歲！」一聲震四野，山谷鳴響。關上宋軍見到敵人如此軍威，無不慄然。

耶律洪基右手寶刀高高舉起，遼軍立時肅靜，除了偶有戰馬嘶鳴之外，更無半點聲息。耶律洪基放下寶刀，大聲笑道：「蕭大王，你說要引遼軍入關，怎麼關門還不大開？」此言一出，關上通譯便傳給鎮守雁門關指揮使張將軍聽了。關上宋軍立時大噪，指著蕭峯指手劃腳的大罵。

蕭峯知道耶律洪基這話是行使反間計，要使宋兵不敢開關放自己入內，心中微微一酸，當即跳下馬來，走上幾步，說道：「陛下，蕭峯有負厚恩，重勞御駕親臨，死罪，死罪。」

剛說了這幾句話，突然兩個人影從旁掠過，當真如閃電一般，猛向耶律洪基欺了過去，正是虛竹和段譽。他二人眼見情勢不對，知道今日之事，唯有擒住遼帝作為要脅，才能保得大夥周全，一打手勢，便分從左右搶去。

耶律洪基出陣之時，原已防到蕭峯重施當年在陣上擒殺楚王父子的故技，早有戒備。親軍指揮使一聲吆喝，三百名盾牌手立時聚攏，三百面盾牌猶如一堵城牆，擋在遼帝面前。長矛手、刀斧手又密密層層的排在盾牌之前。

這時虛竹既得天山童姥的真傳，又盡窺靈鷲宮石壁上武學的秘奧，武功之高，實已到了隨心所欲、無往而不利的地步；而段譽在得到鳩摩智的畢生修為後，內力之強，亦是震古鑠今，他那「凌波微步」施展開來，遼軍將士如何阻攔得住？

段譽東一晃、西一斜，便如游魚一般，從長矛手、刀斧手間相距不逾一尺的縫隙之中硬生生的擠將過去。眾遼兵挺長矛攢刺，非但傷不到段譽，反因相互擠得太近，兵刃多半招呼在自己人身上。

虛竹雙手連伸，抓住遼兵的胸口背心，不住擲出陣來，一面向耶律洪基靠近。兩員大將縱馬衝上，雙槍齊至，向虛竹胸腹刺來。虛竹突然躍起，雙足分落二將槍頭。兩員遼將齊聲大喝，抖動槍桿，要將虛竹身子震落。虛竹乘著雙槍抖動之勢，飛身躍起，半空中便向洪基頭頂撲落。

一如游魚之滑，一如飛鳥之捷，兩人雙雙攻到。耶律洪基大驚，提起寶刀，疾向身在半空的虛竹砍去。

虛竹左手手掌一探，已搭住他寶刀刀背，乘勢滑落，手掌翻處，抓住了他右腕。便在此時，段譽也從人叢中鑽將出來，抓住了耶律洪基左肩。兩人齊聲喝道：「走罷！」將耶律洪基魁偉的身子從馬背上提落，轉身急奔。

四下裏遼將遼兵眼見皇帝落入敵手，大驚狂呼，一時都沒了主意。幾十名親兵奮不顧身的撲上來想救皇帝，都被虛竹、段譽飛足踢開。

二人擒住遼帝，心中大喜，突見蕭峯飛身過來，齊聲叫道：「大哥！」那知蕭峯雙掌驟發，呼呼兩聲，分襲二人。二人都是大吃一驚，眼見掌力襲來，猶如排山倒海一般，只得舉掌擋架，砰砰兩聲，四掌相撞，掌風激盪，蕭峯向前一衝，已乘勢將耶律洪基拉了過去。

這時遼軍和中原羣豪分從南北湧上，一邊想搶回皇帝，一邊要作蕭峯、虛竹、段譽三人的接應。

蕭峯大聲叫道：「誰都別動，我自有話向大遼皇帝說。」遼軍和羣豪登時停了腳步，雙方都怕傷到自己人，只遠遠吶喊，不敢衝殺上來，更不敢放箭。

虛竹和段譽也退開三步，分站耶律洪基身後，防他逃回陣中，並阻契丹高手前來相救。

這時耶律洪基臉上已無半點血色，心想：「這蕭峯的性子甚是剛烈，我將他囚於獅籠之中，折辱得他好生厲害。此刻既落在他手中，他定要盡情報復，再也不肯饒我性命了。」卻聽蕭峯道：「陛下，這兩位是我的結義兄弟，不會傷害於你，你可放心。」耶律洪基哼了一聲，回頭向虛竹看了一眼，又向段譽看了一眼。

蕭峯道：「我這個二弟虛竹子，乃靈鷲宮主人，三弟是大理段公子。臣也曾向陛下說起過。」耶律洪基點了點頭，說道：「果然了得。」

蕭峯道：「我們立時便放陛下回陣，只是想求陛下賞賜。」

耶律洪基幾乎不相信自己的耳朵，心想：「天下那有這樣的便宜事？啊，是了，蕭峯已然回心轉意，求我封他三人為官。」登時滿面笑容，說道：「你們有何求懇，我自是無有不允。」他本來語音發顫，這兩句話中卻又有了皇帝的尊嚴。

蕭峯道：「陛下已是我兩個兄弟的俘虜，照咱們契丹人的規矩，陛下須得以綵物自贖才是。」耶律洪基眉頭微皺，問道：「要甚麼？」蕭峯道：「微臣斗膽代兩個兄弟開口，只是要陛下金口一諾。」洪基哈哈一笑，說道：「普天之下，我當真拿不出的物事卻也不多，你儘管獅子大開口便了。」

蕭峯道：「是要陛下答允立即退兵，終陛下一生，不許遼軍一兵一卒越過宋遼疆界。」

段譽一聽，登時大喜，心想：「遼軍不逾宋遼邊界，便不能插翅來犯我大理了。」忙道：「正是，你答應了這句話，我們立即放你回去。」轉念一想：「擒到遼帝，二哥出力比我更多，卻不知他有何求？」向虛竹道：「二哥，你要契丹皇帝甚麼東西贖身？」虛竹搖了搖頭，道：「我也只要這一句話。」

耶律洪基臉色甚是陰森，沉聲道：「你們膽敢脅迫於我？我若不允呢？」

蕭峯朗聲道：「那麼臣便和陛下同歸於盡，玉石俱焚。咱二人當年結義，也曾有過但願同年同月同日死的誓言。」

耶律洪基一凜，尋思：「這蕭峯是個天不怕、地不怕的亡命之徒，向來說話一是一，二是二，我若不答允，只怕要真的出手向我冒犯。死於這莽夫之手，那可大大的不值得。」當下哈哈一笑，朗聲道：「以我耶律洪基一命，換得宋遼兩國數十年平安。好兄弟，你可把我的性命瞧得挺重哪！」

蕭峯道：「陛下乃大遼之主。普天之下，豈有比陛下更貴重的？」

耶律洪基又是一笑，道：「如此說來，當年女真人向我要黃金三十車、白銀三百車、駿馬三千匹，眼界忒也淺了？」蕭峯略一躬身，不再答話。

耶律洪基回過頭來，只見手下將士最近的也在百步之外，無論如何不能救自己脫險，權衡輕重，世上更無比性命更貴重的事物，當即從箭壺中抽出一枝鵰翎狼牙箭，雙手一彎，拍的一聲，折為兩段，投在地下，說道：「答允你了。」

蕭峯躬身道：「多謝陛下。」

耶律洪基轉過身來，舉步欲行，卻見虛竹和段譽四目炯炯的瞧著自己，並無讓路之意，回頭再向蕭峯瞧去，見他也默不作聲，登時會意，知他三人是怕自己食言，當即拔出寶刀，高舉過頂，大聲說道：「大遼三軍聽令。」

遼軍中鼓聲擂起，一通鼓罷，立時止歇。

耶律洪基說道：「大軍北歸，南征之舉作罷。」他頓了一頓，又道：「於我一生之中，不許我大遼國一兵一卒，侵犯大宋邊界。」說罷，寶刀一落，遼軍中又擂起鼓來。

蕭峯躬身道：「恭送陛下回陣。」

虛竹和段譽往兩旁一讓，繞到蕭峯身後。

耶律洪基又驚又喜，又是羞慚，雖急欲身離險地，卻不願在蕭峯和遼軍之前示弱，當下強自鎮靜，緩步走回陣去。

遼軍中數十名親兵飛騎馳出，搶來迎接。耶律洪基初時腳步尚緩，但禁不住越走越快，只覺雙腿無力，幾欲跌倒，雙手發顫，額頭汗水更是涔涔而下。待得侍衛馳到身前，滾鞍下馬而將坐騎牽到他身前，耶律洪基已是全身發軟，左腳踏入腳鐙，卻翻不上鞍去。兩名侍衛扶住他後腰，用力一托，耶律洪基這才上馬。

眾遼軍見皇帝無恙歸來，大聲歡呼：「萬歲，萬歲，萬萬歲！」

這時雁門關上的宋軍、關下的羣豪聽到遼帝下令退兵，並說終他一生不許遼軍一兵一卒犯界，也是歡聲雷動。眾人均知契丹人雖然兇殘好殺，但向來極是守信，與大宋之間有何交往，極少背約食言，何況遼帝在兩軍陣前親口頒令，倘若日後反悔，大遼舉國上下都要瞧他不起，他這皇帝之位都怕坐不安穩。

耶律洪基臉色陰鬱，心想我這次為蕭峯這廝所脅，許下如此重大諾言，方得脫身以歸，實是丟盡了顏面，大損大遼國威。可是從遼軍將士歡呼萬歲之聲中聽來，眾軍擁戴之情卻又似乎出自至誠。他眼光從眾士卒臉上緩緩掠過，只見一個個容光煥發，欣悅之情見於顏色。

眾士卒想到即刻便可班師，回家與父母妻兒團聚，既無萬里征戰之苦，又無葬身異域之險，自是大喜過望。契丹人雖然驍勇善戰，但兵凶戰危，誰都難保一定不死，今日得能免去這場戰禍，除了少數想在征戰中陞官發財的悍將之外，盡皆歡喜。

耶律洪基心中一凜：「原來我這些士卒也不想去攻打南朝，我若揮軍南征，卻也未必便能一戰而克。」轉念又想：「那些女真蠻子大是可惡，留在契丹背後，實是心腹大患，我派兵去將這些蠻子掃蕩了再說。」當即舉起寶刀，高聲說道：「北院大王傳令下去，後隊變前隊，班師南京！」

軍中皮鼓號角響起，傳下御旨，但聽得歡呼之聲，從近處越傳越遠。

耶律洪基回過頭來，只見蕭峯仍是一動不動的站在當地。耶律洪基冷笑一聲，朗聲道：「蕭大王，你為大宋立下如此大功，高官厚祿，指日可待。」

蕭峯大聲道：「陛下，蕭峯是契丹人，今日威迫陛下，成為契丹的大罪人，此後有何面目立於天地之間？」拾起地下的兩截斷箭，內功運處，雙臂一回，噗的一聲，插入了自己的心口。

耶律洪基「啊」的一聲驚呼，縱馬上前幾步，但隨即又勒馬停步。

虛竹和段譽只嚇得魂飛魄散，雙雙搶近，齊叫：「大哥，大哥！」卻見兩截斷箭插正了心臟，蕭峯雙目緊閉，已然氣絕。

虛竹忙撕開他胸口的衣衫，欲待施救，但箭中心臟，再難挽救，只見他胸口肌膚上刺著一個青鬱鬱的狼頭，張口露齒，神情極是猙獰。虛竹和段譽放聲大哭，拜倒於地。

丐幫中羣丐一齊擁上來，團團拜伏。吳長風搥胸叫道：「喬幫主，你雖是契丹人，卻比我們這些不成器的漢人英雄萬倍！」

中原羣豪一個個圍攏，許多人低聲議論：「喬幫主果真是契丹人嗎？那麼他為甚麼反而來幫助大宋？看來契丹人中也有英雄豪傑。」

「他自幼在咱們漢人中間長大，學到了漢人大仁大義。」

「兩國罷兵，他成了排難解紛的大功臣，卻用不著自尋短見啊。」

「他雖於大宋有功，在遼國卻成了叛國助敵的賣國賊。他這是畏罪自殺。」

「甚麼畏不畏的？喬幫主這樣的大英雄，天下還有甚麼事要畏懼？」

耶律洪基見蕭峯自盡，心下一片茫然，尋思：「他到底於我大遼是有功還是有過？他苦苦勸我不可伐宋，到底是為了宋人還是為了契丹？他和我結義為兄弟，始終對我忠心耿耿，今日自盡於雁門關前，自然決不是貪圖南朝的功名富貴，那……那卻又為了甚麼？」他搖了搖頭，微微苦笑，拉轉馬頭，從遼軍陣中穿了過去。

蹄聲響處，遼軍千乘萬騎又向北行。眾將士不住回頭，望向地下蕭峯的屍體。

只聽得嗚聲哇哇，一羣鴻雁越過眾軍的頭頂，從雁門關上飛了過去。

遼軍漸去漸遠，蹄聲隱隱，又化作了山後的悶雷。

虛竹、段譽等一干人站在蕭峯的遺體之旁，有的放聲號哭，有的默默垂淚。

忽聽得一個少女的聲音尖聲叫道：「走開，走開！大家都走開。你們害死了我姊夫，在這裏假惺惺的灑幾點眼淚，又有甚麼用？」她一面說，一面伸手猛力推開眾人，正是阿紫。虛竹等自不和她一般見識，被她一推，都讓了開去。

阿紫凝視著蕭峯的屍體，怔怔的瞧了半晌，柔聲說道：「姊夫，這些都是壞人，你別理睬他們，只有阿紫，才真正的待你好。」說著俯身下去，將蕭峯的屍體抱了起來。蕭峯身子長大，上半身被她抱著，兩腳仍是垂在地下。阿紫又道：「姊夫，你現在才真的乖了，我抱著你，你也不推開我。是啊，要這樣才好。」

虛竹和段譽對望了一眼，均想：「她傷心過度，有些神智失常了。」段譽垂淚道：「小妹，蕭大哥慷慨就義，人死不能復生，你……你……」走上幾步，想去抱蕭峯的屍體。

阿紫厲聲道：「你別來搶我姊夫，他是我的，誰也不能動他。」

段譽回過頭來，向木婉清使了個眼色。木婉清會意，走到阿紫身畔，輕輕說道：「小妹子，蕭大哥逝世，咱們商量怎地給他安葬……」

突然阿紫尖聲大叫，木婉清嚇了一跳，退開兩步。阿紫叫道：「走開，走開！你再走近一步，我一劍先殺了你。」

木婉清皺了眉頭，向段譽搖了搖頭。

忽聽得關門左側的羣山中有人長聲叫道：「阿紫，阿紫，我聽到你聲音了，你在那裏？你在那裏？」叫聲甚是悽厲，許多人認得是做過丐幫幫主、化名為莊聚賢的游坦之。

各人轉過頭向叫聲來處望去，只見游坦之雙手各持一根竹杖，左杖探路，右杖搭在一個中年漢子的肩頭上，從山坳裏轉了出來。那中年漢子卻是留守靈鷲宮的烏老大。但見他臉容憔悴，衣衫襤褸，一副無可奈何的神情，虛竹等登時明白，游坦之是逼著他領路來尋阿紫，一路之上，想必烏老大吃了不少苦頭。

阿紫怒道：「你來幹甚麼？我不要見你，我不要見你。」

游坦之喜道：「啊，你果然在這裏，我聽見你聲音了，終於找到你了！」右杖上運勁一推，烏老大身不由主的向前飛奔。兩人來得好快，頃刻之間，便已到了阿紫身邊。

虛竹和段譽等正在無法可施之際，見游坦之到來，心想此人甘願以雙目送給阿紫，和她淵源極深，或可勸得她明白，當下又退開了幾步，不欲打擾他二人說話。

游坦之道：「阿紫姑娘，你很好罷？沒人欺侮姑娘罷？」一張醜臉之上，現出了又是喜悅、又是關切的神色。

阿紫道：「有人欺侮我了，你怎麼辦？」游坦之忙道：「是誰得罪了姑娘？姑娘快跟我說，我去跟他拚命。」阿紫冷笑一聲，指著身邊眾人，說道：「他們個個都欺侮了我，你一古腦兒將他們都殺了罷！」

游坦之道：「是。」問烏老大道：「老烏，是些甚麼人得罪了姑娘？」烏老大道：「人多得很，你殺不了的。」游坦之道：「殺不了也要殺，誰教他們得罪了阿紫姑娘。」

阿紫怒道：「我現下和姊夫在一起，此後永遠不會分離了。你給我走得遠遠的，我再也不要見你。」

游坦之傷心欲絕，道：「你……你再也不要見我……」

阿紫高聲道：「啊，是了，我的眼睛是你給我的。姊夫說我欠了你的恩情，要我好好待你。我可偏不喜歡。」驀地裏右手伸出，往自己眼中一插，竟然將兩顆眼珠子挖了出來，用力向游坦之擲去，叫道：「還你！還你！從今以後，我再也不欠你甚麼了。免得我姊夫老是逼我，要我跟你在一起。」

游坦之雖不能視物，但聽到身周眾人齊聲驚呼，聲音中帶著惶懼，也知是發生了慘禍奇變，嘶聲叫道：「阿紫姑娘，阿紫姑娘！」

阿紫抱著蕭峯的屍身，柔聲說道：「姊夫，咱們再也不欠別人甚麼了。以前我用毒針射你，便是要你永遠和我在一起，今日總算如了我的心願。」說著抱著蕭峯，邁步便行。

羣豪見她眼眶中鮮血流出，掠過她雪白的臉龐，人人心下驚怖，見她走來，便都讓開了幾步。只見她筆直向前走去，漸漸走近山邊的深谷。眾人都叫了起來：「停步，停步！前面是深谷！」

段譽飛步追來，叫道：「小妹，你……」

但阿紫向前直奔，突然間足下踏一個空，竟向萬丈深谷中摔了下去。

段譽伸手抓時，嗤的一聲，只抓到她衣袖的一角，突然身旁風聲勁急，有人搶過，段譽向左一讓，只見游坦之也向谷中摔落。段譽叫聲：「啊喲！」向谷中望去，但見雲封霧鎖，不知下面究有多深。

羣豪站在山谷邊上，盡皆唏噓嘆息。武功較差者見到山谷旁尖石嶙峋，有如銳刀利劍，無不心驚。玄渡等年長之人，知道當年玄慈、汪幫主等在雁門關外伏擊契丹武士的故事，知道蕭峯之母的屍身便葬在這深谷之中。

忽聽關上鼓聲響起，那傳令的軍官大聲說道：「奉鎮守雁門關都指揮使張將軍將令：爾等既非遼國奸細，特准爾等入關，唯須安份守己，毋得喧譁，是為切切。」

關下羣豪破口大罵：「咱們寧死也不進你這狗官把守的關口！」「若不是狗官昏懦，蕭大俠也不致送了性命！」「大家進關去，殺了狗官！」眾人戟指關頭，拍手頓足的叫罵。

虛竹、段譽等跪下向谷口拜了幾拜，翻山越嶺而去。

那鎮守雁門關指揮使見羣豪聲勢洶洶，急忙改傳號令，又不准眾人進關，待見羣豪罵了一陣，漸漸散去，上山繞道南歸，這才寬心。即當修下捷表，快馬送到汴梁，說道親率部下將士，血戰數日，力敵遼軍十餘萬，幸陛下洪福齊天，朝中大臣指示機宜，眾將士用命，格斃遼國大將南院大王蕭峯，殺傷遼軍數千，遼主耶律洪基不逞而退。

宋帝趙煦得表大喜，傳旨關邊，犒賞三軍，指揮使以下，各各加官進爵。趙煦自覺英明武勇，遠邁太祖太宗，連日賜宴朝臣，宮中與后妃歡慶。歌功頌德之聲，洋洋盈耳，慶祝大捷之表，源源而來。

段譽與虛竹、玄渡、吳長風等羣豪分手，自與木婉清、鍾靈、華赫艮、范驊、巴天石、朱丹臣等人回歸大理。

進入大理國境，王語嫣已和大理國的侍衛武士候在邊界迎接。段譽說起蕭峯和阿紫的情事，眾人無不黯然神傷。一行人逕向南行，段譽不欲驚動百姓，命眾人不換百官服色，仍作原來的行商打扮。

這一日將到京城，段譽要去天龍寺拜見枯榮大師和皇伯父段正明，眼見天色漸黑，離天龍寺尚有六十餘里，要找個地方歇腳。忽聽得樹林中有個孩子的聲音叫道：「陛下，陛下，我已拜了你，怎麼還不給我吃糖？」

眾人一聽，都感奇怪：「怎地有人認得陛下？」走向樹林去看時，只聽得林中有人說道：「你們要說：『願吾皇萬歲，萬歲，萬萬歲！』才有糖吃。」

這語音十分熟悉，正是慕容復。

段譽和王語嫣吃了一驚，兩人手挽著手，隱身樹後，向聲音來處看去，只見慕容復坐在一座土墳之上，頭戴高高的紙冠，神色儼然。

七八名鄉下小兒跪在墳前，亂七八糟的嚷道：「願吾皇萬歲，萬歲，萬萬歲！」一面亂叫，一面跪拜，有的則伸出手來，叫道：「給我糖，給我糕餅！」

慕容復道：「眾愛卿平身，朕既興復大燕，身登大寶，人人皆有封賞。」

墳邊垂首站著一個女子，卻是阿碧。她身穿淺綠衣衫，明艷的臉上頗有淒楚憔悴之色，只見她從一隻籃中取出糖果糕餅，分給眾小兒，說道：「大家好乖，明天再來玩，又有糖果糕餅吃！」語音嗚咽，一滴滴淚水落入了竹籃之中。

眾小兒拍手歡呼而去，都道：「明天又來！」

王語嫣知道表哥神智已亂，富貴夢越做越深，不禁淒然。

段譽見到阿碧的神情，憐惜之念大起，只盼招呼她和慕容復同去大理，妥為安頓，卻見她瞧著慕容復的眼色中柔情無限，而慕容復也是一副志得意滿之態，心中登時一凜：「各有各的緣法，慕容兄與阿碧如此，我覺得他們可憐，其實他們心中，焉知不是心滿意足？我又何必多事？」輕輕拉了拉王語嫣的衣袖，做個手勢。

眾人都悄悄退了開去。但見慕容復在土墳上南面而坐，口中兀自喃喃不休。

（全書完）

後記

在改寫修訂「天龍八部」時，心中時時浮起陳世驤先生親切而雍容的面貌，記著他手持煙斗侃侃而談學問的神態。中國人寫作書籍，並沒有將一本書獻給某位師友的習慣，但我熱切的要在「後記」中加上一句：「此書獻給我所敬愛的一位朋友——陳世驤先生。」只可惜他已不在世上。但願他在天之靈知道我這番小小心意。

我和陳先生只見過兩次面，夠不上說有深厚交情。他曾寫過兩封信給我，對「天龍八部」寫了很多令我真正感到慚愧的話。以他的學問修養和學術地位，這樣的稱譽實在是太過份了。或許是出於他對中國傳統形式小說的偏愛，或許由於我們對人世的看法有某種共同之處，但他所作的評價，無論如何是超過了我所應得的。我的感激和喜悅，除了得到這樣一位著名文學批評家的認可、因之增加了信心之外，更因為他指出，武俠小說並不純粹是娛樂性的無聊作品，其中也可以抒寫世間的悲歡，能表達較深的人生境界。

當時我曾想，將來「天龍八部」出單行本，一定要請陳先生寫一篇序。現在卻只能將陳先生的兩封信附在書後，以紀念這位朋友。當然，讀者們都會了解，那同時是在展示一位名家的好評。任何寫作的人，都期望他的作品能得到好評。如果讀者看了不感到欣賞，作者的工作變成毫無意義。有人讀我的小說而歡喜，在我當然是十分高興的事。

陳先生的信中有一句話：「猶在覓四大惡人之聖誕片，未見。」那是有個小故事的。陳先生告訴我，夏濟安先生也喜歡我的武俠小說。有一次他在書鋪中見到一張聖誕卡，上面繪著四個人，夏先生覺得神情相貌很像「天龍八部」中所寫的「四大惡人」，就買了來，寫上我的名字，寫了幾句讚賞的話，想寄給我。但我們從未見過面，他託陳先生轉寄。陳先生隨手放在雜物之中，後來就找不到了。夏濟安先生曾在文章中幾次提到我的武俠小說，頗有溢美之辭。我和他的緣份更淺，始終沒能見到他一面，連這張聖誕卡也沒收到。我閱讀「夏濟安日記」等作品之時，常常惋惜，這樣一位至性至情的才士，終究是緣慳一面。

「天龍八部」於一九六三年開始在「明報」及新加坡「南洋商報」同時連載，前後寫了四年。中間在離港外遊期間，曾請倪匡兄代寫了四萬多字。倪匡兄代寫那一段是一個獨立的故事，和全書並無必要連繫，這次改寫修訂，徵得倪匡兄的同意而刪去了。所以要請他代寫，是為了報上連載不便長期斷稿。但出版單行本，沒有理由將別人的作品長期據為己有。在這裏附帶說明，並對倪匡兄當年代筆的盛情表示謝意。

曾學柏梁台體而寫了四十句古體詩，作為「倚天屠龍記」的回目，在本書則學填了五首詞作回目。作詩填詞我是完全不會的，但中國傳統小說而沒有詩詞，終究不像樣。這些回目的詩詞只是裝飾而已，藝術價值相等於封面上的題簽——初學者全無功力的習作。

一九七八・十

附錄

陳世驤先生書函

一九六六・四・廿二

金庸吾兄：去夏欣獲瞻仰，並蒙錫尊址，珍存，返美後時欲書候，輒冗忙倉促未果。天龍八部必乘閒斷續讀之，同人知交，欣嗜各大著奇文者自多，楊蓮生、陳省身諸兄常相聚談，輒喜道欽悅。惟夏濟安兄已逝，深得其意者，今弱一個耳。青年朋友諸生中，無論文理工科，讀者亦眾，且有栩然蒙「金庸專家」之目者，每來必談及，必歡。間有以天龍八部稍鬆散，而人物個性及情節太離奇為詞者，然亦為喜笑之批評，少酸腐蹙眉者。弟亦笑語之曰，「然實一悲天憫人之作也⋯⋯蓋讀武俠小說者亦易養成一種泛泛的習慣，可說讀流了，如聽京戲者之聽流了，此習慣一成，所求者狹而有限，則所得者亦狹而有限，此為讀一般的書聽一般的戲則可，但金庸小說非一般者也。讀天龍八部必須不流讀，牢記住楔子一章，就可見『冤孽與超度』都發揮盡致。書中的人物情節，可謂無人不冤，有情皆孽，要寫到盡致非把常人常情都寫成離奇不可；書中的世界是朗朗世界到處藏著魍魎與鬼蜮，隨時予以驚奇的揭發與諷刺，要供出這樣一個可憐芸芸眾生的世界，如何能不教結構鬆散？這樣的人物情節和世界，背後籠罩著佛法的無邊大超脫，時而透露出來。而在每逢動人處，我們會感到希臘悲劇理論中所謂恐怖與憐憫，再說句更陳腐的話，所謂『離奇與鬆散』，大概可叫做『形式與內容的統一』罷。」話說到此，還是職業病難免，終究掉了兩句文學批評的書袋。但因是喜樂中談說可喜的話題，結果未至夫子煞風景。青年朋友（這是個物理系高材生）也聰明居然回答我說，「對的，是如您所說，天龍八部不能隨買隨看隨忘，要從頭全部再看才行。」這樣客廳中茶酒間談話，又一陣像是講堂的問答結論，教書匠命運難逃，但這比講堂快樂多了。本有時想把類似的意見正式寫篇文章，總是未果。此番離加州之前，史誠之兄以新出「明報月刊」相示，說到寫文章，如上所述，登在明報月刊上，雖言出於誠，終怕顯得「阿諛」，至少像在自家場地鑼鼓上吹擂。只好先通訊告　兄此一段趣事也。

弟四月初抵此日本京都，被約來在京大講課「詩與批評」三個月後返美。曾繞台北稍停。前在中研院集刊拙作，又得多份。本披砂析髮之學院文章，惟念　兄才如海，無書不讀，或亦將不細遺。此文雕鑽之作，宜以覆甕堆塵，聊以見　兄之一讀者，尚會讀書耳。

又有一不情之請：天龍八部，弟曾讀至合訂本第三十二冊，然中間常與朋友互借零散，一度向青年說法，今亦自覺該從頭再看一遍。今抵是邦，竟不易買到，可否求　兄賜寄一套。尤是自第三十二冊合訂本以後，每次續出小本上市較快者，更請連續隨時不斷寄下。又有神鵰俠侶一書，曾稍讀而初未獲全睹，亦祈賜寄一套。並賜知書價為盼。原靠書坊，而今求經求到佛家自己也。賜示：「京都市左京區吉田上阿達町37洛水ハイツ」以上舍址，寄書較便。如平常信，厭日本地名之長，以「京都市京都大學中國文學系轉」亦可。

匆頌

著安

弟陳世驤拜上

一九七〇・十一・二十

良鏞吾兄有道：港遊備承隆渥，感激何可言宣。當夕在府渴欲傾聆，求教處甚多。方急不擇言，而在座有嘉賓故識，攀談不絕，瞬而午夜更傳，乃有入寶山空手而回之嘆。此意後常與友人談為扼腕，希必復有剪燭之樂，稍釋憾而補過也。當夜只略及弟為同學竟夕講論金庸小說事，弟嘗以為其精英之出，可與元劇之異軍突起相比。既表天才，亦關世運。所不同者今世猶只見此一人而已。此意亟與同學析言之，使深為考索，不徒以消閒為事。談及鑒賞，亦借先賢論元劇之名言立意，即王靜安先生所謂「一言以蔽之曰，有意境而已。」於意境王先生復定其義曰，「寫情則沁人心脾，景則在人耳目，述事則如出其口。」此語非泛泛，宜與其他任何小說比而驗之，即傳統名作亦非常見，而見於武俠中為尤難。蓋武俠中情、景、述事必以離奇為本，能不使之濫易，而復能沁心在目，如出其口，非才遠識博而意高超者不辦矣。藝術天才，在不斷克服文類與材料之困難，金庸小說之大成，此予所以折服也。意境有而復能深且高大，則惟須讀者自身才學修養，始能隨而見之。細至博弈醫術，上而惻隱佛理，破孽化痴，俱納入性格描寫與故事結構，必亦宜於此處見其技巧之玲瓏，及景界之深，胸懷之大，而不可輕易看過。至其終屬離奇而不失本真之感，則可與現代詩甚至造形美術之佳者互證，真贗之別甚大，識者宜可辨之。此當時講述大意，並稍引例證，然言未盡於萬一，今稍撮述。猶在覓四大惡人之聖誕片，未見。先作此函道候。另有拙文由中大學報印出，托宋淇兄轉上，聊誌念耳，茲頌

年禧

嫂夫人同此問候

弟世驤十一月廿日

內子附筆問好

舍址：48 Highgate Rd. Berkley

Calif. 94707 U.S.A.

陳世驤先生評「天龍八部」書

金庸吾兄：去夏欣获瞻仰，并蒙锡尊址，珍存，适甚欲修函书候，辄冗忙怠从未果。天龙八部必乘间断续读之，同人知交，欣嗜各大著古可文者自多，杨莲生、陈省身诸兄常相聚谈，辄喜道钦悦。犹夏济安兄之远逝，深得友意者，今朝一年）。青年湘友诸生中，无论文理工科，读者亦众，且有栩然蒙「金庸专家」之目者，每来必谈及，必欢。间有以天龙八部稍松散，而人物个性及情节太离奇为词者，然亦为喜笑之批评，少酸腐蹙眉者。弟亦笑语之曰，「然实一悲天悯人之作也」……盖读武侠小说者亦易养成一种泛泛的习惯，可说读流了，如听京戏者之听流了，此习惯一成，所求者狭而有限，则所得者亦狭而有限，此为读一般的书，听一般的戏则可，但金庸小说非一般者也。读天龙八部必须不流读，牢记住楔子一章，就可见「冤孽与超度」都发挥尽致。书中的人物情节，可谓无人不冤，有情皆孽，要写到尽致非把常人常情都寫成新奇不凡……書中的世界是朗朗世界到處藏着魍魎與冤蜮，隨時可以驚奇的揭發與諷刺……要供出這樣一個可憐無人似生的世界，於何能不教他精彩描敍？這樣的人物性質和世界，背後一籠罩着佛法的靈通大超脫，時而靈遁翻躍出來。而在每逢動人處，我們會感到希臘悲劇理論中所謂恐怖與憐憫，再從而更深廣的說，所謂「新奇與精彩描敍」，大概可叫做「形式與內容的統一」。」話說到此，還是職業病難免，終於掉了兩個文學批評的書袋。但因這是喜樂事，談說可喜的話題，結果未至大殺風景。青年朋友（這是今物理系高材生）近聽那席話回家對我說，「對的，是如所說，太難入卻不能隨隨看隨忘，要從頭全部一再看才行。」這樣在廳中茶後的閒話，又一陣像是講堂上的問答結論，教書匠命運難逃，但這比講堂上快樂多了。本來有時想把自己的意見也寫篇文章……總是未果。此番謝他也之[illegible]，史識之足以射出。「明報月刊」相示，說到寫文章，如上所述，並在「明報月刊」指摘上，徵言多於識，終怕難得「河漢」，至於像在自家場地鑼鼓上吹擂。只好先通訊告 兄此一段逃過了。

弟四月初擬赴日本京都，被約來在京大講課「詩與批評」三個月後返美。曾從台北稍停。前在中研院院刊發拙作，又得多修。十年擬研析聲之學從文章，悵念 足才如海，無書不讀，並亦材不個遺。此文雕鑽之作，宜以覆醬瓿塵，聊以見足之讀者，吾今讀書一年。

又有一不情之請：天龍八部，弟曾讀至合訂本第三十二冊，然中間常為朋友互借一度，向青年說法，今亦自覺該從頭再看一遍。今擬是部，在臺竟不易買到，而不以求。兄賜寄一套。尤是自第三十二冊合訂本以後，每次讀出小本，上市較快者，更請連續寄下（隨時不斷）。又有神鵰俠侶一書，曾拜讀而初未獲全觀，亦祈賜寄一套（並賜知書價為禱）。高先泰書坊，而今欲求終求到偏私自己也。賜示：「京都市左京區吉田上阿達町37洛水八〇一以」以上合址，寄者轉便。如平常中信，逕日本如冬之長，以「京都市，京都大學中國文學系」轉示。

弟 陳世驤 拜上

春初　匆復

良鑄吾兄有道：港遊備承 隆情，感激何可言宣。當予在府，渴欲傾聆，求教處甚多。方恐不擇言，而吾兄座有嘉賓故識，攀談不絕，瞬而半夜更傳，方有入寶山空手而回之嘆。此意時常與友人談及，抱惋，希必復有剪燭之樂，猶釋憾而補過之。當夜只畧及弟為周嶼子黃子清論金庸小說事，而嘗以為其精英之出，亦與元劇之異軍突起相比。既表天才，亦關世運。所不同者今世猶只見此一人而已。此意每與同學析言之，使深為考索，不徒以消閒為事。談及鑒賞，亦借先賢論元劇之名言立意，即王靜安先生所謂「一言以蔽之曰，有意境而已。」於意境王先生復定其定義曰：「寫情則沁人心脾，景則在人耳目，述事則如出其口。」此語雖泛泛，宜與乎化任何小說以此而驗之，即傳統名作亦非常見，而見於武俠中為尤難。蓋武俠中情、景、述事必以離奇為本，能不使之淪易，而後能沁心在目，如出其口，非才逸識博而意高超者不辦矣。藝術天才，亦不能克服文類與材料之困難，金庸小說之大成，此予所以折服之。意境有而後能深且而大，則推須讀者自身才學修養，始能隨而見之。細至博奕醫術上而惻隱佛理，破孽化痴，俱納入性格描寫與故事結構，必亦宜於此處見其技巧之玲瓏，及景界之深，胸懷之大，而不可輕易看過。至其修辭新奇而不失本真之感，則可與現代詩甚至造形美術之佳者互證，真贋之別甚大，識者宜可辨之。此當於論述大意，舉精引例證，然言未盡於萬一，今稍提述。猶存覓四大惡人之聖誕經，未見。先作此函道候。另有拙文由中大學報印出，托宗淇兄轉上，聊佐念耳。並頌

年禧

嫂夫人同此問候

弟 世驤 二十月廿日

內子 附筆問好

舍址
48 Highgate Rd.
Berkeley, Calif. 94707
U.S.A.

金庸作品集 25

天龍八部

5 會鬥少林

The Semi-gods and the Semi-devils, Vol. 5

作者／金庸

副總編輯／鄭祥琳
特約編輯／李麗玲、沈維君
封面與內頁設計／林秦華
內頁插畫／王司馬
排版／連紫吟、曹任華
行銷企劃／廖宏霖

發行人／王榮文
出版發行／遠流出版事業股份有限公司
地址／臺北市中山北路一段 11 號 13 樓
電話／（02）2571-0297 傳真／（02）2571-0197 郵撥／0189456-1
著作權顧問／蕭雄淋律師

1987 年 2 月 1 日 初版一刷
2023 年 11 月 1 日 五版一刷
平裝版 每冊 380 元（本作品全五冊，共 1900 元）

ISBN 978-626-361-318-8（套：平裝）
ISBN 978-626-361-317-1（第 5 冊：平裝）
Printed in Taiwan

遠流博識網 http://www.ylib.com E-mail: ylib@ylib.com
金庸茶館粉絲團 https://www.facebook.com/jinyongteahouse

封面圖片／明朝繪畫「天龍八部羅叉女衆」。克利夫蘭藝術博物館藏。

天龍八部 . 5, 會鬥少林 = The Semi-gods and the Semi-devils. vol.5 ／金庸著 . – 五版 . -- 臺北市：遠流 , 2023.11
面； 公分 --（金庸作品集；25）
ISBN 978-626-361-317-1（平裝）

857.9 112016229